O CASO DO MANÍACO DE SALGA ODORENGA

O CASO DO M
SALGA O

ANA NAHAS

NÍACO DE ORENGA

AVEC

Publisher: Artur Vecchi
Editora: Cláudia Lemes
Projeto gráfico e design de capa: Rodolfo Pomini
Revisão: Úrsula Antunes

**Dados Internacionais de Catalogação na Publicação (CIP)
de acordo com ISBD**

N153c

    Nahas, Ana

       O Caso do Maníaco de Salga Odorenga / Ana Nahas. – Porto Alegre : Avec, 2024. 2 edição. 312 p. ; 16cm x 23cm.

       ISBN: 978-85-5447-233-7

       1. Ficção brasileira. I. Título.

                                        CDD 869.93

Índice para catálogo sistemático:
1.Ficção : Literatura brasileira 869.93

Caixa Postal 6325
CEP 90035-970
Porto Alegre – RS
contato@aveceditora.com.br
www.aveceditora.com.br
 aveceditora

PRÓLOGO

O olhar petrificado de Angela era iluminado pelos refletores do jardim, a boca aberta congelada numa expressão de assombro. Os braços e pernas desalinhados em nada lembravam as posições de bailarina que sabia fazer tão bem. Ela não ouviria o som ensurdecedor das sirenes e vozes, não sentiria o chão frio gelar suas costas, nem se incomodaria por suas roupas não serem adequadas à temperatura da madrugada.

A vida abandonara o seu corpo, mas ainda desprendia dele um aroma doce de perfume floral, agora misturado ao odor metálico do sangue que escorrera das cinco lacerações profundas abertas em seu abdômen, formando um caminho sinuoso pelo chão em direção à piscina. Não demorou para que o líquido viscoso atingisse as águas cloradas e a elas se misturasse, numa bizarra combinação química.

Uma grande lâmina ensanguentada estava ao seu lado, parecendo lhe fazer companhia. Após perfurar a carne frágil da menina, ela permanecia ali, jogada, como se fosse inocente.

Fora da casa, as ondas do mar arrebentavam furiosas, produzindo estrondos que entrecortavam as vozes amontoadas de policiais, paramédicos e peritos.

Virginia baixou os olhos e contemplou engasgada, as próprias mãos e roupas ensanguentadas, o corpo tomado por tremores involuntários.

Esgotara as lágrimas de tanto chorar. Voltou o olhar seco na direção do tio Hermes. Havia sangue na roupa, braços, mãos, cabelos dele; ainda assim, ele conversava calmamente com os policiais, sem dirigir a ela um olhar sequer.

Virginia sentia o peito se comprimindo mais e mais, aprisionando gritos desesperados. A garganta ardia, incapaz de produzir qualquer som.

Uma brisa mais forte fez com que o cheiro de Angela, misturado à maresia, voltasse a empestear o ar, atingindo as narinas de Virginia como um chicote. A consciência foi arrancada daquele momento e transportada para horas antes quando, em frente ao espelho da penteadeira, a amiga borrifava no colo dois jatos de um frasco azul, esculpido como uma pedra preciosa. O quarto havia sido invadido por aquela fragrância doce e intensa. O olhar de Virginia foi captado pela caixinha florida da qual Angela retirara o frasco: *Loulou*.

— Forte esse perfume, hein?

Angela abrira um sorriso.

— Os garotos ficam loucos. — Ela estendeu o frasco em direção à Virginia — Se quiser pode passar também.

Não que Virginia quisesse *enlouquecer* alguém naquela noite, mas num gesto mecânico, pegou o frasco da mão da amiga e borrifou jatos no colo, nas laterais do pescoço e no punho direito, para, depois, esfregá-lo no esquerdo. Era doce demais para seu gosto, mas despertava uma atmosfera sensual que a agradava.

Campainha.

— Ai, são eles! — Angela dera uma última conferida no espelho antes de sair correndo do quarto e descer as escadas pulando os degraus de dois em dois. Abriu a porta da frente num estrondo.

Naquela noite, o tio de Virginia as deixara sozinhas em casa, sem imaginar que ficar em frente à televisão assistindo filmes de terror não era bem o que elas tinham em mente.

Do alto da escada, Virginia observava os rapazes parados na porta de entrada. Roupas alinhadas, calçados limpos. Cabelos molhados. Perfumados. *Dois bobos*. Ela precisaria tolerar as investidas do Eric Schiavo, aquele garoto presunçoso que se achava o máximo só porque sabia se equilibrar numa prancha de surf e as meninas idiotas se impressionavam com seus cabelos louros parafinados. Ela revirou os olhos, descendo os degraus sem pressa.

Ao cumprimentá-la, Eric tentou roubar um beijo, que pegou no canto da boca. Virginia recuou e o fulminou com o olhar. Ele riu e se pôs em direção à sala em passos largos, antes que ela pudesse protestar. *Calma!* Virginia respirou fundo e deixou cair os ombros.

Marcinho Veleda e Angela estavam atracados num beijo interminável: ela pendurada no pescoço dele, ele a enlaçando pela cintura. Em meio a risadinhas cúmplices, o casalzinho dava passos incertos em direção à sala sem se desvencilhar do beijo.

Copos, pedras de gelo, uísque e guaraná. Música do Roxette. Beijos. Gemidos. *Relaxa, Vivi.* Gargalhadas. Piadas. Apreensão. *Tio Hermes pode chegar a qualquer momento.* Mais bebida. Conversa fiada. Cabeça zonza. Coxas trançadas, mãos sorrateiras, quadris se esfregando. Almofadas pelo chão. Pretenders, Chicago, Bon Jovi, U2. Mais goles. Mais beijos e línguas.

Essas músicas... são todas tão tristes.

Um ronco de motor de carro cortou o silêncio da rua. *Psiu. Calem a boca.*

Portão eletrônico se abrindo. *Meu Deus! Ele chegou. Merda!*

Barulho do atrito dos pneus com o chão da garagem. *Pula o muro! Pula o muro!* Coração batendo na boca. Peito ardendo. Vontade de vomitar. *Respira! Respira!* Esconder copos. Garrafas. Arrumar almofadas.

O portão eletrônico fechando.

A porta do carro batendo.

O som dos passos se aproximando.

A maçaneta da porta girando.

Respira. Você não vai vomitar. Não vai vomitar.

Onde tava com a cabeça quando concordou com isso, Virginia?

O giroflex da viatura lançava luzes em *flashes* ritmados e hipnóticos que quase a cegavam. Ao longe, o som de mais uma sirene se aproximava. Aos poucos, a mente desistia de lutar e se deixava envolver pela atmosfera caótica que se formava como um furacão em torno dela. Ao seu lado, vozes masculinas, graves e abafadas, faziam perguntas e mais perguntas.

— Menina, o que aconteceu? Você viu quem fez isso?

Virginia ouvia, mas não conseguia responder às indagações dos policiais. Uma melodia insistente se repetindo em sua mente... o refrão de "Drive", do The Cars. Na boca, o gosto de uísque, guaraná e salivas trocadas no último beijo se misturavam a lágrimas e bile.

As músicas... todas tão tristes...
"Who's gonna tell you when
It's too late?
Who's gonna tell you things
Aren't so great".

Cansada de resistir, Virginia se entregou. Recolheu-se para dentro de si.

Quando se viu a poucos passos de casa, Eric Schiavo ansiava pela sensação de familiaridade, mas não experimentou o conforto de costume.

O cérebro insistia em reproduzir repetidamente as últimas cenas, de novo e de novo, como um projetor enguiçado. Eric baixou os olhos e encarou a bermuda encharcada de urina. Tristeza. Vergonha. Não queria acordar os pais. Passou pelo corredor lateral em direção ao quintal dos fundos. Ali, da varanda externa, assistiu, por breves momentos, às ondas do mar arrebentando na areia em forma de trovões roucos, violentos.

Precisava se livrar do peso que o oprimia. Abriu o armário ao lado da churrasqueira. Não foi difícil encontrar o que queria. Caminhou em direção à praia. A madeira da cerca rangeu quando ele pulou para o lado de fora. Mais alguns passos e seus pés começaram a afundar.

Despiu-se. Embolou as peças de roupa, depositou-as na areia e as regou com álcool. Riscou o fósforo e contemplou as labaredas da fogueira consumindo as fibras dos tecidos. Aos poucos, a imagem da banda de rock que estampava sua camiseta favorita era devorada pelas chamas. Enxugou as lágrimas com as costas das mãos. Sentia-se sujo e pegajoso. Seus cabelos se enroscavam nos dedos, embaraçados pelo vento, areia, suor e parafina defumada. *Se pelo menos o fogo apagasse as imagens dessa noite.*

PARTE 1

CAPÍTULO 1

QUINTA-FEIRA, 19 DE SETEMBRO DE 2019
CAPITAL

O silêncio do estúdio foi cortado pelo soar estridente dos primeiros acordes da vinheta do podcast: uma profusão melódica de guitarra, baixo e bateria que Zara fazia questão que fosse reproduzida antes de todas as novas gravações. A mistura de Deep Purple e Megadeth dava o tom de choque e ruptura que ela queria que o programa tivesse. Após uma sequência de acordes majestosos, a música passava para segundo plano, sobreposta pela voz rouca e compassada de Zara:

Você já parou para pensar em quantos assassinatos ocorrem por ano perto de você? Quantos assassinos efetivamente respondem pelos seus crimes?

E se eu te dissesse que 90% dos homicídios ficam sem solução, e os responsáveis permanecem impunes? Imagine uma ampulheta sendo virada no exato instante da morte da vítima, dando início a uma contagem regressiva para que a polícia descubra o que aconteceu. Cada segundo que passa deixa os investigadores um pouco mais longe do objetivo.

O que fazer quando o sucesso da investigação não depende apenas da experiência e habilidade dos policiais, e tempo e sorte são elementos decisivos?

Essas são as histórias dos crimes que perderam a batalha do tempo e ficaram sem solução. Histórias que mostram que a demora é a maior aliada do assassino.

Momento do refrão. Forte. Intenso. A música novamente sobreposta, desta vez pelas vozes alternadas de homens e mulheres entrevistados para o podcast:

Começamos a notar um aumento sem precedentes no registro de desapareci-
mento de mulheres.
Eu sempre achei muito estranha essa história... nunca me convenceu.
As vítimas foram amarradas, estupradas e torturadas por vários dias.
Ela era muito, muito reprimida... cheia de questões mal resolvidas.
Não quero falar sobre aquele homem. Ele me dá arrepios.
... então, algo chamou a atenção. Uma cova rasa. Parecia ter um corpo
enterrado.
Ela diz que não se lembra de nada. Será?
Ela era a minha melhor amiga, era tudo para mim... eu a amava.

Mais acordes e uma interrupção dramática. O som das baquetas em batidas ritmadas trazia de volta a voz da narradora:

Eu sou Zara Stein e este é o Periculum in mora. Segunda temporada: O caso
do Maníaco de Salga Odorenga.

Periculum in mora. O projeto audacioso de contar num podcast histórias de crimes reais sem solução. Três anos haviam se passado desde que Zara aparecera na casa de Bia, sem avisar, gesticulando freneticamente, anunciando a ideia de criar um podcast como se tivesse descoberto uma mina de ouro no quintal, vida em Marte, ou a cura do câncer.

Até então, Zara era apenas a amiga estilosa e tagarela que Bia conhecera na faculdade de jornalismo, uma figura esguia e luminosa, roubando olhares por onde passava, gargalhando alto nas rodinhas e desfilando cores e as últimas tendências da moda pelos corredores cinza; porém, naquele dia, com aquela proposta tão tentadora, Zara se transformara em algo mais: era a oportunidade que Bia esperava para dar uma guinada na sua carreira.

Se o podcast fizesse sucesso, poderia ser a chance de abandonar a vida de *freelas* baratos e subempregos. Um podcast não traria retorno financeiro, mas, sim, algo ainda mais valioso: visibilidade. Uma oportunidade de mostrar que era uma jornalista competente. Bia n*ão* imaginou que a projeção que buscava poderia colocá-la em risco, atraindo *haters* em redes sociais e provocando a ira vingativa de assassinos impunes — perigos que Zara insistia em ignorar e que se tornaram o principal ponto de divergência entre elas.

Depois de tantas entrevistas, pistas seguidas, encruzilhadas e becos sem saída, Bia sentia que as coisas agora estavam diferentes. Não havia mais o mesmo entendimento entre elas.

Ouvir aquela música de abertura, que sempre a emocionara, tinha agora um sabor amargo de fim de ciclo. Não tinha como evitar se lembrar de tudo o que tinham vivido até ali e não lamentar que talvez *não houvesse mais espaço para ela naquele projeto. Que talvez fosse a hora de se retirar.*

Bia assistia a Zara fazer os últimos ajustes na cabine acústica envidraçada; arisca e solitária, como um peixe beta num aquário. As últimas palavras cuspidas por Bia, minutos antes de a amiga entrar bufando na cabine, ainda ecoavam. *Teimosa. Impulsiva. Irresponsável.*

Zara se colocou à frente do microfone. Do lado de fora, Jonas, o técnico de som, ignorava as duas, mudo e silencioso como sempre. Fones de ouvido acoplados. Concentrado nos botões.

No canto do estúdio, o letreiro luminoso acendeu: *gravando*.

Enquanto assistia aos lábios de Zara se moverem confiantes, Bia se dava conta de que de nada adiantara tanto desgaste. Como sempre, Zara ignorava os seus argumentos. Do contrário, não estaria ouvindo a narração do *episódio da discórdia*.

A espera pelo fim da gravação parecia interminável. Bia andava em círculos pela antessala, sentindo os músculos das pernas tensos, como se tivesse percorrido quilômetros. Para piorar, o ar-condicionado do estúdio deveria estar com defeito. Só isso explicaria o porquê de a temperatura parecer tão mais gelada que os 18° estampados no visor. Bia esfregava as mãos na tentativa inútil de aquecê-las. Os dedos duros, doloridos, a sensação era de que numa batida mais forte eles se estilhaçariam em cacos.

Bia remoía a discussão e ensaiava mentalmente o que diria para Zara antes de ir embora. Não sairia sem terminar aquela conversa.

Enfim, o sinal luminoso apagou. Gravação encerrada.

Zara saiu da cabine sem fazer muita força para esconder o sorriso que queria se formar no canto da sua boca. Passou por Bia em direção à máquina de café, como se ela não existisse. As costas eretas, ombros para trás, o peito projetado à frente. O retrato do triunfo. Seus passos eram como os de um general caminhando pelo campo de batalha, desviando dos corpos dos inimigos derrotados. *Afrontosa. Ainda acha que tem razão.*

Zara tirou um café intensidade 12 na máquina e se esparramou em uma das poltronas. Os cabelos louros caíam em cachos espalhados pelo encosto. Com as pernas cruzadas em posição de lótus, parecia inabalável. O visual despojado combinava bem com a forma despreocupada com que ela escolhera tratar os assuntos naquele dia.

— Você vai mesmo colocar a entrevista com o Donato Antunes no ar? — Bia insistiu.

— Aham… — Zara confirmou, tomando um gole de café e abrindo a tela do celular.

— O cara é louco. Não dá para sair por aí acusando alguém de assassinato sem provas. Não podemos embarcar nos delírios dele.

Zara tinha no rosto um sorriso irônico que Bia detestava, e seu tom de voz era professoral e condescendente:

— Ele foi um dos investigadores do caso, Bia. O que você chama de delírios são as *hipóteses* que ele levantou durante as investigações. É um policial aposentado. Experiente. Ele sabe muito bem o que pode e o que não pode dizer.

Bia dava voltas a passos curtos.

— Deve estar gagá, isso sim. Escuta bem o que estou te dizendo: ainda vai sobrar pro nosso lado. Vamos ser as responsáveis pela divulgação das calúnias.

Zara descruzou as pernas e colocou a xícara de café na mesinha de centro.

— Que calúnias? É só uma teoria alternativa prum crime. Muito plausível, aliás. A gente não sabe o efeito que uma entrevista dessa pode provocar. Talvez outras informações apareçam.

— Outras informações… — Bia revirou os olhos.

— Você duvida? Se tem uma coisa que eu aprendi com o nosso podcast é que tudo é possível. Olha só o que aconteceu na primeira temporada. Não dá pra saber o que vem por aí depois que o episódio do Donato for ao ar.

— Não tem comparação, Zara — Bia reagiu. — Você sabe muito bem que a reviravolta naquele caso foi totalmente fora do nosso controle. Não forçamos nada.

O primeiro caso criminal contado no podcast havia sido o do desaparecimento da jovem atriz Pétala Áquila, durante uma festa de Réveillon em alto-mar num barco de luxo, uma tragédia ocorrida seis anos antes e que continuava sem solução. Sem encontrar culpados, a polícia concluiu que a atriz sofrera uma queda acidental. No entanto, boatos de que Pétala tinha sido assassinada e seu corpo lançado ao mar continuaram a pairar no imaginário popular.

A história se encaixava perfeitamente no que pretendiam quando idealizaram o programa, dando a ele o nome de *Periculum in mora* — jargão jurídico que em tradução literal significa "perigo da demora" —: demonstrar como a morosidade das investigações poderia ser decisiva para que crimes ficassem impunes.

Em doze episódios, a história de Pétala foi contada com foco em apontar as falhas dos procedimentos investigativos.

Os primeiros *downloads* registraram números tímidos, mas usando todas as conexões possíveis, Zara conseguiu que o *Periculum in mora* fosse amplamente divulgado na imprensa e nas redes sociais por amigos, influencers, celebridades.

Funcionou.

Não demorou para que os questionamentos por trás da história de Pétala Áquila atraíssem ouvintes. Linhas de investigação ignoradas pela polícia, suspeitos que não foram considerados. Morte ou acidente? Quem teria interesse em matá-la? Os fóruns de discussão da internet, grupos no Facebook e Reddit, fizeram a popularidade do programa explodir.

Elas não contavam, porém, com uma reviravolta tão grande no caso. Para a surpresa de todos, o assassino se revelou e confessou o crime. Alguém que sequer havia sido cogitado: Alex Malta, um ator bastante famoso no final dos anos 90, mas meio decadente quando o crime aconteceu.

De uma hora para outra, os nomes delas estavam em toda parte. Só se falava em como um crime sem solução há quase seis anos havia sido desvendado por duas jornalistas investigativas num podcast de *true crime*.

A repercussão ganhava força, também, por causa da aura de glamour de que Zara se cercava: uma jovem bonita, muito bem relacionada, que, com a morte trágica dos pais em um acidente nunca esclarecido, herdara o suficiente para nunca mais precisar se preocupar com boletos vencendo. Ainda assim, procurava fazer um jornalismo que fizesse diferença e trouxesse alívio e justiça para famílias que perderam seus entes amados pelas mãos de criminosos nunca identificados. Uma dor que ela conhecia.

As horas e horas de imersão solitária nas pesquisas, elaboração dos roteiros e edição das entrevistas haviam fortalecido a amizade entre elas, mas, também, revelado seus pontos fracos. Agora, as fragilidades expostas em momentos de intimidade se transformavam em armas engatilhadas que apontavam uma para a outra.

— Como você é teimosa, Zara. Já avisaram que vão processar a gente. Ah, claro, você não dá a mínima pra processo, mas e de morrer, você não tem medo, não? Porque se metade das coisas que o Donato Antunes disse for verdade, estamos lidando com alguém que escapou de uma acusação de assassinato uma vez e acha que vai escapar de novo. Não sabemos o que uma pessoa assim é capaz de fazer pra salvar a própria pele.

— Não vai ter processo e ninguém vai matar ninguém. Somos jornalistas e vamos transmitir uma entrevista. Só isso.

— Pode ser perigoso.

— Sei me cuidar.

A resposta de Zara fez o sangue de Bia ferver. *Egoísta*. Zara voltou a mexer no celular. Bia tomou o aparelho de suas mãos e a obrigou a encará-la.

— Escuta, eu tenho o direito de não querer colocar minha vida em risco. Topei essa parada pra ter algo que me ajudasse a pagar as contas, uma preocupação que você não conhece. Queria um pouco mais de visibilidade, projeção profissional, não me colocar na linha de fogo. Eu não sou como você, que fica esticando a corda pra ver até onde vai.

Zara bufou:

— Esse é o problema, Bia. Você nunca quer se arriscar. Nunca. Por isso a sua vida não sai do lugar. Umas preocupações bestas… essa mania de tomar vitaminas inúteis, *dar Google* no nome de todas as pessoas que conhece e não fazer compras online com o cartão de crédito. Cansa, sabe? Pode parecer bobagem, mas são indicativos de algo mais grave. Você não vê que reproduz esse comportamento medroso com tudo. Esse medo te paralisa.

— Ah, vá. — Bia franziu as sobrancelhas — Do que você tá falando? O problema agora sou eu?

— Quer exemplos? Você reclama que não aparece um trabalho legal, mas quase nunca vai nas entrevistas que eu descolo, fica se sabotando, nem tenta buscar uma coisa nova só para não correr o risco de falhar.

— Você não pode me acusar de não querer me arriscar. Eu topei essa roubada de podcast com você. Que absurdo.

— Tem mais: você reclama que tá sozinha, que não encontra um cara bacana, mas não tem coragem de entrar no *Tinder*, ou de beijar um desconhecido na balada. É o medo te paralisando.

— Ah, então para ser uma pessoa *arrojada* eu preciso correr o risco de tomar um *boa noite cinderela* de algum oportunista?

Elas nem haviam se dado conta de que Jonas estava na sala até ele se levantar silenciosamente e sair sem dizer nada. Certamente não estava disposto a presenciar o segundo turno da discussão. A porta bateu atrás dele, provocando um estrondo que as fez encolherem os ombros. Zara se esticou para o lado, puxou a bolsa da Bia da cadeira e a sacudiu no ar.

— Tá vendo o que tô dizendo? Olha só o peso disso: você nunca fica doente, mas aposto que tem uma farmácia aí dentro.

Bia girava em círculos, cobrindo o rosto com as mãos.

— Não acredito que você está me criticando por ser uma pessoa responsável. Desde quando ter juízo virou defeito?

— Não é nada disso, só quero que você acorde. A gente tá no meio de um jogo chamado *vida*, minha amiga. Só avança quem tá disposto a encarar os desafios. Você pode até achar que tá segura, aí, paradinha, os dados rolando e você há dez jogadas parada na mesma casa, mas se você não se mexer, uma hora a vida te obriga. Não tem jeito. Quando você menos espera, alguma coisa despenca na sua cabeça e muda tudo.

— Deu para falar por metáforas agora? Era só o que me faltava. — Bia se jogou na outra poltrona e expirou, exausta. Um silêncio tomou a sala por alguns minutos antes de Bia voltar a falar, baixando o tom de voz: — Não sei o que você espera de mim, Zara. Você me conhece bem. Sabe que eu não gosto dessas coisas arriscadas.

Zara se curvou em direção à Bia, apoiando os cotovelos nos joelhos.

— Quero que você tenha mais coragem.

Bia massageou as têmporas e soltou uma respiração pesada.

— Tem muita diferença entre ser corajoso e ser destemido. Você confunde as coisas. Quem tem coragem não duvida do perigo. Enfrenta os desafios consciente das suas limitações. O destemido é assim como você: não acredita que as coisas vão dar errado e sai por aí fazendo merda.

— Que bobagem — Zara gargalhou. — Tanto escândalo por causa de uma entrevista, que nem é tão polêmica assim?

— Não é só a entrevista. É tudo. Você não vê problema em nada. Você que gosta de dar *exemplos*, quer um? O *hater* que não para de fazer ameaças nas suas redes sociais. Já te falei mil vezes que precisamos fazer B.O., tentar descobrir quem é esse sujeito e onde ele tá. Ele não para! Toda hora postando coisas cada vez mais bizarras. Estou ficando com medo de verdade. Precisamos saber se ele tá perto, se é perigoso. Ele desenvolveu uma obsessão doentia e você age como se nada estivesse acontecendo.

Zara balançou a cabeça de um lado para o outro e se colocou de pé pela primeira vez desde que a discussão começara.

— Lá vem você misturando as coisas. Uma hora é processo, outra hora *hater*. Essa conversa é uma total perda de tempo.

Bia também se levantou e puxou a bolsa, sentindo um tranco no braço, como se ela pesasse trinta quilos.

— É, sim. Preciso sair daqui — ela fez uma pausa na frente da porta, se virou e encarou os pés. — Demorei a me convencer, mas acho que não tem mais espaço pra mim nesse projeto. Talvez seja melhor você continuar sozinha ou arrumar outra pessoa pra fazer isso com você…

— Para com isso, Bia… — Zara esticou a mão tentando tocá-la no braço, mas Bia se afastou, virou as costas e bateu a porta do estúdio atrás de si. Saiu de lá tremendo de frio e raiva.

A primeira coisa que ela fez foi pedir para o taxista desligar o ar-condicionado do carro. Durante o caminho para casa, Bia repassou mentalmente os palavrões mais escabrosos que conhecia. Ela sabia o que provocava aquela situação incômoda. Se Zara não estivesse tão obcecada em fazer com que a segunda temporada do programa fosse ainda mais explosiva que a anterior, não estariam correndo tantos riscos.

Bia conhecia bem a amiga. Ela estava embriagada pelo sucesso e, ao mesmo tempo, sentia-se pressionada a fazer um trabalho com diferencial, que promovesse uma transformação.

Zara conquistara milhares de seguidores em suas redes sociais. Números expressivos para o segmento jornalístico. Ao mesmo tempo, a notoriedade acabou despertando a atenção de uma minoria maluca e esquisita de fãs fervorosos e *haters*. Uma pitada de psicopatia e pronto: tanto quem diz amar, quanto quem diz odiar, escondido nas sombras do anonimato, pode ser igualmente perigoso.

Uma rápida olhada nas redes sociais reforçou sua convicção de que estava certa e que a amiga negligenciava os perigos. O *hater* do perfil *@PlasticHeart22* tinha deixado algumas mensagens na última postagem que Zara havia feito em seu perfil do Instagram. Era uma fotografia em que ela estava sorrindo, em frente ao microfone do estúdio, olhando para a câmera.

> Nessa foto vc estava pensando em mim... eu sei pelo seu sorriso... estou mais perto do que imagina... eu e vc juntos, meu amor.
>
> Não vai me responder? Por que me maltrata assim, meu amor?
>
> Responde, vagabunda. Quem vc pensa que é?
>
> Cansado dos seus joguinhos.
>
> Quem é o cara que bateu essa foto? Por que vc tá sorrindo pra ele?

Não bastava provocar potenciais assassinos com acusações sem provas, Zara insistia em ignorar o quanto a interação desse seguidor estava passando dos limites.

Ao chegar em casa, Bia se convenceu de que as coisas não poderiam continuar daquela forma. Zara não dava importância para suas preocupações. Se fosse para trabalhar assim, sem que ela tivesse voz, com todas as decisões da Zara prevalecendo, por mais estúpidas que fossem, Bia iria pular fora.

No celular, digitou e apagou várias versões de mensagens ressentidas, até que optou por uma objetiva:

> Precisamos conversar.

Enviou.

Assim que Bia saiu, Jonas retornou e Zara resolveu conferir como tinha ficado o episódio na íntegra. Ela sorriu satisfeita, apertou o *stop* e retirou os fones de ouvido, reclinou-se na cadeira e deixou o ar sair dos pulmões devagar. Se o café quente não tivesse queimado sua língua, estaria saboreando melhor aquele momento. Ela se sentia realizada.

— Pode salvar esse arquivo e enviar pra produtora, Jonas.

Em dois dias, o episódio com a entrevista estaria no ar para abalar todas as *certezas* que existiam sobre o caso do maníaco de Salga Odorenga.

Não gostaria de ter discutido com a Bia, mas não deixaria aquela bobagem estragar o momento. Claro que não tinha levado a sério a ameaça da amiga de abandonar o podcast, mas a conhecia bem o suficiente para saber que Bia precisava de um tempo. Em alguns dias, com ânimos serenos, fariam as pazes e tudo voltaria ao normal.

Zara queria que Bia se convencesse de que aquele ato de ousadia seria recompensado no futuro, mas não poderia esperar algo diferente da amiga: alguém que nunca aceitou bebida de estranhos, que nunca teve pontos na carteira de motorista, que nunca trepou no primeiro encontro.

Abriu o celular e leu a mensagem que Bia havia acabado de enviar. Ela queria *conversar.*

Sem chance. Não enquanto a amiga estivesse de cabeça quente.

Depois de passar toda a manhã trancada no estúdio, a claridade do dia ensolarado ofuscou suas vistas assim que seu carro avançou para o lado de fora da garagem. Zara colocou os óculos escuros. Estava perto da hora do almoço e o trânsito estava infernal. Os carros parados em filas desorganizadas, as motos cortando as ruas de forma imprudente, as pessoas a pé em passos apressados. Não havia possibilidade de tomar outro caminho à frente. Olhou pelo retrovisor a fila enorme de carros que se formava atrás do seu. O cheiro de comida se misturando ao dos gases que saíam dos escapamentos fez seu estômago roncar de forma dolorosa. Era o pior horário para se locomover de carro na capital, e Zara detestava ficar presa no trânsito.

O trajeto longo e solitário que foi obrigada a percorrer pelas avenidas engarrafadas deu a ela tempo de sobra para refletir sobre tudo o que havia passado para chegar até ali, sobre a aposta alta que havia feito ao escolher o caso do maníaco de Salga Odorenga para a segunda temporada do *Periculum in mora*. Não havia nada de concreto que pudesse indicar que aquele caso se encaixaria na proposta do programa, apenas uma *intuição*.

Lembrou-se do dia em que considerou a história pela primeira vez. Faria uma última entrevista com Alex Malta, o assassino de Pétala Áquila, para o episódio de encerramento da primeira temporada e, embora estivesse colhendo os louros de um sucesso estrondoso, Zara já começava a sentir enorme pressão do público para que o tema da segunda temporada tivesse potencial para ser tão bombástico quanto o do caso "Bela do Barco".

Cumprindo pena na Penitenciária de Planície Costeira, Alex Malta, 43 anos e 100kg de músculos bem torneados, distribuídos em 1,85m de altura, ainda conservava o charme e a beleza de traços marcantes que fizeram dele um grande astro no final dos anos 90 e começo de 2000. Apesar dos trajes de detento, os olhos enviesados, cor de âmbar, garantiam a ele um olhar penetrante e sedutor. Além disso, tinha um sorriso misterioso e cativante.

Houve um tempo em que aquele rosto podia ser visto em qualquer lugar: novelas, comerciais, pôsteres, capas de caderno e revistas. Alex Malta não foi o primeiro ídolo adolescente a cair no esquecimento depois de suas fãs terem envelhecido, mas não se esperava que, anos depois, recuperasse a fama perdida por motivos que nada tinham a ver com a sua arte.

Zara nunca havia estado num presídio antes e achou o ambiente frio e opressor. Foi levada ao parlatório: um salão grande, com diversas mesas e cadeiras. Alex a aguardava sozinho, sentado bem ao centro do salão, algemado nas mãos e nos pés. Ao contrário do que ela imaginava, não havia qualquer obstáculo entre eles, a não ser o tampo da mesa em que se sentaram de frente um para o outro. Nenhuma divisória de vidro como nos filmes.

Dois agentes penitenciários se posicionaram nos cantos, a uma distância que permitia certa privacidade à conversa, mas os mantinha próximos o suficiente para agir diante de algum *contratempo*. Não que ela achasse possível haver algum, mas *nunca se sabe*. Alex parecia inofensivo, e se passaria por inocente caso Zara não soubesse que havia sido ele quem assassinou Pétala Áquila.

Zara montou o tripé e posicionou o refletor e a câmera. Procurava, sempre que possível, registrar as entrevistas em vídeo, na esperança de que um dia pudesse transformar o podcast em um documentário.

Enquanto respondia às perguntas de Zara, Alex Malta se mantinha altivo e imponente, como alguém orgulhoso de alguma proeza. Ela chegou a se incomodar com a impressão de que parte dele se comprazia com a notoriedade reconquistada, ainda que seu nome tivesse saído das páginas de entretenimento para as policiais. Ele passara as duas horas de entrevista tentando impressioná-la com sua cultura e erudição, fugindo de perguntas que exigiam maiores detalhes sobre o crime.

Ao se aproximar do término do tempo combinado com a direção do presídio, Zara estava um pouco cansada de vê-lo dar voltas.

— Sei que vou repetir a pergunta, mas, afinal, por que a matou, Alex? Desculpe, mas não entendo seus motivos e não acho que você explique de forma clara e direta.

Alex inspirou profundamente, as algemas arranharam o tampo da mesa, provocando um tilintar aflitivo. Ele entrelaçou os dedos, inclinou a cabeça e a olhou de lado:

— Posso dar um milhão de explicações, mas a verdade é que nenhuma delas seria o real *motivo*. Não o que você procura.

— Por que não?

— Porque a razão para que um crime como esse aconteça escapa à compreensão da maioria das pessoas. — Ele se curvou à frente e hesitou por um momento, encarando-a fixamente. Fez uma pausa dramática, como se a seguir viesse uma grande revelação. — Já ouviu falar do demônio da perversidade?

— Demônio da perversidade? — ela não pôde evitar o tom de incredulidade diante do que lhe soava como uma grande baboseira.

— Sim — Alex continuou —, o agente provocador da vontade irresistível de fazer merda.

Zara teve que se esforçar para conter uma gargalhada. *Que sujeito maluco.* Alex prosseguiu:

— Parece brincadeira, mas tô falando sério. — Ele sorriu amigavelmente. — Você não conhece esse conto do Edgar Allan Poe? "O Demônio da Perversidade"? Eu li aqui na biblioteca da prisão. Foi aí que tudo finalmente fez sentido para mim. Tanto a razão para que eu, um cara pacífico, tenha cometido esse crime horrendo, quanto a razão para ter confessado quando ninguém no mundo descobriria se eu não o fizesse.

— Explica isso melhor.

Ele se debruçou sobre a mesa e assumiu um tom mais grave:

— O demônio da perversidade é aquela força interior que nos leva a fazer coisas simplesmente porque não devemos. Sentimentos primitivos que nos levam a sucumbir a um impulso autodestrutivo irresistível, uma vontade de fazer algo errado, proibido, e nos ferrar por isso.

— Acha mesmo que esse é o seu caso? — ela provocou.

— Não só meu — ele falava com convicção. — O demônio da perversidade é o que move a humanidade à ruína. Ao contrário do que você possa pensar, não confessei por remorso ou por arrependimento.

— Não? — Ela o olhou com desconfiança.

— Confessei pelo mesmo motivo que me fez cometer o crime: simplesmente porque não deveria. Eu sabia que tinha que ficar calado. Ninguém jamais saberia. Ninguém suspeitava. Ainda assim, não consegui resistir à força desse impulso autodestrutivo de me revelar, assim como não resisti ao de cometer o crime. Observe quando vir alguém fazendo algo de errado e pergunte a si mesma se essa pessoa realmente fez aquilo pelo resultado que parecia almejar ou se movida pela força de fazer algo que não deveria.

— O impulso de fazer merda? — ela riu.

— O impulso *irresistível* de fazer merda — ele corrigiu, sorrindo.

A agitação do agente penitenciário que reconduziria Alex para a sua cela interrompeu o momento de descontração. Abusando da camaradagem, Alex trocou sinais com o agente, conseguindo alguns minutos a mais antes de se despedir:

— Posso perguntar uma coisa? Curiosidade boba. Já decidiu o próximo caso do seu podcast?

Ela deu de ombros e se levantou para desmontar a câmera e guardar os equipamentos de gravação.

— Ainda não, já cogitei algumas histórias, mas nenhuma que me empolgasse de verdade. Estou pesquisando.

Ele sorriu.

— Essa semana aconteceu um lance estranho aqui. Conhece o caso do maníaco de Salga Odorenga?

Ela franziu os olhos.

— Já ouvi falar, mas não sei detalhes. É um assassino em série, não?

— Isso. Matou várias mulheres em Salga Odorenga nos anos 90. Uma garota presenciou quando ele matou a amiga e, depois de uns meses, o apontou para a polícia. Ele foi preso, confessou tudo e está aqui desde então.

Zara achou que a conversa não levaria a lugar algum. Terminou de guardar os equipamentos, fechou o zíper da bolsa e a colocou no ombro. Permaneceu de pé, pronta para se despedir.

— Não é bem isso o que procuro para o podcast. Sei que as pessoas gostam de histórias de assassinos em série, mas casos encerrados, já concluídos, e com os responsáveis presos, não são o meu foco. Procuro *cold cases*, saca?

Ele não se deu por vencido:

— Sim, você procura casos que não se resolveram por culpa da demora da polícia e tal, saquei a ideia, mas depois que vim parar aqui, mais do que nunca, você precisa de outro caso que possa ter uma reviravolta. Se tem uma coisa que eu entendo é dos anseios do público. Vão cobrar você, se já não estiverem fazendo isso. Não adianta me olhar com essa cara. Não pense que por fazer um trabalho jornalístico vai ficar imune à pressão dos que o consomem por puro entretenimento. Por mais cruel que possa parecer a ideia de que pessoas acompanhem histórias de crimes reais como forma de passatempo, é isso o que acontece.

Zara ficou em silêncio, porque sabia ser verdade. Colocou a bolsa no chão ao lado da cadeira e se sentou novamente.

— E você acha que esse caso poderia ter uma reviravolta? — Zara o encarou. Alex fez que sim com a cabeça. — Ok. Estou ouvindo.

Alex se curvou à frente. Falava sussurrado:

— Você já ouviu falar da família Callegari? São donos de uma rede de hotéis e pousadas na costa litorânea. Muito ricos.

— Acho que sim — ela hesitou, tentando forçar a memória —, mas nada específico.

— Virginia Callegari? Uma escritora de livros policiais? Não acredito que você não conheça. Ela é famosa. Alguns dos livros dela foram adaptados para filmes e séries.

— Acho que conheço de nome. Vamos ao ponto, Alex, por favor.

Alex continuou:

— O marido dela foi assassinado umas semanas atrás.

— Ah, tá… sim… eu vi alguma coisa sobre esse assassinato — ela o interrompeu —, a polícia ainda está investigando. — Zara começava a ficar impaciente. Esfregou as mãos nos joelhos. — Olha, também não é o tipo de história que procuro.

— Calma! Você vai entender. — Os olhos de Alex brilhavam. — Dias atrás, durante o almoço, passava uma reportagem sobre o assassinato desse homem no telão no refeitório. Chamou minha atenção porque, há uns anos, fiz um teste para uma adaptação em minissérie de um dos livros da Virginia. A notícia dizia que ela chegou em casa e encontrou o marido morto na garagem. Ficaram mostrando o império da família, o homem que comanda tudo, Hermes Callegari. Enquanto passava a reportagem na televisão, Silas Ruger, o tal do maníaco de Salga Odorenga, tava almoçando do meu lado. Na nossa frente estava o Armando, o mais próximo que Silas tem de um amigo aqui dentro. O Armando se virou pro Silas e perguntou: "Callegari… são quem tô pensando?". O Silas continuou comendo, olhando para o prato com uma expressão contrariada e meio que confirmou com a cabeça. Aí, o Armando gargalhou e disse: "Quero ver onde vão arrumar outro *serial killer* dessa vez."

Alex fez uma pausa e Zara se esticou. Achou curiosa a escolha de palavras. *Outro serial killer. Dessa vez.*

— E aí?

— Aí vem a parte estranha. A reação do Silas. Ele ficou puto, jogou o prato de comida no chão e berrou para o Armando calar a boca; estava quase partindo pra cima dele. Os agentes apareceram e levaram os dois para o setor de disciplina.

— O que os Callegari têm a ver com esse Silas?

— Aí que está. Na hora eu fiquei sem entender. No dia seguinte, fui à biblioteca e me deu na telha de ver se tinha algum livro da Virginia aqui. Encontrei alguns, mas me chamou a atenção o primeiro livro que ela escreveu. Não é ficção — depois de uma breve pausa, Alex inclinou-se um pouco mais e continuou sussurrando —, é sobre esse caso do maníaco de Salga Odorenga. Só que é um livro autobiográfico. A Virgínia foi testemunha presencial do assassinato da última vítima do maníaco, uma amiga foi morta na casa do tio dela, do Hermes Callegari. Foi ela quem delatou o assassino para a polícia. É por causa dela que o Silas está aqui.

— Estou entendendo. Você descobriu mais alguma coisa?

— Depois de uns dias, encontrei o Armando na oficina, sozinho. Fui puxar assunto, especular. Perguntei por que o Silas tinha ficado tão bravo. Armando falou: "O Silas gosta de se gabar com essa história de *serial killer*, de maníaco, confessou ter matado várias mulheres, inclusive uma amiga dessa escritora, mas, essa garota aí, não foi ele que matou, não".

Zara ficou em silêncio, refletindo sobre o que acabara de ouvir, então perguntou:

— Por que ele confessaria um crime que não cometeu?

Alex puxou o ar para responder, mas os agentes penitenciários demonstravam impaciência. Já tinham extrapolado o tempo combinado para a entrevista. Ignorando os sinais, Alex abriu um sorriso:

— Demônio da perversidade? — Jogou a cabeça para trás, deixando escapar uma gargalhada debochada. — Tô brincando. Não tenho a menor ideia, mas achei que você podia se interessar.

Alex tinha razão. Zara ficou curiosa com a possibilidade de estar diante de um caso de assassinato que todos julgavam resolvido, mas que, na verdade, poderia não ter acontecido da forma que se pensava. Ela deixou a Penitenciária de Planície Costeira com muitas perguntas e, naquela mesma noite, pôs-se à frente do computador para pesquisar o que havia disponível na internet.

Uma rápida olhada nas redes sociais de Virginia revelou uma mulher cercada de glamour e sofisticação, cuja vida era acompanhada por uma legião de fãs que curtiam e comentavam suas postagens sobre livros, viagens, treinos intensos de musculação e festas.

Procurando por informações do caso do Maníaco de Salga Odorenga, ela descobriu algumas reportagens de 1995 e 1996 que falavam sobre a possibilidade de um *maníaco* estar agindo na cidade depois de quatro corpos terem sido encontrados enterrados numa mata. Por dois anos, diversos boletins de ocorrência de desaparecimentos de mulheres em circunstâncias inexplicadas haviam sido registrados, mas até que aqueles corpos fossem encontrados não se cogitava a existência de um *serial killer* matando mulheres na região.

Zara encontrou também matérias jornalísticas sobre o assassinato da adolescente Angela Romano no jardim da mansão da melhor amiga, Virginia Callegari.

Na época, Virginia tinha 17 anos e vivia em Salga Odorenga com o tio paterno, Hermes Callegari, nomeado como seu guardião depois que seus pais, proprietários de uma rede de hotéis e pousadas por toda a costa do estado, morreram num acidente de carro.

As matérias diziam que na noite em que Angela foi morta, o tio de Virginia havia saído para uma festa, deixando as jovens em casa. Quando ele retornou, no começo da madrugada, não percebeu que o assassino se aproveitara do portão da garagem aberto para entrar na residência. Hermes foi se deitar e, meia hora depois, acordou com os gritos das meninas, atacadas pelo invasor, que pretendia estuprá-las. Vendo que o dono da casa havia acordado, e que não conseguiria consumar os estupros, o invasor resolveu fugir, mas antes, com uma faca de que havia se apossado na cozinha, golpeou Angela no abdômen cinco vezes.

Zara encontrou uma longa entrevista de Virginia, concedida por ocasião do lançamento do livro autobiográfico que escreveu sobre o caso. Ela dizia ter entrado em estado de choque depois de presenciar a morte da amiga. Passou os meses seguintes internada numa clínica psiquiátrica para se recuperar. Não tinha quase nenhuma lembrança do que acontecera naquela noite. O trauma bloqueara sua memória. Depois de receber alta médica, ficou determinada a descobrir a identidade do assassino e assumiu para si mesma a missão de ajudar a polícia a identificá-lo, só não sabia por onde começar. Passou a frequentar a delegacia diariamente à procura de informações, então, descobriu uma pista que levou os policiais direto ao assassino.

Aquelas declarações davam um outro enfoque ao cenário: *se Virginia sofreu um trauma que bloqueou suas lembranças, até que ponto a identificação de Silas Ruger poderia ser considerada confiável?*

Zara queria entender exatamente como a polícia havia chegado à conclusão de que Silas Ruger era o assassino de Angela e qual papel Virginia tivera nisso.

Encontrou o *e-book* do livro autobiográfico da Virginia e o devorou durante a madrugada. Por ele, descobriu que, a princípio, a polícia não via relação entre a morte de Angela e as mortes das mulheres encontradas na mata, mas tudo mudou depois que Virginia descobriu uma pista que havia sido ignorada pela polícia em um dos inquéritos do caso do maníaco.

Uma mulher escapara com vida de um ataque que a polícia acreditava ter sido feito pelo maníaco. Ela descreveu a estampa da camiseta que o criminoso usava: a parte frontal de um trem em movimento, ornamentada com uma cabeça de felino de dentes pontiagudos, um chifre na testa e correntes nas laterais. Descobriram que a descrição correspondia à imagem da capa do disco *Orgasmatron,* da banda de *heavy metal* Motörhead. No livro, Virginia dizia que aquela descrição desbloqueou uma memória da noite do assassinato. Ela se recordava de *flashes* do assassino usando uma camiseta com estampa parecida.

Os investigadores descobriram que camisetas de bandas de rock eram vendidas em um único lugar na cidade: uma loja de discos e suvenires. Em contato com o proprietário, souberam que ele havia recebido uma única camiseta com aquela estampa e que ela havia sido vendida para um cliente assíduo da loja: Silas Ruger.

Foi cumprido mandado de busca e apreensão na casa de Silas, e os policiais encontraram provas que o ligavam às mortes das mulheres cujos corpos haviam sido encontrados na mata. Ele seguia as vítimas por vários dias, às vezes por semanas, antes dos ataques e se apossava de objetos pessoais delas durante esse período. Além disso, tinha um estúdio caseiro em casa e ele mesmo revelava fotografias tiradas enquanto vigiava as vítimas à distância; outras, tiradas durante as sessões de tortura e algumas até depois de mortas. Todos esses objetos e fotografias foram apreendidos pela polícia.

Silas Ruger confessou ter matado Angela e outras cinco mulheres. A imprensa passou a chamá-lo de "O maníaco de Salga Odorenga". Ele foi condenado a uma pena total de 104 anos de reclusão por homicídio, estupro e ocultação de cadáver. Desde então, cumpria pena na Penitenciária de Planície Costeira, com previsão de ganhar a liberdade apenas quando cumprisse, no mínimo, 30 anos de sua pena total, prazo máximo que a lei permitia, na época, que o Estado mantivesse alguém encarcerado por uma mesma condenação.

Zara continuou suas pesquisas. As reportagens mais recentes eram sobre a morte de Jorge Augusto Mussi, marido de Virginia Callegari. O corpo dele, atingido por diversos tiros, havia sido encontrado pela própria Virginia, por volta das 8 da manhã, na garagem de sua mansão em Salga Odorenga. Os circuitos de câmeras de vigilância da residência e do condomínio estavam desligados e não captaram imagens do ocorrido. As investigações ainda estavam em aberto, e a polícia não havia divulgado informações sobre suspeitos ou a motivação do crime.

Zara tirou *print* de todas as reportagens, salvou os links e enviou uma mensagem para a Bia:

> Encontrei a nossa próxima história.

Na época, Bia parecia tão empolgada quanto ela com a possibilidade de uma reviravolta num caso criminal encerrado há quase 25 anos. *Se Angela Romano não havia sido morta pelo maníaco de Salga Odorenga, quem seria o seu assassino? Seria possível que essa morte tivesse relação com o assassinato do marido de Virginia Callegari?*

Agora, porém, Bia estava neurótica, preocupada com tudo e não concordava com Zara sobre o tom que deveriam dar à cobertura do caso. Parecia ter se esquecido de que, desde o início, a intenção sempre havia sido explorar teorias alternativas ignoradas pela polícia.

Por mais certeza que tivesse de estar no caminho certo, Zara ouvia as palavras da Bia martelando na cabeça: "Pensa bem, e se essa entrevista cutucar gente perigosa? Não bastam essas ameaças que você anda recebendo?"

As ameaças. A mesma ladainha de sempre. Meia dúzia de mensagens mal-educadas de *fakes* desocupados. *Imagina se Bia soubesse do stalker? Das invasões ao apartamento? Das flores, das cartas macabras, das lingeries surrupiadas? Aí é que ela surtaria de vez...* Melhor que continuasse sem saber.

Desde que percebera que seu apartamento havia sido invadido em algumas ocasiões na sua ausência, Zara havia tomado precauções para melhorar sua segurança. Ao chegar no apartamento, com a porta ainda

fechada, acionou o aplicativo das câmeras recém-instaladas pelo celular. Percorreu as imagens de todos os cômodos. Somente depois de se
certificar de que não havia ninguém lá dentro, entrou.

Cogitava responder à mensagem da Bia quando o celular apitou.
Pensou que pudesse ser a amiga, inconformada por não ter recebido
uma resposta, porém o nome que piscava na tela era inesperado. *O
que poderia ser?*

Jogando a bolsa em cima da mesa, Zara leu e releu a mensagem diversas
vezes antes de responder. Tinha que ter certeza. Digitou cuidadosamente
sua resposta. A tela do celular não demorou a piscar novamente, trazendo
outra mensagem:

> Venha me encontrar. Sozinha. Ninguém
> pode saber. Quando chegar na cidade,
> avise. Mandarei a localização.

Zara não levou mais de vinte minutos para arrumar as malas. Tentava decidir se, apesar do alerta, não seria melhor avisar a alguém sobre
aquele encontro. Para sua segurança. Para o caso de as coisas não saírem
como esperava. Mas quem? Se avisasse Bia, ainda mais depois da discussão daquela manhã, ela iria surtar. Bia nunca concordaria que Zara
fosse àquele encontro sozinha. Avisar a qualquer outra pessoa poderia
colocar tudo a perder.

Precisava pensar. Não poderia abrir espaço para arrependimentos.

Lembrou-se da conversa fiada com Alex Malta.

Aquilo só poderia ser armação do demônio da perversidade. Partir
daquela forma, sem avisar ninguém, e encontrar-se em segredo justamente com aquela pessoa, não seria o mesmo que sucumbir a um impulso
irresistível de fazer merda?

De volta ao carro, Zara se acomodou no banco do motorista. A
garagem parecia mais escura que o habitual. Antes de dar partida, viu
uma moeda jogada no console e decidiu arriscar a sorte: coroa, ela iria;
cara, desmarcava.

Jogou a moeda para cima numa manobra desajeitada. Não conseguiu pegá-la de volta e ela caiu no assoalho do carro, rolando para debaixo do banco. Zara ficou por alguns minutos pensando se deveria ou não conferir o resultado. Decidiu ignorar. Apertou o botão da partida do veículo, engatou a marcha e saiu. A sorte estava lançada.

CAPÍTULO 2

Antes mesmo de abrir os olhos, Bia tateava debaixo do travesseiro, procurando pelo celular. Ensaiou uma tentativa de se levantar da cama, mas logo desistiu. Pálpebras colando, cabeça rodando, gosto amargo na boca.

O que Zara diria se a visse naquele momento: acordando de ressaca, depois de uma noitada, sem ter tirado a maquiagem antes de dormir? Bia não se lembrava sequer como tinha chegado em casa. Não era Zara quem dizia que Bia era incapaz de relaxar e se divertir? Beber até cair, beijar um estranho qualquer, acordar com a sensação de ter sido atropelada? Pois bem. Na noite anterior, Bia se encarregara de desmenti-la ponto por ponto. Beijos, bebida, descontração. Tudo a que Bia não estava acostumada. Tudo o que Zara achava que ela era incapaz de fazer. Ainda não estava acordando ao lado de algum desconhecido, *mas espere só, Zara.*

Já havia dois dias que tinham discutido e, desde então, não tinham mais se falado. Depois da última mensagem enviada, aquela em que Bia pedia para se encontrarem pessoalmente e conversarem, Zara tinha respondido lacônica:

Estou indo viajar. Qdo voltar, te ligo. Bjo

Depois disso, sumiu. Nem um áudio, nem uma mensagem sequer. Desde quinta-feira.

Lutando contra a preguiça, Bia tocou na tela do celular e o brilho fez doer os olhos: 13h05.

Os episódios novos do podcast estavam sendo liberados aos sábados, pontualmente ao meio-dia. Àquela altura, o *episódio da discórdia* já estava no ar. Podia até imaginar como as redes sociais deveriam estar fervendo com as teorias conspiratórias lançadas pelo investigador de polícia Donato Antunes sobre o caso do maníaco de Salga Odorenga.

Abriu suas mensagens e notou que, dentre as primeiras caixas de diálogo, estava a da Zara, enviada às 23h45 da noite anterior:

> Vc não vai acreditar quando eu te contar tudo o que descobri. Me encontre no Laos amanhã às 17h.

Bia não se lembrava de ter visto a mensagem antes, mas depois de tanto *Jack Daniels* na noite anterior, ter ou não lido a mensagem da Zara não era a única coisa de que não se lembrava muito bem.

Incomodou-se um pouco com o tom da mensagem. Achou meio autoritário. Zara nem perguntou se ela tinha algum compromisso naquele horário. *Some durante dois dias e reaparece dando ordens.* Nem um *sinto muito?* Ela não se importava com o quanto Bia ficou magoada com a discussão?

Bia se limitou a responder: *Ok.*

Ao lado da sua resposta, um tracinho apenas. Então, Bia notou que em seu status no aplicativo, Zara aparecia online pela última vez às 04h04. *Deve estar dormindo ainda, a preguiçosa.*

Fragmentos de imagens da noite anterior explodiram em *flashes* na sua mente: um copo suado nas mãos, pedras de gelo rodando, luzes coloridas piscando, mãos atrevidas puxando-a pela cintura, uma língua quente e úmida invadindo sua boca gelada. Um par de olhos verdes desafiadores. *Quem disse que eu não beijo desconhecidos na balada, hein?*

Enquanto se arrumava, Bia resolveu vencer a resistência e começou a ouvir o podcast com o episódio do Donato. Zara escolhera "Enter Sandman" do Metallica para as inserções entre a sua fala e os trechos de entrevista do investigador aposentado. Ouviu o episódio no Uber com fones de ouvido durante todo o caminho até o Laos, terminando quando estava praticamente na porta da cafeteria.

Não é que tinha ficado bom? Tinha que reconhecer. Zara encontrara o tom perfeito, sem sensacionalismo, embora as declarações de Donato Antunes já fossem naturalmente escandalosas. Talvez tivesse pegado muito pesado com a amiga. Bom que agora poderiam conversar.

O Laos era uma cafeteria charmosa que ficava no número 37 da Rua das Paineiras no bairro do Jardim Portenho. O salão era amplo, mas entulhado de mesas. Estava sempre lotado. Servia cafés de grãos variados, moídos na hora, o *apfelstrudel* mais famoso da cidade e, com wi-fi gratuito, era difícil encontrar alguma mesa desocupada.

Zara e Bia gostavam de passar horas ali tomando café e jogando conversa fora. Zara dizia que o *brainstorm* criativo funcionava melhor quando elas estavam hipnotizadas pelas formas geométricas do papel de parede em estilo *art déco* que revestia todo o ambiente.

17h... 17h15... 17h30... 17h45...

A ressaca da noite anterior não estava combinando bem com a mistura de odores doces e salgados que vinha da cozinha sempre que alguém abria a porta atrás do balcão. Além disso, as conversas amontoadas das pessoas, o vaivém da garçonete enchendo e esvaziando bandejas, o sentar e levantar de pessoas nas mesas ao lado da sua... tudo aquilo começava a deixar Bia nauseada. Não gostava de esperar e sentia a ansiedade aumentando um pouco mais a cada vez que a porta da cafeteria se abria de forma escandalosa para dar passagem a pessoas que não eram a amiga.

Àquela altura, Bia tinha descascado o esmalte de todas as unhas e começava a roer as cutículas. Já havia tomado uma Coca zero e dois cafés. Teria uma síncope se continuasse naquele ritmo.

Zara não era a pessoa mais organizada do mundo, mas não costumava se atrasar tanto assim aos compromissos, principalmente aos que ela mesma marcava.

Bia conferiu suas mensagens: nada da Zara, e a última vez online continuava sendo às 04h04. Mandou uma mensagem:

> Já estou no Laos, cadê vc?

Bia percebeu que Zara não alimentara suas redes sociais nos últimos dois dias. Não tinha feito um post sequer para divulgar o novo episódio do programa. Justo aquele. Tão polêmico. Zara poderia passar dias sem responder a uma mensagem, mas ficar desconectada por tantas horas e sem postar em suas redes sociais por tanto tempo era inédito.

Bia checou novamente o celular. Apenas um tracinho ao lado da sua mensagem. Decidiu telefonar, algo que dificilmente fazia.

Inútil. O aparelho colado ao seu ouvido estava mudo. Sem tocar e sem ninguém atender até que, por fim, a gravação da caixa postal começou a rodar perguntando se ela queria deixar uma mensagem.

O jeito era ir até a casa dela.

A Zara morava na cobertura do *Le Marais*, um edifício de luxo localizado num bairro nobre da capital. Bia desceu do táxi às 18h30.

Na portaria, além do seu Isaías, estava o Fernando, um vizinho da Zara, com quem Bia já havia conversado amenidades algumas vezes. Era gato e solteiro, mas nunca haviam estabelecido uma paquera que passasse para o lado de fora do elevador. Depois de cumprimentar os dois, se virou para o porteiro:

— Oi, seu Isaías. Vim ver a Zara.

— Ih, menina, o prédio está sem energia o dia inteiro. Algum vândalo cortou todos os cabos. Não dá nem para interfonar. Já chamei a companhia elétrica. Vieram, mexeram, mas não resolveram nada. Disseram que iam voltar, mas que eu tinha que chamar um eletricista. Fiz tudo o que mandaram, mas isso já faz mais de uma hora e, até agora, nada. Sábado, né?

— Puxa, seu Isaías, que problemão. O senhor viu a Zara hoje?

— Vi, não. Uma loucura isso aqui o dia inteiro, os moradores azucrinando, falando na minha cabeça, toda hora abrindo o portão da garagem no manual e, para piorar, meu turno terminou já tem mais de meia hora, mas o Wesley, o porteiro que devia entrar no meu lugar, ainda não chegou.

Bia pensava em explicações para a ausência da amiga agora que sabia que o edifício estava sem energia elétrica desde cedo: o celular poderia ter descarregado enquanto Zara dormia. Ao acordar, sem energia, não teve como recarregá-lo. Morando na cobertura, talvez estivesse com preguiça de descer 20 andares de escada e aguardava o retorno da energia elétrica para sair.

Ainda assim, para ficar tranquila, Bia precisava ter certeza de que ela estava no apartamento.

— Seu Isaías, eu queria muito subir para falar com a Zara.

— Se quiser, abro o portão e você sobe de escada. Vinte andares. Você que sabe.

Fernando, que estivera respeitosamente distante até então, se aproximou:

— Bia, não quero me intrometer na conversa, mas tava aqui do lado e não pude deixar de ouvir. Eu moro no dezoito. Já tenho que subir de escada mesmo. Se você quiser, passo no andar da Zara e aviso pra ela que você está aqui, assim você não sobe de escada à toa, que tal?

— Puxa, Fernando, você faria isso? Seria ótimo.

— Claro. Me passa o número do seu telefone que, quando eu estiver lá em cima, te ligo para você falar com ela.

Bia cantou os números para Fernando e se acomodou num banco do jardim do prédio para aguardar.

O tempo passava arrastado. Ela abria e fechava a tela do celular em reflexos automáticos.

Vários minutos depois e nada do Fernando. Ainda que fossem vinte andares, tinha passado tempo suficiente para que ele tivesse chegado ao apartamento, mas ele não tinha ligado nem mandado mensagem. Bia lamentava não ter pegado o número dele também.

A noite finalmente caíra e o prédio todo estava mergulhado em breu.

Bia decidiu sair para ver se do lado de fora do prédio conseguiria enxergar o apartamento. Cruzou a rua larga em direção ao lado oposto, afastando-se o máximo possível até chegar na esquina do quarteirão seguinte.

Foi fácil identificar o duplex. Ficava no último andar. No pavimento superior, havia uma área descoberta com sauna, churrasqueira e piscina. De onde Bia estava, era impossível enxergar a cobertura. Do andar de baixo, onde ficavam a sala e os quartos, a visão que se tinha da rua era a da sacada envidraçada que contornava praticamente todo o pavimento inferior.

Em meio à escuridão, um jogo de luzes e sombras se formava nos vidros. Apesar da distância e do escuro, Bia notou uma movimentação na sacada do apartamento. Ela apertava os olhos, como se assim fosse ter melhor visão, mas obviamente não adiantava nada. Ela se concentrou tanto a tentar enxergar alguma coisa, que chegou a julgar ter sido traída por seus sentidos, quando avistou um clarão seguido de um estampido.

As batidas do seu coração passaram a explosões violentas, como se seus órgãos fossem rasgar a carne e saltar para fora a qualquer momento. Queria estar enganada, mas não estava. A certeza veio quando ouviu outro estampido, e um dos vidros da sacada se estilhaçou, fazendo com que os cacos caíssem como chuva no pátio e na calçada.

Algumas pessoas que caminhavam pela rua pararam e começaram a olhar para cima, atraídos pelos pedaços de vidro que caíam. Bia atravessou a rua, correndo em direção à portaria, gritando para o porteiro:

— Abra o portão, seu Isaías, eu vou entrar. Chama a polícia. Agora!

Mal cruzou o portão, Bia ouviu um longo e estridente grito feminino de "nãaaaaoooooo". Algo despencou em alta velocidade e, ao se chocar com o chão, provocou um estrondo.

Bia se encolheu e esvaziou os pulmões num grito horrorizado. O corpo foi tomado por tremores, enquanto ela criava coragem de olhar para o que havia caído há poucos passos de si. Hesitante, virou-se devagar em direção ao ponto de impacto e viu um corpo estatelado em meio a uma massa de sangue e secreções que se formava bem à sua frente. Um odor indistinguível se desprendeu daquele volume amorfo, misturando-se aos cheiros da rua — lixo, calçada úmida e gás de escapamentos de carros.

Sua mente rodopiava: *Por favor, Deus, não pode ser o Fernando.*

Num esforço para vencer o medo, deu alguns passos incertos para se aproximar. Os braços e pernas formigavam, a cabeça latejava, mas criou coragem e olhou para aquela massa disforme, tentando reconhecer nela traços humanos que pudesse identificar. Não parecia ser o Fernando.

Atrás de si, vozes começavam a se aproximar. Elas se misturavam aos sons de motores e buzinas, apitos de portões eletrônicos abrindo e fechando. Uma sinfonia urbana desarmônica. Eram pessoas que se amontoavam, atraídas por aquele espetáculo grotesco. Em meio a elas, os gritos do seu Isaías se destacaram:

— Minha nossa, minha nossa senhora! É o Wesley!

É o rapaz daqui da portaria.

Era como se Bia pudesse ouvir a voz da Zara ecoando na sua cabeça: "Quando você menos espera, alguma coisa despenca na sua cabeça e muda tudo".

Bia tinha que ver o que estava acontecendo no apartamento. Contrariando todos os seus instintos, pôs-se a cruzar o pátio do prédio aos tropeços até alcançar as escadas. As pernas tremiam, mal obedecendo aos comandos, mas ela avançou os degraus. Estava ofegante, suada, as lágrimas escorrendo, a vista escurecendo, lutando para manter o controle e não desmaiar no próximo passo.

Quando finalmente chegou ao décimo nono andar, ouviu um barulho vindo do andar superior. *A Zara está lá. Tá tudo bem… tá tudo bem.* Não se permitiu paralisar pelo medo e, num ímpeto de coragem, subiu o restante dos degraus que levavam ao vigésimo andar. *Vai ficar tudo bem.* O ar passava queimando pela sua garganta. Sentia como se o vômito fosse lhe escapar a qualquer momento. O peito se enchia e se esvaziava, em dilatações dolorosas.

Abriu a porta da escadaria e entrou no hall do elevador. A porta de entrada do apartamento estava escancarada e, do lado de fora, Bia viu a bagunça de móveis revirados e papéis espalhados. Ela se curvou e apoiou as mãos nos próprios joelhos por alguns instantes, tentando recuperar o fôlego. Não havia mais nenhum ruído: silêncio absoluto. Com as mãos trêmulas, apagou a lanterna do celular e o guardou no bolso de trás da calça jeans.

Avistou uma escultura metálica que compunha a decoração do apartamento e pensou em apanhá-la. Mal tinha dado dois passos, sentiu um forte impacto na parte de trás da cabeça, seguido de outra pancada, tão forte quanto a primeira. A dor que sentiu não se comparava a nada que já tivesse sentido antes. Enquanto caía, desnorteada, foi atingida por uma sucessão de chutes pelo corpo, que a fizeram se encolher em posição fetal. "Socorro!" Os golpes continuavam, enquanto ela gritava de dor. Um gosto metálico veio à boca. As pálpebras pesavam. *Vou desmaiar.* Tentando fugir aos golpes, Bia reuniu forças e se virou de lado.

Foi quando viu a silhueta do Fernando, caído entre a sala de estar e a sacada, em meio a uma poça de sangue. Tentou balbuciar algo, mas não saiu nenhum som. Então tudo escureceu.

CAPÍTULO 3

Levou um tempo para que Bia percebesse que não estava mais no apartamento da Zara, e, sim, deitada, com os pés e mãos amarrados, na carroceria de um veículo que cruzava as ruas em alta velocidade. Um homem estava inclinado sobre ela. Percebia os movimentos da boca dele. Nada do que ele falava fazia sentido. Seu coração acelerou. *Estou sendo sequestrada. Vão me matar.* O homem punha as mãos enluvadas na frente do seu rosto. Luzes piscavam, cegavam. Os sons em volta abafados, cortados por um zumbido intermitente.

Ela piscou diversas vezes e tentou olhar ao redor, as vistas desembaçaram um pouco. Ela avistou equipamentos, ouviu uma sirene. *É uma ambulância.* Tombou a cabeça de lado. Vomitou. Apagou e despertou algumas vezes durante o trajeto, confusa e com dores.

Passou, no modo automático, pelo atendimento médico e exames, como se estivesse fora do corpo observando a movimentação: um vaivém de pessoas de jaleco branco e rostos abatidos tirando sua pressão, temperatura, puxando suas pálpebras, cegando-a com luzes, tocando-a em todas as partes de seu corpo. Era como se a qualquer momento o teto pudesse despencar sobre a sua cabeça, e as paredes pintadas de verde-claro se fecharem sobre ela.

Cheiro de álcool, apito de máquinas, agulhas a espetando nas mãos, nos braços. A cabeça doía. Frio. Sentia muito frio. Onde estavam as suas roupas? Seu celular? Onde estava a Zara? O Fernando?

Quando finalmente despertou, estava na enfermaria.

O quarto era branco e frio. O cheiro de detergente barato, álcool e outros produtos químicos misturados embrulhava o seu estômago. Estava sozinha. Avistou quatro camas, cada uma delas com uma mesa de cabeceira e uma cadeira ao lado. Todas desocupadas. A roupa de cama e a camisola que vestia traziam o logotipo do hospital. *Noite de sábado tranquila no Hospital Santo Hilário.*

Uma senhora de uns 60 anos entrou no quarto e, no crachá de identificação, Bia leu "Enfermeira Amelia".

— E aí, menininha, que susto, hein? Como está se sentindo? — ela trazia uma voz reconfortante.

— Sinto muita dor — respondeu.

— Logo ficará melhor. Sente enjoo, vontade de vomitar? — Enquanto conversava, a enfermeira aferia temperatura, pressão, saturação. Em seguida, espetou uma seringa no orifício da bolsa de soro pendurada num suporte metálico. Foi quando Bia notou o acesso venoso conectado a sua mão direita.

— Um pouco enjoada, sim. Tontura também, mas vontade de vomitar, não.

— Você levou uma pancada forte na cabeça. Os médicos tiveram que dar uns pontinhos para suturar seu ferimento.

Bia levou as mãos à nuca instintivamente e sentiu o volume de um grande galo e uma falha áspera onde o cabelo havia sido raspado.

— Logo a médica vem com o resultado da tomografia. Você vai ficar aqui mais um tempinho em observação.

— Minhas roupas, meu celular?

— Nós guardamos. Vou pedir para trazerem aqui pra você.

A enfermeira fazia anotações numa prancheta. Bia estendeu a mão para tentar chamar sua atenção. A voz saía com dificuldade.

— Escuta, por acaso você sabe se uma moça loira ou um rapaz baleado deram entrada aqui?

A enfermeira a olhava com uma expressão confusa. Bia não encontrava as palavras para explicar.

— Zara Stein e Fernando... — *Droga*! Não sabia o sobrenome dele. A enfermeira a interrompeu com doçura:

— Não, meu bem. Sinto muito.

— Maria Beatriz? — Era a voz de outra enfermeira entrando no quarto também de prancheta em mãos.

— Sim.

— Tem um rapaz no saguão pedindo para ver você. Como você está sem acompanhante, a médica autorizou a entrada. Não é seu parente, então vim confirmar se posso deixar entrar.

Bia se sentiu desprotegida e solitária quando ouviu a enfermeira dizer que ela estava sem acompanhante. Os pais moravam no interior, mas estavam visitando o irmão mais velho de Bia que havia se mudado para a Austrália há cerca de cinco anos. Ela sentiu uma dor em imaginar o quanto eles ficariam preocupados quando soubessem, do outro lado do mundo, o que tinha acontecido com ela. Assim que recuperasse seu celular, ela mandaria uma mensagem para tranquilizá-los.

— Quem é?

— Ele disse que se chama Arthur.

Arthur...

Num primeiro momento, Bia não conectou o nome a alguém conhecido, até que, num estalo, uma imagem dolorosa do passado se projetou como um *flash* em sua mente. *Não pode ser.*

— Qual o sobrenome? — Bia sentiu as faces queimarem.

— Ah, sim... — A enfermeira voltou o olhar para a prancheta. — Arthur Malheiros.

Bia sentiu o corpo estremecer antes de responder.

— É meu amigo. Ele pode entrar.

Amigo.

A palavra soou estranha em sua boca, num tom de voz agudo, artificial e nada convincente, que sempre escapava desafinado quando Bia tentava enganar alguém.

Os minutos entre a saída da enfermeira e a entrada daquele fantasma do passado pareceram uma eternidade.

Um sabor amargo lhe veio à boca quando ele passou pela porta. Era a primeira vez que se encontravam depois de quase oito anos. Bia sabia o quanto Zara e Arthur eram amigos e tinha certeza de que esse reencontro aconteceria algum dia. Por diversas vezes fantasiara sobre como seria, mas nunca imaginara que pudesse ser numa situação como aquela. Em seus sonhos, ela estaria linda, bem-sucedida, cheia de motivos para esfregar na cara dele o que ele deixara escapar. Tentou imaginar que visão ele teria dela naquele momento e teve consciência da versão patética de si mesma que deveria estar estendida naquela cama de enfermaria.

O homem à sua frente — a barba negra cerrada, os cabelos ondulados com alguns poucos fios brancos nas laterais, a pele morena ornamentada por finas linhas de expressão — passaria por um estranho, não fossem aqueles olhos castanhos tão familiares, em que ela se deixara perder em encantamento por tantas vezes. Ainda se lembrava com mágoa do namorado dos tempos de faculdade, aquele que havia sido um grande amor, mas que a havia descartado, sem qualquer cerimônia, na primeira oportunidade profissional que apareceu.

Arthur nunca escondeu de Bia o quanto era ambicioso e as altas expectativas que tinha para sua carreira. Sua paixão pelo jornalismo e a disposição para encarar desafios foram algumas das características que mais a atraíram. Ele não media esforços, era corajoso, determinado, estava sempre em busca de algo que o desafiasse, tinha grandes planos para o futuro. Ela via nele inúmeras qualidades que julgava faltarem nela: coragem de encarar o desconhecido, de sonhar alto e se aventurar.

Mesmo sendo tão diferentes, eles se entendiam, se encaixavam. Houve um tempo em que eram tão íntimos que tinham até uma linguagem própria. Aquela sintonia clichê de casais em que um termina as frases do outro. Bia não imaginava que ele pudesse ter planos que não a incluíssem, porque ela própria não imaginava sua vida sem ele. E ele, ora, ele a amava! De um jeito bem óbvio. Ela sentia. Era como se ele também não pudesse ficar sem ela... até que ficou.

— Oi, Bia... Você tá bem? Como se sente? — a voz ainda era a mesma: grave e serena; ela se lembrou de como gostava de ouvi-la sussurrada aos seus ouvidos provocando arrepios obscenos pelo corpo.

— Já estive melhor... — Elevou os braços ao lado do corpo, com as palmas das mãos voltadas para cima, exibindo seu estado deplorável. Notou que ele a olhava com piedade, e isso a envergonhou. Lembrou-se das pancadas na cabeça, dos chutes pelo seu corpo e se indagou se o seu rosto não estaria machucado. Levou as mãos às faces procurando

pontos de dor. *Tomara que a minha cara não esteja toda roxa e arrebentada.* —
E você? Quanto tempo, Arthur.

Ele não respondeu. Em vez disso, aproximou-se, sentou-se na cama
e a envolveu num abraço apertado. O gesto a pegou desprevenida. O
calor daquele contato inesperado a remeteu para um estado de emoções
desordenadas que percorreram seu corpo como uma descarga elétrica
de alta voltagem. Sentiu-se atingida por uma dor pungente, como se até
aquele momento estivesse anestesiada e fosse abrupta e violentamente
arrancada de uma espécie de letargia.

Bia desabou entre lágrimas e soluços. Sua voz trêmula gaguejava.
Ela precisava colocar tudo para fora, mas como pôr em palavras o que
sentia com alguma coerência?

— A Zara sumiu… eu fui na casa dela… tava sem luz… o vizinho
tomou um tiro… bateram na minha cabeça, me chutaram… Eu não sei
onde ela está. Você sabe? Falou com ela?

Ele respondeu sem se soltar dela.

— Não, não falo com a Zara há vários dias. O que está acontecendo?
Está cheio de policiais lá fora esperando para falar com você.

Aos poucos, Bia sentiu desacelerar o ritmo da respiração. Desven-
cilhou-se dos braços de Arthur e o afastou. Aquela proximidade era
desconfortável. Ele ainda era aquele cara, afinal. Aquele que preferiu
uma proposta de emprego no exterior. Escolheu a carreira ao invés de
um futuro com ela. *Egoísta.* Não a incluiu. Partiu seu coração.

Bia enxugou as lágrimas e tentou organizar seus pensamentos.

— A Zara me mandou uma mensagem ontem, quase meia-noite,
marcando um encontro numa cafeteria hoje, mas não apareceu. Eu
fiquei preocupada e resolvi ir ao apartamento dela. Aí, toda essa loucura aconteceu: acho que o vizinho tomou um tiro, não sei se ele está
bem, o porteiro do prédio despencou do vigésimo andar, morreu, me
agrediram…

— …você precisa contar tudo o que sabe para a polícia — ele a interrompeu, colocando uma das mãos delicadamente sobre a dela.

— Contar o quê? — Bia retirou a mão debaixo da dele. — Não tem
o que contar. Não vi nada. Tomei uma pancada e apaguei. — Ela parou
por um instante e o encarou com curiosidade — Como você soube que
eu estava aqui?

— Falaram no grupo de ex-alunos no WhatsApp. Assim que eu soube, vim direto. Tentei falar com a Zara, mas o celular está desligado.

— Entendi. Você pensou que ela estivesse aqui. — Ela não pôde evitar um tom de decepção escapar em sua voz.

— Não. A imprensa não fala de outra coisa a não ser do desaparecimento dela.

— Desaparecimento… — ela repetiu. — Meu Deus…

— Estão procurando por ela. Vão encontrá-la. Tenta descansar, Bia. Vou ficar aqui com você. Passaram o contato dos seus pais no grupo, aí tomei a liberdade de ligar e avisar pra eles que tô aqui. Quando receber alta, eu te levo pra casa.

— Meus pais…nossa! Eles já estão sabendo, então? Devem estar aflitos.

— Notícias ruins correm o mundo como um foguete. Eles queriam pegar o primeiro voo de volta pro Brasil, mas eu os convenci de que não precisava. Eu repassei pra eles tudo o que conversei com os médicos. Você vai ficar bem. Só precisa ficar algumas horas em observação…, mas agora você precisa descansar, mocinha.

Era uma madrugada fria. Bia observou Arthur se ajeitar na cadeira de plástico, dura e desconfortável, e jogar a jaqueta por cima do corpo para cobrir o peito e os braços. Talvez não fosse tão egoísta assim. Apenas não a amou o suficiente para ficar.

Amanhecia quando a enfermeira finalmente se aproximou de Modesto, dizendo que ele poderia entrar para conversar com a vítima. Ele se levantou e cutucou Lázaro, o investigador de polícia que o acompanhava e que acabara pegando no sono na cadeira da sala de espera do Hospital Santo Hilário.

Modesto estava exausto. Passara a noite inteira acordado por causa dos eventos na cobertura do Edifício Le Marais. Depois de 28 anos como delegado de polícia, já não tinha mais a mesma disposição física e mental para aquele tipo de ocorrência, mas não era de sua natureza entregar os pontos. Ainda mais num caso como aquele. Ele sabia que teria enorme repercussão, pressões e cobranças.

Ele ajeitou a gravata e passou as mãos pelos cabelos desalinhados. No quarto, deparou-se com uma moça estendida na cama. Aparentava uns trinta anos. Bonita, longos cabelos castanhos, ondulados, mas a pele pálida e a aparência abatida. Parecia pequena e frágil, apesar dos olhos vibrantes. Ela o encarava com curiosidade. O rapaz que a acompanhava, um moreno alto e forte, não lhe parecia estranho, mas não conseguia se recordar de onde o conhecia.

— Bom dia, Maria Beatriz, meu nome é Modesto, sou o delegado de polícia encarregado de investigar o que aconteceu na noite passada no apartamento da jornalista Zara Stein. Esse aqui é o Lázaro, investigador da minha equipe.

Modesto estendeu as mãos para cumprimentá-los. Seguiram-se as apresentações de praxe, e ele então descobriu que o rapaz se chamava Arthur Malheiros. Recordou-se do nome e de quem se tratava. Era um jornalista, correspondente internacional de uma emissora de televisão. Lembrava-se de tê-lo visto cobrindo guerras no Oriente Médio e Leste Europeu. A barba que o rapaz ostentava e que não costumava exibir em suas aparições nas telas o confundira. Devia ser amigo da vítima, pois, do contrário, não faria sentido sua presença ali com tantos jornalistas do lado de fora se amontoando à espera de notícias.

O ideal seria quebrar o gelo com Maria Beatriz, perguntar amenidades que a deixassem confortável, mas não tinha tempo o suficiente e precisava entrar logo no assunto que o trazia ali:

— Você se sente bem? Se importa de responder algumas perguntas?

— A minha amiga, Zara, dona do apartamento…. Vocês descobriram onde ela tá?

Modesto colocou as mãos nos bolsos da calça, lançou um breve olhar ao investigador e tornou a encarar a mulher. Era sempre difícil quando tinha que admitir para amigos e familiares de vítimas que não tinha boas notícias.

— Ainda não sabemos. Você tem alguma ideia de onde a gente pode começar a busca? Quem você viu no apartamento dela?

A mulher bateu as mãos nas coxas. O rosto dela se contorceu numa expressão de dor.

— Não acredito. É o que eu esperava que *vocês* soubessem.

Modesto tornou a encarar Lázaro. Já via que a moça seria *das difíceis*.

— Precisamos de um ponto de partida, Beatriz.

— Vocês não fizeram nada desde ontem à noite? Nada para tentar encontrar a Zara?

— Estamos fazendo tudo o que está ao nosso alcance, mas, pra avançarmos, precisamos falar com as pessoas mais próximas. Parece que você é a pessoa mais próxima a ela, estou enganado?

Modesto viu lágrimas escorrem do rosto da moça. Ela respirou fundo antes de responder:

— Desculpa, doutor. Não me leve a mal, é que estou muito preocupada com a Zara. Sei que agora é correr contra o relógio — ela se deteve antes de concluir o pensamento, balançando a cabeça como se quisesse afastá-lo.

Ele deu dois passos para se aproximar.

— Chegou a ver o rosto de quem te atacou?

— Não. — Ela baixou os olhos com nítida tristeza. — Mal entrei no apartamento, fui atacada por trás. Não vi ninguém.

Modesto virou-se para Arthur:

— E o senhor? Conhece a moça desaparecida?

— Conheço. Ela é minha amiga, mas não faço ideia de onde ela possa estar.

— E o senhor sabe quem poderiam ser esses indivíduos que invadiram o apartamento dela?

— Também não, doutor...

Beatriz interrompeu a conversa de Modesto com Arthur:

— O Fernando, vizinho da Zara, ele está bem? O senhor falou com ele?

— Infelizmente, o rapaz baleado foi a óbito.

A mulher baixou os olhos e cobriu a boca com a mão, sufocando um grito. O amigo se aproximou e colocou a mão no ombro dela para consolá-la.

— Coitado do Fernando. Só tentou me ajudar.

— Somos nós que precisamos da sua ajuda agora, Beatriz. Qualquer coisa que você possa lembrar, mesmo que não pareça importante, pode ser útil para nós.

— Eu não sei como ajudar, doutor. Não falo com a Zara desde quinta-feira. Ontem tínhamos um encontro marcado, mas ela não apareceu. Por isso fui à casa dela.

Antes que Modesto fizesse a próxima pergunta, Arthur interrompeu:

— Não sei se é relevante, mas há umas três semanas me encontrei com a Zara e ela me pediu indicação de alguém que pudesse instalar câmeras de vigilância no apartamento dela.

Modesto viu quando Beatriz voltou o olhar bruscamente para o rapaz.

— Zara instalou câmeras no apartamento?

Modesto viu a oportunidade:

— Talvez tenha relação com alguns boletins de ocorrência registrados pela Zara nas últimas semanas.

Beatriz agora encarava Modesto com os olhos bastante arregalados, como se esperasse uma explicação, mas antes de dizer qualquer coisa, Modesto esperou que Arthur terminasse de falar:

— Não sei detalhes, doutor. A Zara me disse que achava que tinha alguém entrando no apartamento quando ela não estava. Tinha dado falta de alguns objetos, peças de lingerie. Pediu indicação de alguém para instalar câmeras. Ela não deu a impressão de ser algo sério, pensei que estivesse desconfiando da funcionária da limpeza, então não dei importância, mas indiquei alguém que conheço. Sei que a instalação foi feita. Deve ter alguma filmagem do que aconteceu lá, não?

Modesto fez que sim com a cabeça.

— Estamos procurando o dispositivo de armazenamento das imagens das câmeras, pode ser um DVR, ou uma nuvem. Preciso do contato de quem fez essa instalação, senhor Arthur.

— Claro. — Arthur abriu o celular e rolou a tela como se procurasse o contato. Modesto fez um gesto para que Lázaro anotasse as informações e eles se afastaram. Beatriz desabafou em tom de tristeza:

— Doutor, eu não sabia que a Zara tinha ido até a Delegacia. Ela não me falou sobre esses B.O.s. Estou surpresa porque eu estava insistindo com ela pra fazer isso, mas parecia que ela não tava me levando a sério.

— Então vocês conversaram sobre esse assunto? O que estava acontecendo?

A mulher tinha o olhar perdido num ponto qualquer da sala, parecia tentar organizar as lembranças:

— Temos um podcast em que contamos histórias de crimes reais. *Periculum in mora.* Desde que nosso trabalho começou a ficar mais conhecido, começamos a receber algumas mensagens de ódio. O senhor sabe, isso é normal nas redes sociais. A maioria dessas mensagens vem de babacas querendo chamar atenção e, no início, ignorávamos. Mas, de uns tempos para cá, apareceu um perfil que começou a me deixar preocupada, era mais agressivo, bem focado na Zara. No começo, as mensagens eram apaixonadas, elogiosas até. Depois, começaram a ficar muito passionais, uma fixação doentia, uma coisa meio obsessiva. Ele parecia fantasiar um relacionamento com ela. Claro que ela ignorava essas mensagens e ele começou a fazer cobranças. Depois, começou a ficar raivoso e fazer ameaças.

Modesto fez um sinal para Lázaro, e o investigador retirou alguns papéis de dentro de uma pasta, entregando-os para o delegado. Modesto colocou os óculos de leitura e passou a folhear as páginas em suas mãos:

— Temos três boletins de ocorrência. O primeiro foi registrado há pouco mais de um mês.

— Meu Deus! Por que ela não me falou nada?

Modesto aguardou em silêncio por alguns instantes, enquanto Beatriz parecia assimilar as últimas informações. Em seguida, ele continuou:

— O outro B.O. é sobre uma caixa que ela recebeu pelo correio, de remetente não identificado, contendo peças íntimas que ela reconheceu como sendo suas. Tinham sido retiradas da sua casa, sem que ela tivesse percebido. Dentro da caixa, tinha um cartão, assinado por um pseudônimo @PlasticHeart22.

— Sim, sim… é ele, doutor! É o perfil de que estou falando.

Modesto notou as mãos trêmulas de Beatriz esfregando as pernas por cima do lençol.

— Ela não me contou que ele tinha chegado ao ponto de invadir o apartamento dela, mandar coisas pra a casa dela.

Modesto confirmava suas suspeitas de que seguir aquela pista levaria ao paradeiro da moça desaparecida.

— Acredito que sua amiga estivesse sendo alvo de um *stalker*. Descobrir quem é esse cara é a nossa prioridade no momento.

Beatriz ficou calada por alguns instantes, parecia absorta em pensamentos. Modesto já pensava em se despedir quando ela ergueu a mão, chamando sua atenção.

— Tem outra coisa, doutor. No nosso podcast, estamos fazendo a cobertura de um caso em Salga Odorenga que está incomodando algumas pessoas de lá. Ontem foi ao ar um episódio bastante polêmico, e imagino que essas pessoas tenham ficado furiosas.

— Fizeram ameaças?

— Recebemos alguns telefonemas e uma carta de um escritório de advocacia. Diziam que iriam tomar medidas judiciais para impedir que o podcast fosse ao ar.

Pessoas incomodadas com uma cobertura jornalística e ameaçando processar Zara Stein pareciam menos perigosas do que um maluco que a ameaçara por diversas vezes e invadira seu apartamento. Modesto pensou que, mesmo que não fosse o caso de descartar a linha de investigação que surgia com a nova informação de Beatriz, não parecia uma hipótese que pudesse ser priorizada naquele momento.

— Tá, mas houve alguma ameaça de morte ou de algum tipo de mal grave por parte dessas pessoas de Salga?

— Não, mas...

— Vocês trabalham juntas — ele interrompeu —, você não acha que se fosse algo relacionado ao podcast teriam ido atrás de você também?

— Bom, não sei se o senhor reparou no meu estado, eu fui agredida.

— Mas não me parece que você fosse o alvo. Tudo aconteceu no apartamento dela. Você apenas estava no lugar errado, na hora errada.

— Só dê uma olhada nisso, doutor.

— Vamos checar todas as possibilidades.

Modesto começava a sentir o que mais o incomodava naquele tipo de situação: a sensação de estar perdendo tempo. Embora tivesse prometido, estava convencido de que a hipótese de um fanático obcecado estar por trás de tudo era a mais plausível. *Figura pública, com milhares de seguidores, uma mulher muito bonita. Alvo perfeito. Não seria a primeira vez.* A moça parecia ter lido seus pensamentos, porque emendou:

— Doutor, não estou querendo dizer ao senhor o que fazer, só tentando fazer o que o senhor me pediu. Dar informações, dividir minhas suspeitas.

Modesto respirou fundo.

— Claro. Ajudou muito, mas agora eu tenho que ir. Preciso dar andamento ao caso.

— O senhor se importa de me dizer quais são os próximos passos?

Modesto respirou fundo.

— Preciso encaminhar ao juiz alguns pedidos de diligências que podem ajudar a encontrar sua amiga. Quebra de sigilo bancário, telefônico, coisas assim. O problema é que hoje é domingo. O Judiciário funciona em sistema de plantão. Tenho que me apressar.

— Da última vez que chequei, o celular dela estava desligado, e ela aparecia online pela última vez às 04h04 do sábado.

Modesto notou que, enquanto Beatriz falava, Arthur se afastou olhando a tela do celular, e imaginou que ele estivesse checando o *status* da desaparecida. Seu silêncio foi a confirmação de que nada havia mudado.

— E o rastreador do celular? — Arthur indagou. — A minha conta Google rastreia todos os lugares por onde eu passo com o celular ligado. Talvez a Zara tenha uma conta com o serviço ativado. Você sabe, Bia?

Modesto estava com pressa, mas aquelas informações poderiam ser importantes.

— Ela tem, mas eu não sei a senha dela — Beatriz respondeu baixando os olhos.

— Pena — Modesto lamentou —, esses mapas fornecem registros bem mais precisos. As antenas ERB das operadoras de telefonia dão noção apenas aproximada da localização. Vou pedir quebra do Google também, mas, claro, ainda dependo de ordem judicial. Essas coisas levam tempo.

A maior dificuldade que Modesto encontrava para explicar às pessoas os próximos passos de uma investigação era fazê-las entender que as coisas não funcionam como nos filmes. Na vida real, ficavam amarrados pelo tempo, burocracia, falta de material humano e aparato técnico.

— O senhor poderia me dar o seu contato? Para que a gente possa trocar informações do andamento das investigações, doutor? — Beatriz indagou.

Modesto franziu o cenho, contrariado. Não gostava de ficar prestando contas, mas manter contato poderia ser útil.

— Vamos fazer o seguinte: vou deixar com você os números do meu celular e o do Lázaro. Entre em contato se tiver alguma nova informação.

Modesto entendia que a moça estivesse preocupada com a amiga, mas ele precisava estabelecer prioridades, não podia perder tempo, nem desperdiçar recursos. Investigava não só o desaparecimento, mas também dois homicídios.

Saiu do quarto em companhia de Lázaro. Do lado de fora, vendo que o investigador mexia no celular, Modesto indagou:

— Em que pé estamos?

— Sem novidades, doutor. O apartamento ainda está sendo periciado. Parte da nossa equipe continua procurando por câmeras de vigilância na vizinhança, a outra já está analisando algumas imagens. A Polícia Militar está de posse de todas as informações sobre a moça desaparecida e seu veículo: placa, modelo e cor. Agora é aguardar para ver se os PMs conseguem encontrá-la durante o patrulhamento.

Puseram-se a caminhar apressadamente em direção ao estacionamento.

— Vamos direto pra delegacia. Vou encaminhar os pedidos de quebra de sigilo bancário e telefônico ao juiz de plantão. Quando vierem as respostas, quero que passem um pente fino nos últimos gastos no cartão, onde ela comeu, se abasteceu o veículo. Prestem muita atenção às últimas ligações e aos locais indicados pelas antenas ERBs. Tentem verificar se ela usava o "Sem Parar" ativado no veículo e se há registro de passagem em pedágios, entrada em estacionamentos.

O investigador o interpelou:

— Quer que eu fale com alguém da delegacia de Salga Odorenga, doutor?

— Por enquanto, não. Estou achando de que essa história do podcast não tem nada a ver. Vamos ver primeiro esse *stalker*. Quero que dê uma olhada no inquérito policial instaurado a partir desses boletins de ocorrência que a Zara Stein registrou. Se estivermos com sorte, talvez já tenha pedido de quebra dos dados desse perfil ou, quem sabe, alguma informação mais concreta por lá.

— Pode deixar, doutor.

— Se dados do IP do *stalker* já estiverem no inquérito, a gente faz um pedido de mandado de busca para o endereço ainda hoje. Esse cara tem alguma coisa a ver com o sumiço da moça, Lázaro.

Modesto entrou na viatura no banco do passageiro e afivelou o cinto de segurança. Abriu a página da Zara no Instagram e olhou novamente a fotografia dela sorrindo para a câmera. Havia 23 mensagens do perfil @PlasticHeart22. Alternavam declarações de amor e ódio:

> Te amo, minha deusa. Anseio pela eternidade, quando viveremos juntos como sempre sonhamos.

> Vadia, pra quantos vc tá dando? Se eu descobrir, acabo com a sua raça.

CAPÍTULO 4

Desde a noite de sábado, Virgínia acompanhava atentamente tudo o que saía na imprensa sobre o desaparecimento da Zara. Foi dormir com a televisão ligada, controle remoto numa mão, repassando canais, e o celular grudado na outra, rolando a tela. Passou a noite alternando momentos de cochilos e de busca ávida por informações.

Naquela manhã de domingo, nenhuma novidade. Já havia checado a maioria dos sites de notícias, mas a imprensa se limitava a repetir exaustivamente as mesmas imagens e frases desde a noite anterior.

Depois da noite mal dormida, olhou-se no espelho e se assustou com a profundidade das olheiras. Estava exausta, mas talvez uma corrida na praia lhe fizesse bem. Prendeu os longos cabelos castanhos num rabo alto e vestiu roupas confortáveis. Olhou-se no espelho e, como sempre, se achou muito magra. Os constantes elogios que as pessoas faziam à sua beleza, às curvas de seu corpo, aos músculos bem torneados nunca a convenciam.

Enquanto corria pela orla, lembrou-se do primeiro encontro com a jornalista, cerca de um ano antes. Zara tinha insistido muito até conseguir um encontro. Queria se apresentar e comunicar que faria a cobertura jornalística do caso do maníaco de Salga Odorenga num podcast de *true crime*.

Com a morte recente de Jorge Augusto, Virginia vivia um momento delicado, às voltas com a investigação do assassinato.

Desde o início, Hermes tinha sido contrário ao envolvimento deles com o projeto da Zara. Queria que Virginia tomasse medidas para impedir a cobertura do caso.

— Podcast, que merda é essa, Virginia? Você não tem nada que dar conversa para jornalistas de quinta categoria, fazendo programa de internet.

Maurício, afilhado do tio e advogado das empresas da família, tinha feito sugestões de estratégias jurídicas para impedir a veiculação do programa, mas Virgínia não queria isso. Ela queria conhecer a Zara pessoalmente. Tinha feito pesquisas sobre ela na internet. Tinha visto suas fotos nas redes sociais. Estava curiosa. Intrigada.

O tio insistiu para que ele e Mauricio estivessem presentes à primeira reunião marcada para tratar do assunto.

— Não dá para confiar na imprensa, minha filha. Eles distorcem tudo o que a gente fala.

O encontro aconteceu no escritório de Maurício. A sala de reuniões tinha uma grande mesa de madeira contornada por cadeiras de couro caramelo. Todos se sentaram. As paredes pintadas num tom de camurça eram ornamentadas por obras de arte presenteadas a Mauricio pelo tio. Nem a decoração aconchegante foi capaz de quebrar a tensão que pairava no ar naquela tarde. Uma das pinturas chamara a atenção de Zara, que fez perguntas sobre ela a Mauricio, demonstrando conhecimento e desenvoltura.

Hermes mantinha o cenho fechado, a boca contorcida, contrariada. Impossível que Zara não estivesse percebendo o que significava aquela expressão, mas a jornalista não parecia se abalar. Virginia sabia que o tio aguardava uma brecha para começar a questioná-la.

— Sobre o que exatamente é o seu programa? — ele interrompeu a conversa sobre amenidades que Virginia iniciara com Zara para quebrar o gelo

Lá vamos nós. Tio Hermes e esse tom. Desafiador.

— Meu programa aborda casos de crimes reais — Zara respondeu — Escolho uma história interessante que possa contar da forma mais completa possível em cerca de doze episódios.

— Certo… e com tantos crimes ocorridos neste país, alguns com muito mais repercussão, por que escolheu *este* caso? — Ele trazia as mãos entrelaçadas logo abaixo do queixo, aguardando uma resposta, sem despregar os olhos da moça.

— Tá falando sério? Eu fiquei fascinada quando soube da história. Um assassino em série matando mulheres em um lugar pacato durante anos sem ser pego? Então, uma garota de 17 anos consegue desvendar a identidade do criminoso com base numa pista que havia sido ignorada pela polícia? É incrível! É sobre isso que as pessoas querem saber.

Virginia observou que a jornalista levou a xícara de café aos lábios, sem fazer contato visual com Hermes após responder. Não parecia preocupada com o efeito provocado pela sua resposta.

Virginia observou a expressão do tio, enquanto ele analisava a jornalista. Então ele continuou:

— Não é nenhum privilégio minha sobrinha ter testemunhado a morte da amiga, foi um trauma muito grande para ela. Foi à custa de muito sofrimento, e contra a minha vontade, que ela se envolveu com aquela investigação. Não foi fácil esquecer essa história e não fico satisfeito com esse assunto sendo ressuscitado agora.

— Senhor Hermes, as pessoas querem se agarrar à esperança de que atrocidades, como as cometidas contra essas mulheres de Salga Odorenga, podem escapar do estigma da impunidade e ter um desfecho justo. Afinal, o assassino está preso, não está? — Zara fez uma pausa que soou um pouco dramática demais para Virgínia, porém ela não teve certeza se por trás dela havia alguma insinuação. — O mais incrível nessa história é mostrar que nem sempre precisamos ficar à mercê das autoridades e que até mesmo pessoas comuns podem contribuir de forma efetiva para solucionar um crime.

Parecia uma resposta ensaiada, mas Virginia não queria confrontos, nem polemizar. Puxou o ar para dizer algo e tentar encerrar o assunto, mas Hermes a interrompeu com um gesto e tomou a palavra:

— Entendo o seu interesse. Virginia parece ter se entusiasmado com sua *proposta*, mas não é o melhor momento. Você deve ter acompanhado pelos jornais que minha sobrinha acaba de ficar viúva. Outro crime bárbaro atingiu nossa família. Não gostaria que ela autorizasse esse projeto. É uma exposição desnecessária, sobretudo agora.

Virgínia notou a mudança no semblante da Zara. Parecia tão desafiadora quanto o seu tio:

— Eu quis me apresentar e conversar com a Virginia sobre o podcast, porque, embora não precise de sua *autorização* para gravar meu programa, gostaria de contar com sua *participação*. Quero entrevistá-la.

Eles conversavam como se Virginia não estivesse ali e isso a incomodava.

— Como disse, minha jovem, eu não concordo com nada disso, mas já que Virginia está favorável, para que todos se sintam mais confortáveis durante esse processo, o doutor Mauricio, nosso advogado, irá te explicar os termos de um contrato que estabelecerá algumas cláusulas a serem observadas durante a veiculação do programa. Concordando com as nossas condições, você estará autorizada a falar sobre a Virginia no seu podcast.

Zara se esticou e adotou um tom de voz mais firme:

— Com todo o respeito, o senhor não entendeu o propósito da minha visita. Não vim até aqui fazer *propostas* ou pedir *autorização* para seguir com meu projeto. Ele *vai* acontecer. — Zara enfatizava as palavras. — Por cortesia, vim me apresentar. Não preciso de autorização de vocês para falar de fatos que fazem parte de processos criminais públicos e que já tiveram ampla cobertura da imprensa.

Virginia viu o rosto do tio ficar vermelho, seus olhos se contraíram e suas mãos se fecharam em conchas apertadas. Era o tipo de homem que não estava acostumado a ser contrariado.

Mauricio, que até então se mantivera calado, resolveu intervir:

— Devo alertá-la de que as coisas não são bem da forma como você pensa. Já há precedentes importantes dos tribunais superiores reconhecendo o *direito ao esquecimento*. Temos argumentos suficientes para obter uma ordem judicial a fim de impedir que o seu programa relembre essa história, considerando o sofrimento e o constrangimento que pode trazer à Virginia reviver aquele passado doloroso.

Virginia viu um meio sorriso irônico se formar nos cantos dos lábios da jornalista quando ela se virou para encarar Mauricio.

— O senhor já obteve essa decisão judicial, doutor?

O silêncio de Mauricio foi a resposta.

— Foi o que pensei — Zara continuou —, enquanto o senhor não estiver com essa sentença em mãos, não há nada que me impeça de seguir com o meu trabalho. Podem me processar. Também tenho bons advogados. Além do mais, boa sorte tentando convencer o juiz de que a Virginia vai sofrer algum constrangimento ao reviver essa história, sendo que até hoje o livro autobiográfico dela sobre o caso se encontra disponível para venda.

Virginia decidiu colocar um basta na discussão:

— Zara, não se preocupe. Não tenho intenção de atrapalhar o seu projeto. Sou uma contadora de histórias e entendo seu interesse nessa. Fique à vontade, você tem total liberdade. Quanto à minha participação, apenas uma incompatibilidade de agendas me impediria de colaborar.

Hermes se levantou e apontou a porta:

— Acho que não há mais nada a conversarmos por hoje.

Zara também se levantou, ajeitando a alça da bolsa no ombro.

Antes que Zara saísse, Hermes a interpelou uma última vez:

— Tome bastante cuidado com o que vai veicular no seu programinha de internet, menina. Você não me conhece e não sabe do que sou capaz.

Zara olhou fixamente nos olhos dele:

— Isso é uma ameaça?

O tio apertou os olhos, contraiu a boca e travou o maxilar. As palavras saíram pausadas, entre dentes:

— Não faço ameaças. Dou oportunidades. Sugiro que aproveite a que estou te dando agora.

Virginia viu que a jornalista sorria com os olhos.

— Pois então observe enquanto eu viro as costas e deixo a sua generosa oportunidade passar... — Zara se inclinou à frente e assumiu um tom de voz grave. — O senhor também não me conhece. *Sugiro* que, se for fazer uma ameaça, seja direto e esteja disposto a cumpri-la, porque eu não tenho paciência pra blefes.

Contrariando as expectativas, o clima constrangedor daquele dia não impediu que uma aproximação acabasse acontecendo entre elas conforme a cobertura do caso foi acontecendo.

Virginia tomou a iniciativa de seguir Zara nas redes sociais e a jornalista retribuiu o gesto. A interação virtual facilitou os arranjos para a primeira entrevista, que transcorreu algumas semanas depois, em clima amistoso. A entrevista, por sua vez, abriu espaço para outros encontros em que elas descobriram muito mais coisas em comum que o mero interesse de Zara pelo caso. Coisas que iam além do fato de ambas terem um passado trágico, marcado pela morte dos pais em circunstâncias semelhantes. O gosto por moda, viagens, comidas exóticas, mas também os pensamentos sobre passado, presente, futuro e como se relacionavam com sonhos, planos, destino, conectavam as duas de uma forma curiosa. Virginia chegou a se questionar que tipo de amizade poderia ter com alguém que se aproximara com o único propósito de descobrir se ela mentia ou não.

Ao sentir o sol esquentar na pele suada, Virginia apertou o passo para retornar. Depois da morte de Jorge, não quis ficar sozinha na casa em que vivera com o marido e decidira se hospedar por uns tempos na casa do tio Hermes. Era o único lar que conhecia. A mudança, que seria temporária, já durava mais de um ano, e Virginia começava a contemplar a possibilidade de sair da casa do tio e viver só pela primeira vez em sua vida.

No começo tinha sido estranho estar de volta à antiga casa da adolescência. A mansão branca, imponente, ficava num ponto privilegiado de Salga Odorenga, o mais próximo que poderia ser das areias da praia. Embora não estivesse cercada pelos muros altos de um condomínio fechado, aquele ainda era o lugar em que ela se sentia mais segura.

Pelas grades do portão, Virginia avistou o tio andando em círculos no jardim de entrada da casa. Hermes não era homem de esconder quando estava contrariado. Era sempre direto em suas colocações. Ela entrou retirando os fones de ouvido. Sabia que iria ouvir reclamação.

— Quantas vezes te pedi, Virginia? Quantas? Pra que ficasse longe daquela mulher.

— Bom dia para o senhor também, tio. — Virginia não parou e seguiu ofegante pelo jardim em direção aos fundos, onde ficavam os vestiários da piscina.

Ele ignorou a ironia e a seguiu pelo jardim lateral.

— Você viu o que ela fez ontem? Já ouviu o último episódio daquele lixo que ela veicula na internet?

Virginia sabia que ele se referia à entrevista de Donato Antunes. Antes do desaparecimento de Zara virar notícia, não se falava em outra coisa em Salga Odorenga. Ela entrou no vestiário, retirou uma toalha da gaveta e enxugou o suor do rosto, do peito e pescoço.

— Esquece o Donato, tio. É um lunático. — Ela jogou a toalha no ombro e seguiu para a cozinha, com o tio no seu encalço. Abriu a porta do armário, retirou um copo e começou a enchê-lo de água na porta da geladeira. Não queria ter aquela discussão. Levou o copo aos lábios e deu grandes goles para matar a sede.

— Você deveria ter me escutado, Virginia. Eu avisei tantas vezes…

Virginia se virou, encostou na pia e encarou o tio.

— Ela está desaparecida. O senhor está sabendo?

Hermes se manteve em silêncio por alguns instantes antes de responder. Deu dois passos em direção a Virginia. Seu semblante endureceu e ele a olhou profundamente nos olhos:

— Que continue assim.

Ele virou as costas e saiu pisando duro. A porta bateu depois que ele passou. O estrondo fez doer seus ouvidos. Ela conhecia o tio e sabia que a fúria o tornava imprevisível, o que nunca era bom. Precisava descobrir onde a Zara estava, mas como?

CAPÍTULO 5

FINALMENTE, ALTA MÉDICA.

Driblar a imprensa que se concentrava na porta do hospital esperando pela sua saída não foi tão difícil quanto decidir o que faria a seguir. Bia sabia que o certo seria ir para casa, tomar um banho e tentar dormir de verdade por algumas horas, aguardando notícias do doutor Modesto, mas olhar para o seu celular e ver dezenas e dezenas de mensagens chegando a todo momento, sem que nenhuma delas fosse da Zara, era angustiante.

Tentou fazer uma ligação. Nada. Caixa. Concentrada, a princípio não percebeu a voz de Arthur ao fundo:

— Preciso do seu endereço para colocar no GPS, Bia.

Ela continuou muda, absorta nos seus pensamentos, e ele precisou insistir:

— Bia, seu endereço.

— Ah, sim. — Ela despertou — Desculpa. Preciso passar num lugar antes. Você poderia me deixar lá? Depois eu me viro para ir para casa, chamo um táxi.

— Aonde você quer ir?

— Pro estúdio em que gravamos o podcast.

— Não acha melhor ir descansar? A médica disse que a pancada foi forte.

— Não dá. Eu quero que a polícia se mexa para encontrar a Zara. Já vi que vou ter que ficar no pé do delegado. Ele está focado nesse *stalker,* não parece muito disposto a investigar todas as encrencas em que a Zara pode ter se metido.

— Ah, Zara…

Eles sorriram um para o outro.

— Só quero checar algumas coisas.

— Checar o quê?

Bia não pretendia revelar o que havia cogitado antes que tivesse certeza, mas, diante da insistência de Arthur, não teve alternativa.

— Estava pensando naquilo que você disse sobre o rastreador do Google. Eu não sei a senha da conta do celular da Zara, mas me lembrei do *Unabomber.*

— *Unabomber?* — Ele fez uma careta de estranhamento.

— Sim, o nome é bobo, mas na época achamos muito engraçado. Demos esse apelido para um celular que usamos só para coisas do podcast. Eu estava tentando ligar pra esse número agora, mas tá desligado.

— Você acha que a Zara pode estar com ele?

— É possível. Não está comigo. Por isso quero passar no estúdio. Tô tentando falar com o Jonas, mas ele não atende. Se não estiver lá, pode ser que esteja com ela. Quero tentar acessar a linha do tempo do Google Maps e ver por onde o *Unabomber* passou. O login e senha estão salvos no computador do estúdio.

— Não custa tentar — disse Arthur com indisfarçável entusiasmo.

— Vou com você. Não é bom você andar sozinha por aí depois de ter tido uma concussão.

Bia pensou em dizer que não precisava; que já tinha sido muito atencioso em ir ao hospital e podia ir embora. Rejeitava a ideia de uma aproximação com a mesma força com que a desejava. Um misto de mágoa antiga e medo de se magoar de novo…, mas se sentia vulnerável, solitária, e ninguém além dele havia aparecido disposto a ajudar.

Bia balançou a cabeça concordando com a sugestão. Encaixou o cinto de segurança na fivela e sorriu. Estava pronta. Ele devolveu o sorriso, engatou a marcha e acelerou.

Jonas já estava no estúdio quando Bia e Arthur chegaram. Ele havia visualizado as mensagens a tempo de chegar antes deles e os aguardava visivelmente contrariado.

A antessala e a cabine pareciam ainda menores. Com o ar-condicionado desligado, o cheiro de madeira, couro e metais ficava ainda mais acentuado.

Bia sentia como se Zara pudesse entrar pela porta a qualquer momento, esbaforida, desculpando-se pela demora como uma metralhadora disparada e contando a saga de desencontros que tinham feito com que ela se atrasasse. Ao mesmo tempo, não conseguia evitar pensamentos sombrios que insistiam em amedrontá-la com a ideia de que jamais estariam juntas novamente naquele lugar.

— Tenho certeza de que esse celular não ficou aqui — Jonas falou. — Por que vocês precisam ligar o computador?

Bia não queria ficar se explicando. Ignorou a pergunta. Enquanto aguardava o computador iniciar, abriu todas as gavetas e armários. Nem sinal do aparelho. *O Unabomber tem que estar com a Zara.*

Alguns minutos e cliques depois, o mapa da linha do tempo do *Unabomber* estava na tela.

— Caramba, Arthur. Eu nunca tinha aberto isso aqui. Tem tudo. Cada lugar por onde o celular passou desde a última quinta-feira está marcado.

— Incrível, não? Mas e aí? — Arthur se inclinou em direção à tela para conferir.

— Salga Odorenga! Eu sabia! — Sua voz saiu um pouco estridente.

— Está ativo agora? Onde está?

— Não. Sem sinal desde às 06h00 da manhã de hoje. — Bia fechou as mãos em conchas e apertou o maxilar, as palavras escapando entre os dentes. — Não vejo a hora de esfregar isso aqui na cara do doutor Modesto.

Arthur sugeriu:

— Já que você conseguiu acessar, pode salvar a senha e colocar um alerta no seu celular para acionar um sinal sonoro quando o aparelho for ligado.

— Excelente ideia. — Bia digitava rapidamente os comandos necessários para salvar os dados da conta no seu celular. — O delegado precisa saber logo disso. Ele tem que ir procurar a Zara em Salga Odorenga. O *Unabomber* só pode estar com ela.

Jonas se balançava na cadeira giratória.

— Talvez não seja ela. Ela pode ter sido assaltada. Talvez seja outra pessoa com o celular. Um assaltante ou assassino.

Bia abriu a boca e arregalou os olhos na direção do técnico de som, indignada com a frieza com que ele havia feito uma suposição tão horrível. Antes que ela pudesse dizer qualquer coisa, Arthur colocou a mão em seu ombro.

— Calma, Bia. Acho que o que ele quer dizer é que não dá para ter certeza de que o celular esteja mesmo com a Zara. A polícia vai ter que checar isso.

— Vocês precisam de mais alguma coisa? — Jonas os interrompeu com um mau humor indisfarçável, levantando-se da cadeira.

— Não, já estamos terminando. Valeu, Jonas. Desculpa atrapalhar o seu domingo.

Jonas nada disse e se colocou de chave em mãos ao lado da porta, esperando.

Arthur passou pelas costas dela, tentando levá-la em direção à porta:

— Vamos, Bia. Terminamos por aqui. Estou faminto, você não? Vamos passar em algum lugar, pegar alguma coisa pra comer e eu te deixo em casa. Você continua tentando falar com o delegado no caminho.

Sem uma ideia melhor e sentindo o estômago começar a roncar, Bia concordou. Não conseguia se libertar da sensação de algo lhe comprimindo o peito. *O Unabomber está com a Zara. Tem que estar. O Jonas é um escroto. Tá errado.*

De volta ao carro de Arthur, Bia observou Jonas sair da portaria e ir embora caminhando a pé pela rua. Não sabiam nada sobre ele. Nunca pareceu muito amigável, mas qualquer um, ao menos por educação, faria perguntas, demonstraria alguma preocupação com uma pessoa conhecida que está desaparecida. Ele não quis saber de nada, nem mostrou qualquer sinal de compaixão.

Aquele mau humor todo seria indicativo de algo com que ela deveria se preocupar, ou o rapaz apenas se incomodara de ter que ir até o estúdio num domingo? *Acho que estou ficando paranoica.*

Bia tentou em vão ligar para os dois números de telefone passados pelo delegado. Chamavam, mas não atendiam. *Atende... atende...* Ela mal podia esperar para contar para ele a sua descoberta.

Modesto passou pelo corredor da delegacia, apressado. Arrependeu-se de ter saído para almoçar. *Devia ter pedido um lanche.* Deparou-se com o enorme relógio pendurado na entrada, marcando 15:17. Avistou Lázaro pelo vidro da sala do setor de investigação e fez um sinal para que ele o acompanhasse. Estava suado, esbaforido e com o terno amarrotado.

— Queria ter vindo antes. Fiquei preso no trânsito. Que merda. Em que pé estamos?

— Calma, doutor. Está tudo caminhando bem. O senhor viu minha mensagem, né? O juiz deferiu todos os nossos pedidos. Já entramos em contato com a operadora de telefonia para iniciar a interceptação telefônica do celular da vítima e para que nos encaminhem a bilhetagem das ligações dos últimos dias, os dados das antenas das ERBs. Não deve demorar para que as ligações do celular dela comecem a ser direcionadas para o guardião.

— Ótimo! Que mais?

— O senhor tinha razão. Encontrei o inquérito instaurado a partir dos B.O.s da Zara. Tinham acabado de juntar ofício com os dados do endereço do IP do computador do *stalker*. Como o senhor estava fora, tomei a liberdade de pedir para o doutor Aurelio assinar o pedido de expedição de mandado de busca, pra adiantar. O juiz também deferiu e estamos montando a equipe pra ir até lá.

— Excelente, Lázaro. Ainda bem que não esperaram por mim. Vou pagar uma cerveja pro Aurelio depois. Alguma novidade das câmeras?

— As do prédio eram antigas e não gravaram imagens durante o período sem energia elétrica. Em compensação, as câmeras do apartamento da vítima são modernas. Possuem bateria interna. Acredito que vamos ter imagens de tudo o que aconteceu no apartamento assim que conseguirmos contatar o rapaz que fez a instalação. Ele ainda não atendeu minhas ligações. Também já estamos com imagens das câmeras dos prédios vizinhos. Os invasores entraram e saíram num veículo sedan preto.

— Algo mais?

— Os peritos encontraram um celular no apartamento. Pela foto da tela inicial, pertencia ao porteiro Wesley, o que despencou do vigésimo andar. Ainda não conseguimos entender o que esse cara tava fazendo lá. O turno dele começava às 18h, mas ele não tinha aparecido na portaria.

Já conseguimos autorização judicial para examinarmos o conteúdo. Talvez o perito consiga extrair algo do celular dele.

Modesto olhou o horário no relógio de pulso e contraiu o rosto. Não poderiam demorar se quisessem cumprir o mandado de busca na casa do *stalker* ainda naquele domingo.

— O endereço é longe daqui?

— É um pouco, sim, doutor. Mas se sairmos logo, ainda dá para cumprir hoje.

— Então vamos.

Arthur estacionou o carro na calçada oposta à da entrada do prédio da Bia. Ela estranhou a viatura da Polícia Militar parada na porta. A vizinhança era segura e tranquila para os padrões da capital. Bia reconheceu o porteiro e sua vizinha de andar, a dona Iara, conversando com os policiais. Sentiu o coração acelerar. Por um segundo teve esperanças de que não tivesse nada a ver com ela, mas viu que estava errada quando o porteiro e a vizinha a reconheceram e vieram em sua direção com semblantes preocupados.

Gavetas e portas de armário abertas, papéis e roupas espalhados pelo chão. *Caos*. Durante sua estadia no hospital, o seu apartamento tinha sido invadido.

— A senhora deu falta de alguma coisa? — Já era a segunda vez que o policial militar fazia a pergunta.

Apesar da bagunça, Bia não deu falta de nenhum objeto. Ela guardava um pouco de dinheiro, algumas joias de pouco valor, aparelhos eletrônicos. Estava tudo lá. Nada havia sido levado.

Depois de ter acompanhado as notícias da noite anterior pela imprensa, a vizinha havia acionado a PM quando chegou no andar e viu que a porta do apartamento da Bia estava arrombada e a sala, revirada. Depois de falar com os pais, Bia havia silenciado as mensagens e ligações e não viu as tentativas de dona Iara de contatá-la. Agora ela se deparava com aquele cenário assustador. Quem estivera ali, procurava algo. Ela não imaginava o que poderia ser, mas só podiam ser as mesmas pessoas que haviam estado no apartamento da Zara.

Os policiais militares terminaram de preencher papéis e se despediram, dizendo que da parte deles não havia mais nada a ser feito e que se Bia quisesse que a invasão ao seu domicílio fosse apurada, deveria procurar a Polícia Civil. A cara de pouca disposição de Modesto foi a primeira coisa que passou pela sua mente. *O cretino sequer atende o celular.*

Ela deixou Arthur na sala, tomou um banho rápido e preparou uma pequena mala com roupas e itens pessoais garimpados no meio da bagunça. Não se sentia segura para passar a noite na própria casa, nem estava com ânimo para arrumar o estrago. Precisava avisar à faxineira que iria no dia seguinte para que a mulher não tomasse um susto ao abrir a porta. Pediu ao porteiro que providenciasse um chaveiro para trocar a fechadura.

Arthur abria as sacolas em que tinham trazido os lanches. Bia continuava com o celular grudado ao ouvido. *Não acredito que ele vai comer. Como pode ter apetite no meio de uma situação dessas?* A voz do delegado finalmente foi ouvida do outro lado da linha:

— *Oi, Maria Beatriz. Desculpe não ter atendido antes.*

Ela ignorou as desculpas e foi direto ao ponto:

— Acabei de chegar em casa e encontrei meu apartamento arrombado e todo revirado.

— *Não posso falar agora. Estou a caminho de uma diligência importante.*

— O senhor por acaso ouviu o que eu falei? Meu apartamento. Re-vi-ra-do.

— *Sim. Só que agora é impossível ir até aí.*

Bia revirou os olhos. *Não dá mesmo para contar com esse cara. Inútil.*

— Tudo bem. Eu me viro por aqui, mas preciso contar ao senhor uma coisa que descobri. É possível que a Zara esteja em Salga Odorenga.

— *Como é?*

— Tem um celular do podcast que pode estar com ela. Dei uma olhada no rastreador. Todos os lugares marcados no mapa ficam em Salga Odorenga. Vocês precisam checar isso.

— *Você tem certeza de que esse celular está com a Zara?*

Bia se lembrou do inconveniente do Jonas falando de assalto e assassinato.

— Certeza absoluta, não, mas… — ela perdeu a paciência e aumentou o tom de voz —, olha, é seu trabalho descobrir isso. É um aparelho que a gente costuma usar. Se está com ela ou não, vocês que têm que apurar.

Bia ouviu o delegado respirar fundo do outro lado da linha antes de responder:

— *Me passa tudo por mensagem. Vou pedir para alguém analisar.*

— E o meu apartamento que foi invadido? Não foi furto. Não dei falta de nada. Reviraram como se estivessem procurando alguma coisa. Deve ter algo a ver com o desaparecimento da Zara. O senhor é o responsável pela investigação. Não tem que vir um investigador de polícia aqui? Perícia?

— *Vou pedir para que alguém da SIG vá até aí, mas, como disse antes, não posso me deslocar agora. Depois nos falamos.*

Desligou.

— Imbecil — ela resmungou.

— O que o delegado disse? — Arthur se aproximou mastigando.

— Vai mandar algum investigador aqui, mas nem deu bola para o *Unabomber* ou Salga Odorenga. Disse que está a caminho de uma diligência importante. Só espero que seja algo útil para descobrir onde está a Zara.

Arthur afastou a bagunça do sofá e se instalou nele, colocando as pernas na mesinha à sua frente. Parecia à vontade como se já tivesse estado ali muitas vezes. *Folgado.* Antes de abocanhar mais um pedaço, ele estendeu o sanduíche em direção à Bia, mas ela recusou, gesticulando com a mão. A cabeça estava doendo e ela andava em círculos pela sala, desviando dos objetos pelo chão, enquanto procurava pela caixa de remédios.

— E essa mala aí? — Arthur perguntou.

Bia virou o olhar em direção à mala e apontou ao redor da sala:

— Dá uma olhada. Não dá para ficar aqui hoje. Isso aqui tá uma zona. Vou pra a casa de alguma amiga.

— Por que não aproveitamos essa mala pronta e vamos pra Salga?

Bia virou o rosto e encarou Arthur. Ele sorria torto, sem desviar o olhar, e continuou mastigando, enquanto aguardava a resposta. O que ele acabara de sugerir era um total absurdo, mas ele continuava ali, tomando o refrigerante na lata e mordendo o lanche despreocupadamente, como se sua proposta fosse algo perfeitamente natural. *Os dois? Juntos? Em Salga?*

— Você não tá falando sério, né?

Ele inclinou a cabeça, ergueu as sobrancelhas repetidas vezes e sorriu. Aquele sorriso sempre tivera o poder de minar suas resistências. Era o mesmo sorriso que a fizera saltar de *bungee jump* no dia que, a partir de então, ela passou a chamar de *o mais assustador da sua vida*. O mesmo que a fizera atravessar três estados rezando na garupa de uma moto e cantar "Don´t Get Me Wrong" no palco de uma festa de casamento. Depois de tantos anos, Arthur estava muito enganado se achava que ainda tinha esse poder.

— Claro que estou falando sério. — Ele se levantou e caminhou até ela, com cuidado para não pisar nos objetos espalhados pelo chão. — Estamos com o mapa apontando todos os lugares por onde esse celular passou. Se a polícia não vai ver isso hoje, podemos tentar ganhar tempo. Pelo menos vamos ter certeza se a Zara esteve mesmo por lá ou não. Salga Odorenga é pertinho. Quanto dá, uns cem quilômetros?

— Cento e vinte — Bia respondeu começando a roer a cutícula do polegar.

— Então. Em pouco mais de uma hora a gente chega.

O coração dela batia acelerado. Dizer "não" significava deixar passar uma chance de encontrar a Zara e não tinha nada que ela quisesse mais naquele momento. Dizer "sim", porém, parecia assustador. Os riscos eram imprevisíveis. Apartamentos invadidos, duas pessoas mortas na noite anterior e a amiga desaparecida eram prova suficiente disso.

— Sei lá, Arthur. Isso é trabalho da polícia. Pode ser perigoso pra pessoas comuns como nós. Acho que o nosso papel é ficar em cima deles, pra eles fazerem o que tem que ser feito.

Ele terminou de mastigar e limpou a boca num guardanapo. O sorriso havia se desmanchado e seu rosto assumiu uma expressão grave.

— Bia, perigoso é deixar o tempo passar sem sabermos onde a Zara tá. As horas estão passando, ela não dá notícias e estou me sentindo inútil aqui. Preciso pelo menos tentar fazer alguma coisa.

— Não sei, Arthur, depois do que aconteceu com o Fernando, fico preocupada. Eu não me perdoaria se algo acontecesse com você ou...

— Bia... — ele a interrompeu e segurou-a com delicadeza pelos braços — isso não é sobre mim ou sobre você. É a Zara. Ela me ajudou no pior momento da minha vida. Eu estava na Ucrânia em 2014 e minha mãe foi parar no hospital de repente. Eu não tinha como voltar pro Brasil. Era impossível. A situação da minha mãe não era nada boa. A Zara tomou a frente de tudo, conseguiu que minha mãe fosse transferida para um hospital melhor, foi dormir com ela todas as noites em que esteve internada para ela não se sentir sozinha, me mantinha informado de tudo. Com ela ali presente, eu senti como se parte de mim também estivesse com elas.

Bia sentiu uma pontada de dor. Uma angústia comprimindo o seu peito. Lembrou-se de todas as vezes que pôde contar com a Zara sem nem mesmo ter que pedir. Das vezes em que perdeu o sono pensando em como arrumar grana para pagar contas que apareceram magicamente pagas no dia seguinte. Todas as vezes em que foi chamada para entrevistas em jornais e revistas para os quais sequer chegou a enviar seu currículo. Permaneceram em silêncio por alguns instantes.

— Eu nunca soube disso. Zara não me falou nada.

Ele baixou os olhos e expirou com força.

— Não cheguei a tempo, Bia. Minha mãe morreu enquanto eu ainda estava no Leste Europeu...

— Sinto muito, Arthur.

Ele coçou os olhos, evitando as lágrimas.

— Mas o que importa é que, mesmo que eu não tenha conseguido me despedir, a minha mãe não morreu sozinha. A Zara estava lá, segurando a mão dela. Por mim. Você entende por que eu quero fazer o que for possível para ajudar a encontrá-la?

Bia não se lembrava de ter visto Arthur tão emotivo assim antes. Ela deu um passo à frente, encurtando ainda mais a distância entre eles, e o abraçou. Depois de anos, era a segunda vez em questão de horas que sentia o corpo dele tão próximo ao dela. Naquele momento, porém, foi diferente. Ela não ficou desconfortável. Não se lembrou das mágoas, nem quis afastá-lo. O calor do corpo dele, o cheiro amadeirado, foi uma sensação familiar. Como se nunca tivessem se afastado, como se os braços dele nunca tivessem deixado de ser um lugar quente e seguro. Embarcar naquela ideia não poderia ser pior que cantar The Pretenders para uma plateia de trezentas pessoas. Ela não teve mais dúvidas.

— Tudo bem, Arthur, vamos pra Salga Odorenga.

CAPÍTULO 6

Salga Odorenga: um distrito no litoral a 120 quilômetros da capital. Morada de pessoas ricas e privilegiadas em mansões cinematográficas, encrustadas em um cenário paradisíaco.

Era um fim de tarde quente, o ar-condicionado mal dava conta de refrescar a temperatura interna no carro. O calor que desprendia do asfalto transformava a paisagem em um borrão de preto e laranja desfocado. Arthur alternava o olhar entre as curvas sinuosas da estrada que ligava a capital ao litoral e a bela morena sentada ao seu lado.

Bia havia prendido os cabelos num rabo alto. Fiapos soltos grudavam no suor do pescoço. A nuca exposta fez Arthur se lembrar de que aquela costumava ser a parte do corpo dela de que mais gostava. Ele ainda se lembrava da sensação de se encaixar nela por trás, afastar os longos cabelos e dar-lhe mordidas leves na curva dos ombros e pescoço, sentindo o perfume adocicado que desprendia dela invadir suas narinas. Ela estava ainda mais linda do que ele se lembrava.

Quando a viu estendida naquela cama de hospital, não pensou que sentiria o coração acelerar. Foi uma sensação estranha. Claro que ele a amara um dia. Cada milímetro do seu corpo, o cheiro dela, a forma como, quando sorria, duas covinhas se formavam nas suas bochechas, como os olhos dela ficavam pequenos e apertados quando estava muito feliz, ou muito brava. Amava como ela jogava o cabelo para trás e como travava os gemidos na garganta antes de gozar... Ele admirava o seu raciocínio rápido, a forma responsável de encarar os compromissos, a vida.

Ainda assim, muitos anos já tinham se passado, e ele não era de se prender ao que ficava para trás. Por melhor que tivesse sido, ao dar outro rumo à sua vida, ele não se permitiu remoer arrependimentos. Seguiu em frente. Não por falta de amor, mas não tinha como seguirem juntos pelo caminho que Arthur queria trilhar para si. Ele se acostumou com a ausência dela.

Por mais que estivesse apaixonado, romances não eram sua prioridade na época, e quando surgiu a oportunidade de fazer parte da equipe de correspondentes internacionais de uma das maiores emissoras de televisão do país, não hesitou. Era uma posição pequena, mas era a sua chance. Tinha grandes ambições. Poderia crescer.

Quando foi contar a novidade para Bia, sem esconder seu entusiasmo, a reação dela foi péssima. Para ele foi como uma queda brusca de energia, um bairro todo se apagando, uma cidade... foi uma decepção. Ela pareceu até mesmo ofendida que ele estivesse cogitando aceitar, quando na verdade nem passou pela cabeça dele recusar. Como poderia?

Agora ela estava ali. Ao seu lado. E parte dele sentia como se nunca tivesse ido embora. Uma estranha sensação de intimidade, como se o tempo não fosse mais que um mero detalhe.

Arthur já presenciara grandes tragédias se desenrolarem aos seus olhos. Armas, bombas, destruição, mortes. Nada, porém, o preparara para a sensação de incerteza e insegurança que o rondava naquele momento. Zara desaparecida. O quão perto Bia havia ficado da morte. Ele não queria angustiá-la, mas precisava quebrar o silêncio e tentar entender um pouco mais da situação em que havia se metido.

— Por que você acha que o desaparecimento da Zara pode estar ligado ao caso de Salga?

— É uma história longa...

Ele tirou os olhos da estrada e a encarou.

— Temos tempo. Vamos lá, sobre o que é esse caso do maníaco?

Bia respirou fundo:

— Um homem matou várias mulheres em Salga Odorenga nos anos 90. Zara ficou sabendo, quase sem querer, que uma das vítimas, uma garota chamada Angela Romano, poderia ter sido morta por outra pessoa.

O problema é que o tal maníaco confessou o crime, foi condenado e está preso por isso. Poderia não dar em nada, mas a pista era boa, Zara ficou intrigada e, então, essa foi a história escolhida para a segunda temporada do podcast.

Nos minutos seguintes, Arthur ouviu Bia contar com detalhes a conversa que Zara tivera com Alex Malta no presídio, as primeiras pesquisas e entrevistas sobre o caso. O quanto era estranho que as pessoas envolvidas na morte da Angela fossem as mesmas ligadas a um empresário da cidade, assassinado recentemente, chamado Jorge Augusto Mussi.

— Deixa eu ver se entendi. Essa Virginia foi a única testemunha presencial do assassinato da menina em 1995. Passados vinte e tantos anos, é ela quem encontra o corpo do marido. Vocês não suspeitaram que pudesse ser ela por trás das duas mortes?

— No início, sim.

— Não mais?

Bia torceu o rosto numa careta, puxou o ar e continuou:

— A Virginia tem um álibi muito forte para a morte do marido. Estava em viagem, na capital, no horário estimado pelos legistas para o óbito. Quando chegou em casa e o encontrou, ele já estava morto havia várias horas.

— Ela poderia ter contratado alguém, não?

— Sim, mas não há qualquer indício disso. Nenhuma notícia de que o casamento estivesse em crise. Aos olhos de todos, eles viviam bem, e a milionária é ela. Virginia não tinha nada a ganhar com a morte do marido.

— Mas e a morte da amiga? Foi ela quem apontou o assassino que pode ser inocente, não?

— Inocente só no caso da Angela, viu? Há muitas provas de que foi ele quem realmente matou as outras mulheres, vamos chegar lá. Descartamos a Virginia porque tinha outras pessoas na casa além dela naquela noite: dois amigos de escola, Eric Schiavo e Marcio Veleda. Também tinha o tio, Hermes Callegari. Fizemos uma lista e começamos a analisar os suspeitos. A Virginia era muito jovem, tinha só 17 anos. A Angela foi atingida com cinco facadas, algumas bem profundas. Quando deu o golpe fatal, o assassino torceu a lâmina dentro do abdômen da menina. Não é impossível, mas achamos difícil que Virginia tivesse força e fúria suficientes para atacar alguém assim. Além disso, ela não tinha motivos para matar a amiga. Todos dizem que ela sofreu muito com o que aconteceu.

— Vocês entrevistaram a Virgínia?

— Sim, ela foi a nossa primeira entrevistada. É uma pessoa muito educada, doce. Tom de voz adequado. Postura ereta. Sempre sorridente, mas não aquele sorriso escancarado, mostrando os dentes. Ela é contida, reservada. Ela é...

— ...uma chata. — Arthur interrompeu.

— Não, bobo. — Bia sorriu. — Ela é aparentemente perfeita. Bonita, rica, inteligente e culta. Mas tem alguma coisa no olhar dela. Uma sombra, sabe? Algo indecifrável... quer ouvir um trecho do primeiro episódio?

— Bota aí — Arthur respondeu.

Ele aguardou em silêncio enquanto Bia emparelhava o celular com o som do carro. A introdução de "Gangsta´s Paradise", do Coolio tocava ao fundo. A voz rouca da Zara soprou nos autofalantes:

Quantos mistérios esquecidos no passado têm poder de influenciar os acontecimentos do presente e ditar os rumos do futuro? No episódio de hoje faremos uma viagem no tempo ao ano de 1995.

A narração interrompida pelos primeiros versos cantados da música:

As I walk through the valley of the shadow of death
I take a look at my life, and realize there's nothin' left.

O volume da música baixou sobreposto pela voz da narradora:

Muito antes de ficar conhecida pelas tramas complexas de seus romances policiais, o nome da escritora Virginia Callegari estampava manchetes de jornais com uma história que desafiava os limites entre vida real e ficção. Neste primeiro episódio, vamos ouvi-la contar, em suas próprias palavras, as suas lembranças da noite que mudou a sua vida para sempre... ou da falta delas.

A voz de Virginia, suave e sensual, era ouvida a seguir:

Naquela noite, Angela ia dormir em casa e meu tio tinha uma festa. Sem que ele soubesse, convidamos o Marcinho Veleda e o Eric Schiavo pra virem em casa. Eu estava apavorada, não gostava de mentir pro meu tio, mas naquela idade as tentações são grandes, queremos agradar os amigos. Enfim, ficamos bebendo uísque, ouvindo músicas e perdemos a noção do tempo. Quando nos demos conta, meu tio estava chegando. Foi uma correria. Eu fiquei desesperada. Eric conseguiu pular o muro e ir embora, mas o Marcinho tinha bebido muito, estava tropeçando nas próprias pernas. Escondemos ele na despensa, junto com as garrafas de bebida, e fomos tentar arrumar um pouco a casa enquanto meu tio entrava. A Polícia acha que quando meu tio embicou o carro na garagem, o maníaco se aproveitou do portão aberto para invadir a casa e ficar escondido.

Zara a interrompeu para perguntar:

Você se lembra do momento do ataque?
Não. Só flashes. Muito sangue, gritos, choro, barulho de sirene… foram meses de pesadelos e muita medicação… meses sem saber o que era real ou imaginação… depois de tantos anos, não me forço mais a buscar em algum canto escondido na memória as cenas do que aconteceu naquela noite. Eu me conformei com a ideia de que não importa o que eu faça, eu nunca vou saber o que realmente aconteceu. Não posso confiar que a minha mente saiba separar o que é real ou não. Não sei se as imagens que explodem na minha cabeça são reais ou se meu cérebro as fabricou numa tentativa desesperada de preencher as lacunas…, mas de que adiantaria lembrar? Nada trará Angela de volta. Não posso entrar numa máquina do tempo, voltar àquele momento e mudar as coisas… é impossível salvá-la… uma parte de mim também morreu com ela naquele dia… ela era a minha melhor amiga. Eu a amava… tão pura e profundamente. Já me perguntei muitas vezes se não me lembrar daquela noite seria uma bênção ou uma maldição.

A voz de Zara retornou:

Memórias perdidas nos labirintos da mente? Ou um passado vívido que ela deseja esconder? E se Virginia Callegari se lembra, a quem ela tenta proteger?

Nos minutos seguintes, Arthur ouviu Virginia falar sobre os tempos em que passou na clínica e sua indignação quando teve alta e tomou conhecimento de que a polícia ainda não sabia quem havia matado a Angela. O inconformismo com as investigações estagnadas fez nascer nela uma obsessão para descobrir quem era o assassino.

"Eu ia à delegacia todos os dias, buscando informações. Fiquei sabendo que alguns policiais desconfiavam de que Angela poderia ter sido assassinada por um maníaco que estava agindo na cidade. Havia notícia de que uma mulher tinha sobrevivido a um ataque. Eu insisti muito, até que o investigador Mario Andreaza me deixou ver o inquérito dessa vítima sobrevivente e quando eu li as declarações dela, meu coração disparou. Ela descrevia uma camiseta que o homem que a atacou usava. Ninguém acreditava que aquilo pudesse ser importante, mas eu me lembrei de algo, um flash, parecia a estampa de uma camiseta que eu tinha visto naquela noite. Eu insisti para que a polícia investigasse isso e foi seguindo a pista dessa camiseta que os investigadores chegaram ao maníaco".

A música "Orgasmatron", da banda Motörhead, começou a tocar ao fundo. A voz de Zara retornando:

Há quase 25 anos, em todos os depoimentos prestados à polícia, entrevistas e até no livro autobiográfico que escreveu, Virginia Callegari conta a mesma história. Mas como vocês poderão conferir nos próximos episódios, nem todos creem na versão oficial. A própria Virginia coloca em dúvida as suas lembranças, mas foram elas que permitiram que a polícia identificasse o maníaco. Um homem sádico e cruel que teria matado muito mais do que as seis mulheres que ele confessou ter assassinado quando foi levado a júri popular. Afinal, Angela Romano foi mesmo morta pelo maníaco de Salga Odorenga, ou seu assassino continua livre e impune?

Ao final da reprodução da gravação, Arthur percebeu o semblante de Bia abatido, o olhar perdido, encarando o asfalto correr ao encontro deles. Parecia absorta nos próprios pensamentos. Talvez ouvir a voz da Zara tivesse sido um pouco demais para ela naquele momento. Ficaram calados. Antes de fazer mais perguntas ou comentários, era necessário dar um pouco mais de espaço ao silêncio que agora ocupava o carro.

Ouvir as vozes de Zara e Virginia transportara Bia para as lembranças daquele dia ensolarado, de luminosidade ofuscante e calor intenso em que estiveram pela primeira vez juntas em Salga Odorenga para entrevistarem aquela mulher misteriosa, fascinante e polêmica.

Uma brisa fresca soprava, aliviando o desconforto da temperatura de 37°C à sombra. Virginia chegou para buscá-las na porta do hotel, dirigindo uma BMW conversível com a capota aberta. Ela parecia uma atriz de cinema preparada para uma tomada de filme. Estava com um vestido branco de tecido leve, destacando o brilho da pele dourada. A saia solta descolada das pernas. Óculos de sol enormes escondiam os olhos castanhos amendoados. Os lábios não muito grossos pintados num batom *matte* cor chocolate. Os cabelos castanhos presos por um lenço de seda colorido tinham algumas mechas soltas que esvoaçavam ao vento, conferindo a ela um ar despojado, mas sofisticado. Ela exalava um aroma de perfume francês que anulava o cheiro de maresia.

Por onde passavam, as pessoas sorriam, abanavam as mãos e a chamavam pelo nome. *Virginia!!! Aqui! Vivi!!!* Pediam fotos, autógrafos. Todos entortavam os pescoços para vê-la passar, bela e magnética. Ela era uma celebridade local.

Bia tentava entender o fascínio que Virginia provocava. Parecia contraditório que ela tivesse tanta atenção, sendo uma pessoa tão discreta e reservada. Talvez fosse a aura de mistério. Ainda que fosse uma escritora famosa, Bia duvidava que aquelas pessoas tivessem lido seus livros. No máximo, poderiam ter assistido a filmes e séries baseados neles. O apelo de Virginia transcendia o seu trabalho como escritora. Milhares de pessoas acompanhavam sua vida através das redes sociais para curtir as fotos e vídeos de viagens, festas, e dos treinos intensos que a ajudavam a manter um corpo perfeito, mas o que tornava Virginia um assunto interessante era mais do que isso. Sua vida fora marcada por episódios polêmicos: a morte da melhor amiga, sua participação na captura de um assassino em série e, agora, a morte misteriosa do marido.

Como boa empresária do ramo turístico, Virginia as levou num passeio pelas ruas da cidade com a promessa de exibir tudo o que fazia de Salga Odorenga o melhor destino do litoral. Percorreram toda a orla, de ponta a ponta. Virginia mostrou os principais pontos de visitação, os hotéis que lhe pertenciam, restaurantes, monumentos, lugares históricos e pitorescos.

— Aquele é o La Plage, restaurante do Marcinho Veleda. Se forem entrevistá-lo, não deixem de provar o polvo que ele serve na manteiga trufada. É divino.

A última parada no circuito da praia foi a casa em que Virginia passara a adolescência morando com o tio e onde Angela havia sido morta. Uma mansão que ocupava um terreno de aproximadamente três mil metros quadrados. Hermes ainda morava lá e, com a morte do marido, Virginia explicou que estava vivendo temporariamente com o tio. Ela estacionou o carro do lado de fora, mas não as convidou para descer.

— Meu tio fez algumas reformas na casa nos últimos anos. Na época, tínhamos outro portão. O maníaco entrou por ali quando meu tio chegou. — Esticou o dedo apontando. — A polícia acredita que ele tenha passado um tempo escondido na garagem. Eric foi embora pulando o muro naquele ponto. Marcinho estava na despensa. Eu e a Angela estávamos na piscina, atrás daquele outro muro ali. — Virginia novamente apontava a direção. — Outro dia, com mais calma, eu peço pra prepararem um almoço e vocês poderão conhecer a casa por dentro.

Zara nada disse, mas posteriormente confidenciou a Bia que não acreditava que Hermes permitiria que Virginia as convidasse para conhecer a casa. O passeio continuou em direção à região dos morros.

— Aquele é o Country Club. — Virginia apontava para um prédio grande, fachada imponente, ladeado por vegetação exuberante, muros de cerca viva, que ficava na parte alta da cidade. — A festa em que meu tio estava naquela noite acontecia no salão principal do clube. As melhores festas da época aconteciam ali. Hoje, nossos hotéis têm salões muito melhores e nossos buffets são responsáveis pelas principais festas de Salga, atraímos gente do país inteiro. Aniversários, casamentos, batizados, festas de debutantes. Ainda assim, as festas aqui tinham muito charme...

Depois daquelas últimas palavras, Virginia se calou e permaneceu em silêncio por alguns instantes. Seu semblante se tornou triste, quase sombrio.

— Algum problema? — Zara indagou a ela.

Virginia ainda levou um tempo para responder, parecia distraída contemplando o prédio do Country Club.

— Não, não é nada. — A voz um pouco embargada. — É que me lembrei da minha festa de quinze anos. Foi naquele salão — ela fez uma pausa e continuou num tom de voz quase inaudível —, mas não foi uma noite feliz.

Zara e Bia se entreolharam, mas não fizeram perguntas. Elas continuaram a passar pelos principais pontos da cidade.

— Hoje os lugares estão muito diferentes de como eram naquela época. No meu livro, procurei descrevê-los da forma mais precisa possível. Exatamente como eram. Claro que tive ajuda para escrever. Naquela época, eu era muito jovem e não tinha a menor capacidade de escrever um livro sozinha. Muito menos um autobiográfico. Minha única experiência com a escrita até então tinha sido o meu diário e foi traumática. Eu o queimei depois que desconfiei que ele tinha sido lido sem minha autorização. Em diários, adolescentes escrevem segredos bobos, mas ainda assim, segredos.

— Você contou com a ajuda de um *ghostwriter*? — Zara perguntou.

Virginia ficou em silêncio por alguns instantes, talvez pensando no que dizer.

— Algo assim — ela respondeu, mas logo mudou de assunto, apontando para uma pedra num ponto alto. — Vejam, ali é o Mirante da Praia do Gago. A vista mais bonita do litoral. De lá é possível ver Salga de um lado e a Praia do Gago do outro. É lindíssimo. Vamos até lá. Acho um lugar legal para a entrevista.

Virginia não tinha exagerado. A vista do mirante era espetacular. A entrevista transcorreu de forma fluida e deu a elas uma sensação de que começavam aquela temporada com o pé direito. Virginia não fugiu das perguntas e contou com detalhes a cronologia dos fatos na época. Nada que já não estivesse no livro que ela escrevera sobre o assunto, mas a forma como ela contava tornava tudo mais interessante. Era boa contadora de histórias.

— Meus pais, minha melhor amiga, meu marido… sei que muitos questionam de forma maldosa "por que" as pessoas morrem à minha volta. Podem perguntar, já respondi a isso várias vezes e já me acostumei.

— Nem sempre dá para fugir das perguntas óbvias — Zara retrucou —, mas não é minha intenção ficar abordando as coisas de forma sensacionalista. Todos morrem. À sua volta, à minha, de todos… não há uma alma eterna sequer caminhando pela Terra.

Zara tentava impressioná-la, ganhar sua confiança, mas não estava sendo totalmente honesta, afinal, um comentário maldoso ligando a morte do marido à da amiga era o que havia levado as duas até ali, mas Bia não se intrometeu e deixou que Zara conduzisse a conversa com a entrevistada.

Virginia parecia bastante consciente de suas palavras e movimentos. Como se tudo o que fizesse ou dissesse buscasse provocar a melhor impressão possível sobre ela. Fazia questão de ser agradável, dava para ver que queria que gostassem dela. Ainda assim, naquela manhã, Bia notou breves momentos em que seu semblante se tornou sombrio. Uma tristeza nublando suas feições. Nessas horas, Bia percebeu que podia haver algo mais humano por trás da fachada de perfeição que ela empunhava.

— As pessoas querem, buscam, passam uma vida inteira procurando o amor... será que o amor é realmente o que de melhor pode acontecer na vida de alguém? Não sei se algo que traz tanta dor e sofrimento deveria ser foco de tanta energia. Eu sei o que é amar alguém tão intensamente que nada mais na vida parece ser tão importante quanto aquela pessoa... E infelizmente sei o que é perder a quem se ama tanto assim. Preferia nunca ter conhecido esse sentimento, talvez a história da minha vida fosse diferente.

Virginia falava da dor de perder a pessoa amada, e a conclusão óbvia seria a de que estivesse falando da morte do marido, mas por alguma razão, Bia teve a impressão de que não era sobre ele a quem ela se referia quando falava daquele amor.

A voz grave de Arthur trouxe Bia de volta à realidade:

— Você está bem, Bia?

— Ah, sim... estava distraída me lembrando desse dia da entrevista.

— Estou curioso para saber o que mais vocês descobriram sobre esse caso.

Bia sentiu o corpo estremecer ao começar a organizar os pensamentos. Falar sobre as investigações e entrevistas que aprofundavam a história a relembrava também do início dos desentendimentos com a Zara. Ela tomou fôlego.

— Depois da Virginia, entrevistamos duas amigas dela daquela época, Maria Claudia e Isadora. Vou colocar alguns trechos das entrevistas delas para você ouvir. — Bia rolou a tela do celular, separando os arquivos que colocaria para tocar. — Essa que vai falar agora é a Maria Claudia.

Uma voz anasalada dominou o carro:

— *Nossa! Há quantos anos eu não pensava em Salga. Não sou o tipo de pessoa que fica pensando no passado, sabe?*

— *Você era muito amiga da Angela e da Virginia?*

— *Elas eram muito amigas entre si. Eu e as demais gravitávamos na órbita delas, admirando. Elas eram tudo o que queríamos ser: bonitas, cobiçadas. Eram inseparáveis. Só que era assim: a Angela tinha uma família supertradicional, bem ajustada, papai e mamãe juntinhos e felizes, missa aos domingos. A Virginia, coitada, era uma sobrevivente.*

— *Como assim?*

— *A história dela é triste, sabe? Os pais morreram num acidente de carro quando ela ainda era muito pequena. Ela era filha única e, depois que ficou órfã, o único parente que tinha para assumir a guarda dela era o tio paterno, Hermes. Nossa, que sujeito estranho. Coitada da Virginia.*

— *Estranho como?*

— *Ah, sei lá… ele me causa arrepios. Minha mãe contava que ele era a ovelha negra da família. Ficou anos brigado com todos e morando sabe-se lá onde. Só quando os pais da Virginia morreram, e alguém tinha que cuidar dela, foi que ele voltou para Salga. Todos na cidade o idolatram porque ele participa de vários projetos sociais, faz doações vultosas, investimentos em artes. Ainda assim, há alguma coisa nele que não me passa confiança.*

— *Como era a relação dele com a Virgínia?*

— *O Hermes era um homem muito rígido. Controlava todos os passos da menina. Virginia vivia com medo dele. Com a gente, ela era divertida e espirituosa, mas dava para ver que havia uma sombra constante sobre ela. Ela era muito, muito reprimida.*

— *Você se lembra de algo em particular que tenha acontecido na festa de quinze anos da Virginia?*

— *Ah, faz muito tempo. Não me lembro de muita coisa, a não ser que a festa foi um estouro. Virginia estava maravilhosa.*

— *Ela comentou conosco que não foi uma noite feliz.*

— *Não sei por que ela disse isso. Eu acho que perto do fim da festa, ela desapareceu, algo assim. Disseram que ela foi embora sem nem se despedir dos convidados.*

— O que aconteceu?

— Eu realmente não sei, mas acho que foi depois dessa festa que a Virginia sumiu por uns meses. Era início das férias de verão. Ela não atendia o telefone, não falava com ninguém. Nem com a Angela que era a melhor amiga dela. Quando recomeçaram as aulas no ano seguinte, ela ainda estava estranha. Quieta, sisuda. Aos poucos, ela foi se reaproximando, mas estava diferente. Algo mudou.

— E sobre o assassinato da Angela?

— Sei apenas o que todos sabem. Não estava com elas naquela noite, mas a Virginia ter ajudado a descobrir quem era o assassino foi a melhor coisa que poderia ter acontecido. Acho que se o crime não tivesse sido desvendado, ela não teria aguentado. Ela não é tão forte quanto quer que as pessoas pensem. E tem mais, vai saber quantas mulheres aquele maníaco teria matado se tivesse ficado em liberdade? O mais importante foi corrigir uma grande injustiça que estava sendo feita.

— Que injustiça?

— Estava correndo um boato na cidade de que o Marcinho Veleda, namoradinho da Angela, era o assassino. Coitado. Um menino incrível. Tinha só 18 anos.

— Não vi nada sobre outro suspeito nos documentos e reportagens da época.

— Em cidade pequena corre muita coisa no "boca a boca" que não vai pros processos e pras páginas dos jornais. Você não imagina as conversas maldosas. Falaram que ele tinha tido um surto e matado a Angela. O Marcinho sofreu demais. Como ninguém sabia quem era o assassino, algumas pessoas começaram a falar que tinha sido ele.

— Ele mora na cidade?

— Sim. Depois que tudo ficou esclarecido, ele se mudou de Salga. Morou vários anos no exterior, na França, onde trabalhou em restaurantes, estudou para ser chef. Ele voltou há uns três ou quatro anos. Abriu um restaurante na praia.

— Por que surgiu esse boato?

— Não sei. No início, ninguém ligava a morte da Angela ao maníaco que andava matando mulheres pela cidade. Isso só foi descoberto meses depois. A única pessoa que presenciou tudo e podia contar o que aconteceu era a Virginia, mas ela estava internada. Esse período entre a morte da Angela e a desinternação da Virginia foi um verdadeiro pesadelo pro Marcinho.

Bia interrompeu a reprodução da entrevista. Arthur pegou a garrafa d'água que estava no console e bebeu.

— Você não achou estranha a história desse tal de Marcinho?

— Como assim?

— Um boato tão forte na cidade, por meses, apontando o cara como o assassino. Você sabe o ditado, onde há fumaça...

Bia sorriu.

— Agora vou colocar um trecho da entrevista com a outra amiga, a Isadora.

Ela apertou o *play*. Desta vez, uma voz feminina grave e rouca passou a ecoar nas caixas de som:

— Que tristeza... A Angela era maravilhosa. Todos a amavam. Éramos muito amigas. A Virginia era meio problemática, mas até que era boa pessoa.

— Pelo jeito, você e a Virginia não eram muito próximas?

— Éramos, mas a gente se estranhava. Nossas personalidades se chocavam às vezes. Virginia era insegura, carente. Morria de ciúmes da Angela. Um grude, sabe?

— Como assim?

— Ah, deixa pra lá. A verdade é que a Virginia tinha ciúmes de todo mundo. Você acredita que até as atenções da minha própria mãe ela disputava comigo? Minha mãe foi professora por muitos anos na escola em que estudávamos e a Virginia tinha adoração por ela. Na época, eu me incomodava, mas hoje eu tenho dó. Ela perdeu a mãe muito cedo, devia sentir falta de uma figura materna, ainda mais sendo criada por aquele tio estranho. Credo.

— Por que você diz isso?

— Aquele homem é bizarro. Não sei por que todos o admiram tanto. Você tinha que ver como ele olhava pra gente. Ele não disfarçava, aquele tarado. Tudo era desculpa para vir se encostar, abraçar, nos tocar. Eu tinha pavor dele.

— Medo de quê?

— De ele tentar abusar de mim, ora. Do que seria?

— Acha que ele seria capaz disso? Abusar de alguma amiga da sobrinha ou da Virginia?

— Da Virginia, não sei, mas de nós? Claro. Da Angela? Certamente.

— Por que tem tanta certeza?

— Olha, só vou falar porque eu vi com meus próprios olhos. A gente tava na casa da Virginia um dia à tarde. Eu saí do corredor e ia entrar na cozinha para beber água. A Angela abriu a porta de supetão e passou por mim bem abalada, abotoando a blusa. Fiquei assustada e perguntei "O que foi, Gê?". Ela disse "Nada, tô indo embora". Entrei na cozinha e vi o Hermes saindo pela outra porta, a que dava pro jardim. Ele estava de costas para mim e não me viu, mas eu o vi meio de lado, caminhando calmamente. O nojento estava com a mão no pau. Você acredita?

— A Virginia soube disso?

— Duvido. Eu não falei. A Angela não falaria. E mesmo que falasse, não adiantaria nada. A Virginia idolatrava o tio. Ela nunca acreditaria. Todos na cidade sabiam que ele gostava de garotinhas, mas ela não aceitava que falassem dele. Achava que ele era um santo. Tonta.

— Você conversou com a Virginia sobre morte da Angela?

— Nunca, mas eu sei que ela sofreu. Apesar das minhas diferenças com a Virginia, não desejo pra ninguém o que ela passou. Aliás, todos que estavam na casa aquela noite pagaram bem caro pela travessura.

— Por que você diz isso?

— A Angela morreu, coitada, a Virginia ficou em estado de choque por meses. Já não era boa da cabeça, ficou pior. Depois vieram aqueles boatos maldosos de que o Marcinho era o assassino. E o Eric, coitado, morreu daquela forma estranhíssima.

— Eric Schiavo está morto?

— Sim, você não sabe? Talvez não tenha relação com o que aconteceu, mas foi uns dois meses depois da morte da Angela. Dizem que se afogou no mar, só que me lembro de que ele nadava muito bem. Era surfista. Coitado. Depois do que aconteceu naquela noite, ele sumiu. Nunca mais foi à escola. Não falou mais com os amigos.

— Você acha que ele viu algo?

— O que dizem é que ele foi embora antes, mas vai saber?

— E sobre a participação da Virginia na solução do caso?

— Ah, sei só o que ela conta naquele livro que ela escreveu, ou escreveram por ela, sei lá. Ela diz que não se lembra de nada, né? Será? De qualquer forma, não acompanhei muito. Estava estudando pro vestibular. Muito focada.

Bia novamente interrompeu a reprodução. Arthur tamborilava os dedos no volante com os olhos focados na estrada.

— E aí? O que achou?

— Achei essa Isadora meio venenosa. — Arthur sorriu.

— Só um pouquinho. — Bia piscou um dos olhos e uniu as pontas do polegar e do indicador. — Ela foi bem enfática sobre a possibilidade de o Hermes ter abusado da Angela, mesmo assim, fiquei com a impressão de que ela não disse tudo o que sabia. Ela falava muito rápido. Jogava uma coisa meio polêmica no meio da conversa, não desenvolvia a ideia e logo mudava de assunto.

— E a morte do outro rapaz que estava na casa, o tal do Eric Schiavo? Vocês chegaram a descobrir se havia algo de suspeito?

— Tentamos, mas não deu em nada. Ele morreu afogado no mar. Houve um inquérito policial, como é de praxe nesse tipo de situação, mas foi arquivado. A morte foi declarada acidental. A Zara continua tentando encontrar os pais dele, na esperança de que talvez, antes de morrer, ele tenha contado alguma coisa daquela noite, mas até agora não teve muito sucesso.

— O que você acha que a Zara poderia ter ido fazer em Salga?

— Não consigo imaginar. Não tinha nada agendado. Se ela marcou entrevista com alguém, não comentou comigo. Eu sabia que tinha três pontos que ela queria explorar melhor: a festa de quinze anos da Virginia, a morte do Eric Schiavo e a identidade do *ghostwriter* da Virginia. Ela achou que se tivesse havido um *ghost*, talvez essa pessoa pudesse saber de alguma coisa, algo que tivesse surgido durante as entrevistas com a Virginia.

— Não adiantaria muito, eu acho. Esses serviços são sigilosos. A pessoa nunca falaria.

— É, por isso não perdemos muito tempo nisso e focamos em outros pontos. Quanto à festa de quinze anos, a Zara cismou que algo tinha acontecido. Ela perguntava para todos que entrevistávamos, na esperança de que alguém fosse dizer algo relevante.

— E vocês descobriram? — Arthur perguntou.

— Não, mas continuamos com a mesma sensação. Um *feeling*, sabe? Seria aquela coisa boba, que parece não ser importante, mas que, no final, faz toda diferença na história.

— Arrisco dizer que o Hermes é o número um da lista de suspeitos, não?

— Sim.

— Mas vocês não excluíram os dois garotos dessa lista, né?

— Por quê?

— Não deveriam. Um deles morre de forma misteriosa. Se esse Eric era bom nadador e morreu afogado, talvez tenha sido suicídio. Culpa por ter matado a amiga, talvez? Esse Marcinho também é estranho. Ele tinha 18 anos, não? Maior de idade. Poderia amargar vários anos de prisão. Na primeira oportunidade, ele muda pro exterior e retorna ao país somente depois de 20 anos, coincidentemente depois do prazo de prescrição do crime. Meio suspeito. Vocês o entrevistaram?

— Sim, mas a Zara foi sozinha. Eu só assisti quando fomos editar pro podcast. A Zara gosta de filmar as entrevistas porque tem esperanças de que o nosso podcast se transforme num seriado algum dia.

— É possível. — Ele sorriu. — Mas e aí? Qual sua impressão do sujeito?

— Cara agradável. Bonitão, sedutor. A Zara ficou beeeeem impressionada com ele. Você conhece a Zara… — Bia piscou para Arthur e sorriu. — Vou colocar aqui pra gente ouvir.

CAPÍTULO 7

Marcio Veleda fazia o fechamento do caixa, enquanto os garçons passavam de um lado para o outro, recolhendo os últimos pratos, talheres, e toalhas das mesas. Aos domingos, o restaurante não abria para o jantar e fechava tão logo saísse o último cliente do almoço.

Ele já se acostumara ao movimentar frenético dos funcionários entrando e saindo do salão para a cozinha, tão ansiosos para irem embora quanto ele. Talvez por isso tenha demorado para reagir à tragédia que se desenrolava aos seus olhos. Quando tentou avisar, já era tarde demais.

Distraída, uma das auxiliares esbarrou numa estação cheia de pratos e escorregou. Espatifou-se no chão em meio a cacos e restos de comida. Chorava. Marcio saiu de trás do caixa e foi ao encontro dela.

— Calma, não fica assim. Levanta devagar. Vem cá. — Marcio tentava erguê-la pelos braços. — Você se machucou?

Ela fez que não com a cabeça, mas estava sangrando.

— Eu me distraí, seu Marcio. Pode descontar o prejuízo do meu salário.

— Não se preocupa com isso agora. Vamos dar uma olhada nesse ferimento. — Marcio reparou os fones de ouvido sem fio que ela usava. — Aposto que foi a música, né?

— Desculpa, patrão. Não era música, era notícia. Sabe aquela jornalista que veio aqui entrevistar o senhor? Está desaparecida.

— Aquela do podcast?

— Ela mesma. Mataram dois homens no apartamento dela.

Marcio se lembrou do encontro com a jornalista meses antes. Relutara muito antes de concordar com a entrevista. Não queria mais ver o seu nome associado à morte da Angela, mas Zara era inteligente, cativante e bastante persuasiva. Para todas as dificuldades que ele criou, ela apontou uma solução. No fim, ele concluiu que ela não iria desistir e pensou que talvez fosse melhor recebê-la e ficar livre logo.

Ela era mais alta do que ele havia imaginado quando viu as fotos dela nas redes sociais. Cabelos dourados, olhos vivos, uma boca carnuda. Estava vestida de forma casual, um vestido branco curto, solto no corpo que fazia suas pernas parecerem ainda mais longas. Exalava sensualidade. Era o tipo de mulher que o atraía. Não tinha uma beleza óbvia. Parecia inteligente, impetuosa e com senso de humor sarcástico.

Era uma quarta-feira e o restaurante estava quase vazio. Marcio reservara uma mesa aos fundos para que tivessem mais privacidade. Logo que se sentaram, ele fez um sinal e o garçom veio até eles trazendo uma garrafa. Marcio se virou para ela:

— Sei que veio a trabalho, mas não vou permitir que venha ao meu restaurante sem te servir um bom vinho.

A jornalista sorriu.

— Não se preocupa, Marcio. Não sou o tipo de pessoa que segue regras sem sentido. Uma taça não vai fazer mal.

Ele percebeu uma microexpressão de reconhecimento ser esboçada no rosto dela quando ela viu o rótulo da garrafa. Ficou satisfeito ao ver que não desperdiçaria um bom exemplar com alguém que não saberia apreciá-lo.

Marcio gostou de como ela se expressava, de como gesticulava, de como cruzava as pernas e segurava o queixo, prestando atenção a tudo o que ele falava. Ela tinha um olhar furtivo que se concentrava nos movimentos da boca dele. Aquilo tinha que significar algo. Havia uma energia no ar.

Dispensou o garçom e ele mesmo se encarregou de abrir a garrafa. Despejou o *Almaviva* numa das taças à sua frente e deixou o primeiro gole passeando em sua língua. Aprovado. Ele serviu uma taça a ela. Zara inspirou o aroma do vinho e deu o primeiro gole. Ele a viu fechar os olhos e passar a língua pelos lábios. Sentiu-se embriagado pela visão.

Conversaram amenidades para quebrar o gelo. Ele aproveitou enquanto a câmera esteve desligada para jogar charme na jornalista. Ela parecia se divertir, mas ele não conseguia ler os sinais. Não sabia se ela estava apenas sendo educada ou se estava tão atraída por ele, quanto ele por ela. Não era o tipo de situação em que haveria espaço para um flerte, ainda assim, ele sentia que havia uma conexão diferente. Ele se perguntava se ela não estaria sentindo a mesma coisa. Por isso ficou decepcionado quando ela o interrompeu antes do que ele gostaria, perguntando se poderiam começar a gravar.

— Uma lástima… quem iria imaginar que uma tragédia daquelas fosse acontecer? Eu e o Eric só queríamos dar uns amassos nas meninas, aproveitar que o Hermes tinha uma festa e ia ficar fora de casa por várias horas. A Virginia resistiu no início, mas acabou concordando porque prometemos que iríamos embora antes do tio dela voltar. Claro que tivemos a brilhante ideia de assaltar o barzinho do Hermes e pegar uma garrafa de uísque. Virginia não queria: ela morria de medo do tio, mas acabou concordando e, no fim, todos bebemos, inclusive ela.

— Só vocês quatro?

— Sim. Ficamos lá de bobeira, papeando, comendo salgadinhos, ouvindo umas músicas melosas… a primeira garrafa acabou bem rápido. As meninas não tinham o hábito de beber; na verdade, nenhum de nós tinha, então logo ficamos alterados. Eu e a Angela ficamos nos beijando no sofá da sala. O Eric e a Virginia ficaram sentados numas espreguiçadeiras em volta da piscina. Ele bem que se esforçava, mas o clima não estava muito favorável para ele, coitado. Não nos demos conta do horário até ouvirmos um barulho de motor de carro. Caralho, foi tenso.

— Então, você e o Eric ainda estavam na casa quando o Hermes chegou?

— Sim. Foi pânico geral. O Hermes era um pitbull. Não podia saber que a gente tava ali. O Eric tava no jardim e conseguiu sair pulando o muro pelos fundos, mas eu tava muito bêbado, tropeçava e não conseguia sair do lugar. As meninas ficaram desesperadas. Elas me esconderam na despensa, junto com a garrafa de uísque, e me disseram para ficar lá. Acho que o plano era esperar o Hermes dormir e me avisar quando pudesse ir embora. Enquanto esperava, trancado, continuei bebendo no gargalo da garrafa e acabei dormindo.

Ele contava a história atento às reações da jornalista. Zara prestava muita atenção ao que ele dizia e por vezes fazia algumas anotações num bloquinho que estava em suas mãos.

— Por quanto tempo você ficou ali?

— Não faço ideia. Acordei com a confusão formada: sirenes, luzes, viatura da polícia, ambulância. Angela já estava morta. A Virginia estava em choque. Era sangue pra todo lado. Nunca vi nada igual.

Ela colocou a taça vazia na mesa e empurrou em direção a ele, um sinal de que esperava que ele a preenchesse. Marcio ficou satisfeito e não demorou a devolver a taça reabastecida.

— Por que acharam que você poderia ser o assassino?

Ele já esperava que ela faria aquele tipo de pergunta incômoda.

— Acho que a polícia nunca pensou assim. Os policiais logo viram pelo meu estado que era impossível que eu tivesse feito algo à Angela. Você não imagina a quantidade de sangue espalhado pra todo lado.

— Então de onde veio essa suspeita?

Ele não hesitou:

— Fofoca de quem não tinha a menor ideia do que tinha acontecido. As pessoas gostam de espalhar histórias escandalosas, e eu era um alvo fácil.

— Como você se sentiu com a desconfiança?

— Caralho, sofri muito, mas a Virginia saiu da clínica e, algum tempo depois, o crime foi desvendado. Desde aquela noite, eu só pensava em ir embora, cair no mundo, estudar fora…, mas tinha medo de que isso passasse a impressão de que eu tinha algo a esconder e que tava fugindo. Quando tudo ficou esclarecido, não tive dúvidas: fiz as malas e vazei.

— Você não presenciou o momento do assassinato?

— Não. Você não imagina como é isso para mim. Durante muito tempo, fiquei revivendo aquela noite em *looping*, imaginando que, se não estivesse tão bêbado, conseguiria ter impedido o assassino e salvado a Angela. Até hoje, esse pensamento me atormenta.

— O que acha que aconteceu?

Marcio balançou a cabeça e apertou os lábios.

— Sei apenas o que polícia divulgou depois que encerraram a investigação. Parece que o maníaco já seguia a Virginia há semanas e, quando o Hermes entrou na garagem, o assassino também entrou e ficou escondido. Ele esperou o Hermes subir e, depois de um tempo, atacou as meninas que conversavam do lado de fora da casa, à beira da piscina. Ele pegou uma faca na cozinha e queria estuprá-las, mas houve uma gritaria. Hermes acordou com o barulho e acendeu a luz do quarto no segundo andar. O sujeito viu que não teria tempo de fazer o que queria, mas antes de fugir, esfaqueou a Angela.

Ela consultou o bloquinho, fez algumas anotações e perguntou:

— Não faz muito sentido, você não acha?

— Como assim? — Marcio estranhou a pergunta.

— O sujeito entrar para estuprar as meninas justamente quando o dono da casa chega? Um homem forte e atlético como o Hermes. Quantos anos ele tinha na época? Uns 40 anos? — Ela tirou os olhos do bloquinho e o manteve presos aos dele.

— Bom, é a versão da polícia.

— Você nunca achou estranha essa versão? — Ela o encarava fixamente, enquanto levava a taça aos lábios.

— Sinceramente, sempre evitei ficar pensando muito nessa história.

Ficaram em silêncio por alguns instantes e Zara consultou mais uma vez o seu bloquinho antes de fazer a próxima pergunta.

— E o Eric Schiavo? Você chegou a conversar com ele sobre aquela noite?

Marcio hesitou por um momento, mas continuava disposto a não fugir de nenhuma pergunta.

— Eu bem que tentei, mas o Eric ficou muito estranho. Ele se isolou. Não foi mais à escola. Muitos de nossos amigos tentaram falar com ele e não conseguiram. Uns dois meses depois, morreu afogado na Praia do Gago, que é uma praia de tombo, mas ele era bom nadador, então não entendo como isso aconteceu. Os pais se mudaram depois disso e ninguém mais soube deles.

— Acha que ele pode ter presenciado o crime?

Marcio encarou Zara. Emudeceu por alguns instantes antes de responder:

— Olha…não sei te dizer. Sempre tive pra mim que ele tinha ido embora quando o Hermes chegou. Se ele retornou mais tarde e viu o que aconteceu, eu nunca soube.

Marcio percebeu que a taça de Zara se esvaziara novamente e tornou a enchê-la.

— Você e a Virginia continuaram amigos? — Zara perguntou.

Marcio também se serviu de outra taça e sinalizou para que o garçom trouxesse outra garrafa.

— Conheço a Virginia desde a infância. Amizades assim têm ciclos, e no final da adolescência, já não éramos muito próximos, então diria que continuamos assim. Fiquei muitos anos longe. Depois que voltei, ela já esteve aqui no restaurante algumas vezes. Quando nos encontramos em algum lugar, nos cumprimentamos, normal.

— Sabe de alguma coisa que tenha acontecido no aniversário dela de quinze anos?

Marcio sentiu o corpo estremecer. Há anos não pensava naquela noite.

— Aniversário da Virgínia? — Ele tomou um gole da taça para disfarçar o estranhamento.

— Sim. Dizem que ela mudou de comportamento depois dessa festa.

Ele não previra que a jornalista pudesse estar interessada naquele assunto. Não imaginava que seria indagado sobre algo que tinha apagado da mente há décadas.

— Olha, você teria que perguntar para ela... faz muito tempo... não sei.

Por sorte, ela mudou de assunto:

— E o Jorge Augusto? Eram amigos?

— A cidade é pequena. Todos se conhecem por aqui. Jorge era um pouco mais velho, mas éramos da mesma turma. Ficamos mais próximos quando eu retornei ao Brasil.

— Ele e a Virginia viviam bem?

— Acho que sim. Jorge era discreto, mas só sendo muito apaixonado por ela para tolerar o Hermes. — Sentia que o vinho começava a diminuir seus freios.

— A convivência com o Hermes era complicada?

Falar sobre o Hermes era caminhar em campo minado, e ele ainda não estava tão alterado assim. Um lampejo em sua mente trouxe a lembrança dos olhos crispados de Hermes, injetados de fúria, aproximando-se dele, enquanto sua boca cuspia uma saliva grossa e vociferava insultos: *Marginal. Seu lugar é na cadeia, moleque.* Marcio não queria fugir das perguntas, mas também não queria correr o risco de ser mal interpretado:

— Hermes acha que pode controlar tudo que diz respeito à Virginia. O Jorge Augusto se ressentia. Qualquer um se incomodaria. Ela ficava no meio tentando apaziguar. Para melhorar isso, ela colocou o Jorge para trabalhar nas empresas da família, mas aí é que os problemas começaram de verdade.

— Que tipo de problemas? — Zara perguntou.

— *Off the record?*

Ela mordeu a ponta da caneta e respondeu:

— Se você me der um bom motivo para isso.

— Não quero encrenca com o Hermes. Melhor deixar pra lá.

Marcio reclinou no encosto da cadeira e respirou fundo, sentindo o vinho começar a entorpecer seus sentidos.

— Vamos fazer o seguinte — ela sugeriu —, você me conta. Eu analiso se deixo de fora da edição ou se publico sem revelar a fonte.

— Promete?

— Você tem minha palavra. — Ela beijou os dedos em cruz.

Marcio não conhecia aquela mulher. Nada garantia que ela cumpriria a promessa. Ele olhou de relance para a câmera montada no tripé. A luz vermelha piscando indicava que estava gravando. Ainda assim, algo dizia que ele podia confiar nela. Assentiu e continuou:

— Jorge desconfiava de que o Hermes estivesse usando os hotéis da rede para lavagem de dinheiro. Contou que deu uma olhada na contabilidade e encontrou números que não batiam. Queria procurar alguém que o ajudasse a decifrar aquelas contas, mas não sei se chegou a fazer isso.

— Isso foi quanto tempo antes de ele morrer?

— Uns meses antes.

— Contou pra polícia isso que está me dizendo?

— Não. Ninguém me procurou e não sou doido de tomar a iniciativa de levantar suspeitas sobre uma pessoa sem ter provas. Não é o que dizem? Que até provarem o contrário, todos são inocentes? Já fui apontado como criminoso por algo que não fiz. Nunca seria capaz de fazer alguém passar pelo que sofri, nem mesmo alguém desprezível como o Hermes Callegari.

Ela o encarou em silêncio por alguns instantes. Parecia avaliar sua resposta. Depois retomou as perguntas sem levantar questões polêmicas. Não muito tempo depois, Zara anunciou que estava satisfeita. Ela se levantou e desligou o equipamento de gravação.

— Muito obrigada por responder tão atenciosamente às minhas perguntas. Encerramos por aqui.

Enquanto ela guardava os equipamentos, ele avaliou suas chances e decidiu arriscar.

— Gostaria te ver de novo. — Ele a encarava aguardando sua reação. Ela sorriu. Não respondeu. — Claro, sem essa parafernália toda — ele completou.

Ela colocou a alça da bolsa com os equipamentos no ombro e se virou para ele.

— Eu também, mas talvez seja melhor esperar o fim da cobertura desse caso, que tal?

Ele queria disfarçar o entusiasmo, mas sabia que se dissesse qualquer palavra, não teria muito sucesso. Abriu um largo sorriso e balançou a cabeça. Ele a acompanhou até o carro estacionado na porta do restaurante.

— Boa noite, Marcio. Foi uma noite muito agradável.

Ele se inclinou sobre ela e a beijou no rosto suavemente. Afastou-se apenas alguns centímetros aguardando alguma reação. Seus hálitos perfumados de vinho se encontraram.

— Tem certeza de que precisa ir? — ele perguntou.

Ela respirou fundo.

— Tenho.

— Você não deveria dirigir depois de ter bebido.

— São poucos quarteirões até o hotel. — Ela piscou para ele. — Vou tomar cuidado.

Ele a ajudou a colocar as coisas no porta-malas. *Que pena a noite acabar assim.* Ela caminhou dois passos em sua direção. Ele pensou que fosse apenas se despedir, mas ela passou os braços pelo seu pescoço e, quando se deu conta, a língua dela se misturava à dele num beijo quente com gosto de Cabernet Sauvignon. Ele prensou o corpo dela contra o carro e se beijaram com fúria. As respirações ofegantes, barulhentas. Ele queria carregá-la para dentro e transar com ela na primeira mesa que visse pelo caminho, mas não foi o que aconteceu.

— Eu preciso mesmo ir — ela sussurrou sem tirar os lábios dos dele.

— Fica só mais um pouco — ele pediu.

— Não posso. — Ela se desprendeu dele, passou as mãos pelos cabelos, alisou o vestido e entrou no carro.

A rua estava silenciosa, vazia. Talvez fosse só impressão, mas parecia que alguém os observava. Ele ficou aguardando, enquanto Zara afivelava o cinto de segurança. Ela lançou a ele um último sorriso pelo vidro do carro e seus lábios se moveram num boa-noite mudo.

Tão logo o carro da jornalista saiu, ele ouviu um barulho de partida de motor de carro. Olhou para seu lado direito e, do outro lado da rua, viu quando um veículo estacionado na esquina de baixo ligou as lanternas. O sedan passou por ele acelerando tanto que chegou a cantar os pneus e seguiu pelo mesmo rumo tomado pela jornalista. Ele não deu importância. Estava embriagado pelo gosto dela, pelo cheiro que ficou impregnado na camisa dele por vários dias. Ele não se esqueceu do beijo. Ainda pensava nele como uma promessa.

Recordando-se daquela noite, chegava a fazer sentido que a jornalista estivesse desaparecida. Ela era impetuosa. Parecia do tipo disposta a correr riscos. Talvez tivesse ido longe demais.

A noite caía e a escuridão começava a tomar conta da praia. Marcio apagava as luzes dos cômodos dos fundos, quando ouviu um barulho na entrada do restaurante, agora vazio. Todos os funcionários já tinham ido embora. *Quem pode ser a esta hora?*

Os batimentos aceleraram. A passos lentos, pôs-se a atravessar o corredor que levava ao escritório, onde guardava sua pistola. Evitava movimentos bruscos para não provocar ruídos que o impedissem de ouvir os sons do ambiente, ou que chamassem atenção. Esgueirou-se até a escrivaninha. Lentamente puxou a gaveta. Ouviu mais ruídos vindos do salão de entrada. Com certeza havia alguém ali. Retirou a arma da gaveta. Com ela em punho seguiu em direção ao salão principal. Avistou uma silhueta rasgando a escuridão e empostou a voz em tom grave e intimidador:

— Quem está aí? Estou armado.

— Não atira! Sou eu! — uma voz feminina soava assustada.

Marcio acendeu as luzes e abaixou a arma. Encarou sua visitante com um suspiro de alívio:

— Puta que pariu. Você quase me mata de susto.

Virginia trazia a mão ao peito, arfando e tentando recuperar o compasso da respiração.

— Sinto muito, Marcinho. Não queria aparecer assim.

— Pra que isso? Por que não me ligou? Eu podia te dar um tiro, sabia?

— Me desculpa. Eu queria conversar com você. Sozinhos.

Ele se aproximou dela e a abraçou:

— Tá… desculpa se fui ríspido. Você me assustou. Vamos lá pra dentro.

Ela se soltou do abraço e o encarou com o olhar apreensivo.

— Não. É rápido — sua voz era quase um sussurro —, ela está desaparecida. Você sabe? A jornalista.

— Sim. Fiquei sabendo.

— O que você disse para ela? Na sua entrevista?

— Ah, Virginia. Você não ouviu? Tá lá no podcast dela.

— Aquilo foi tudo o que conversaram?

Marcio hesitou um pouco antes de responder.

— Sim — mentiu.

Claro que não. Na versão que Zara veiculou, ela cumprira a promessa e excluíra os trechos comprometedores. Virginia deu dois passos, aproximando-se ainda mais e soprando ao seu ouvido:

— Ela fez perguntas sobre aquela noite?

Um breve silêncio se fez antes que Marcio respondesse:

— Com quem você está preocupada, Virginia?

— Com todos. Estou preocupada com todos.

CAPÍTULO 8

Bia acabara de reproduzir na íntegra a entrevista com Marcio Veleda. Depois dos comentários feitos por Arthur, ela queria ver se a versão original, sem edição, sem cortes, sem trilha sonora, permitiria outra perspectiva. Algo no tom de voz dele soava hesitante, reticente. Ela nunca pensara nele como alguém que pudesse ter cometido aquele crime, mas ao final da reprodução, ficara com a sensação reforçada de que ele escondia algo.

— Todas essas entrevistas foram veiculadas no podcast? — Arthur perguntou.

— Sim, mas nessa do Marcio Veleda a Zara excluiu as perguntas sobre a festa de aniversário, sobre o Eric Schiavo e a relação do Hermes e do Jorge Augusto.

— Por quê?

— Com relação à festa, não fazia sentido veicular. Não temos nada que mostre que tenha alguma importância. Quanto aos demais assuntos, ela quis cumprir a promessa de manter aquela parte *off the record*. Pelo menos por enquanto.

— E essas duas amigas falando sobre o Hermes? Isso foi ao ar?

— Foi. A Zara é louca.

— O sujeito deve ter ficado furioso. Ser chamado de estranho, tarado.

— Ficou sim. Ele deixou isso bem claro. Fez o advogado ligar com ameaças de processos. Por isso fiquei tão preocupada com a entrevista do Donato Antunes.

— A entrevista polêmica que você disse que foi ao ar ontem?

— Sim, mas antes de eu colocar essa entrevista para você ouvir, quero que ouça a do Mario Andreaza. Os dois foram os investigadores do caso do maníaco de Salga Odorenga. Hoje estão aposentados. Os relatos deles divergem em alguns pontos interessantes.

Enquanto procurava os trechos principais da entrevista de Andreaza para reproduzir, Bia se recordava no dia em que estiveram na casa do ex-policial.

Ele deveria ter por volta de 65 anos. Era um sujeito muito alto, cerca de 1,90m de altura, e seu porte continuava imponente e intimidador, apesar da idade. Durante a entrevista, um cachorrinho vira-latas, que ele disse morar na vizinhança, permaneceu ao seu lado o tempo todo, e Andreaza, por vezes, conversava com o animal como se ele também fosse um dos interlocutores. "*Você se lembra daquele dia, Pipoca? Aquele dia foi louco, não, Pipoca?*".

Ele parecia bastante aborrecido por não ter tido tempo de separar alguns documentos guardados da época em que estava na ativa. Disse que depois de sua aposentadoria, a esposa o havia obrigado a retirar da casa tudo o que fosse relacionado ao seu trabalho: "dali para a frente, vida nova". Tudo o que colecionara em quase quarenta anos de polícia — anotações, gravações, documentos, fotografias — estava empoeirando num antigo depósito no sítio herdado dos pais, e ele não teria como consultar as anotações da época, caso se esquecesse de algum detalhe.

— Vocês, mulheres, nunca estão satisfeitas. Se eu soubesse que não adiantaria tirar toda aquela tralha daqui porque ela iria embora de qualquer jeito, não teria feito isso. Não tive tempo de ir buscar meu material e agora vocês vão ter que se contentar com a minha memória.

Que falta de tempo poderia ter um sujeito aposentado? Entrevista marcada com três semanas de antecedência. A culpa da sua procrastinação, enfim, era da mulher que o abandonara. Bia concluiu que colocá-la como depositária de suas culpas devia ser um hábito comum. Após a aposentadoria do marido, com muitas culpas acumuladas nas costas e com mais tempo disponível para que ele lhe atribuísse outras, decerto a mulher havia se cansado e decidido ir embora. Andreaza não parecia ser um mau sujeito, era um homem do seu tempo.

Nos alto falantes do carro, "Breathe" do The Prodigy começava a tocar. Zara apresentava Mario Andreaza aos ouvintes do podcast.

Mario Andreaza. Um policial com fama de implacável, apontado por seus contemporâneos como recordista de casos desvendados. Depois de uma carreira bem-sucedida de quase quarenta anos na polícia, se aposentou com glórias e homenagens. Em suas próprias palavras, nem sempre utilizou métodos convencionais de investigação, retrato de uma época em que atuações não ortodoxas eram normais e bem-vindas, mas que acredita que para toda causa, há uma consequência e que está disposto a acertar as contas de seus erros e acertos quando chegar o dia do Juízo Final.

A voz que agora tomava conta do carro era um barítono que com certeza passara a vida fumando muito mais do que deveria:

— Àquela altura tínhamos diversos boletins de ocorrência de mulheres desaparecidas e quatro corpos tinham sido encontrados enterrados na mata com sinais de tortura e violência sexual. Não havia qualquer pista que pudéssemos seguir. Não sabíamos sequer por onde começar. Não tinha testemunhas, ninguém sabia de nada. Naquela época, não havia toda a tecnologia que há hoje em dia: câmeras, DNA, interceptação telefônica, internet. Ainda mais numa cidade pequena como Salga.

— Não conseguiram identificar nenhum suspeito?

— Não, até que um dia uma moça chamada Soraia apareceu na delegacia, registrando um B.O. de invasão de domicílio e tentativa de estupro. Ela disse que, dias antes, um homem a abordara na saída da escola, elogiando a sua beleza e perguntando se ela não estaria interessada em ser modelo e manequim, uma coisa bem comum nos anos 90. Disse que era fotógrafo. Ela concordou em acompanhar o sujeito até o suposto estúdio de fotografia. Só que, no caminho, encontraram uma prima da Soraia. Quando elas se cumprimentaram, o indivíduo ficou nervoso, deu uma desculpa e saiu correndo escondendo o rosto e dizendo que outra hora a procuraria. Ela ficou sem entender e foi embora com a prima, lamentando ter perdido a oportunidade

de se tornar modelo. Dias depois, esse mesmo cara invadiu a casa dela na calada da noite e tentou matá-la.

— *E por que vocês desconfiaram que esse homem poderia ser o maníaco que estava atacando as mulheres da cidade?*

— *Porque Soraia disse que, enquanto rasgava suas roupas e tentava enforcá-la, o sujeito dizia pra ela não lutar, que seria inútil, não era a primeira vez que ele fazia aquilo, que já tinha matado muitas mulheres e que ela não teria a menor chance. Disse que escolheria um ponto bonito na mata pra ser o descanso eterno dela e que ela teria várias amigas com quem conversar.*

— *Ela o descreveu?*

— *Vagamente. Disse que era branco, por volta de 30 anos, olhos claros, forte.*

— *E como ela escapou?*

— *A Soraia reagiu, entrou em luta corporal com ele, conseguiu golpeá-lo na cabeça e fugiu.*

— *Como descobriram que ele era o assassino?*

— *Quase por acaso. Depois que a Virginia teve alta da clínica psiquiátrica, ela não saía da delegacia. Marcava em cima, queria saber tudo o que estávamos fazendo, o que tínhamos descoberto sobre o assassino da Angela. Ninguém queria tratá-la mal, mas também não aguentávamos mais aquela cobrança.*

— *Ela se lembrava do assassino?*

— *Não, mas ela descobriu que havíamos cogitado a possibilidade de o assassino da Angela ser o maníaco que estava matando mulheres na cidade. Ela quis ver os inquéritos policiais das outras vítimas, e eu concordei só para ela parar de encher o saco. Ela viu no depoimento da Soraia a descrição da camiseta que o homem que a abordou na porta da escola usava. Tinha uma estampa de banda de rock ou heavy metal, não lembro direito. Virginia disse que se lembrava de uma camiseta idêntica na noite do assassinato da Angela.*

— *A capa do disco Orgasmatron, do Motörhead.*

— *Isso! Ela insistiu muito e resolvi dar uma olhada nessa pista. Eu e Donato Antunes, meu parceiro, descobrimos que um único lugar em Salga vendia essas camisetas. Conversamos com o dono e ele disse ter vendido uma camiseta dessas para o Silas Ruger.*

— *Silas já havia aparecido como suspeito antes?*

— *Não, nunca esteve no nosso radar, mas a descrição física conferia com a que Soraia havia feito. Na época, Silas era um rapaz de trinta e poucos anos, que tinha se mudado para cá alguns anos antes. Caladão, na dele. Não circulava muito pela cidade. Cumprimos um mandado de busca e apreensão na casa dele e conseguimos apreender diversas evidências que o ligavam aos crimes. Ele tinha um estúdio de fotografia caseiro, recheado de fotos das vítimas. Antes de sequestrar as meninas, ele as stalkeava por um tempo. Tinha fotografias delas desse período de perseguição, outras do período em que as mantinha em cárcere e, depois, dos seus corpos mutilados. O mais importante: apreendemos a tal da camiseta. Confrontado com essas provas, ele confessou, foi condenado e continua preso desde então.*

— *Ele explicou o* modus operandi, *como escolhia as vítimas?*

— *Não, recusou-se a fornecer detalhes; apenas confessou. Era um sujeito difícil de conversar.*

— *A morte da Angela parece diferente das outras, não?*

Bia interrompeu a reprodução e se virou para Arthur.

— Presta atenção agora, Arthur. A Zara começa a fazer algumas perguntas, apertando o Andreaza, e dá para ver, no tom de voz dele, que ele não está gostando nem um pouco da linha de questionamento dela.

Bia retomou a reprodução do áudio:

— *Acreditamos que a morte da Angela tenha sido uma fatalidade. Temos razões para crer que a vítima desejada era a Virginia. Segundo apuramos com vizinhos, ele já tinha sido visto andando pela rua dela por várias vezes em diferentes datas antes da noite do crime.*

— *Tinha fotografias da Angela e da Virginia na casa?*

— *Como? Não entendi.*

— *Você disse que antes de matar as vítimas, ele as perseguia e tirava fotos à distância. Tinha fotos da Angela ou da Virginia?*

— *Não... quer dizer, não me lembro. Viu? Se estivesse com meus documentos aqui, eu poderia checar.*

— *Chegaram a considerar outros suspeitos?*

— *Não. Antes desse lance da camiseta, nunca tínhamos conseguido uma informação que nos apontasse outra direção.*

— *O senhor já cogitou a possibilidade de o Silas não ser o assassino da Angela?*

— *O que quer insinuar com isso? Ele foi reconhecido pela Soraia e pela Virginia. Havia provas na casa dele. Ele confessou. Foi ele, com certeza.*

— *Não estou insinuando nada. Fiz uma pergunta objetiva: se além dele cogitaram outros suspeitos.*

— *Talvez você não tenha prestado atenção no que eu falei, pensei ter sido claro quando disse que antes do Silas não havia suspeitos.*

— *Em nossas pesquisas, descobrimos que havia rumores apontando o namorado da Angela, Marcio Veleda, como o assassino.*

— *Ah, que bobagem. Nós o encontramos bêbado como um gambá, dormindo na despensa da casa do Hermes. Não sabia nem onde estava. Além do mais, as roupas dele estavam limpas, e você não imagina a quantidade de sangue espalhado por toda a parte térrea da casa. Não havia a menor chance de ele ter cometido o crime.*

— *Quem mais estava na casa naquele momento?*

— *Apenas a Virginia e o Hermes.*

— *E eles estavam com as roupas manchadas de sangue?*

— *O que você está querendo saber exatamente?*

— *O que eu perguntei: se eles estavam sujos de sangue.*

— *Eles tentaram socorrer a menina enquanto não chegava ajuda, então, sim, havia sangue nas roupas dos dois. Nada mais natural naquele contexto.*

— *E o Eric Schiavo? Falou com ele?*

— *Não. Ele não estava mais na casa quando a Angela foi morta.*

— *Acha possível que o Eric tenha voltado e testemunhado o crime?*

— *Se isso aconteceu, ele levou essa informação para o túmulo sem dizer nada à polícia.*

— *Apenas pra encerrar, Andreaza, sei que está aposentado, mas você está acompanhando a investigação do assassinato do marido da Virginia, do Jorge Augusto?*

— *Menina, foram muitos anos de minha vida inteiramente dedicados à polícia. Toda essa dedicação custou meu casamento. Mesmo que minha esposa não tenha tido paciência para ver, estou cumprindo a promessa que fiz a ela e a mim mesmo quando me aposentei: abandonar de vez a investigação criminal. Desde então, a única coisa que faço é pescar e jogar xadrez na praça com meus amigos.*

Bia interrompeu a gravação no exato instante em que Arthur pisou bruscamente no freio. Um homem saíra do acostamento na beira da mata e quase se jogara na frente do carro. O atrito dos pneus produziu um som agonizante. O carro chegou a derrapar e só parou completamente vários metros depois. Mesmo com os vidros fechados, a fumaça e cheiro de pneu queimado invadiram o interior do veículo.

Bia olhou para trás e, enquanto a fumaça se desmanchava, a figura de um homem na beira da estrada começava a ficar mais nítida. Gesticulava desesperado, braços erguidos para cima. Gritava pedindo ajuda. Por pouco não tinha morrido atropelado. Arthur engatou a ré.

— O que você está fazendo, Arthur? E se for assalto?

— Calma. Pode ser alguém precisando de ajuda. Vamos ver o que é. Confia em mim. O carro é blindado.

Bia esfregou o rosto. O coração acelerado. Pelo retrovisor lateral, ela viu que o homem continuava parado no mesmo lugar, e ainda gesticulava para eles. Lentamente, Arthur colocou o carro em movimento, indo ao encontro ao homem. Emparelhou com ele, mas não desceu os vidros.

— Algum problema, senhor? — Arthur perguntou.

— Preciso ligar para a polícia e meu celular está sem sinal.

Mal terminara de completar a frase, Bia viu quando outro homem saiu da mata e começou a gritar:

— Zé, consegui! Consegui sinal! Tá chamando. Vem pra cá.

O homem olhou para trás em direção de quem o havia chamado e, em seguida, se virou para eles:

— Pode seguir viagem, moço. Meu amigo conseguiu sinal. Obrigado e desculpa — as últimas palavras foram ditas já enquanto o homem corria em direção ao amigo.

Arthur retornou para a estrada. Bia continuou a observar os dois homens pelo espelho retrovisor lateral até que a imagem desaparecesse.

A placa seguinte indicava que estavam a 12km de Salga Odorenga. O olhar de desespero daquele homem estava fixado em sua mente. *O que esses caras queriam de tão urgente com a polícia? Poderia ter algo a ver com a Zara?* Tão logo formulou esse pensamento sombrio, Bia o rejeitou. Estava mesmo neurótica. Precisava encontrar logo a amiga, do contrário, iria enlouquecer.

O pescador se sentiu tão aliviado que por pouco não pulou comemorando quando ouviu a sirene da viatura da Polícia Militar se aproximando em alta velocidade.

— Graças a Deus, Zé. Até que eles não demoraram. — O amigo havia se sentado na caixa térmica em que armazenavam os peixes que tinham acabado de pescar, e se pôs de pé num salto.

Ainda bem, estava perto de escurecer e ele não se sentia bem na companhia dos mortos. Sequer frequentava velórios e enterros. Que ironia que justo ele estivesse naquela situação.

— Boa tarde. Foram os senhores que chamaram a Polícia Militar? — Dois policiais fardados e armados desceram da viatura e foram ao encontro deles. Um deles fazia a pergunta.

— *Foi nóis*, sim, seu *guarda*. *Nóis viu* um corpo lá dentro da mata.

— Só os dois sozinhos?

— Sim — Zé respondeu firme.

— Meu Deus! Foi horrível. Acho que nunca vou esquecer. Os *zóio* esbugalhado. A língua pra fora. A cara toda roxa, deformada. — O amigo contorcia as mãos.

— Sabem se tem mais alguém lá dentro? Perto do cadáver?

Eles responderam que não. Um dos policiais apontou para o Zé:

— Leva a gente até lá.

— Eu? Eu tenho mesmo que ir? — ele levou a mão no peito ao indagar aos policiais. Eles nem se deram ao trabalho de responder. Virou-se para o amigo: — Fica aqui com os *peixe* que eu vou lá com *os polícia*.

Conformado, pôs-se a caminhar ao lado dos PMs, enquanto explicava:

— *Nóis tava* voltando da pescaria. O rio fica uns seis quilômetros mata adentro. *Nóis gosta* de variar. *Às veiz pescamo* no mar, *às veiz* na água doce. Hoje *escolhemo* errado. Que azar. — Olhava para os próprios passos enquanto balançava a cabeça, lamentando seu infortúnio.

Como se fosse desligada por um interruptor, a luminosidade do dia foi embora e a escuridão chegou de vez. Os policiais acenderam lanternas para continuarem a caminhada.

— Ali, ali... *alumia* lá. — Nervoso, gesticulava com os braços, apontando para algo a sua frente.

A luz da lanterna permaneceu errante por poucos segundos até encontrar o seu alvo. Quando estabilizou o foco: um corpo. O pescador não queria fitar aquela cena novamente e se pôs de costas para ela, dirigindo-se aos policiais.

— Pessoa enforcada assim, no meio da mata. Será que foi suicídio?

CAPÍTULO 9

— Que susto. O homem surgiu do nada. — Bia abriu a bolsa e guardou os óculos de sol. Não precisaria mais deles. — Até me esqueci da entrevista do Andreaza. O que achou?

Bia ouviu a respiração de Arthur profunda e pesada.

— É, Bia — ele respondeu —, enquanto a conversa corria dentro do *script*, Andreaza estava relaxado, tranquilo. Você tem razão: ficou tenso quando a Zara começou a fazer perguntas que desafiavam a versão oficial da polícia.

— Então, agora se prepare para a entrevista com o Donato Antunes.

— Foi por causa dessa que vocês brigaram?

— Sim — ela suspirou. — Hoje me arrependo, ouvi o episódio pronto e vi que exagerei um pouco. Eu já estava de cabeça cheia com as ameaças de processo que o Hermes tinha feito, essas mensagens do *hater*, fiquei preocupada mesmo, mas agora estou me sentindo péssima. Sinto que deveria ter dado mais apoio à Zara. Deixei minha amiga na mão quando ela mais precisou de mim.

— Não se cobre tanto. Você fez o que achava certo.

— Eu sei, mas se tivesse sido mais compreensiva, talvez a Zara tivesse dividido comigo o que estava acontecendo. Teria me falado dessas invasões ao apartamento, sobre as coisas dela que sumiram, sobre as câmeras, essa ida a Salga na quinta-feira. Não tenho a menor ideia do que ela foi fazer lá, e só pode ser algo relacionado ao podcast. Na nossa última conversa, eu disse que não queria mais participar.

Arthur tirou a mão direita do volante, estendeu-a em sua direção e apertou a sua mão esquerda. Ela não recusou o toque e devolveu a ele um sorriso.

— O que você acha desse investigador, do Donato Antunes? — ele perguntou.

— Eu não culpo a Zara por acreditar nas coisas que ele disse. Ele realmente inspira confiança. Não parece ser um sujeito dúbio como o Andreaza. É do time dos certinhos. Mas ele disse coisas graves, sem apresentar nenhuma prova, e eu fiquei com medo das proporções que a entrevista poderia tomar.

— Bom, põe aí para eu ver o que esse Donato disse de tão escandaloso.

— Vamos lá.

Play.

— *Silas Ruger é um* serial killer *responsável por muito mais mortes do que conseguimos atribuir a ele, mas não foi ele quem matou a Angela.*

— *O que o faz pensar assim?*

— *Muitas coisas, mas a primeira que me chamou a atenção foi o mo*dus operandi. *A maioria dos assassinos em série, como o Silas, buscam a zona de conforto. Eles desenvolvem e aprimoram as técnicas de execução de seus crimes por motivos diversos, às vezes, por simples prazer, pelo gosto pelo ritual, mas, também, para se sentirem mais seguros, mais confiantes de que vão consumar o crime.*

— *E qual seria o* modus operandi *do Silas Ruger?*

— *Ele tinha muitas fotos das vítimas em vida. Em algumas delas, estava claro que elas tinham voluntariamente posado para ele. Isso nos levou a concluir que provavelmente ele as atraía com uma conversa de que era fotógrafo, tinha um estúdio e queria oferecer uma carreira de modelo. Depois ele as estuprava, torturava, matava e desovava os corpos na mata. Nós nunca conseguimos descobrir o local onde os crimes aconteciam. Na casa dele havia vários objetos das vítimas, mas nenhum sinal de que fosse ali que ele as mantivesse em cárcere. Os ferimentos nos corpos que encontramos indicavam que elas ficavam vivas por vários dias antes de serem mortas. Ele não agia de forma imediata e instantânea como foi no caso da Angela, nem invadindo casas na calada da noite.*

— Mas e o caso da Soraia? Ele invadiu a casa dela na calada da noite.

— O caso da Soraia só foi diferente por esse detalhe. Também tinha fotos dela na casa dele, tiradas enquanto ele a perseguia, mas não tinha feito o primeiro contato. Acredito que pretendia fazer com ela o mesmo que fez com as outras. Só que o encontro com a prima atrapalhou os planos. Ela deixou de ser a escolhida da vez para se tornar um arquivo a ser eliminado. Alguém que podia reconhecê-lo. A morte dela já não fazia mais parte da fantasia, e sim da necessidade de preservação. Aquele encontro com a prima causou um desvio no roteiro, então ele precisava eliminá-la.

— Ele tinha fotos da Soraia? Da vítima sobrevivente?

— Sim. Ele a seguiu à distância por vários dias. Tirando fotos sem que ela percebesse. Havia fotos semelhantes de todas as vítimas e de muitas outras mulheres que nunca identificamos. Agora, quer saber de algo interessante? Não tinha nenhuma foto de Angela ou Virginia na casa do Silas.

— Entendo. Mas ele confessou ter matado a Angela. O que pode ser maior que uma confissão?

— Ele nunca confessou ter matado a Angela, apenas não negou. Tem mais: depois que o corpo da Angela passou pelo exame necroscópico, eu conversei com a médica legista. Estávamos começando a cogitar a possibilidade de o assassino da Angela ser o maníaco que estava matando as mulheres e fui dizer isso a ela. Ela me disse informalmente que não deveríamos perder tempo com aquela linha de investigação porque, na opinião dela, eram assassinos diferentes.

— Ela explicou por que pensava assim?

— Segundo ela, as lesões das vítimas da mata e as de Angela não eram compatíveis. Ela acreditava que Angela tivesse sido esfaqueada por um canhoto, enquanto as mulheres que havíamos encontrado enterradas na mata provavelmente haviam sido mortas por uma pessoa destra. Me aconselhou a não perder tempo tentando fazer essa relação. Veja, isso foi uns sete meses antes da prisão do Silas. Naquela época, ele não era sequer suspeito e não tínhamos a menor ideia de quem pudesse ser o maníaco. Virgínia ainda estava internada.

— O Silas Ruger é canhoto ou destro?

— Destro.

— Essa informação consta nos autos?

— Não. Foi uma conversa de corredor que ficou por isso mesmo. A hipótese de o assassino da Angela ser canhoto nunca constou de nenhum documento oficial.

— Vamos supor que não tenha sido o Silas, quem teria cometido esse crime?

— Com o que apuramos, não daria para acusar formalmente outra pessoa que não o Silas, mas com certeza havia outra linha de investigação que deveria ter sido mais explorada e não foi. Eu tinha outro suspeito em mente. Alguém que, coincidência ou não, é canhoto.

— Quem?

— Hermes Callegari. Desde o primeiro dia em que estivemos naquela casa, achei que ele poderia ser o assassino da Angela.

— O que te faz pensar assim?

— Todos sabem que o Hermes tem tara por garotas jovens. Raramente aparece em público com alguma namorada oficial, mas quando isso acontece é o próprio Hugh Hefner, cercado de coelhinhas. Eu sabia de histórias de que ele teria assediado amigas da sobrinha e filhas de funcionários das empresas, mas nunca ninguém quis registrar ocorrência formal contra ele.

— Acredita que a Angela poderia ter sido uma dessas vítimas?

— Por que não? Ela vivia na casa dele.

— Você descobriu algo que confirmasse esse assédio?

— Não, mas minha filha, um pouco mais nova que elas, contou, na época, que havia um burburinho na escola de que o Hermes tinha mexido com a Angela. Claro que nunca passou disso: burburinho.

— Como você sabe que ele é canhoto?

— Eu o vi jogando tênis no clube uma vez.

Bia interrompeu a reprodução.

— Depois desse trecho, ele passa uns dez minutos especulando sobre os motivos que poderiam ter feito Hermes matar Angela. Medo de que ela o denunciasse, vingança por uma rejeição. Não se mostrou muito imparcial no que diz respeito ao Hermes. Ficou claro que não vai com a cara dele.

— Esse detalhe de o Hermes ser canhoto realmente merecia um pouco mais atenção. Não é prova definitiva, mas considerando a conversa que ele teve com a legista, seria algo a ser levado em conta.

— Verdade, mas com a confissão do Silas, não dá para sair acusando uma pessoa como o Hermes de assassinato com base apenas numa informação que sequer constou do inquérito policial. Eu fiquei muito preocupada com essa entrevista.

— Mas e a Virginia? Como ele explica a participação dela na identificação do Silas?

— Ele não disse nada contra a Virginia, acha que era uma jovem perturbada, que ficou muito traumatizada, ainda não havia se recuperado psicologicamente e foi induzida a conectar duas histórias sem nenhuma ligação. Ouça.

— O Andreaza nunca deveria ter mostrado o inquérito da Soraia para a Virginia. Ela viu a informação sobre a camiseta e pode ter imaginado alguém usando uma peça semelhante na noite do crime. Ela estava desesperada para encontrar um culpado pela morte da amiga. O trauma fez com que a Virginia bloqueasse todas as lembranças daquela noite. Pensa comigo, o que poderia ter causado um trauma tão grande? Presenciar o tio matar a amiga talvez tenha sido algo que ela não tenha conseguido suportar.

Bia interrompeu a gravação e encarou Arthur.

— Entendi — disse Arthur —, ele tem razão. O Andreaza não tinha nada que ter mostrado o inquérito para ela. Isso contaminou a prova.

— Aí é que está. Talvez tenha sido intencional. Vou colocar outro trecho da entrevista do Donato, falando sobre o Andreaza. Escuta.

— No dia em que cumprimos mandado de busca na casa do Silas, encontramos diversas fotografias. A maioria eram das vítimas, mas havia várias outras do Silas em situações de lazer, com amigos, em confraternizações, festas. Adivinha quem eu reconheci em algumas dessas fotografias?

— Quem?

— Hermes Callegari.

— O Hermes?

— O próprio. Havia alguma relação de amizade entre eles. Até hoje não consigo entender, mas é fato que, na casa do assassino de todas aquelas mulheres, havia fotografias do Hermes Callegari. Andreaza e eu vimos as fotos.

— Mas eu não vi nada sobre isso em lugar algum! O que aconteceu? Onde estão essas fotografias?

— Era o que ia contar agora. Foram todas colocadas num envelope. Só que, ao chegar na delegacia, quando fomos analisar o material apreendido, justamente as fotografias em que o Hermes aparecia tinham sumido. A única pessoa que poderia ter retirado de lá era o Andreaza. O filho da puta negou. Teve a cara de pau de dizer que eu estava imaginando coisas. Que eu tinha visto alguém parecido com o Hermes e me confundido.

Bia interrompeu novamente a gravação e voltou os olhos para encarar a expressão de choque de Arthur.

— Caralho! Esse Andreaza é sujo mesmo.

— Pelo menos, segundo o Donato. É ele quem está dizendo e, de novo, sem apresentar nenhuma prova. Está vendo por que fiquei tão preocupada? Ele sai acusando um de assassinato, o outro de corrupção, e não apresenta prova de nada.

— E por qual razão você acha que ele resolveu falar tudo isso depois de tantos anos?

— Ouça nas próprias palavras do Donato a explicação para isso:

— *Eu sei que não tem como comprovar tudo isso. Ainda que houvesse, todos os crimes estão prescritos, já existe uma pessoa condenada e nenhum centavo de dinheiro público será gasto para investigar outras teorias.*

— *Então por que decidiu revelar tudo isso para nós agora?*

— *Para que o que aconteceu no caso da Angela Romano não se repita com o do Jorge Augusto.*

— *Acha que o Hermes tem algo a ver com a morte do Jorge Augusto?*

— *Poderia apostar que sim, embora, mais uma vez, não possa provar. Havia muitos conflitos naquela relação familiar. Hermes nunca se conformou de ter que dividir com Jorge Augusto a influência sobre a Virginia. Acredito que as coisas tenham piorado depois que Jorge começou a trabalhar nas empresas dela. Tenho esperança de que essas histórias do passado possam causar algum impacto nessa investigação em andamento. Talvez ainda seja possível alcançar alguma justiça, afinal.*

Mais uma vez, Bia interrompeu a reprodução.

— Então, ele acha que o Hermes tem algo a ver com a morte do marido da sobrinha? — Arthur perguntou.

— Sim, mas advinha? Não ofereceu nenhuma prova.

Arthur apertou as mãos no volante e olhou Bia de relance.

— Preciso ser honesto com você, Bia. Não consigo acreditar que alguém tão poderoso como esse Hermes possa ser tão burro de fazer mal à Zara depois de uma entrevista dessas ir ao ar. Seria muita estupidez. Não quero engrossar o coro do delegado, mas tô achando mais provável essa hipótese de que um fã psicopata esteja por trás de tudo isso.

— Não pode ser, Arthur. Não encaixa. A mensagem que a Zara me mandou dizia expressamente que ela tinha descoberto coisas. Algo me diz que os nossos apartamentos não foram revirados à toa. Alguém estava procurando algo. Acharam que estaria na casa dela ou na minha. Isso não é obra de *stalker*.

Arthur reduziu a velocidade. Eles se aproximavam da entrada da cidade. Bia sentiu um nó na garganta quando ele estacionou em frente a grandes letras em concreto, formando o nome de SALGA ODORENGA. Não tinha mais como recuar. *Onde você está, Zara?*

CAPÍTULO 10

Só muito azar poderia explicar que Catarina tivesse sido chamada num domingo à noite para um flagrante, quando nem deveria estar de plantão. Entrou na delegacia esbaforida, desviando de cinco pessoas que aguardavam em pé na antessala: braços agitados no ar, vozes alteradas. Cheiravam a suor, álcool, fumaça de cigarro e carvão. Não era difícil adivinhar de onde vinham e o que estavam fazendo antes de se amontoarem ali. Aquela combinação de odores era comum em ocasiões como aquela. Ela havia acabado de sair do banho, estava arrumada, cheirosa, pronta para encontrar os amigos. Não estava nos seus planos terminar seu domingo assim. Tão logo avistou os PMs, foi direta:

— O que aconteceu?

O policial mais alto foi quem respondeu:

— Maria da Penha. A mulher está no pronto-socorro.

— O agressor?

— No *corró*.

Catarina atravessou o corredor para ter acesso à cela aos fundos. Avistou o homem largado ao chão. O cheiro de cachaça podia ser sentido à distância. Deu uma boa olhada na figura. Aquilo não ia ficar nada bem na audiência de custódia. Roupas sujas e rasgadas, hematomas e arranhões... sangue. Ouviu o PM tentando se explicar atrás do seu ombro:

— Populares. Seguraram o sujeito até a nossa chegada e fizeram isso aí.

— Jura que não foram vocês que deram uma coça no sujeito?

— Opa! Não que ele não merecesse, mas nem encostamos nele.

Na cela, o homem gemia e balbuciava palavras incompreensíveis.

— E a vítima? — continuou Catarina.

— Muito nervosa. Abalada. Tem que ser mulher pra conversar com ela. Por isso o Everton achou melhor te chamar.

— Sabe se o Everton já avisou ao delegado?

— Acho que sim — O policial militar respondeu. — Ouvi alguém dizendo que o Doutor Gustavo está a caminho.

O Everton sempre dava um jeito de empurrar parte do seu trabalho para os outros. Ela não era escrivã e nem estava de plantão, mas era mulher, e com essa desculpa tinha sido chamada para colher as declarações da vítima. Se ela conhecia bem, o delegado não iria demorar, mas não iria liberá-la, então, já que estava ali mesmo, não tinha alternativa a não ser ir ao hospital conversar com a mulher.

Catarina foi até sua mesa pegar a caderneta. Preferia anotar os detalhes da forma tradicional. Caneta e papel. Não se dava bem com o bloco de notas do celular. Antes de sair, parou para colher informações preliminares com os PMs e saber um pouco mais do que tinha acontecido. Com a delegacia lotada, tinha que dividir espaço com Everton e Miranda conversando no balcão, como se não tivessem mais o que fazer.

— Cara, você tá acompanhando aquele podcast do caso do maníaco?

Catarina sabia que, assim como ela, Everton era um grande fã do podcast, e sua atenção foi capturada pela conversa.

— Ouvi os primeiros episódios, mas depois parei — Miranda respondeu —, muito chato.

— Cara, você tem que ouvir o último que saiu. Sabe o Donato Antunes? Aquele *tira* aposentado? Falou cada coisa do Hermes Callegari. Falou na lata que acha que o Hermes matou uma amiga da sobrinha nos anos 90 e agora o marido dela.

— Que maluco. Mexer com gente cheia da grana. A corda sempre arrebenta pro lado mais fraco.

— E tem mais. A jornalista que faz esse podcast está desaparecida.

— Qual? A loira gostosona ou a baixinha gostosinha? — eles riram e Catarina revirou os olhos.

— A loira. Estão falando no grupo de WhatsApp dos *tiras* da capital que ela tinha um *stalker*, mas não sei não. Depois dessa entrevista do Donato, deve ter muita gente puta com ela

Catarina tinha atendido a jornalista algumas vezes, procurando documentos e informações dos casos do maníaco. Tinha simpatizado com ela. Parecia impetuosa, focada.

— Esse podcast está amaldiçoado — Miranda falou. — Você viu, né? O Mario Andreaza continua desaparecido. Ninguém sabe dele desde sexta-feira de manhã. Eu não ouvi, mas disseram que ele tinha dado entrevista para essa jornalista. Foi ao ar há umas duas semanas.

Catarina resolveu se intrometer na conversa:

— Andreaza está sumido?

— Sim — Miranda respondeu —, eu estive lá na casa dele na sexta-feira com o doutor Gustavo e a perícia. Em que planeta você estava? Não se fala em outra coisa no grupo.

Catarina não queria revelar que dificilmente checava as mensagens do grupo e que, normalmente, apenas entrava na caixa de diálogo para apagar as notificações sem ler sobre o que estavam falando.

— De manhã fiquei em diligências externas e à tarde tive umas três audiências no fórum para ser ouvida como testemunha. Não voltei para cá.

— Então — Miranda continuou —, fomos na casa e nem sinal do Andreaza. Pra piorar, encontramos sangue. Você tinha que ver o desespero dos filhos e da ex-mulher. Estão doidos procurando por ele.

Everton balançou a cabeça:

— Eu também vi os filhos e a ex… coitados. Mas o sumiço do Mario não tem nada a ver com esse podcast, não. A entrevista dele não tem nada de mais. Eu ouvi. Isso é rolo. Vocês sabem como ele é. Deve estar devendo grana para alguém. Quando a poeira abaixar, ele aparece.

Catarina terminou de anotar os pontos principais do que os policiais militares haviam dito e abriu o celular para baixar o último episódio do podcast, para que pudesse ouvi-lo tão logo fosse possível.

Everton e Miranda sumiram no corredor em direção à sala do escrivão.

Catarina estava prestes a sair para o hospital quando um aroma de perfume feminino invadiu o ambiente, destoando da fedentina azeda que predominava até então. As pessoas que se amontoavam no hall se afastaram, abrindo espaço para dar passagem a uma mulher, como se no entorno dela houvesse uma aura magnética que repelisse tudo ao seu redor.

Mulheres daquele tipo não costumam frequentar delegacias, mas ter Virginia Callegari naquele local, curiosamente, não era incomum, principalmente depois da morte do marido. Ainda assim, naquele dia e horário, era estranho.

— Virginia? — Catarina dirigiu-se a ela com curiosidade.

— Oi, Catarina. O momento é ruim? — Virginia olhava ao redor, os olhos agitados, aflitos.

— Temos um flagrante em andamento. Você precisa de alguma coisa? Doutor Gustavo está a caminho.

— Eu vim porque estou preocupada com uma amiga que está desaparecida. Queria ver se vocês têm notícias.

— Você quer registrar um boletim de ocorrência de pessoa desaparecida? É isso?

Virgínia respirou fundo antes de responder. Puxou Catarina pelo cotovelo, levando-a para um canto isolado.

— Não, Catarina. Não sou da família, nem nada. Soube pela imprensa que a jornalista que está cobrindo o caso do maníaco de Salga Odorenga está desaparecida. Somos amigas. Queria saber se há alguma informação por aqui.

Catarina estranhou amizade tão despropositada. Não poderia imaginar Virginia socializando com a jornalista que andava detonando o tio dela na internet. Pelo que tinha ouvido falar de Hermes Callegari, não devia ser uma amizade que ele aprovasse.

— Você tem que conversar com o Everton, o escrivão. Ele esteve de plantão no fim de semana, e sabe melhor o que anda acontecendo, mas, pelo que ouvi dizer, bem por alto, estão procurando por ela na capital, onde ela mora. Houve algo no apartamento dela.

Virginia baixou os olhos e ficou em silêncio. Catarina a observava tentando compreender suas reações.

— Virginia, você está bem? Tem algo que você queria dizer? Pode me falar.

Virginia esticou o corpo, ficando ainda mais alta. Sorriu desconcertada.

— Deixa pra lá, Catarina. Vi as notícias e fiquei preocupada. Ao longo do trabalho dela com o podcast ficamos amigas. Estou vendo que estão ocupados. Não vou mais tomar o tempo de vocês. Obrigada.

— Seu tio não deve estar gostando nada desse podcast, não? — Catarina perguntou antes que Virginia saísse.

Virginia pareceu constrangida.

— Ele não toca no assunto. Tchau, Catarina — Virginia se despediu com um aceno de mão e se virou, deixando a delegacia.

— Caralhoooooo...

O palavrão veio da sala do escrivão e fez Catarina virar o pescoço bruscamente para trás, em direção ao som. Miranda vinha pelo corredor, arrumando a arma no coldre.

— Que aconteceu, Miranda? — Catarina perguntou.

— Uma equipe da PM encontrou um corpo na mata. Enforcamento. Os policiais militares estão preservando o local até a chegada da perícia. Everton vai acionar agora. Estou indo pra lá.

Catarina não se achava mais tão azarada. Antes se encontrar com uma vítima viva no pronto-socorro do que com uma morta no meio da mata. Ainda assim, a notícia do encontro do cadáver causou-lhe um desconforto que a fez ansiar para que o dia chegasse logo ao fim... antes que outros corpos aparecessem.

— Tem certeza de que é melhor começar por aqui, Arthur?

Estavam num posto de gasolina na entrada da cidade, marcado no mapa como o último ponto em que o *Unabomber* aparecia ligado.

— Vamos fazer como naquele filme *Amnésia*, começamos a investigar do fim para o início. — Arthur piscou para Bia e sorriu. Ela sabia que ele tentava descontrair o clima pesado, mas ela não conseguia relaxar. Devolveu o sorriso por educação.

— É tão perto da entrada da cidade — ela comentou —, não é difícil imaginar que ela possa ter estado aqui hoje de manhã e ter pegado a estrada para qualquer outro lugar.

— Vamos por partes, Bia. A gente nem sabe se esse aparelho está mesmo com a Zara.

Entraram na loja de conveniência. Estava vazia, sem clientes. O aroma no ar revelava que pães e salgados tinham acabado de sair do forno. Uma senhora baixinha os retirava de uma bandeja e os acomodava na vitrine.

A atendente do caixa era jovem e parecia entediada, mas talvez estivesse apenas distraída. Ela encarava a tela do computador à sua frente. Arthur tomou a iniciativa de falar com ela:

— Oi… — Tentava ler o crachá de identificação. — Eliana, certo? — Arthur abriu um sorriso e Bia reparou que o semblante da moça se tornou mais amistoso.

— Pois não? — Ela esticou o tronco, jogando os ombros para trás e projetando os seios.

— Eliana, você estava aqui no caixa hoje por volta das seis da manhã?

— Não, era outro funcionário, o Marcelo. Posso ajudar?

— Procuro uma amiga e acredito que ela tenha vindo aqui hoje, mais ou menos nesse horário. Queria confirmar.

— O Marcelo entra à meia-noite. Se quiserem, você e sua *namorada* — ela voltou o olhar curioso em direção à Bia — podem voltar mais tarde e falar com ele.

— Ah, ela? — Arthur apontou para Bia. — É minha amiga, não namorada, mas, sim, podemos voltar mais tarde, quando o Marcelo estiver.

Bia notou um sorriso escapar dos lábios da mulher. Sentiu-se incomodada por ele ter negado ser seu namorado. *Deixa de ser ridícula.*

Arthur olhava todos os cantos, explorando o ambiente:

— Estou vendo que vocês têm câmeras de segurança… Você poderia checar as imagens desse horário que falei? Assim não precisaríamos voltar.

Ele se debruçou no balcão, aguardando a resposta, Bia o conhecia e sabia que ele agia de forma bastante consciente do efeito que iria provocar. Ela revirou os olhos. *Tomara que esse flerte vergonhoso seja útil.*

— Pena, moço, não tenho acesso às câmeras nesse computador. Se não quiserem esperar pelo Marcelo, vão ter que falar com o gerente, o seu Gaspar, mas eu já te adianto que normalmente ele só fornece imagens para a polícia.

Arthur pegou duas garrafas d'água e as colocou sobre o balcão. Em seguida, abriu a carteira, retirando de dentro dela dois cartões.

— Eliana, você poderia ficar com o número do meu telefone e me ligar caso consiga falar com o senhor Gaspar?

— Claro. — Ela sorriu olhando para o cartão em suas mãos. — Ligo, sim. Arthur Malheiros.

— Sou eu. — Ele sorriu.

A mulher o olhou de lado e inclinou a cabeça:

— Eu já te vi na televisão, não?

— Talvez. — Arthur devolveu o sorriso. — Mais uma coisa: você sabe indicar algum restaurante legal para dois forasteiros famintos?

Eliana respondeu sem tirar o sorriso do rosto:

— Temos lanches prontos deliciosos, estão ali naquele balcão; mas, se querem jantar de verdade, sugiro o Estocolmo. Apesar do nome, é um restaurante francês que fica no centro. É o mais próximo daqui.

— Valeu, Eliana. Eu aguardo sua ligação. — Arthur sorriu e piscou para a atendente enquanto deixavam o local.

Descarado. Certas coisas não mudam mesmo. Arthur sempre fora um sedutor incorrigível.

Do lado de fora, Bia checou o celular em busca de notícias do delegado. Nada. Resolveu mandar uma mensagem:

> Doutor Modesto, estamos no rastro daquele celular. Acabamos de sair de uma loja de conveniência. Tem câmeras aqui, mas eles só fornecem imagens para a polícia. Será que vocês não poderiam pedir pra eles? Segue abaixo a localização e o telefone da loja. Já peguei pra facilitar. Aguardo notícias. Obrigada.

— Bia, olha isso. O Estocolmo aparece marcado no mapa do *Unabomber* na quinta à noite. É uma boa parada pro jantar. Quem sabe a gente não descobre um jeito de confirmar se foi a Zara quem esteve lá?

Bia assentiu. Não tinha comido nada o dia inteiro e o cansaço, somado à fome apertada, começava a atrapalhar seu raciocínio.

Arthur trafegou pela avenida em baixa velocidade, procurando o restaurante, e Bia teve a impressão de que estavam sendo seguidos. Afinal, o carro que vinha atrás poderia tê-los ultrapassado com facilidade, mas, por alguma razão, não o fez. Pensou em comentar com Arthur, mas ele disparou antes que ela pudesse falar algo:

— É aqui! Chegamos. Estocolmo.

Arthur entregou o carro para o manobrista. Ao descer, Bia notou que o veículo havia estacionado alguns metros atrás, porém seu condutor não desceu. Não queria parecer paranoica e guardou para si. Talvez fosse apenas impressão.

O Estocolmo era um restaurante sofisticado. Bia olhou as pernas desnudas por debaixo da minissaia jeans, a camiseta branca e a sandália baixa, virou-se para Arthur e reparou na camiseta preta, sapatênis e calça jeans. Definitivamente estavam um pouco despojados demais para o ambiente: iluminação intimista, obras de arte nas paredes e móveis de designers decorando os espaços tornavam aquele um local de uma beleza opressora. Pensou em desistir de entrar, mas a *porcaria do lugar está marcada no mapa, droga*. Decidiu vencer o constrangimento e encarar. Além do mais, estava faminta, e não havia a menor chance da comida de um restaurante como aquele ser ruim.

Arthur escolheu um vinho caro dentre as sugestões do garçom e Bia percebeu que o rapaz ficou bastante satisfeito.

— Será que esse é o restaurante do Marcio Veleda? — Arthur perguntou percorrendo os olhos pelo ambiente.

— Não. O dele fica na beira da praia.

— Estou cismado com esse cara.

Bia riu.

— Não acho que seja ele. Você não lembra? As roupas estavam limpas, estava bêbado.

Arthur levou a taça aos lábios e respondeu calmamente:

— Pelo que me lembro, quem disse isso foi o Andreaza e, segundo o próprio colega dele, não é uma fonte muito confiável, não?

— Olha, tem muita coisa estranha nessa história e não dá para descartar nada, mas se o Silas for mesmo inocente, por qual razão a Virginia iria apontá-lo como assassino só para proteger o Marcio Veleda? Não me parece que sejam muito próximos. Faz mais sentido que ela tenha incriminado alguém para se proteger ou para proteger o tio.

— Ou talvez ela não esteja protegendo ninguém e realmente não se lembre.

Um silêncio se fez na mesa enquanto Bia sentia o vinho se espalhar pela sua língua e descer suave pela sua garganta. Com o estômago vazio,

poucos goles foram suficientes para começar a embaralhar os seus sentidos. Seu olhar cruzou com o de Arthur. Ele a encarava com curiosidade.

— Você está linda…

— Esse vinho é ótimo — ela desconversou.

— Sim. Foi uma boa sugestão do garçom. Não era bem numa situação
como essa que eu me imaginaria tomando um vinho com você depois
de todos esses anos, mas…

Bia deu de ombros:

— Se não fosse por causa dessa situação, eu nunca estaria sentada
num restaurante com você tomando vinho, Arthur.

— Ai! — Arthur gargalhou e levou a mão ao peito, como se tivesse
sido atingido. — Continua ácida, não?

— Nem começa.

— O quê?

— Isso aí que você está fazendo. Jogando charme. Não vai rolar. Pode
passar o tempo que for, a essência das pessoas não muda. Eu te conheço.
Sei que não é por mal, você não consegue evitar, tá tudo bem. É natural
pra você ficar seduzindo todos ao seu redor. Nem a coitada da atendente
do caixa do posto foi poupada, mas preciso que você entenda que só
estamos juntos nessa pela Zara.

— Senti saudades, Bia…

Bia jogou o guardanapo nele.

— Para com isso, Arthur. Dá um jeito de descobrir se foi a Zara quem
esteve aqui na quinta à noite.

Arthur agarrou o guardanapo no ar e o colocou à frente dela.

— Funcionários de lugares como esse costumam ser discretos e não
dão informações sobre clientes. Preciso criar um ambiente propício
antes de perguntar.

A situação que aguardavam surgiu quando o garçom veio sugerir as
sobremesas.

— Escuta, será que você consegue tirar uma dúvida? — Arthur
falou ao garçom. — Minha amiga veio aqui na quinta-feira à noite,
pediu uma sobremesa e adorou. Ela disse que é imperdível. Estou
tentando me lembrar qual era, mas não consigo. Se eu te mostrar uma
fotografia da minha amiga, saberia me dizer o nome da sobremesa
que ela pediu?

— Se eu tiver atendido a mesa dela, provavelmente sim — disse com orgulho —, tenho boa memória.

Arthur abriu uma fotografia da Zara no celular e a exibiu ao garçom.

— Claro! Ela veio com a senhora Virginia Callegari, uma cliente *habitué*. Ela pediu uma torta *Dacquoise* com sorvete de amêndoas e raspas de limão siciliano.

— Perfeito! É essa que queremos. Traga duas, por favor.

— Agora mesmo. — O rapaz se inclinou fazendo uma reverência e se retirou.

Bia e Arthur se entreolharam enquanto ele se afastava.

— Eu sabia que a Zara não ia ficar sem um docinho — Arthur comentou entre risos.

— Agora sabemos que ela esteve mesmo aqui. A surpresa fica por conta de com quem. Virginia? Francamente, Zara — Bia resmungou balançando a cabeça como se falasse com a amiga.

— Eu vi que o próximo ponto saindo daqui é num hotel chamado Plaza Salga Inn. Vamos nos hospedar lá também.

Bia já nem conseguia mais prestar atenção no que Arthur falava.

— O doutor Modesto vai ter que engolir essa, Arthur. Não vejo a hora de esfregar na cara dele que eu estava certa e ele errado.

— Calma, Bia. Sabemos que o celular estava com ela na quinta-feira à noite. Ainda precisamos percorrer os outros lugares. Afinal, ela continua desaparecida. Por isso não podemos desistir das imagens das câmeras do posto. São elas que vão mostrar se era a Zara quem estava com o celular hoje de manhã.

— Sim, você tem razão. Ainda está cedo para eu acabar com a raça do doutor Modesto e avisar que ele deveria mudar de profissão.

Arthur reclinou na cadeira e olhou dos lados.

— Escuta, qual o nível de amizade que a Zara tem com essa Virginia? Olha esse lugar, o que ela veio fazer aqui com essa mulher?

Bia percorreu o ambiente com o olhar. As luzes baixas, o jazz tocando em volume baixo nas caixas de som embutidas. Suspirou e torceu o nariz, contrariada:

— A Zara é teimosa. Achava que ela e a Virginia ficaram amigas.

— Essa Virginia é bonita? — Arthur perguntou.

— É sim. Bastante.

— Você acha que ela e a Zara…

— … se eu tivesse que chutar — Bia interrompeu —, diria que a Zara quis falar para ela sobre a entrevista do Donato que iria ao ar no sábado. Sei lá. Deixá-la preparada para a bomba. Não sei… Só sei que cansei de avisar que essa amizade não era boa ideia.

Arthur se levantou e estendeu a mão para que ela se levantasse.

— Vamos embora, Bia. Vamos procurar o hotel.

— Certo. Enquanto isso, vou ligar de novo para o doutor Modesto. Agora ele vai ter que me ouvir.

Modesto soltou um palavrão quando reconheceu o número que insistia em chamar no seu celular. Maria Beatriz. *Que saco. Não vou atender. Não tenho como lidar com isso agora.* Lázaro se aproximou:

— Algum problema aí, doutor?

— Não — ele deu de ombros —, é só a amiga da moça desaparecida ligando pela milésima vez. Não adianta falar com ela, enquanto não tivermos terminado por aqui. Em que pé estamos? Já fotografaram tudo?

— Sim, doutor. Conversamos com alguns vizinhos. Aqui moram dois rapazes. Eles se mudaram para cá há alguns meses. Os vizinhos não sabem os nomes deles. Não são vistos por aqui desde sexta-feira de manhã.

Modesto coçava a cabeça, enquanto percorria o olhar pelo lugar com curiosidade. Parecia uma casa comum. Três quartos, um banheiro imundo, uma cozinha encardida, uma garagem e um quintal pequenos. Não havia sinal de animais domésticos na casa. Poucos móveis. Geladeira quase vazia. Louça empilhada na pia, com restos de pizza e lanches apodrecendo. Num canto da sala, numa mesa pequena, havia um computador de última geração que destoava do resto do ambiente.

Algo não estava certo. Amontoadas em cima de um sofá pequeno, havia inúmeras fotografias impressas da Zara e diversos objetos pessoais. Algumas fotografias pareciam tiradas por alguém a certa distância, sem que ela percebesse, andando na rua, entrando e saindo de veículos, sentada em restaurantes, mas também algumas que Modesto reconheceu terem sido extraídas de suas redes sociais. Velas, bijuterias, lingeries e roupas femininas. Tudo aquilo empilhado sem qualquer critério. Como se estivessem sendo jogados ali de forma displicente.

— Você não acha isso estranho, Lázaro? — Modesto contemplava a pilha de tranqueiras.

— Com certeza, doutor. Esses objetos todos... provavelmente são da mulher desaparecida. Ao invés de estarem cuidadosamente colocados em alguma espécie de altar bizarro, como esses malucos costumam fazer, estão aí jogados de qualquer jeito.

— Exatamente. Por que será que ele não montou um altar?

— Ou eles, né?

— Pois é... outra coisa estranha. Esses malucos costumam ser solitários, mas não é impossível que duas mentes doentias obcecadas por uma mesma mulher se unam para persegui-la... o estranho é a falta de cuidado com as coisas dela. Vou precisar falar com algum psiquiatra, psicólogo para tentar entender o que está acontecendo aqui.

— O computador com certeza vai nos dizer alguma coisa, doutor.

— Sim. Apenas não tão rápido quanto gostaríamos. Onde será que estão esses dois?

Enquanto analisavam os objetos, um dos investigadores da equipe se aproximou com papéis em mãos:

— Olha aqui, doutor, encontramos essa papelada em uma das gavetas. Estão em nome de Wesley de Jesus Silva.

O delegado imediatamente tomou os papéis das mãos do investigador e passou a fitá-los incrédulo:

— Wesley? Caralho, é o nome do porteiro do prédio da Zara. O que despencou do vigésimo andar. Lázaro, arruma uma foto do falecido e mostra para os vizinhos. Veja se eles o reconhecem.

— É pra já, doutor.

Virginia tentou não fazer barulho ao retornar para casa, mas foi surpreendida pela voz do tio trovejando:

— Onde você estava, Virginia? — Ele a esperava no sofá da sala, sentado no escuro.

Ela levou a mão ao peito, numa reação instintiva, também como uma forma de conter o susto.

— Por que o espanto? — ele indagou.

Ela mordeu os lábios.

— Não tinha visto o senhor aí.

— Por que entrar em casa assim, pé ante pé? Como um fantasma? Tá cedo, você sabe que eu não durmo cedo.

— Eu apenas entrei em casa. Não estava tentando ser silenciosa.

— Onde estava?

— Fui encontrar uns amigos. — Era melhor que ele parasse de fazer perguntas. Virginia não gostava de mentir para o tio, mas o faria se necessário.

— Espero que não esteja se metendo em confusão.

— Não se preocupe, tio.

— Não estou preocupado.

Ela conhecia aquele olhar. Não conseguiu forçar um sorriso e se virou para subir para o quarto quando ele a chamou:

— Virginia.

Ela parou por um instante e retornou.

— Já sei o que você vai dizer, tio Hermes.

— Não, não sabe. — Ele a encarou por alguns instantes antes de continuar: — Tem coisas na vida que é melhor deixar pra lá, minha filha. Conforme-se com isso e não vá procurar o que não está à sua procura.

Virginia virou-se em direção à escada, pensando nas palavras do tio.

— Boa noite, tio Hermes.

CAPÍTULO 11

O Plaza Salga Inn era um hotel antigo, suntuoso, com uma recepção luxuosa, meio fora de moda, mas com charme e personalidade. O carpete precisava ser trocado, e Bia se viu hipnotizada pelas manchas desgastadas nos pontos de maior fluxo. *Como deixam um carpete ficar nesse estado num lugar assim?* Para piorar, desprendia dele um cheiro quase mofado, de coisa úmida e ultrapassada, pedindo renovação.

Atrás do balcão, três atendentes se revezavam no atendimento aos hóspedes perfilados. Bia esperava ser atendida pela moça mais jovem. Talvez ela tivesse mais disposição para fornecer informações sobre a Zara, enquanto cuidavam do procedimento de *check-in*.

Não deu certo. O rapazinho com cabelos emplastados de gel soltou um "próximo" sorridente em direção a eles.

— Queremos um quarto, por favor — Arthur falou enquanto abria a carteira.

— Dois! — Bia corrigiu e, virando-se para Arthur sussurrou entredentes — Dois quartos, Arthur.

Arthur a encarou com um sorriso irônico:

— Tem certeza?

— Para com isso.

Arthur continuou sorrindo, parecia se divertir com a situação. Então, virou-se para o atendente:

— Já que ela insiste, dois quartos, por favor. De preferência no mesmo andar, caso ela mude de ideia. — Arthur retirou seu documento e o cartão de dentro da carteira e virou-se para Bia: — Pega o seu RG.

Bia observava o rapaz concentrado no computador. Resolveu perguntar:

— Por favor, poderia verificar algo para mim? Uma amiga chamada Zara Stein se hospedou aqui na quinta-feira. Você poderia ver se ela ainda está hospedada ou se já fez *checkout*?

— Um momentinho. Já vejo.

Bia dedilhava o balcão, acompanhando o recepcionista que digitava no teclado do computador.

— Foi ela quem indicou esse hotel, sabia? Disse que vocês são ótimos — Bia forçava uma conversa fiada.

O rapaz sorriu em agradecimento, mas não deu atenção e continuou concentrado na tela à sua frente. Após alguns minutos, respondeu:

— Está aqui: Zara Stein. Hospedou-se conosco, mas fez *checkout* na sexta-feira à noite. Inclusive, estou vendo que esqueceram de entregar a ela um envelope que deixaram na recepção.

— Envelope? — Tão logo havia dito, arrependeu-se de ter soado tão ansiosa. Precisava saber do que se tratava. — Pode entregar para mim.

— Sinto muito, mas não tenho autorização para entregar a ninguém além do hóspede destinatário. Você pode avisar para sua amiga que tem algo para ela aqui. Se ela autorizar que a gente entregue para você ou para qualquer outra pessoa, não tem problema, basta que ela entre em contato conosco.

Bia assentiu decepcionada. A informação de que Zara havia feito *checkout* na sexta-feira à noite fez seu coração apertar. Se ela deixou o hotel na sexta à noite, onde teria ficado durante todo o fim de semana? Talvez Jonas tivesse razão. Talvez outra pessoa estivesse com o *Unabomber* no posto de gasolina naquela manhã. Para piorar, o elevador daquela espelunca estava demorando um século para chegar ao décimo andar, onde ficavam os quartos em que os colocaram.

— Você ouviu o recepcionista dizendo que ela fez *checkout* na sexta à noite, Arthur? Foi quando ela me mandou a última mensagem. Depois disso ninguém soube mais dela. — Bia apertava repetidamente o botão do décimo andar, como se isso fosse fazer o elevador chegar mais rápido.

— Calma, Bia. Estamos aqui pra isso. Para tentar encontrar alguma informação, alguma pista. O delegado respondeu?

— Não — bufou, contrariada.

— Então não tem jeito. Vamos ter que esperar meia-noite a entrada do outro funcionário ou a benevolência do gerente do posto.

— Talvez a funcionária do caixa fique com saudades de você e telefone. — Bia revirou os olhos. Arthur olhou para o chão, disfarçando um sorriso.

O elevador deu um tranco e a porta abriu num estrondo: décimo andar. Bia se assustou e encolheu os ombros.

As portas dos quartos ficavam uma de frente para a outra no corredor e cada um se dirigiu para abrir a sua. Antes de entrar, Arthur se virou para ela.

— Vou guardar minhas coisas, ir ao banheiro e já bato aí.

Bia quase não acreditou quando viu o número do doutor Modesto brilhar na tela do celular. Atendeu no primeiro toque, tentando equilibrar o aparelho no ombro, enquanto abria a porta do quarto com o cartão magnético:

— *Beatriz, como estão?*

— Doutor Modesto! Que bom que o senhor ligou! Acabamos de chegar ao hotel. Zara esteve hospedada aqui, mas saiu na sexta-feira à noite. — O delegado permaneceu em silêncio do outro lado da linha, então ela continuou: — O senhor viu a minha mensagem? Sobre as câmeras do posto? Nós tentamos, mas não conseguimos acesso. Vocês não podem pedir ao gerente? Ele só vai dar para a polícia.

Bia empurrou a mala para dentro do quarto. Pela fresta da porta se fechando, viu Arthur entrando no quarto dele. O delegado mudou de assunto:

— *Já falamos sobre isso a seguir. Descobrimos o endereço do usuário PlasticHeart22. Acabamos de cumprir um mandado de busca lá.*

— Ah, essa era a diligência importante que te impediu de ver o meu apartamento arrombado? O senhor poderia ter dito quando conversou comigo. Eu entenderia.

O delegado ignorou a interrupção e continuou:

— *Em conversa com os vizinhos, descobrimos que moram dois rapazes naquela casa. Um deles não foi localizado até o momento. Infelizmente, ainda não temos nenhuma pista de onde esse cara possa estar.*

— O senhor disse dois rapazes, e o outro?

— *O outro...* — uma pausa um pouco longa e aflitiva para Bia — *está morto.*

— Morto?

— *Sim. É o porteiro que caiu da cobertura da Zara.*

— O porteiro era o *stalker*? — Arthur repetiu enquanto retirava uma *long neck* do frigobar.

— Sim. O delegado disse que mostraram fotos do porteiro para os vizinhos do *stalker* e eles o reconheceram.

— E as câmeras do apartamento da Zara? Alguma novidade?

— Nada ainda. Você acredita que o delegado desligou sem dizer se vai pedir as imagens das câmeras do posto ou não, se vem para Salga ou não.

— Bia, ele não vai colaborar, está que nem um perdigueiro em outra direção. Só nos resta esperar meia-noite para dar um pulo no posto e ver o que conseguimos por lá. — Estendeu a garrafa na direção dela. — Quer?

Ela fez que não com a cabeça.

— Podemos procurar a delegacia de polícia daqui. Ver se eles pedem as imagens do posto. Não precisamos ficar dependendo do doutor Modesto. O trabalho dele é investigar o que aconteceu na capital, ou seja, as mortes do porteiro e do Fernando. Só que agora sabemos que o último lugar em que a Zara foi vista foi aqui. Então, a polícia local deve poder fazer alguma coisa, não?

— Podemos tentar, mas cidade pequena, você sabe, talvez tenha só um escrivão de plantão nesse horário, sem muita disposição para fazer alguma coisa antes de amanhecer.

Bia foi definitiva:

— São dez horas. Temos tempo. Vamos procurar a delegacia.

Catarina se jogou na cadeira. A cabeça fervia. Queria redigir o relatório de investigação o quanto antes, aproveitando que as informações colhidas junto à vítima no pronto-socorro estavam frescas. Olhou a mesa do Miranda vazia. Ainda não retornara do local do encontro de cadáver. Abriu a gaveta e tirou uma cartela de Neosaldina. Mandou para a goela dois comprimidos de uma vez.

Sua sala era separada da recepção da delegacia por um balcão fechado por vidro até o teto, o que permitia que, de sua mesa, tivesse visão do hall de entrada. Em pé no balcão, Everton atendia um casal. *Tomara que ele consiga dar conta pelo menos desse B.O. sozinho.*

Cedo demais. Mal o pensamento lhe ocorreu, já percebeu que Everton caminhava em sua direção. *Ah, não. Me erra.*

— Catarina, trabalho para você.

— Por que para mim? Você que é o escrivão.

— Preciso terminar o flagrante. Doutor Gustavo está lá na sala dele esperando, e esse casal quer conversar sobre a jornalista desaparecida.

Ela avaliou por alguns instantes aquela informação.

— Ok... chispa. Eu vou lá.

Esgueirou-se entre as mesas e cadeiras para sair da sala, observando o casal pelo vidro. Pareciam tensos. Mal adentrou a antessala, a moça deu passos em sua direção.

— Oi, está lembrada de mim? Meu nome é Maria Beatriz, estive aqui algumas vezes com minha amiga, Zara Stein. Somos jornalistas e...

— Sim, sim, eu me lembro — Catarina a interrompeu. — Fiquei sabendo que sua amiga está desaparecida. Sinto muito.

Catarina viu a moça baixar os olhos e o rapaz se aproximar, colocando as mãos em seus ombros num gesto de consolo.

— Tem algum lugar para conversar com calma?

— Claro — Catarina respondeu —, vamos até a minha mesa.

Os três se dirigiram para a sala apertada dos investigadores. Mesas de madeira antigas espremidas, misturadas com mesas de fórmica no que deveriam ser estações de trabalho. Não havia qualquer uniformidade no mobiliário, adquirido em épocas diferentes, de fornecedores diversos. As paredes não viam pintura havia um bom tempo. Tinham pontos de umidade e descascavam em diversos lugares, revelando camadas de todas as cores que já estiveram nas paredes.

Devidamente acomodados, eles se apresentaram e Beatriz tomou a palavra:

— Estou sem qualquer notícia da Zara desde sexta-feira à noite. Tínhamos um encontro no sábado, mas ela não apareceu. Fui ao seu apartamento checar e houve uma confusão. — Ela contorcia as mãos e estalava os dedos.

— Ah, sim. Fiquei sabendo. Dois homens mortos, né?

— Sim. O delegado está seguindo uma linha de investigação na capital, mas eu quis checar uma outra possibilidade aqui em Salga.

— E pra isso você precisa da nossa ajuda?

— Sim. — A mulher abriu a bolsa e dela retirou um celular. — Abrimos o mapa do rastreador de um telefone que pode estar com ela e descobrimos que desde quinta-feira até hoje de manhã esse aparelho esteve em vários locais por aqui.

Catarina se inclinou em direção à tela, analisando o mapa.

— Vocês passaram essa informação para o pessoal da capital?

— Sim, mas, como disse, o delegado está focado numa outra linha de investigação. Resolvemos ganhar tempo e vir até aqui checar. Já verificamos alguns locais. Na quinta-feira à noite ela esteve em um restaurante, com uma mulher chamada Virginia Callegari, depois se hospedou no hotel em que estamos agora, o Plaza Salga Inn.

Virginia. Catarina imediatamente se lembrou da visita quase despropositada que ela fizera à Delegacia poucas horas antes. *Virginia não mencionou que tinha se encontrado com a Zara na quinta-feira. Por quê?*

— Você quer que a gente investigue os locais desse mapa?

— Sim, mas o que gostaria com mais urgência é de uma ajuda para obter imagens das câmeras de segurança da loja de conveniência do posto da entrada da cidade. É o último local registrado no mapa, hoje de manhã, por volta das seis horas. É o que vai dar certeza se era ela ou não quem estava com esse celular, porque no hotel tivemos a informação de que ela fez *checkout* na sexta-feira à noite.

— Ok. Vou ligar lá e pedir para que deixem as imagens separadas.

O rosto da moça se iluminou.

— Sério? Nossa! Muito obrigada.

— Vou ligar lá agora. Aguardem um pouquinho lá fora, não demoro a encontrar vocês.

Catarina se lembrou de Miranda que havia saído para checar um corpo na mata. *Só faltava chegar com más notícias.*

Catarina precisou de alguns telefonemas para localizar o gerente do posto. Explicou a situação, e ele pediu um tempo para providenciar as imagens. Catarina foi ao encontro de Arthur e Beatriz:

— Consegui falar com o gerente. Ele me prometeu as imagens para amanhã de manhã. — Ela percebeu que eles ficaram decepcionados. Queria poder fazer mais. — Dei uma olhada no mapa que trouxeram e vi que na quinta-feira à tarde o celular ficou por cerca de duas horas na área da praça central. Não adianta ir lá hoje porque estará tudo fechado, é uma área de comércio, mas amanhã cedo vou verificar.

— Muito obrigada. — Beatriz juntou as mãos em agradecimento. — Podemos ir junto?

Catarina pensou um pouco antes de responder, não era o ideal, mas entendia que estivessem aflitos e quisessem fazer algo para aplacar a sensação de impotência.

— Não é o protocolo, mas posso abrir uma exceção, desde que vocês prometam que vão apenas me acompanhar, sem fazer nada. — Beatriz cruzou os dedos na frente dos lábios em juramento. Catarina voltou a focar na tela do celular. — Vamos ver: Estocolmo, Plaza… Que curioso… estou vendo aqui que na sexta-feira de manhã o aparelho esteve na Penitenciária de Planície Costeira. Fica a uns quarenta quilômetros daqui.

— Planície Costeira? — Beatriz reagiu.

— Alguma ideia do que ela poderia querer fazer lá? — Catarina indagou.

— É onde estão presos o Alex Malta e o Silas Ruger, os assassinos dos dois casos criminais que abordamos no nosso podcast, mas não fiquei sabendo de nenhuma entrevista que a Zara tenha agendado com eles por esses dias.

— De qualquer forma, outro lugar que não adianta ir hoje — concluiu Catarina. — Vamos nos encontrar logo cedo amanhã. Às oito, pode ser? Vocês estão hospedados no Plaza, né? — Eles menearam a cabeça afirmativamente. — Ok. Estarei lá.

Catarina assistiu ao casal se afastar por um lado do pátio de entrada, enquanto Miranda chegava de viatura pelo outro. Esperou que ele estacionasse e foi ao seu encontro.

— Caralho, Miranda. Mandei mil mensagens. Você não me respondeu.

— Foi mal, Catarina. Nem vi.

— O cadáver da mata. Queria notícias.

Miranda baixou a cabeça e esfregou os olhos.

— Você não vai acreditar.

— O quê? — Catarina prendeu a respiração.

Miranda desbloqueou a tela do celular e exibiu-a a Catarina.

— Veja você mesma.

Catarina cobriu a boca com as mãos tentando conter em vão um grito de horror.

— Meu Deus!

CAPÍTULO 12

Se Bia não soubesse e tivesse que adivinhar a profissão de Catarina, jamais pensaria em algo relacionado à polícia. Ela devia ter entre trinta e cinco e quarenta anos. Era sóbria e delicada. Não muito alta, nem curvilínea. Mantinha os cabelos castanhos presos num rabo baixo. Olhos verdes vibrantes e curiosos.

Quando Bia e Arthur chegaram ao lobby, Catarina já os aguardava. Bia comentou com ela sobre o envelope que não entregaram à Zara antes do *checkout* e aguardaram de longe, enquanto ela conversava com a recepcionista. Ao retornar, exibiu a eles um papel branco, contendo um endereço:

> *Estrada do Murucututu, km 7. N 25. Galpão*

— Bom, pelo jeito, mais um lugar pra gente checar — disse Catarina. — Peraí, preciso ver aquele mapa de novo. — Catarina ficou alguns instantes analisando a tela. — Vejam, o bilhete nunca chegou às mãos da Zara, mas esse endereço aparece marcado no mapa duas vezes. No sábado à tarde e na madrugada do domingo.

Arthur deu um passo para o lado, trocou um olhar com a Bia e se virou para Catarina:

— Catarina, Bia e eu conversamos e decidimos nos dividir. Ela vai com você na região da praça e eu quero dar uma olhada neste local aqui. — Arthur apontou um ponto no mapa marcado na sexta-feira à tarde.

Catarina se inclinou e ampliou a tela com os dedos.

— É uma área residencial. — Catarina encarou Arthur com seriedade. — Não posso te proibir de ir até lá, mas não se esqueça do que conversamos: não faça nada. Eu sei quem você é, viu? Já te vi na televisão. Desviar de bombas explodindo ao seu lado pode ter te deixado autoconfiante, mas o perigo vem de onde menos se espera. Não faça nenhuma merda.

— Pode deixar — Arthur respondeu. — Vou apenas fazer um reconhecimento da área. Ver do que se trata e, no máximo, perguntar nas imediações se alguém viu a Zara.

— Cuidado. Fique com o meu telefone e, qualquer coisa, entre em contato.

A Praça Santo Agostinho era rodeada de pequenos comércios, com portas estreitas, praticamente colados uns aos outros. Havia intenso movimento de pessoas para uma cidade daquele porte, ainda mais numa segunda-feira fora de temporada. Elas precisavam localizar o ponto marcado no mapa, mas a linha do tempo não apontava com precisão.

A pequena igreja no centro da praça foi descartada por Bia logo de cara. Nem se estivesse morrendo, Zara passaria duas horas dentro de um lugar daqueles. Bia riu por dentro ao se lembrar de quando Zara dormiu durante o batizado da filha de uma amiga de faculdade, porque tinha ficado na balada até as oito da manhã. "Igrejas me dão sono", ela disse para se justificar.

Catarina trazia o celular em mãos, com uma fotografia da Zara na tela e o distintivo preso a uma corrente no pescoço. Passaram em alguns lugares, falaram com algumas pessoas, mas ninguém a havia reconhecido. O sol da manhã começava a esquentar e Bia se arrependeu de não ter colocado uma roupa mais fresca. Prendeu os cabelos num nó e respirou fundo.

— Não desanime, Beatriz. Trabalho policial é assim mesmo. A gente mais bate com a nariz na porta do que é bem recebido. Temos que conversar com um monte de gente e ouvir um monte de abobrinhas até aparecer alguma pista de verdade.

A loja de eletrônicos parecia ser o local mais próximo ao ponto registrado no mapa. Havia uma moça no balcão com cara de sono. Não parecia nada *amigável*.

— Bom dia. — Catarina exibiu o distintivo para se identificar. — Você trabalha sozinha aqui ou tem outros funcionários?

— Eu sou a única vendedora. — Apontou um cartaz escrito "contrata-se" grudado no vidro com fita crepe. — Posso ajudar?

Catarina abriu a tela do celular e exibiu a fotografia da Zara.

— Gostaria de saber se essa moça esteve aqui na quinta-feira.

Por uma fração de segundos os olhos da mulher se arregalaram diante da imagem à sua frente. Ela logo desviou o rosto e não voltou a fitar o celular ou Catarina. A mulher piscava como se tivesse alguma espécie de tique nervoso. Mesmo não sendo policial, ver aquela reação acendeu um sinal de alerta em Bia. *Tem alguma coisa aí. Essa mulher está esquisita.*

— Não. Não esteve aqui.

— Tem certeza? Não quer olhar melhor? Você nem viu direito.

— Tenho certeza — ela insistiu.

Bia aguardava em silêncio pela reação de Catarina. A investigadora percorreu o olhar pelo ambiente.

— Quero as imagens das câmeras de segurança.

— Não tenho acesso... não sou eu que... não sei... — a vendedora gaguejava. — Acho até que estão quebradas.

— Sério? Câmeras de vigilância quebradas numa loja de equipamentos eletrônicos? — Catarina provocou.

— Não tenho como ajudá-la. Essa moça não esteve aqui.

Catarina virou as costas para o balcão e fez um sinal para que Bia a acompanhasse ao lado de fora. Caminharam até a praça em frente, observando a moça à distância.

— Está vendo, Beatriz? Mal saímos, a vendedora já começou a digitar alguma coisa no celular. Ela está mentindo e provavelmente avisando alguém sobre a nossa presença.

— Ela parecia nervosa. Nem olhou direito para a fotografia. A mulher da quitanda ficou um tempão encarando a foto antes de responder. O que vamos fazer?

— Preciso pensar um pouco. — O olhar de Catarina percorria os demais estabelecimentos da praça. — Olha lá. Na frente daquela loja de cosméticos, parece que tem uma câmera. Talvez pelo ângulo ela capte alguma imagem da porta de entrada.

Quando retornaram à loja de eletrônicos na posse das imagens da loja de cosméticos, Catarina é quem não estava nada *amigável*.

— Quero falar com o responsável por este local. Gerente, proprietário, o escambau.

A vendedora ainda tentou resistir:

— Senhora, já disse que a moça não esteve na nossa loja.

— Cala a boca. — Catarina apontava o dedo em riste para a cara da vendedora. — Minha conversa com você acabou. Você teve oportunidade de colaborar com a polícia e desperdiçou. Eu sei que a mulher que eu procuro entrou aqui.

— Eu não menti — a moça não conseguia disfarçar o desespero.

— Mentiu, sim — Catarina começou a agitar o celular no ar —, estão aqui, *ó*, as imagens dela entrando. Só que você está em maus lençóis, porque não tenho imagens dela saindo. Se eu não falar com o proprietário imediatamente, a primeira coisa que vou fazer é conseguir um mandado de busca, acionar reforço, canil, fiscalização; coloco esse lugar abaixo, mas encontro a mulher que estou procurando, nem que seja o cadáver dela enterrado nos fundos dessa espelunca.

A mulher tremia e as lágrimas começavam a escorrer. Saiu da cabine do caixa e se dirigiu à Catarina com as mãos unidas em tom de súplica:

— Pelo amor de Deus, eu vou ser demitida! Eu digo o que aconteceu, mas não chama o meu patrão, nem faça nada disso que falou. Ela veio mesmo aqui, mas ela saiu, garanto que ela saiu. Saiu bem daqui.

— Pode desembuchar tudo o que sabe, senão você vai ter problemas.

Ela respirou fundo por alguns instantes e, ainda chorosa, contou:

— Um amigo meu me disse que precisava conversar com uma pessoa, mas não podia fazer isso em público. Ele pediu para usar o escritório dos fundos e me garantiu que não causaria problema algum, só precisava do espaço por algumas horas.

— Quem é esse amigo?

— Andreaza, o nome dele é Mario Andreaza. Ele foi policial também, mas está aposentado.

Bia teve a impressão de que Catarina reagira ao ouvir o nome de Andreaza, mas ela se recompôs rápido e continuou com as perguntas para a vendedora.

— O Mario Andreaza ficou duas horas com a moça nesse escritório? O que aconteceu depois?

— Eles foram embora, eu juro. Primeiro saiu a moça e, logo em seguida, o Andreaza. Isso foi por volta das 18h30; a loja fecha às 19h. Mas tem um negócio que aconteceu depois e eu achei meio esquisito. Uns cinco minutos antes da loja fechar, dois homens vieram aqui perguntando pelo Andreaza.

— Você conhecia esses homens?

— Não. Nunca vi. Fiquei preocupada, porque o Andreaza tinha dito várias vezes que ninguém podia saber que ele tinha estado aqui, então eu neguei.

— Eles disseram mais alguma coisa?

— Não. Foram embora. Quando cheguei em casa, liguei para o Andreaza e contei o que tinha acontecido. Ele me agradeceu, mas não me deu explicações.

— Você voltou a falar com ele?

— Não. Foi a última vez. Ele disse que me procuraria no dia seguinte, mas não apareceu. Não tive mais notícias dele. Eu até tentei mandar mensagem pra ele hoje, mas como você pode ver, ficou só um tracinho.

— A mulher esticou o celular na frente do rosto de Catarina.

— Quero cópia das imagens da saída do Mario e da moça loira, e da chegada dos homens que vieram procurá-los. A senhora vai me causar problemas desta vez?

— Não, não. — A vendedora fez o sinal da cruz. — Pode deixar que vou separar agora mesmo e gravo num *pendrive* para você. Pode vir buscar depois do almoço que vai tá tudo pronto.

Bia mal pôde esperar estar do lado de fora para demonstrar seu entusiasmo para Catarina:

— Nossa, isso foi incrível! A Zara esteve aqui, meu Deus! O que será que o Andreaza falou para ela? Precisamos falar com ele agora mesmo. Vamos atrás dele, Catarina. Eu tenho o endereço...

— Beatriz — Catarina interrompeu —, não vamos conseguir falar com o Andreaza.

Bia notou o semblante sério de Catarina e sentiu um arrepio percorrer seu corpo como um choque elétrico.

— Por quê?

— Lamento, mas ele está morto. Estava desaparecido desde sexta-feira. Foi encontrado enforcado na mata ontem à noite.

Cinco vezes… Arthur tocara a campainha cinco vezes. Já estava perdendo as esperanças de que alguém fosse atender, mas ainda tentava entender o que Zara tinha ido fazer naquela casa na sexta-feira à tarde, procurando por algo que pudesse ser uma pista.

A casa ficava numa parte mais antiga da cidade, bem próxima ao centro. Era uma residência de estrutura arquitetônica antiga, mas muito bem cuidada. Desde a infância, Arthur não via um jardim de roseiras como aquele. Parecia o que tinha na casa da avó. Na metade do muro era possível ver uma marca horizontal de fora a fora indicando que ele havia sido reformado para ficar mais alto. Agora deveria ter cerca de três metros. O portão era mais moderno do que indicava a arquitetura da casa, então certamente havia sido substituído anos depois da construção original. *Maldita criminalidade! Nem as cidades pequenas escapam.*

— Procurando alguém?

Arthur se virou e viu que a voz vinha de uma senhora de uns setenta anos, baixinha e um pouco curvada, que havia saído no portão da casa vizinha.

— Sim. Queria falar com quem mora nessa casa.

Ela o analisou de cima a baixo. Em seguida, focou sua atenção no carro que ele estacionara na porta da residência. Arthur imaginou que ela estivesse procurando por sinais externos que indicassem se ele era ou não uma ameaça. *Como se isso fosse possível nos dias de hoje…* Ela respondeu:

— Essa casa é do Donato Antunes, mas se ele não te atendeu até agora é porque não está. Quando a filha viaja aos fins de semana, ele fica na casa dela para olhar os cachorros.

Pela quantidade de informações passadas pela senhorinha, Arthur imaginou ter passado no teste.

— Eu volto outra hora, então. Obrigado.

Se Zara continuava com o celular, havia estado na casa de Donato Antunes. O da entrevista polêmica. *O que será que poderia ter vindo fazer aqui?*

Arthur deu uma última olhada na casa. Silenciosa. Nenhum sinal de carro se aproximando. Não adiantava continuar ali, mas ele ainda não estava disposto a encerrar suas buscas.

Em Salga Odorenga nada ficava muito distante, então não demorou para que ele se visse no local que o GPS indicava como sendo o KM 7 da Estrada do Murucututu. Era uma área de chácaras separadas por muros e cercas de arame farpado.

Aquele era um desvio de rota justificável, afinal, o endereço estava marcado no mapa do *Unabomber* no sábado à tarde e na madrugada do domingo, além disso, também estava anotado no papel que deveria ter sido entregue à Zara no hotel.

Ele se lembrou das palavras de Catarina: *não faça merda*. Ir àquele lugar sozinho talvez fosse um exemplo do que Catarina considerava *fazer merda*, mas que mal poderia haver em um mero reconhecimento de área? Por via das dúvidas, preferiu não avisar o que faria para que Catarina não tentasse convencê-lo a ir embora.

No ponto marcado no mapa havia uma chácara de vegetação extensa, num terreno irregular, cercada por um muro e fechada por duas lâminas de portões não muito altos, mas largos, com o número 25 pendurado. Uma corrente passava entre as folhas do portão, mas o cadeado estava aberto. Arthur resolveu entrar.

Um caminho de pedriscos ia do portão até uma residência rústica, mais à esquerda da chácara. Do lado direito, a uma certa distância, era possível ver uma grande casa em melhores condições. Imaginou que a do lado esquerdo deveria ser a residência do caseiro e a outra, a principal. Mais à frente, após uma área de árvores altas e frondosas, havia uma espécie de galpão. Recordou-se que o bilhete deixado para Zara na recepção do hotel continha a palavra "galpão" em destaque.

Antes que pudesse se colocar a caminho do depósito, algo à sua esquerda chamou sua atenção. O que acreditava ser a casa do caseiro era um local bastante sujo e bagunçado. Tranqueiras espalhadas para todo lado. Não fazia sentido, portanto, que em meio a peças de carro, utensílios de cozinha e ferramentas, houvesse uma jaqueta feminina com uma etiqueta de grife de luxo amontoada no chão.

A visão daquela peça de roupa acendeu todos os seus sinais de alerta. Sabia que a coisa certa a fazer era desistir de avançar para o interior do imóvel, retornar para o seu carro e ligar para a polícia, mas já era tarde demais. Ouviu o som inconfundível de alguém engatilhando uma arma e sentiu um cano gelado encostar na sua nuca.

Bia sentia a cabeça rodar e seu equilíbrio ir embora aos poucos, como se o chão fosse se abrir e engoli-la.

Morto.

Andreaza estava desaparecido desde a sexta-feira e fora encontrado morto depois de passar duas horas com a Zara na quinta-feira. Ela continuava desaparecida e ele morto. *Não pode ser coincidência.*

Catarina continuava falando, falando, mas a cabeça de Bia girava, a voz de Catarina soava distante, abafada e as palavras indistinguíveis. *Controle. Não posso perder o controle.* Ela se apoiou no poste de luz, tentando não cair. Enquanto se esforçava para recuperar o foco, Bia percebeu o som se aproximando, se aproximando, as palavras ficando mais audíveis, mais claras, e, enfim, Bia pôde compreender o que Catarina dizia:

— … estou dizendo isso porque você tem que saber a verdade, mas não necessariamente as coisas estão ligadas, sabe? A morte do Mario e o desaparecimento da Zara. Pode ser que uma coisa não tenha nada a ver com a outra.

Bia sentia lágrimas quentes começarem a escorrer. O peito se contraía, e a respiração era curta, dolorosa. A voz saiu fraca, quase um sussurro:

— Queria acreditar nisso, Catarina, mas não consigo… é desesperador. Minha cabeça está explodindo.

— Calma. Tenho um analgésico da bolsa. Vou pegar no carro. Já volto. Não desanime. Temos um dia longo pela frente. Vamos encontrar sua amiga.

Bia avistou um banco no centro da praça e foi em direção a ele. O corpo formigava, os passos trêmulos. Ela se sentou tentando se recuperar do choque. Lamentou que Arthur não estivesse ali naquele momento. Ela se sentia perdida e cada vez mais desesperançosa. Ligou para o celular dele. Queria falar com Arthur, mas ele não atendia. Depois de duas tentativas de ligação caírem na caixa postal, Bia desistiu de ligar e mandou uma mensagem.

— Tudo bem aí? — Catarina perguntou, estendendo um comprimido e uma garrafa e água mineral para Bia.

— Não consigo falar com o Arthur, sumiu.

— Espero que não esteja fazendo merda.

— Eu também. — Bia engoliu o comprimido e tomou um gole d´água generoso. — Alguma notícia do gerente do posto?

Catarina se sentou ao seu lado.

— Ainda não, mas vamos dar uma olhada no mapa novamente e decidir pra onde iremos enquanto ele não dá notícias.

Bia abriu a tela do celular e o entregou a Catarina. A policial corria os dedos pela tela com uma expressão compenetrada.

— Vejamos: a Penitenciária de Planície Costeira está longe, vou pedir para alguém ligar pra lá e pegar informações por telefone mesmo; tem um endereço na Praia do Gago em que o aparelho ficou por bastante tempo, podemos ir até lá, mas antes poderíamos checar esse outro lugar aqui, fica meio que no caminho.

Catarina ampliou o mapa e exibiu a tela para Bia. Ela olhou de relance, enxugou as lágrimas e concordou.

— Vamos lá.

— Tá perdido, moço?

Arthur ouviu a voz grave e pigarreada atrás de si e avaliou sua posição de desvantagem. Como correspondente de guerra, já estivera em situação parecida antes, sob a mira de uma arma de fogo, tentando não mijar nas calças. Coração batendo na boca. Suor frio percorrendo o corpo. Ele tinha uma arma engatilhada encostada na sua nuca e não era hora de fazer gracinhas. Instintivamente, ergueu os braços ao lado do corpo em sinal de rendição.

— Estou procurando o proprietário. Vim ver uma chácara para comprar.

— Tá no lugar errado.

— Desculpa. Sou da capital. Estou um pouco perdido. Combinei de encontrar com um corretor, mas não sei se estou no lugar certo.

Arthur ouviu a respiração ofegante do homem. Segundos que pareciam que não iriam terminar até que ele sentiu desencostar o cano. Arthur ouviu o barulho dos passos do homem pisando em pedriscos e folhas secas enquanto se afastava, mas a respiração continuava presa.

— Pode virar, rapaz.

Arthur se virou devagar e se deparou com a figura de um homem encardido e ensebado. Parecia alcoolizado. Em suas mãos, uma espingarda que ele manuseava com displicência.

— Essa chácara não tá à venda. Sou caseiro aqui há vinte anos.

O homem continuava com a espingarda apontada para o abdômen de Arthur. O dedo no gatilho levaria menos de um segundo para disparar. Ele tinha que soar convincente.

— Bom, talvez não seja a chácara que eu combinei de ver, mas me interessa uma propriedade que já tenha um caseiro há tanto tempo. Teria como eu entrar em contato com o proprietário? Fazer uma proposta? Como é o nome dele?

O homem o avaliou com desconfiança, mas respondeu:

— Mario Andreaza. Mora no centro. Não sei se ele vai querer vender, não, mas posso passar o contato dele.

Mario Andreaza. O cara que a Zara entrevistou para o podcast.

— Isso seria ótimo.

O homem abaixou a espingarda e procurou pelo aparelho celular no bolso da calça imunda que vestia. Os batimentos cardíacos não desaceleravam. Arthur suava em bicas. *Puta que pariu, preciso me acalmar ou esse cara vai me dar um tiro.*

— O senhor vive aqui com sua família? Uma esposa?

— Não. Sozinho. — O homem continuava a mexer no aparelho, procurando o contato do patrão.

— Ah, tá… é que vi uma roupa de mulher jogada ali.

Tão logo as palavras saíram de sua boca, Arthur se arrependeu. Calculou mal, movimento arriscado. O homem imediatamente desviou o olhar do celular para a jaqueta jogada na varanda da casa. Em questão de segundos, a espingarda estava novamente apontada para o peito de Arthur.

— Quem é você e o que quer aqui de verdade?

Arthur ergueu novamente os braços ao lado do corpo.

— Calma, meu senhor, eu já disse. Vim ver uma chácara pra comprar.

— Que que te interessa roupa de mulher?

— Nada. Eu só reparei que era uma roupa de mulher e me perguntei se o senhor teria uma família aqui. Só isso. É importante, caso eu decida comprar a propriedade, saber se o caseiro tem uma família.

— Tô achando que o moço tá querendo me enrolar. Tá querendo o que aqui?

O homem agitava a espingarda na frente do corpo. Continuava apontada para Arthur. Poderia disparar a qualquer momento. Quando Arthur pensou que tudo estava perdido, um barulho no portão captou a atenção dos dois.

— Ei! O que está acontecendo aqui?

Arthur viu pelas grades vazadas do portão que era Catarina do lado de fora. Ela passou para o lado de dentro a passos firmes, de arma em punho e distintivo preso num cordão ao pescoço.

— Polícia! Joga a arma no chão. Vai.

O homem obedeceu sem resistência e foi a vez de ele colocar os braços ao lado do corpo em rendição. Arthur expeliu o ar com toda a força de seus pulmões e passou as mãos pelo rosto e cabelos suados. Do lado de fora, Bia estava parada com olhar assustado, as mãos cobrindo a boca.

O caseiro tentava se explicar:

— Esse homem invadiu propriedade privada com conversa fiada, *dona polícia*.

— O senhor tem registro dessa arma? — Catarina perguntou.

O silêncio do homem era um *não*.

Catarina ordenou que ele colocasse as mãos atrás da cabeça. O homem obedeceu calado, sem resistir. Enquanto o algemava, Catarina se virou para Arthur:

— Você, hein? Não adiantou nada pedir para não fazer merda. Você deu muita sorte de resolvermos passar por aqui a caminho da Praia do Gago.

— Desculpa. Quis ganhar tempo… Catarina, dá uma olhada ali no canto. — Arthur apontou a jaqueta para a policial.

O homem imediatamente reagiu:

— Que que tem? É de uma namorada que esqueceu aqui.

Arthur puxou Catarina de canto e sussurrou:

— Ele está mentindo. Veja a etiqueta da jaqueta. É uma marca de luxo. Pode ser da Zara.

Catarina se agachou ao lado da peça para examiná-la. Não a recolheu e se virou para Arthur:

— Ele vai ser conduzido para a delegacia por causa do flagrante de posse de arma. Vou tentar arrancar alguma coisa dele.

Minutos depois, uma viatura da Polícia Civil encostava para dar apoio. Com o homem dentro da viatura e Catarina conversando com os outros policiais civis do lado de fora, Bia entrou na chácara.

— A Zara veio aqui? Você conseguiu descobrir alguma coisa, Arthur?

— A única coisa que descobri é que essa chácara é de um dos policiais que vocês entrevistaram, o tal do Andreaza.

Bia arregalou os olhos e apoiou as mãos no peito de Arthur.

— Meu Deus! — Ela se desequilibrou e ele teve que segurá-la para que não caísse. — A Catarina acabou de me contar que o Andreaza foi encontrado morto ontem à noite.

— Caralho... — Arthur passou as mãos pelos cabelos e entrelaçou os dedos atrás da nuca.

— Pelo mapa, o *Unabomber* esteve aqui no sábado à tarde e na madrugada do domingo.

— Precisamos das imagens do posto. Precisamos ver se era ela às seis da manhã de domingo.

— O gerente ainda não entrou em contato com a Catarina.

Arthur baixou os olhos, segurou Bia pelos braços e apontou para a varanda cheia de tranqueiras.

— Bia, dá uma olhada naquela jaqueta.

Bia arregalou os olhos e um grito escapou da garganta.

— É dela! É da Zara! Eu conheço essa jaqueta.

Bia chorava, e por um instante Arthur se arrependeu de ter mostrado a jaqueta a ela.

— Vamos lá fora conversar com a Catarina. A polícia precisa fazer uma varredura nessa chácara.

Enquanto caminhavam em direção ao portão, Catarina veio ao encontro deles:

— Pessoal, o gerente do posto acabou de me mandar uma mensagem. Ele está com as imagens.

— Já não era sem tempo — Arthur desabafou. — A Bia confirmou que a jaqueta é da Zara.

— Posso ir com vocês até lá para ver — Catarina falou —, mas tem que ser rápido, porque preciso apresentar esse flagrante de posse de arma na delegacia. O Miranda, meu colega, aquele altão ali — Catarina apontou um homem ao lado da viatura —, vai levar o caseiro para a delegacia enquanto isso. Podem deixar que vamos apertar esse sujeito pra ele contar direitinho o que aconteceu aqui.

O que o senhor Gaspar chamava de *escritório* era uma salinha escura e bagunçada nos fundos da loja de conveniência, cheirando a sabão em pó e farináceos. Papéis espalhados, caixas e mais caixas de produtos estocados, talvez vencidos, engradados de garrafas vazias e prateleiras encardidas se amontoavam nos cantos da salinha.

O gerente apontou para Arthur, Bia e Catarina uma mesa no canto direito em que um velho computador estava ligado. As imagens levaram uma eternidade para aparecerem na tela.

Por fim, ali estava. Na câmera 1, uma mulher em pé, andando de um lado para o outro, com uma mochila nas costas. Bia se inclinou sobre a tela, apertou os olhos.

— Tem como ampliar?

O senhor Gaspar pegou o mouse e apertou alguns comandos. A imagem na tela foi ampliada. Era a Zara. Bia sentiu as lágrimas escorreram pelo seu rosto. Depois de toda a loucura da noite de sábado, Zara aparecia ali, viva, às seis da manhã do domingo.

As imagens mostravam Zara se dirigindo ao balcão e trocando algumas palavras com o rapaz do caixa. Ele entregou a ela um aparelho celular, que Zara colocou no ouvido. Durante cerca de um minuto, caminhou em círculos pelo interior da loja enquanto falava com alguém. Ela permaneceu ali por mais doze minutos, até sair pela porta.

O senhor Gaspar, então, mudou para a câmera 3, e eles conseguiram ver, por outro ângulo, Zara saindo pela porta da loja de conveniência e entrando num veículo sedan escuro que havia acabado de estacionar. Tão logo ela entrou, o veículo deixou o local.

— Que carro é esse? Quem estava dentro dele? Tem imagem de outra câmera? — Bia sentia o peito em ebulição.

— Não — O gerente respondeu. — Essas são as únicas imagens do horário que vocês pediram.

Bia olhou em volta e o quartinho lhe pareceu ainda mais bagunçado e atravancado de coisas do que quando entrou. Ela se sentia sufocar.

Saiu sem avisar, deixando Catarina combinando com o senhor Gaspar como as imagens seriam enviadas para a Polícia Civil. Arthur veio atrás dela, aproximou-se e a tocou no ombro com delicadeza:

— Nós vamos encontrá-la, Bia.

Bia já não tinha mais essa certeza.

— Não entendo. De quem era aquele carro? Se era alguém de confiança, por que ela continua desaparecida? Se estava em perigo, por que não procurou a polícia? Por que ela não entrou mais em contato? Por que os celulares estão desligados?

— Calma, vamos encontrar as respostas pra todas essas perguntas.

Alguns minutos depois, Catarina se juntou a eles do lado de fora.

— Com essas imagens, acho que não vai ser necessário fazer uma busca pelo sítio, pelo menos por enquanto. A Zara saiu de lá. Vocês sabem se ela veio pra cá de carro?

— Provavelmente — Bia respondeu.

— Ótimo, vou pedir para alguém pesquisar a placa no sistema e avisar pra PM ficar de olho durante o patrulhamento.

— Aquele não era o carro dela, Catarina. Não sei de quem pode ser esse sedan preto. Ela entrou por vontade própria, sem ninguém obrigar. Não entendo. Por que continua desaparecida? Quem tava na direção?

— Vamos descobrir de quem era aquele carro, tenho um palpite, mas precisamos checar uma coisa de cada vez. Se ela veio para cá de carro, esse veículo tem que estar em algum lugar.

— Você descobriu de quem é o endereço na Praia do Gago? — Arthur perguntou.

— Ainda não, mas descobri outra coisa. Eu tinha pedido pra um colega tentar apurar o que a Zara foi fazer na Penitenciária de Planície Costeira na sexta-feira de manhã. Ele acabou de me dizer que ela foi fora do horário de visita e sem agendar antes, mas mexeram alguns pauzinhos pra que ela conseguisse falar com o Silas Ruger... adivinhem quem a acompanhava?

Bia tentou pensar em alguém, mas nenhum nome vinha à mente.

— Não faço ideia.

— Donato Antunes.

— Donato! — Arthur as interrompeu — Quase me esqueci de comentar. O endereço em que a Zara esteve na sexta-feira à tarde é da casa dele. Estive lá hoje de manhã, mas ele não estava.

Bia torceu as mãos e as esfregou pelo rosto.

— Precisamos encontrar o Donato.

Catarina deu uma rápida olhada no relógio.

— Vamos pra delegacia.

A sala de espera da delegacia não era o local mais confortável, principalmente para quem já estava sentado naquele banco duro havia mais de uma hora aguardando alguma notícia sobre o interrogatório do caseiro. Bia aguardava ansiosa a explicação que o homem daria para a jaqueta encontrada na chácara.

Quando Catarina finalmente apareceu, trazia a péssima notícia de que Donato Antunes também estava desaparecido. O endereço da Praia do Gago que aparecia no mapa do *Unabomber* era da casa da filha de Donato, mas ele não estava em casa, nem na casa da filha.

— Pesquisamos e há um veículo registrado no nome do Donato. É do mesmo modelo e cor do veículo que aparece pegando a Zara no posto: um Toyota Corolla, preto.

— Então foi o Donato quem buscou a Zara? — Bia perguntou.

— A imagem da câmera não é muito nítida, então não pudemos confirmar a placa, mas é muito provável que tenha sido ele, sim, e agora os dois estão desaparecidos.

Um silêncio desconcertante tomou conta do ambiente até ser interrompido pela entrada do investigador Miranda, falando alto com o celular no ouvido:

— Vocês têm certeza? — ele falava em intervalos pausados. Alguém respondia algo do outro lado da linha. — Sim, sim... é o mesmo modelo e cor... sei... sei onde é... manda a localização no *zap* que já estaremos aí.... Tá, vou acionar a científica... tá... manda as fotos aqui pra mim.

Bia observava Catarina aguardando ansiosa que o colega desligasse:

— E aí, Miranda? Qual a novidade?

— Os PMs encontraram o carro da jornalista.

Bia e Arthur se levantaram num pulo.

— Encontraram? Meu Deus, onde? E ela? — Bia soava aflita.

— O carro está atrás de um barranco nas margens da rodovia que leva à capital. — Miranda respondeu — Está danificado, como se tivesse se envolvido em um acidente.

O celular do investigador apitou sucessivas vezes. Ele abriu a tela e a exibiu para Catarina. Bia se equilibrava na ponta dos pés tentando ver. Eram fotografias. Imediatamente reconheceu o carro da Zara, sujo e batido na lateral do lado do passageiro. Bia estremeceu. Miranda continuou:

— Encontraram um celular descarregado debaixo do banco traseiro.

Mesmo temendo a resposta, Bia perguntou:

— Algo além do celular?

— Há sangue no volante e no banco do motorista, mas nenhum sinal da proprietária.

A porta da delegacia se abriu num estrondo e outro policial civil chegou anunciando em voz alta:

— A PM encontrou o carro do Donato Antunes. Carbonizado, com dois corpos dentro.

Bia sentiu o coração disparar, a vista escurecer. Teve que se sentar para não desabar. Catarina se adiantou:

— Certeza que é o carro dele?

— Certeza. É um Corolla escuro. Preto — o policial respondeu.

Bia sentia como se fosse desmaiar. Mal se deu conta dos braços de Arthur puxando-a para junto ao seu peito. Ela era dominada pelo pior tipo de medo, aquele que entorpece e aniquila todas as esperanças. Aquele que traz a certeza de ser impossível reverter uma situação ruim. *Zara estava morta.*

2
PARTE

CAPÍTULO 13

TRÊS DIAS ANTES
QUINTA-FEIRA, 19 DE SETEMBRO DE 2019

A estrada que ligava a capital a Salga Odorenga nunca parecera tão longa e cheia de curvas quanto naquela tarde de quinta-feira. Mais do que nunca, Zara precisava se concentrar e controlar a ansiedade galopante que insistia em bater os cascos no seu peito. Um segundo de distração e todos os seus planos e expectativas derrapariam e desceriam rolando aqueles morros, capotando em voltas e voltas ribanceira abaixo, até se espatifarem no chão, em vidros estilhaçados e lataria contorcida.

Já se convencera de que a mensagem de Mario Andreaza tinha sido real. Ele queria que ela o encontrasse numa loja de equipamentos eletrônicos na Praça Santo Agostinho. Sozinha e sem mencionar o encontro a ninguém. Contrariando todos os seus instintos, Zara concordou. Dentro dela, uma voz avisou que poderia dar merda. Uma voz que ela escolheu ignorar solenemente. *Demônio da Perversidade na área.*

No lugar marcado, uma vendedora atendia uma senhora no balcão. Não havia sinal do Andreaza, e Zara achou melhor entrar e aguardar, como uma cliente qualquer. Quando chegou a sua vez, a moça fez um gesto indicando uma porta lateral e disse:

— Pegue o corredor até o final e entre numa porta à direita.

Andreaza a aguardava. Ele estava com os cabelos oleosos e desgrenhados, suava em bicas e parecia transtornado. Ele passava uma nota de dez reais enrolada em canudo por entre os dedos e no tampo da mesa ela notou resquícios de pó branco. *Tá cheirado, o filho da puta.*

Assim que ela entrou, ele correu para a porta e olhou pela fresta, para se assegurar de que não havia alguém do lado de fora.

— Boa tarde, Andreaza.

— Você falou para alguém que vinha se encontrar comigo?

— Não, ninguém sabe.

— Tem certeza de que não foi seguida?

— Tenho.

Ele jogou o corpo na cadeira, esfregou o nariz, deu algumas bufadas profundas, enxugou o suor da testa e começou:

— Estou numa enrascada... numa enrascada grande.

Antes que começasse a falar, Zara o interrompeu chacoalhando uma câmera ostensivamente à sua frente:

— Espero que você entenda: eu preciso gravar toda a nossa conversa. Se não for assim, de nada me adianta o que você tem a dizer.

Ele respondeu sem nem olhar Zara nos olhos:

— Claro... Eu já imaginava. Pode gravar.

Zara posicionou a câmera num ponto da sala em que filmasse os dois. Estavam sentados um de frente para o outro, em lados opostos da mesa. Andreaza esfregava o rosto e passava as mãos repetidas vezes pelos cabelos sebosos. Impaciente, ela aguardou que ele se ajeitasse na cadeira e começasse a falar.

— Quando você me procurou perguntando sobre os crimes do maníaco, achei que seria mais uma entrevista como dezenas de outras que concedi ao longo dos anos. — Ele respirou profundamente, cruzou os braços sobre o tampo de fórmica e ficou olhando para as próprias mãos, que se contorciam nervosas. — Mas quando você fez perguntas sobre outros suspeitos da morte da Angela e, depois, sobre a morte do Jorge Augusto, desconfiei que você investigava além.

— Suas respostas foram sinceras naquele dia?

— Não, mas eu tinha motivos.

— Vamos começar pelo Jorge Augusto. O que você sabe sobre a morte dele?

— Certo. — Andreaza respirou fundo. — Alguns meses antes de morrer, Jorge me procurou. Ele queria contratar alguém com minha experiência para investigar algumas coisas pra ele, em sigilo. Eu sou todo fodido, tenho um milhão de problemas, mas, de alguma forma inexplicável, consegui construir uma boa reputação profissional. As pessoas confiam em mim. Disse a ele que tinha prometido a minha mulher que não iria mais me meter em investigação criminal, mas ele me ofereceu uma boa quantia para ajudá-lo, o equivalente a um ano dos meus proventos de aposentadoria por um único trabalho. Era irrecusável. Concordei em ouvir a proposta.

— Que tipo de trabalho ele queria que você fizesse?

— Ele tinha descoberto inconsistências na contabilidade das empresas da Virginia e desconfiava que Hermes Callegari estivesse envolvido com lavagem de dinheiro.

— Queria contratar serviços de auditoria e não de detetive particular?

— Mais ou menos. Ele queria minha ajuda para entender os documentos e usar contatos que pudessem comprovar alguma fraude. Ele sabia que eu tinha experiência em investigações de crimes desse tipo e contatos privilegiados.

— E você topou?

— Aceitei o trabalho, com a condição de que ele me pagasse a quantia prometida independentemente de suas suspeitas ficarem ou não comprovadas, e ele concordou. Entregou um envelope contendo um *pendrive* e algumas cópias de documentos, extratos bancários e livros fiscais.

— E o que você descobriu?

— Descobri o que sempre soube. Jorge não sabia, mas eu estava bem ciente das atividades ilícitas do Hermes.

Zara revirou os olhos, embora não estivesse surpresa.

— Que tipo de atividades?

— Hermes sempre usou a rede de hotéis para lavar o dinheiro de suas falcatruas. Ele mantém há anos, paralelamente, casas de prostituição de alto luxo, boates e casas noturnas, em toda a faixa litorânea, em nomes de laranjas. Também tem parceria com tráfico de drogas e utiliza suas boates e casas de show para esse fim.

— Contou isso ao Jorge?

— Não, mas aproveitei a oportunidade para reunir provas disso. Vivemos num mundo em que informação é um recurso valioso. Com a ajuda de alguns contatos, juntei uma documentação que comprovava muitas das atividades criminosas do Hermes.

— Mas e aí? O que aconteceu?

— Antes de entregar o resultado da minha investigação ao Jorge, marquei um encontro com Hermes. Disse que se ele me pagasse o dobro do que Jorge tinha pagado, eu entregaria um relatório com resultados maquiados que justificassem as entradas e saídas irregulares de dinheiro, afirmaria que as empresas-fantasma eram legítimas, e livraria Hermes de todas as suspeitas. Ele topou na hora.

— E você fez isso?

— Sim. Achei que Jorge acreditaria em mim e ficaria apenas decepcionado, mas o subestimei. Ele não falou nada, mas eu percebi que ele não se convenceu.

— Jorge confrontou o Hermes?

— Não sei, mas alguma coisa aconteceu, porque Hermes me procurou uma semana depois, dizendo que Jorge não desistiria de investigar e que precisávamos eliminá-lo.

— Você o matou?

— Não — Andreaza respondeu de imediato —, claro que eu não o matei. Bem que o Hermes tentou me convencer, dizia que Jorge era uma ameaça para nós dois, mas eu me recusei a ter envolvimento nisso.

Zara não se conteve e sabia que isso significava ter mais trabalho na ilha de edição:

— Você não se importou em saber que o Hermes queria contratar alguém pra matar um homem inocente? Você é um tremendo de um filho da puta, Andreaza.

— Você não entende. Eu estava desesperado. Me deixa terminar de contar a história.

Zara tinha vontade de cuspir na cara dele. Como alguém de moral tão repugnante poderia ter tido uma carreira tão bem-sucedida na polícia?

— Hermes mandou matar o Jorge?

— Sim — ele respondeu expirando com força —, não tenho nada a ver com isso, não matei o Jorge, mas sei quem foi.

— Como?

— Eu tenho muitos contatos. Gente que anda nas ruas, nos becos, que sabem de coisas. Descobri quem eram os caras que ele havia contratado e troquei uma ideia com eles. Gravei toda conversa, e lá pelas tantas eles acabaram admitindo que fizeram o *serviço*. Contaram até quanto receberam por isso.

— Você tem uma gravação dessa conversa e não a entregou à Polícia? Cara, você é inacreditável!

— Não me orgulho, mas tive meus motivos.

Zara sabia que não podia perder o seu tempo fazendo juízo de valor das decisões altamente questionáveis do Andreaza, mas estava com dificuldades para conduzir aquela conversa com o mínimo de profissionalismo.

— Que tipo de relação você tinha com o Hermes para ele ter tanta certeza da sua lealdade e deixar você saber de tantos podres assim? Assassinos não saem por aí contando para *policiais* que pretendem matar alguém. Francamente, Andreaza. Que história é essa?

— Ele sabia que podia contar com meu sigilo porque não seria primeira vez. — Andreaza respirou fundo. — Hermes e eu somos amigos desde a infância. Dois rebeldes desajustados, com muitas coisas em comum. Só que eu entrei pra polícia e Hermes preferiu o caminho do crime. Ele brigou com a família e caiu no mundão. Ficou muitos anos longe daqui. Os pais morreram, e ele sequer apareceu no enterro. Então, o irmão, pai da Virginia, e a esposa, também morreram, e ele era o único parente vivo que poderia assumir a guarda dela.

— Vocês retomaram a amizade?

— Sim. Administrar a herança da sobrinha e cuidar daquela criança era a oportunidade perfeita pro Hermes entrar na linha. Ele foi muito bem recebido pela alta sociedade local, fez amizades, tornou-se um benemérito, financiando estudos, causas nobres, projetos da comunidade. Só que nada disso adiantou. Mesmo diante da possibilidade de levar uma vida lícita, ele não se desligou das atividades a que vinha se dedicando nos últimos anos.

— Que tipo de atividades?

— Antes da morte do irmão, Hermes era um *playboy* cafetão, traficante de quinta categoria, mas, com as conexões que tinha com o mundo do crime e a rede de hotéis que a Virginia herdou em suas mãos, se viu diante da oportunidade de expandir seus negócios ilícitos para outra escala.

— Preciso que você seja mais específico. De que exatamente estamos falando?

Andreaza fez outra pausa e se levantou para reabastecer o copo d'água. Retornou à mesa e continuou:

— Virginia herdou uma rede de hotéis. O tipo de negócio favorável para lavagem de dinheiro. Sem contar que a estrutura de fornecimento de bens e serviços favorecia o que Hermes queria fazer. Ele queria instalar outros estabelecimentos da mesma natureza, mas voltados para tráfico e prostituição. Comprou um sítio na divisa de Salga com a Praia do Gago. Eu o alertei de que não poderia contar comigo para protegê-lo.

— Naquela época então você ainda agia como um policial de verdade? — Zara ironizou. Ele ignorou.

— Eu o procurei, pedindo para que não comprasse um imóvel em Salga. Não queria me indispor com meu amigo, mas também não queria problemas pra minha cabeça. Só que, um pouco depois dessa época, me envolvi com jogos, apostas, e comecei a colecionar dívidas. Precisei de dinheiro emprestado e ele me socorreu com a condição de que se eu não devolvesse tudo em três meses, teria que tolerar que ele abrisse uma casa de prostituição num sítio que ficava na divisa com a Praia do Gago. Eu não fiz nenhuma promessa a não ser a de fazer vista grossa.

— Ah, vá, Andreaza. Você e eu sabemos que não faz a menor diferença.

— Você não entende, naquela época, minha vida estava toda fodida. Eu não tive alternativa a não ser fechar os olhos. Logo em seguida, soube que ele tinha trazido um brutamontes esquisito para gerenciar a casa. Esse cara estava recrutando mulheres pra trabalhar na boate que o Hermes inauguraria no local. Era um sujeito calado, esquisito e com cara de maluco.

Zara se agitou na cadeira:

— Silas Ruger?

— O próprio.

— Então foi o Hermes quem trouxe o Silas para Salga Odorenga?

— Sim, mas não se sabia nada sobre ele, a não ser que trabalhava para o Hermes.

— Pelas minhas pesquisas, não há nenhum registro criminal na folha de antecedentes do Silas Ruger anteriores aos crimes pelos quais foi condenado.

— Verdade.

— Você sabia que ele estava por trás dos desaparecimentos e mortes daquelas mulheres?

— De forma alguma — Andreaza reagiu indignado à sugestão. — Quando elas começaram a desaparecer, eu não tinha a menor ideia de que pudesse haver envolvimento do Silas. As vítimas eram *meninas de família* procurando oportunidades de trabalho. Fora do círculo dele. Silas vivia em puteiros, cercado de putas.

— Nem quando os corpos apareceram você lembrou do Silas?

— Sinceramente? Sequer lembrei que ele existia. Ele era um sujeito invisível.

— E quando a Angela morreu? Você suspeitou dele?

— Num primeiro momento, confesso que desconfiei do Hermes. Tive uma conversa séria com ele. Eu sabia que ele gostava de meninas novinhas. Às vezes não se controlava e mexia com elas. E a Angela era uma garota muito graciosa que vivia na casa dele. Ele negou veementemente. Alegou que alguém tinha invadido a casa e atacado as meninas. Foi muito convincente e eu acreditei.

— Mas quando a Virginia identificou o Silas você se lembrou que era o capanga do Hermes, não?

— Claro. Quando descobrimos o nome dele e conseguimos um mandado de busca e apreensão domiciliar, fui conversar com o Hermes na noite anterior à operação. Cumpriríamos o mandado às seis da manhã do dia seguinte. Ele disse que não iria se envolver, pois não tinha nada a ver com as merdas que o Silas aprontava, então deixaria a polícia se encarregar de fazer o seu trabalho. Disse que já estava farto do Silas arrumando problemas pra ele.

— Ele soube que o funcionário dele seria preso por uma morte que aconteceu na casa dele e nem se importou?

— Exato. A única coisa que esperava de mim era que eu sumisse com qualquer vestígio que pudesse ligá-lo ao Silas. Perguntei se ele não temia que Silas o entregasse, e ele me disse apenas para que eu não me preocupasse.

— Por que ele tinha tanta certeza de que o Silas não mencionaria a ligação com ele?

— Até hoje, não sei.

— E aí? Você fez o que Hermes te pediu? — Zara queria ver até onde Andreaza estava disposto a ser sincero.

— Sim. Na casa do Silas tinha fotos do Hermes. Apenas eu e meu colega Donato Antunes as vimos. Sem que Donato percebesse, retirei todas aquelas em que o Hermes aparecia e guardei comigo. Isso destruiu minha amizade com Donato. Ele nunca me perdoou.

— Onde estão essas fotografias?

— Muito bem guardadas.

Aquela informação aumentava a sua inquietação.

— Quero ver.

Andreaza abriu um sorriso de satisfação e esfregou o nariz.

— Tenho não só fotografias, mas documentos e gravações de conversas que comprovam tudo o que estou dizendo. Elas foram, até hoje, uma espécie de garantia de vida. É uma pena não serem mais suficientes.

— Como assim?

— Minha cabeça está a prêmio. Estou com uma dívida enorme e, desta vez, Hermes não vai me socorrer.

— Não entendo como pode estar endividado se recebeu tanto dinheiro do Jorge e do Hermes. Segundo o que disse, recebeu o equivalente a três anos de proventos de aposentadoria. Como gastou esse dinheiro todo?

— Tenho uma doença, uma compulsão, não consigo controlar.

— Cara, você é muito fodido mesmo.

Andreaza balançou a cabeça concordando.

— Meses depois da morte de Jorge, eu já tinha torrado tudo. Foi mais ou menos na época em que vocês me procuraram, querendo marcar uma entrevista. Depois que gravamos, percebi que estava desconfiada de algo. Eu tava desesperado, com a corda no pescoço, e tinha um agiota ameaçando me matar. Minha única alternativa era negociar com Hermes. Marquei um encontro com ele e disse que tinha sido procurado por uma jornalista perguntando sobre o assassinato da Angela, os crimes do maníaco e o assassinato do Jorge. Falei que não tinha dito nada do que sabia a você, mas que tava numa situação difícil, disposto a oferecer informações em troca de pagamento a não ser que ele estivesse disposto a comprar meu silêncio.

— Que nojo — ela reagiu. — Eu nunca te pagaria por informações.

— Tudo bem, mas Hermes não sabia disso e concordou em me pagar. Ele me deu uma boa quantia e, em troca, eu não contaria a vocês o que sabia sobre o envolvimento na morte do Jorge e a ligação dele com o Silas. Só que eu acho que a partir desse dia, você entrou no radar dele.

Zara franziu o cenho e se inclinou na direção dele.

— Explica melhor isso aí.

— Juro que não tenho nenhuma informação concreta e tudo o que vou te falar são deduções.

— Desembucha.

— Eu comprava cocaína em uma biqueira na Praia do Gago. Lá costumavam ficar dois caras. Eles sumiram de uma hora pra outra. Isso não é incomum. Esses lugares têm alta rotatividade. Poderiam ter sido presos ou transferidos pra outro ponto, mas o sujeito que entrou no lugar deles me confidenciou uma história estranha. Disse que os dois homens tinham sido contratados pra passarem uma temporada na capital, simulando serem um fanático perseguindo uma jornalista. Disse que parecia trama de filme.

Zara estremeceu. Algumas coisas começavam a fazer sentido. Ela ficou em silêncio, e Andreaza continuou:

— Eu fiz de conta que não dei muita importância, mas, toda vez que ia lá nessa biqueira, tentava descobrir mais alguma coisa com esse traficante. Ele me disse que esses caras estavam ganhando uma boa grana com aquilo. Eles só precisavam ficar mandando mensagens para essa jornalista pelas redes sociais, usando um perfil *fake*. Tudo deveria ser bem público. Me lembrei de você e dei uma olhada nas suas páginas. Notei um perfil que estava chamando muita atenção com mensagens bizarras e ameaças. O início das postagens coincidia com a época que esses dois tinham saído da biqueira. Só poderia ser você.

— O que mais ele disse?

— Disse que um deles estava trabalhando de porteiro no prédio da tal jornalista.

As mensagens que vinha recebendo; as invasões ao seu apartamento... Zara começava a compreender tudo. Continuou em silêncio. Andreaza seguiu:

— Ficou bem claro pra mim que a intenção era criar um cenário de perseguição, causando a impressão de que você estaria sendo seguida por algum fã maluco. Agora, eu pergunto: por qual razão alguém teria interesse em simular uma situação dessas se não fosse para desviar a atenção de algo que pretendesse fazer? Montando um cenário, sabe?

— E quem contratou esses caras?

— O traficante não soube me dizer, disse apenas que um tal de Corvo era o intermediário. Cá entre nós, esses caras só podem ter sido contratados pelo Hermes.

Zara pensou o quanto fazia sentido que Hermes estivesse por trás daquela armação. Caso quisesse matá-la, sua morte seria facilmente atribuída a um maluco que a estivesse perseguindo há meses. A polícia, na maioria das vezes, foca no caminho mais óbvio. Quer algo mais previsível do que uma mulher ser morta por um *stalker* obcecado? Ela sentiu o rosto queimar. Como tinha sido burra ao registrar aqueles boletins de ocorrência: fez exatamente o que Hermes queria.

— Por que está me contando tudo isso, Andreaza?

— Porque não tenho mais como usar essas informações para salvar a minha pele e, sendo assim, é minha última chance de fazer algo certo, depois de tantas cagadas que fiz na vida.

— Se Hermes já pagou antes, o que o faz pensar que ele não pagaria novamente?

— Ele não está mais disposto a comprar meu silêncio. Essa nova dívida que contraí é com um cara da pesada. Me deu uma semana pra pagar. Ameaçou até os meus filhos. Como sempre, procurei ajuda do Hermes. A princípio, ele concordou em me arrumar o dinheiro e me pediu alguns dias. Disse que me entregaria hoje à noite, mas sofri uma emboscada pela manhã. Por isso te mandei mensagem. Fui encurralado e perseguido na estrada por dois carros. Tentaram me fechar. Quando consegui escapar, dispararam várias vezes contra mim, mas consegui despistá-los e me esconder. As marcas dos tiros ficaram na lataria.

— Não pode ter sido o sujeito para quem você está devendo?

— Não. O prazo só se esgota amanhã à noite, e ele é notoriamente conhecido por cumprir os prazos. Isso só pode ter sido coisa do Hermes.

— Como vai sair dessa situação?

— Calcei a cara e contei pra minha ex-mulher sobre a dívida. Se o agiota não receber, não vai matar só a mim, vai matar meus filhos. Não me preocupo mais comigo, mas preciso proteger meus meninos. Minha ex me arrumou o dinheiro e, saindo daqui, vou pagar minha dívida. Depois disso, vou embora de Salga Odorenga.

— E as provas que você tem? Vai entregar para mim?

— Sim. Quando eu estiver em um lugar seguro, darei um jeito de fazer esses documentos chegarem às suas mãos. Pode contar com isso.

— Não que você mereça muita credibilidade, Andreaza, mas vou te dar um voto de confiança. Eu aguardo notícias suas.

CAPÍTULO 14

Hermes ouviu batidas na porta. A secretária não havia anunciado visitas. Olhou no relógio. *Deve ser o Mauricio*. Já não era sem tempo. A porta se abriu. Pela fresta, Hermes viu que o rapaz aguardava autorização para entrar.

— Entra, meu filho. — Hermes reuniu em uma pilha os papeis que estavam à sua frente, em cima da mesa, e encarou Maurício por cima das lentes dos óculos de leitura. — Encontraram ele?

Mauricio balançou a cabeça em sinal negativo.

— Eu avisei. Vocês subestimaram o Andreaza. Vocês jovens sempre subestimam os mais velhos.

— Eu chamei os caras certos, padrinho, mas ele conseguiu despistar.

— Diga para continuarem procurando, antes que ele saia da cidade. Eu preciso dos documentos que estão com ele. Estou farto de chantagens. Quero colocar um fim nisso de uma vez por todas.

Mauricio se sentou e esfregou as mãos no tecido da calça.

— Fala — Hermes bufou impaciente.

— Nosso contato no hotel Plaza disse que a jornalista fez *check-in*.

Hermes tirou os óculos, colocou os cotovelos na mesa e cruzou as mãos na frente do rosto. Aquela informação mudava um pouco o cenário.

— Andreaza sumido e agora essa… isso não é nada bom. Onde ela está agora?

— Não sabemos. Fez *check-in* e saiu em seguida. Quando nosso contato nos avisou, ela já não estava mais no hotel. Não consegui colocar ninguém para segui-la.

— Descubram o que ela veio fazer aqui. Vejam se ela não foi se encontrar com o Mario. Só faltava aquele idiota entregar tudo o que tem contra mim para ela.

— Uma das razões pra estar aqui, eu descobri: ela tem uma reserva para jantar no Estocolmo hoje à noite.

— Jantar?

— Sim. Não é o tipo de lugar onde se vá comer sozinho — Mauricio respirou fundo: — Ela vai se encontrar com a Virginia.

Hermes fechou as duas mãos em conchas, prontas para bater com elas no tampo da mesa. Deteve-se. Travou o maxilar e esfregou as têmporas. Já estava cansado de fazer recomendações a Virginia; talvez fosse necessário ser mais incisivo.

— A Virginia não me escuta. Ela não entende que precisa ficar longe daquela mulher.

— Não se preocupe, padrinho. Deixa comigo. Eu já sei o que fazer. Vou no quinto dos infernos procurar o Andreaza, resolvo tudo e ainda vai dar tempo de aparecer nesse jantar.

Hermes pousou novamente a mão no ombro do rapaz:

— Muito cuidado, Mauricio. Não quero você se arriscando por aí. Uma coisa é ir encontrar duas mulheres num restaurante, outra bem diferente é enfrentar um cara como o Andreaza. Você não o conhece como eu.

Em toda sua vida, nada tinha mais valor para Hermes do que os filhos que não gerou, mas a vida lhe deu: Virginia e Mauricio.

Mauricio chegou a gargalhar.

— Padrinho, eu sei me virar. Não se preocupe.

Hermes apertou o ombro de Mauricio com firmeza, o olhar grave fincado nele e a voz saindo entre dentes:

— Prometa.

Mauricio assentiu com um gesto. Hermes se levantou, abriu a porta e se dirigiu à secretária:

— Arlete, mande preparar meu carro. Preciso sair.

Silas sabia que de pouco adiantaria agir com rebeldia e se recusar a acompanhar o agente penitenciário que o chamara no pátio. Não que os anos o tivessem domesticado. Silas concordou em ir porque era curioso e queria ver aonde aquilo ia dar. No corredor, o agente pediu que ele colocasse os braços para trás.

— Vai me algemar por quê? — Silas perguntou.

— Cala a boca — respondeu o agente numa valentia que se dissipou tão logo se deparou com o olhar contrariado de Silas. — Estou só cumprindo ordens.

Não era dia de visita, nem hora do correio. Também não seria colocado em liberdade. Faltavam alguns anos, ainda que fossem poucos, para que pudesse terminar de cumprir sua pena em regime aberto.

Estranhou quando passou da área dos alojamentos para o prédio administrativo. Subiu escadas e percorreu corredores até chegar a uma ala em que nunca estivera em quase 25 anos. A placa na porta identificava a sala na qual estava prestes a entrar: DIRETOR.

O agente penitenciário bateu à porta, mas não esperou que viessem abri-la, ele próprio acionou a maçaneta.

O diretor estava sentado em sua mesa e Silas logo o identificou. De frente para o diretor, mas de costas para a entrada, havia um homem de terno. Silas seria capaz de reconhecer aquela silhueta imponente em qualquer lugar.

O homem se virou e o encarou com um meio-sorriso.

Hermes.

— Quanto tempo, meu amigo. — Silas aproximava-se a passos curtos, limitados pelas algemas nos pés. — Em outra situação, eu pediria para te servirem um café, mas o pó daqui não é muito bom.

Hermes riu, mas o diretor repreendeu Silas:

— Sem gracinhas, Ruger. — O diretor se levantou e indicou um sofá para que Silas se sentasse.

As algemas tilintavam como sinos.

— Ele precisa ficar algemado assim? — Era a primeira vez que se ouvia a voz de Hermes Callegari naquela sala. Silas seria capaz de reconhecê-la em qualquer lugar.

— Sim — o diretor foi enfático. — Questão de segurança. Já estou quebrando o protocolo permitindo que conversem aqui, não posso correr mais riscos.

Silas estava com dificuldade para se acomodar no sofá. Além dos pés, suas mãos estavam algemadas para trás. Percebeu que entre Hermes e o diretor houve uma troca de olhares. O diretor apertou os lábios contrariado, então, ordenou aos agentes que algemassem Silas com as mãos para frente do corpo.

— Gostaria de ficar a sós com ele — Hermes pediu.

— O senhor tem certeza? — o diretor perguntou.

Hermes balançou a cabeça em sinal afirmativo. O diretor fez um gesto aos agentes penitenciários para que saíssem. Antes de ele próprio se retirar da sala, levantou o dedo indicador em direção a Silas, sem nada dizer. Era um aviso. Todos ali travavam diálogos silenciosos. Silas piscou os olhos em assentimento. Tinham um acordo.

Hermes e Silas ficaram por alguns minutos encarando um ao outro, sem nada dizerem, até que Hermes tomou a iniciativa:

— Você já está sabendo da nossa fama repentina?

Silas estourou numa gargalhada exagerada que o levou às lágrimas:

— Sim… sim… o pessoal daqui comentou… eu estou acostumado. Sou famoso há muito tempo, mas imagino o quanto você deve estar puto com isso.

Ainda que na época de sua prisão a internet fosse algo incipiente e redes sociais não existissem, o nome de Silas e as notícias de seus crimes correram o mundo. Durante todos aqueles anos, recusara uma infinidade de pedidos de entrevistas, foi tema de diversos programas de televisão e reportagens de jornais e revistas. Recebera centenas de cartas com juras de amor eterno, propostas de casamento, fotografias, *nudes* da época em que ninguém os chamava assim…

Hermes também riu, embora em menor intensidade:

— Tentei resolver, mas fugiu ao meu controle. Tem uma jornalista pentelha por trás de tudo isso.

O amigo envelhecera, mas ainda era o mesmo Hermes de sempre. Silas foi se recuperando, diminuindo o ritmo das gargalhadas e acalmando a respiração. Enxugou as lágrimas e se virou para Hermes:

— Você sabe que não precisa se preocupar comigo, não sei o que veio fazer aqui.

Hermes suspirou com força e esfregou o rosto com as mãos.

— Eu sei… vim apenas visitar um velho amigo.

Silas baixou os olhos marejados em raro momento de fragilidade.

— Gostei que veio. Sei que é um risco que você preferia não correr… reconheço isso…

— Não vim para te cobrar nada.

— Eu sei — Silas o interrompeu. — Me diga. E o meu garoto, como está?

— Bem. Mauricio está bem. Você sabe que é como se fosse meu filho.

Silas sorriu satisfeito. Podia ser um monstro, mas aquele garoto era a única coisa bela que havia feito na vida. O seu rastro de humanidade.

Aceitou o seu destino… era inevitável, toda aquela matança estava fora de controle, uma fome que nunca era aplacada. A prisão era uma consequência natural. Não que ele a quisesse, mas era um desdobramento previsível. Sua única preocupação era com o garoto que deixaria do lado de fora. Apenas com ele, Silas se importava.

Todos aqueles anos mostraram que tinha feito a coisa certa. Ele não tinha mais salvação, mas seu garoto poderia ter alguma chance. Hermes era um homem de palavra. Ele proporcionara a Mauricio muito mais do que Silas poderia sonhar para o filho: uma boa formação, uma vida com possibilidades.

Hermes puxou a cadeira para perto de Silas e os velhos amigos se deram as mãos.

— Ele é como eu, Hermes? — Silas baixou os olhos. — O meu garoto?

Hermes olhou para cima, como se pensasse por alguns instantes na resposta.

— Em alguns aspectos, sim. É inteligente, astuto, destemido.

— Você sabe do que estou falando. — Silas sorriu e baixou novamente os olhos, encarando as próprias mãos.

O semblante de Hermes era grave.

— Ele é intenso — respondeu.

— Você me garante que ele vai ficar longe de problemas?

Hermes soltou um suspiro longo.

— Gostaria, meu amigo, mas você sabe que ninguém pode garantir o que depende das escolhas do outro. Alguma vez você ouviu os meus conselhos?

Silas sorriu e baixou os olhos.

— Verdade.

— Te prometo uma coisa: vou continuar cuidando dele. Como sempre fiz. — Eles se deram novamente as mãos. — E de você também.

Mandei trazer um estoque de cigarros pra você continuar dominando essa porra toda aqui.

Caíram na gargalhada. Silas se virou para Hermes, num sorriso sincero:

— Bom te ver, meu amigo... bom te ver...

CAPÍTULO 15

Assim que cruzou a porta pivotante envidraçada do Estocolmo, Zara avistou Virginia do outro lado do amplo salão, sentada no balcão do bar. Ela parecia entretida com o celular, a luminosidade da tela refletindo no rosto dela; levava uma taça aos lábios, sem desgrudar os olhos do aparelho.

Zara caminhou ao encontro dela a passos lentos, não tinha pressa de encontrá-la depois de todas as revelações daquela tarde. Virginia ergueu os olhos e notou sua presença. Ela abriu um largo sorriso e acenou. Aquele sorriso inocente, ignorando tudo o que Zara havia descoberto, fez seu peito doer. *Como se não bastassem todas as tragédias que essa mulher já teve que encarar na vida.*

— Oi, *atrasilda* — Virginia a envolveu num abraço caloroso —, estava te esperando para irmos juntas para a mesa, mas se você quiser, podemos tomar um drink no balcão do bar.

Zara concordou. Qualquer coisa que a fizesse relaxar os ombros e molhar a garganta seca cairia bem. *Preciso de uma bebida forte.*

— Desculpe. Tive um imprevisto, por isso me atrasei.

— Algum problema? — Virgínia indagou, tocando o seu ombro. O toque carinhoso e delicado provocou em Zara um aperto no coração.

— Não. Já está tudo resolvido. — Zara forçou um sorriso.

Elas caminharam até o balcão do bar. Virginia avisou ao garçom que tomariam mais um drink, mas que ele poderia preparar a mesa.

Quando concordou com aquele jantar, Zara pensou que o maior desconforto que poderia sentir seria o de preparar Virginia para a entrevista de Donato que iria ao ar no sábado, com insinuações sobre seu tio estar por trás das mortes de Angela e Jorge. Não imaginava que tomaria conhecimento de fatos ainda mais graves sobre aquele homem desprezível.

Virginia contava sobre uma confusão ocorrida naquela tarde na recepção do *resort*, uma história que devia ser engraçada, mas Zara não conseguia prestar atenção.

Lamentava não ter dado ouvidos à Bia. Deveria ter evitado essa aproximação com Virginia. Não estaria naquele dilema entre fazer o certo e magoar uma amiga se tivesse se mantido distante.

As descobertas daquela tarde tornavam tudo ainda mais tumultuado. Zara sentia a cabeça girar. A vontade de despejar no colo de Virginia todas as monstruosidades cometidas por Hermes estalava na língua, ainda mais sabendo que ele pretendia transformá-la em mais uma de suas vítimas. Ao mesmo tempo, imaginar o quanto isso a magoaria, partia o seu coração.

— Posso acompanhá-las até a mesa agora, senhoras? — a interrupção do *maître* fez com que Zara engolisse as palavras que passeavam pela sua boca.

Enquanto caminhavam pelo salão, desviando das mesas e dos garçons, Zara observava a mulher de passos despreocupados à sua frente. Dois garçons as esperavam ao lado da melhor mesa do lugar, com as cadeiras levemente afastadas, aguardando que se sentassem.

— Boa noite, senhoras — um deles se adiantou —, posso trazer a carta de vinhos?

Virginia acenou com a cabeça e sorriu para o garçom.

— Enquanto isso, desejam alguma outra coisa?

— Água, por favor — Zara respondeu.

Por debaixo da mesa, suas pernas chacoalhavam agitadas. Suas mãos úmidas torciam o guardanapo de tecido. A garganta continuava seca, não importava quantos goles d'água bebesse.

Virginia esticou a mão com delicadeza e a repousou sobre a de Zara. Embora suave, o toque a fez pular da cadeira.

— Está tudo bem, Zara? Você parece um pouco dispersa hoje.

Zara deixou escapar um suspiro.

— Desculpe, estou um pouco agitada. Vai passar. — Mordeu os lábios e tentou mudar o assunto: — Você já escolheu o vinho?

Virginia desmanchou o olhar de estranhamento com um sorriso de compreensão. Fez um sinal para o garçom, que se aproximou. Zara nem quis saber o que ela escolhera e deixou que Virginia fizesse o pedido.

A bebida descia queimando. Goles grandes em velocidade inadequada. Zara mal apreciava as notas distintas de que o garçom tanto falara antes de servir. *Não vou conseguir sustentar isso por muito mais tempo.*

Tinha que falar ao menos sobre o que pretendia desde o início: a entrevista com Donato, mas temia que ao abrir essa pequena fresta, todo o resto, Andreaza, Hermes, Silas, o falso *stalker*, tudo o mais fosse vomitado em enxurrada, sem que ela conseguisse controlar.

Sentindo as primeiras ondas de relaxamento trazidas pelo vinho, Zara teve coragem de introduzir o assunto:

— Você se lembra de quando conversamos pela primeira vez, não? De quando disse que não pediria autorização, nem faria concessões sobre a minha forma de contar a história?

— Sim… — Virginia franziu a testa e respondeu com um prolongamento na vogal, que soou a Zara como se ela esperasse uma complementação da ideia, quase como uma interrogação.

— Então, não quero que você interprete o que eu tenho pra falar como algum tipo de satisfação. Quero te contar algo, mas saiba que nada do que você disser mudará o que já está decidido.

— Que conversa estranha, Zara.

— Entrevistei uma pessoa. Vai ao ar no próximo episódio do podcast. Vai ter repercussão, então quero que você esteja preparada. — Zara encarou Virginia nos olhos pela primeira vez desde que começara a falar.

— Gosto muito de você, Virginia. De verdade. Mais do que esperava quando comecei a trabalhar nessa história…

Antes que continuasse, Zara notou um vulto se aproximando pela sua direita e parando ao lado da mesa.

— Olha quem eu encontro aqui. Pensei que jantaria sozinho hoje.

A voz não lhe era familiar, mas Zara reconheceu a quem pertencia quando ergueu os olhos e se deparou com o queixo quadrado levemente projetado para frente de Mauricio Cunha. Notou a transformação no semblante de Virginia: visivelmente desconfortável. Sem ser convidado, Maurício puxou a cadeira e se sentou.

— Oi, Mauricio — Virginia respondeu.

— Interrompo alguma coisa?

Zara encarou Virginia. Aguardava sua reação, torcendo para que ela mandasse o homem vazar dali, mas ela não protestou.

— Imagina. Claro que não. Ainda não pedimos os pratos. Janta com a gente.

Era um sujeito bonito, sem dúvidas. Cabelos dourados, grandes olhos verdes, boca carnuda. Um leve furo no queixo lhe conferia um certo charme, mas algo nele era repulsivo. Sendo tão próximo a Hermes talvez fosse possível que Mauricio estivesse por dentro de todos os seus planos sórdidos. *Esse cara pode ser o intermediário de quem Andreaza falou, o Corvo.*

O garçom se aproximou trazendo uma taça para Mauricio acompanhá-las e, em seguida, passou a ajeitar o prato e os talheres à sua frente.

Ela notou a forma como ele olhava para Virginia. Talvez houvesse algo entre eles. Um *affair*.

Virginia tinha relaxado novamente e falava empolgada sobre roteiros de viagens à Europa que tinham inspirado cenários de seus livros. Sorrindo, ela ficava ainda mais bonita. Zara via. Mauricio devia ver também. Quando seu olhar cruzava o do homem, ela podia ver que o desprezo que sentia por ele era recíproco.

Sentindo que havia bebido mais do que devia estando de estômago vazio, Zara torcia para que os pratos não demorassem a chegar. Estava prestes a subir mais um degrau na escada da embriaguez. Decidiu ir ao banheiro antes que o garçom retornasse com os pratos e pediu licença ao se levantar.

No banheiro, ao sair da cabine, Zara se deparou com Virginia encostada na pia. Tinha vindo atrás dela, deixando Mauricio sozinho à mesa. Zara se pôs em frente ao espelho e abriu a torneira para lavar as mãos.

— Desculpa, Zara. Não imaginei que Mauricio fosse aparecer. Não o convidei.

— Tudo bem — ela respondeu sem ser convincente. — O papo está bom. Divertido. — A língua de Zara travava, fazendo a fala soar quase tão enrolada quanto a mentira.

Virginia se aproximou mais.

— Antes do Mauricio chegar, parecia que você queria me dizer algo importante.

Zara se apoiou na pia, sentindo os efeitos do vinho alterando seu equilíbrio. Não queria conversar sobre aquele assunto com o raciocínio embaralhado.

— Ah, é uma conversa que prefiro ter só nós duas, em outra hora.

— Eu sinto muito mesmo que ele tenha aparecido.

— Relaxa, Virginia. Olha, ele parece muito interessado em você. — Zara revirou os olhos, porque a ideia a revirava.

Virginia esticou os lábios num sorriso.

— A carência nos leva a fazer coisas estúpidas…

— Sei como é…

Elas gargalharam e se apoiaram uma na outra. Zara percebeu, então, que não era a única sob os efeitos do vinho. Virginia estava com dificuldade de manter o equilíbrio sobre o salto alto. Zara tentou segurá-la, embora ela própria não estivesse muito em condições de se equilibrar. Virginia projetou o corpo para frente, apoiando-se nela.

— Não tenho interesse no Maurício. Ele é muito mais jovem que eu, é afilhado do meu tio. Gosto dele, mas não dessa forma.

Suas respirações ficaram próximas, os movimentos em suspenso. Então, Zara sentiu Virginia pressioná-la contra a pia. Quando se deu conta, estavam atracadas num beijo sôfrego, as línguas se enroscando, as pernas se entrelaçando.

Zara puxou Virginia para uma das cabines do banheiro, fechou a porta e pressionou seu corpo contra o dela. Não sabia o quanto queria aquilo até estar naquela situação: sua boca comprimindo a dela, os seios encaixados em suas mãos. Os quadris colados. Seus corpos embalados em movimentos fluidos, como se já se conhecessem.

Aos poucos, porém, Zara sentiu Virginia tentando se desprender. Não entendia a mudança de ideia, e tentou prolongar o beijo, mas Virginia se afastou, colocou as mãos nos ombros de Zara com suavidade, apenas com a pressão suficiente para que ficasse claro que ela pretendia se soltar. Zara soltou os braços e deu um passo para trás, abrindo passagem. Virginia deixou a cabine, murmurando:

— Desculpa… isso não é uma boa ideia.

Virginia se deteve em frente ao espelho, desceu a barra do vestido, esticou as dobras, arrumou os cabelos, limpou a boca borrada de batom e saiu, tão perfeita quanto entrou. Zara esperou por alguns instantes até que a respiração desacelerasse e fez o mesmo.

O restante do jantar transcorreu como se nada tivesse acontecido. Ao final, como se fosse um cavalheiro, Mauricio fez questão de pagar pelo jantar. Zara pediu ao garçom que chamasse um táxi para levá-la ao hotel.

Antes de se levantarem da mesa, Mauricio pediu licença para usar o banheiro. A sós com Virginia, Zara sugeriu:

— Se quiser, podemos continuar conversando no bar do hotel.

Virginia baixou os olhos.

— Preciso acordar cedo amanhã; acho melhor eu ir para casa — seu tom de voz era suave e doce, mas decidido.

— Claro. Você quem sabe.

Virginia soltou a respiração pesada.

— Sinto muito, não tenho me sentido eu mesma ultimamente. Você apareceu reavivando lembranças do passado... sentimentos... é tudo muito confuso. — Fez uma pausa para puxar o ar e continuou: — Eu não deveria ter te beijado. Realmente não sei o que deu em mim.

Zara venceu o ímpeto de tocá-la e manteve as mãos unidas em cima da mesa.

— Não quero que se sinta mal, foi só um beijo, não é nada demais. Eu não coloco muito peso nessas coisas, sabe? Foi algo de momento. É o tipo de situação que eu costumo curtir, sem procurar um sentido em tudo. Não precisa.

— Não queria que isso mudasse as coisas entre nós.

— Deixa de bobagem. Se eu fosse mudar a forma de tratar todas as pessoas que já beijei na vida... olha, é muita gente... — Zara sorriu. Deu uma olhada na direção do banheiro masculino para se certificar de que Mauricio não retornava. — Preciso te dizer algo, antes que vá embora.

— Ah, sim. O assunto que Mauricio interrompeu.

Zara se curvou um pouco mais à mesa para explicar.

— O episódio de sábado do meu podcast vai ser um pouco, ahn... — franziu o rosto numa careta procurando a melhor palavra — perturbador pro seu tio.

— Perturbador? — Virginia apertou os olhos. — Como?

— Meu entrevistado disse coisas não muito elogiosas sobre ele. — Zara fez uma pausa para organizar as ideias. Deu mais uma olhada em direção ao banheiro. Não tinha muito tempo. — Veja bem, não devo satisfações ao seu tio, mas considero você uma amiga e quero que esteja preparada. Sei o que ele significa para você e espero que você entenda minha situação.

Virginia afastou o corpo, recostando-se ereta contra o encosto da cadeira.

— Já disseram coisas não muito *elogiosas* sobre o meu tio no seu podcast. Minhas próprias amigas, ainda por cima. O que pode haver de diferente desta vez?

— Desta vez é um pouco mais sério.

— O que pode ser mais sério do que dizer que ele é um tarado, quase um pedófilo?

Zara encarou Virginia com seriedade e apertou os lábios. A aproximação de Mauricio interrompeu o assunto.

O que poderia ser mais sério que dizer que ele é um tarado? Ninguém dissera nada ainda sobre Hermes ser um *assassino*.

De volta ao hotel, Zara mandou uma mensagem para Donato Antunes:

> Desculpe o horário. Preciso da sua ajuda com algumas coisas amanhã. Me ligue quando puder.

Virginia embicou o carro e diminuiu o volume do rádio enquanto aguardava o portão eletrônico abrir. Estava tarde. Após um dia quente, a noite soprava fria. Esperava que seu tio estivesse dormindo para não ter que responder perguntas. As coisas definitivamente saíram do controle naquela noite e as faces de Virginia queimavam.

Batidas no vidro a fizeram pular no banco. Imaginou que fosse o cano de uma arma de fogo, mas era apenas um grosso anel de prata em um dedo anelar maior ainda. Demorou para reconhecer o dono do rosto que aparecia quase grudado no vidro, embaçando-o com sua respiração. Acionou o controle do portão para fechá-lo e manobrou para encostar o carro junto à guia da calçada. Destravou as portas e Andreaza se sentou no banco do passageiro com uma mochila entre as pernas.

— O que está acontecendo? — Virginia perguntou. — Quase me matou do coração. — O susto inicial deu lugar à irritação.

— Precisava falar com você. Urgente. — Ele olhou no retrovisor à sua direita e, em seguida, para trás, por cima do ombro esquerdo como que para se certificar de que não havia alguém na rua. — Estou indo embora de Salga, mas antes queria deixar algo com você.

Ela acompanhava com curiosidade os movimentos de Andreaza. Ele abriu o zíper da mochila e, de dentro dela, retirou uma fita de videocassete. Estendeu o objeto em sua direção. Ela ficou olhando por alguns instantes, sem saber o que fazer.

— Pegue — ele disse. — Quero que isso fique com você.

Ela estendeu a mão e pegou a fita. Estava numa caixa amarelada, com as cores da impressão desbotadas e a parte branca encardida. Nela, uma etiqueta em que se lia "VIRGÍNIA — 21/12/1995".

— Do que se trata?

— De algo que não é da minha conta, mas que veio à minhas mãos por causa de um favor que fiz pro seu tio Hermes. Ele pensa que eu destruí isso.

— E essa data? Eu estava na clínica. O que tem aqui?

Andreaza soltou o ar num suspiro alto:

— Virginia, se tiver curiosidade, assista; se não quiser, não assista. Não me importa o que você fará com isso. Cabe a você decidir: guardar, destruir. Fui separar alguns documentos pra jornalista, encontrei essa fita e achei melhor trazer pra você.

— Você está falando da Zara?

— Sim. — Andreaza fez menção de tirar um cigarro do maço, mas Virginia o impediu de acender.

— Aqui no meu carro, não.

— Desculpe. — Ele devolveu o maço para o bolso. — Preciso que você saiba de mais uma coisa.

— Fala logo, Andreaza, estou cansada. Preciso dormir.

— Não sei se o que tem nessa fita é verdade ou uma espécie de alucinação, mas recuperá-la custou a vida de alguém.

Virginia arregalou os olhos. Sentia como se o frio da noite tivesse invadido o carro e agora estivesse percorrendo sua espinha. Andreaza abriu a porta e saiu. Antes de fechá-la, porém, colocou o rosto na fresta e disse:

— Você era uma menina doce e frágil que passou por muito mais do que deveria. Fico feliz que tenha se transformado numa mulher forte. Não importa o que digam pra você, nunca acredite em nada diferente disso. Você é capaz de se libertar de tudo, do passado, das pessoas que não te fazem bem... seja feliz, Virginia... esqueça o passado. Não deixe que o que aconteceu continue a ditar os rumos da sua vida.

Ele desceu do carro, batendo a porta. Virginia acompanhou pelo retrovisor a silhueta gigantesca dele se afastando até que dobrasse a esquina e desaparecesse.

Antes de subir para o seu quarto, Virginia passou pelo escritório em silêncio. Sabia que ali havia um velho aparelho de videocassete guardado em um dos armários.

Abriu portas e gavetas, procurando não fazer muito barulho. Pastas, documentos, livros... No fundo de um dos armários encontrou o aparelho. Não teve dificuldades para conectá-lo à televisão.

Na tela, aos poucos, reconheceu a sala em que fazia suas sessões de terapia na clínica. A gravação parecia ser de uma daquelas sessões. Nunca soube que elas eram gravadas. Reconheceu-se na tela. Sua versão de 17 anos. Roendo as cutículas, as pernas cruzadas em lótus no assento da cadeira, as costas curvadas como se carregassem o peso do mundo. Quebrada, partida em pedaços.

Estava frente a frente com uma mulher de óculos e cabelos negros presos num coque solto. Fez uma força para se recordar e a lembrança veio num *flash*: era a psiquiatra da primeira fase do tratamento. Tinham ficado próximas durante sua internação naquele lugar. Virginia sentiu muito quando soube que ela havia sido morta em um assalto. Era como se todos a quem se afeiçoasse morressem. A comoção também foi grande entre os residentes e funcionários da clínica. Ela era muito querida e... uma ideia sombria interrompeu seus pensamentos: *Assalto*... Andreaza disse que recuperar a fita custou a vida de alguém... *E se não foi um assalto?*

Depois de percorrer diversos quarteirões a pé, Andreaza avistou sua casa ao longe e foi em direção a ela, esgueirando-se a passos largos, procurando as sombras pelo caminho. Tinha que ser rápido. A todo momento olhava dos lados e para as copas das árvores, onde poderia haver alguém escondido. Sua única chance era deixar Salga Odorenga antes que o encontrassem. Olhou no relógio. Marcava duas horas.

Ele conseguira fugir da emboscada da manhã, contara a Zara tudo o que sabia — ou quase —, tinha passado no galpão para conferir os documentos. Estava tudo lá. Achou arriscado retirar o material do esconderijo e ficar andando com ele por aí. Retirou apenas a fita que entregara para Virginia. Livrou-se de seu celular para não correr o risco de ser rastreado. Passou no hotel e deixou na recepção um bilhete com o endereço do seu sítio para ser entregue à Zara. Era mais seguro que mandar uma mensagem de texto no celular. Zara era inteligente e entenderia o recado. Era persistente o suficiente para revirar cada milímetro do galpão até encontrar os documentos.

Andreaza teve tempo, ainda, de dar uma passada no prostíbulo da Celina para se despedir. Uma última noite de prazer, como a última refeição de um condenado.

Agora bastava pôr o pé na estrada, antes do amanhecer.

Pipoca, o cão errante que morava na sua rua, sempre aparecia quando Andreaza se aproximava do portão, não importava a hora que fosse. *Onde será que o Pipoca está?* Não queria ir embora sem se despedir dele. Para onde ia, não poderia levar o bichinho consigo.

Pipoca não lhe pertencia. Amigos não têm dono e Pipoca só aparecia quando queria. Aparecia sempre porque um gostava da companhia do outro, gostavam de estar juntos, como acontece com as amizades verdadeiras. Pipoca era uma alma livre. Não nasceu para ficar confinado atrás de muros, grades e paredes. Isso foi algo que Andreaza não demorou para entender. Tentou adotá-lo, trazendo-o para morar consigo, mas o que Andreaza achou que seria a proteção de um lar, para Pipoca foi como uma prisão. Pipoca se entristeceu, perdeu o brilho, o balanço do rabinho. Seus olhinhos tristes voltados para a rua, acompanhando os movimentos dos não confinados. Amigos querem o bem uns dos outros. Pipoca ganhou a liberdade, mas continuou a ser companhia para Andreaza nas noites solitárias em que passava na varanda da frente da casa, sentado em cadeiras de tiras de plástico, fumando e tomando cervejas. Desde o divórcio, Pipoca era um bom ouvinte para suas lamentações.

Naquela madrugada fria, Pipoca não o recebeu. Talvez estivesse atrás de alguma cadela no cio. Não seria Andreaza quem iria recriminá-lo por isso, mas ficou triste por ter que ir embora sem se despedir do companheiro que tanto amava.

Antes de entrar, fez o possível para se assegurar de que não havia ninguém o esperando na casa. O carro estava na garagem. Percorreu os cômodos de arma em punho. Quando se convenceu de que estava realmente sozinho, pegou uma mala, jogou nela algumas peças de roupas e objetos pessoais: álbuns com fotos dos filhos, dos netos, da mulher que deixara escapar. Registros dos momentos em que esteve semipresente: ali de corpo, mas com a cabeça em outros lugares, em outras vivências, em outros prazeres.

Como é possível que alguém descubra apenas no final da vida que foi um completo idiota? Que tinha tudo para ser feliz e simplesmente não deu valor? Haveria alguma chance de recomeçar?

Se conseguisse escapar daquela, faria tudo diferente. Seria um vovô normal, como Donato. Levaria os netos no futebol, na natação. Pararia de beber, de cheirar. De trepar com putas. Mas, antes, precisava garantir sua vida. Ficar fora do radar por uns tempos, esperar a poeira abaixar. Retornar apenas quando não estivesse mais vivendo a 200km/h, brecando apenas no último minuto antes de atingir a beira do precipício.

Antes de chegar à garagem, lembrou-se de que tinha esquecido de pegar o terço que ganhara de presente da mãe. Com as malas nas mãos, voltou para o quarto e deu uma olhada. O terço estava em cima da mesinha ao lado da cabeceira da cama. Não poderia ir embora sem levar sua proteção consigo. Levou a mão ao peito e soltou o ar aliviado. *Tá aqui, mãe.* Resolveu colocar as malas no carro e retornar com as mãos livres para buscar o objeto.

A sombra de uma imagem surgida no canto de seu olho num lampejo o impediu. Uma mescla viscosa e escura que por um segundo pareceu grudada em sua retina. Como pudera ter passado por ali sem enxergá--la? Seu velho coração disparou em batidas descompassadas quando se deu conta do que era. Foi quando percebeu que fizera muitos planos cedo demais.

Um grito gutural escapou grave e doloroso. Caiu de joelhos ao lado da poça de sangue no meio da qual jazia o cadáver de seu amigo Pipoca.

Ali, ajoelhado, com as lágrimas escorrendo em meio a soluços, como se fosse um menino, Andreaza ouviu o clique de uma arma engatilhando ao seu lado.

— Como vai, Mario?

Andreaza não respondeu. Ergueu os olhos crispados de ódio, besuntado em lágrimas, para encarar Mauricio Cunha. Atrás dele, outros dois homens apontavam pistolas em sua direção. De nada adiantaria tentar alcançar o revólver .38 que tinha em sua cintura.

— Monstro. Não precisava fazer uma maldade dessas com um bichinho indefeso.

— Você não deu alternativa. Tentamos conversar amigavelmente — Mauricio usava um tom de voz baixo e irônico.

— Perseguir o meu carro e atirar contra mim não é algo que se pareça com uma conversa amigável.

— Pelo menos você sabe o quanto estamos motivados. Tô sabendo que você tem documentos que nos interessam. Se não quiser que o que aconteceu com seu amigo canino aconteça com seus filhos e netos, sugiro que entregue o que tem.

Mario Andreaza soltou uma gargalhada alta e debochada. Mauricio ficou visivelmente incomodado.

— Não há mais nada comigo. Tudo o que eu tinha foi entregue pra Virginia e pra jornalista. Estão perdendo o tempo aqui. Podem me matar, se quiserem. A essa altura, não faz mais diferença. Vivi a vida que eu quis. Fique sabendo que nada vai impedir que a verdade venha à tona. Todos vão saber quem vocês são e o que fizeram. — Andreaza olhou profundamente nos olhos de Mauricio, fez uma pausa para abrir um sorriso largo. — O que foi? Está com medo?

A resposta veio na forma de uma coronhada na cabeça, tão violenta, que o deixou desnorteado. O sangue começou a escorrer quente da laceração aberta no local do impacto. Andreaza caiu sobre o cadáver de Pipoca. Venceu o asco que lhe provocava o cheiro acre e a viscosidade do sangue, agarrou-se ao corpinho do animal e o abraçou. Passou a entoar baixinho uma prece para São Francisco na intenção da alma do amigo.

— Cala a boca. Para de resmungar besteiras, seu velho filho da puta — Maurício gritava com os olhos crispados, a boca cuspindo uma saliva grossa. Em seguida, virando-se para os dois homens que o acompanhavam,

Maurício ordenou: — Amarrem esse imbecil e o coloquem no porta-malas. Livrem-se desse cachorro. Depois revirem toda a casa para ver se esse maldito não está mentindo. Só saio com a certeza de que os documentos não estão aqui.

Andreaza sabia que tinha colocado Zara na linha de fogo, mas não podia arriscar a vida de seus filhos e netos. Mauricio precisava acreditar que as provas não estavam mais em seu poder e que já estavam nas mãos da jornalista. Era o único jeito de salvar sua família. Talvez houvesse tempo para que aquelas informações chegassem até Zara e fossem divulgadas. Ter entregado a fita para Virginia daria credibilidade à sua história. Não seria difícil Mauricio confirmar com ela. Se Mauricio soubesse que todo o material continuava guardado em algum lugar, que ainda não estava com a jornalista, seria capaz de torturar a todos de sua família até consegui-lo. Com sorte, Zara receberia o bilhete no dia seguinte de manhã e já se dirigiria ao sítio para procurar os documentos.

Andreaza terminou sua oração. Murmurou quase para si mesmo:

— Não sou digno do reino dos céus, meu amigo, mas espero reencontrá-lo algum dia.

Foi interrompido por Mauricio, que espumava entredentes enquanto os dois brutamontes esticavam as cordas para amarrá-lo:

— Ainda bem que você sabe que está prestes a ir pro quinto dos infernos, seu velho cuzão.

CAPÍTULO 16

SEXTA-FEIRA DE MANHÃ

Era a terceira vez que Zara se via no parlatório da Penitenciária de Planície Costeira, mas a primeira em que se encontraria com Silas Ruger.

Quando seus olhos se cruzaram, ele não esboçou qualquer reação. Não sabia quem ela era. Foi diferente, porém, quando reconheceu Donato sentado ao seu lado. Silas abriu um sorriso zombeteiro, que revelava seus dentes amarelados e podres, molares superiores ausentes, acúmulo de uma saliva espessa nos cantos da boca. Um sorriso contornado por uma pele esburacada por marcas e cicatrizes. A calvície não o atingira, e ele ostentava uma vasta cabeleira grisalha e oleosa.

— Caralho, estou famoso de novo mesmo, hein? Donato Antunes...

Silas era a presença mais repugnante com a qual Zara já havia se deparado em sua vida.

— Quem é essa delicinha? Sua filha, Donato?

Policiais são acostumados ao deboche. Donato não se abalou.

— Bom dia, Silas. Quanto tempo, não?

— Sim, quanto tempo... — Estendeu o rosto em direção à Zara, aspirando o ar profundamente. — O que vocês querem comigo? Andaram desenterrando cadáveres por aí? — ele gargalhou.

Seu olhar buscava o dela, desafiadoramente. Seus olhos eram grandes, verdes, e procuravam intimidá-la silenciosamente. Continuou em silêncio e deixou Donato conduzir a conversa.

— Essa moça é jornalista, Silas. Zara Stein.

Ele abriu outro sorriso e a encarou:

— Ah, sim… foi você então que me levou a ser notícia novamente? — Ele colocou as mãos algemadas por cima da mesa.

Zara não respondeu e Donato continuou:

— Gostaríamos de lhe fazer algumas perguntas, caso esteja disposto a conversar.

— Sempre estou disposto a conversar, mas — bocejou e seu hálito empesteou o ambiente —, como me canso logo, sejam breves.

— Você se importa se eu gravar? — Zara perguntou agitando no ar uma câmera pequena.

Silas deu de ombros. Donato buscava as palavras sem pressa:

— Estamos aqui porque, em quase 25 anos, nunca tivemos oportunidade de conhecer sua versão pro que aconteceu.

— Vocês sabem o necessário.

— Há peças que não se encaixam, e você poderia tirar algumas dessas dúvidas. Já passou muito tempo. Não há mais nada a perder. Você vai continuar aqui.

— Não por muito tempo — Silas respondeu.

— Ah, claro. O regime aberto chega para todos, algum dia, mas penso que você poderia ter saído antes, se tivesse falado tudo o que sabia. Talvez não tivesse uma pena tão alta.

O semblante de Silas ficou grave e contrariado.

— Estou bem. Fiquei o tempo que tinha que ficar. Vou sair quando tiver que sair. Está tudo certo.

— Veja bem, Silas — Donato continuou —, quando tudo aconteceu, ficar em silêncio fez de você um mito. Só se falava de você em todos os lugares. Agora, meu amigo, as pessoas se acostumaram com a ideia de que saber que você matou aquelas mulheres basta. Acostumaram-se com seu silêncio. Mesmo com toda repercussão dessa história, ninguém se preocupou em vir aqui, até agora, conversar com você e ver o que você tem a dizer. É como se você tivesse um papel secundário em tudo o que aconteceu. A história ficou maior do que você.

Silas abriu um sorriso largo e debochado.

— Donato, Donato… Não venha com joguinhos mentais pro meu lado. Não vou cair nessa. Não fiz o que fiz para ficar famoso ou ter notoriedade. Está enganado se acha que vai me pegar em alguma vaidade ferida. Estou pouco me fodendo se as pessoas se lembram de mim ou não. Acho bom que me esqueçam. Fiz o que fiz por puro prazer, pra me divertir, gozar.

Silas mantinha o olhar fixo em Zara.

— Meu ponto — Donato continuou — é que todos se esqueceram de você. Não apenas as pessoas interessadas nos detalhes que você ocultou, mas também aquelas a quem você ajudou com seu silêncio.

Silas bateu as mãos no tampo da mesa.

— Vocês estão perdendo tempo e enchendo o meu saco.

Os agentes penitenciários se aproximaram para conter Silas, mas Donato fez um sinal para que não interferissem.

— Não estamos aqui para te provocar, Silas. Viemos para te ouvir. Sabemos que as coisas não aconteceram como falam há quase 25 anos. Você não matou todas aquelas mulheres. Fala a verdade, você assumiu algo que não fez? Por quê? A essa altura, nada vai mudar. Você não sairá daqui por isso e ninguém virá tomar seu lugar.

— Estou muito bem. — Silas se agitou na cadeira. Ergueu os olhos para os agentes penitenciários. — Quero voltar para o meu xadrez. — Em seguida, virando-se para Donato: — Eu disse que me cansava rápido.

Zara resolveu tentar.

— Silas, vamos conversar.

Ele se deteve e virou-se para ela:

— Você também fala, delícia? — Silas a encarou em pé por alguns instantes, então voltou para a mesa e se sentou. — Quantos anos você tem? Não. Não fala. Deixa eu adivinhar. 29? 30? Em outros tempos, diria que você está um pouco velha pro meu gosto, mas não estou em condições de ser exigente. Vamos lá, o que você quer saber?

Ela se esticou na cadeira, inclinou-se um pouco à frente e o encarou.

— Como você escolhia as suas vítimas?

Ele tirou os olhos dela e olhou para o alto. Parecia buscar as lembranças.

— Eu nunca procurei por nenhuma delas. Não escolhi. Fui levado a elas por uma força irresistível, um sentimento que nascia em mim, como uma paixão à primeira vista, mas que não era paixão. Era uma necessidade, como estar com fome. Eu lutava contra isso, mas quando percebia que a imagem daquele rosto não saía da minha cabeça, eu tinha que fazer algo para tê-la comigo. Era o destino. Eu via aquela jovem e de alguma forma meu coração sabia. Passava dias observando de longe com minha câmera. Capturava sua imagem. Voltava para casa e estudava seu retrato. Precisava ter certeza do que estava realmente sentindo. De que era ela. Quando finalmente a levava para o meu santuário secreto, não poderia ter pressa. Queria desfrutar dos momentos ao seu lado com calma, sem interferências ou interrupções. Com tempo suficiente para que nossos corpos e nossas almas se conhecessem, se misturassem e se transformassem em uma coisa só — ele falava pausadamente. Parecia saborear as lembranças que aquelas palavras evocavam. — Quando acabava, eu pensava que era o fim. Que não aconteceria de novo. Que agora era só esperar para reencontrá-la na eternidade. Mas aí aparecia outra garota, e aquela força atrativa voltava. E eu via que tinha me enganado. Que a anterior não era a certa. Hoje eu vejo que não precisava ser apenas uma. Por isso foram tantas. No final, me transformei em cada uma delas e todas elas viraram parte de mim. Eu sei que vamos nos reencontrar um dia. Vou reencontrar todas elas. Estão todas me esperando.

Zara fez força para não se encolher e contrair o rosto numa expressão de nojo. Ela descruzou os braços e apoiou as duas mãos no tampo da mesa.

— Você não matou a Angela Romano.

— Isso não é uma pergunta.

Eles se encaravam quase sem piscar.

— Conta, Silas. No fundo, você quer contar. Você está louco pra falar, sabe como eu sei? Porque você não pode falar. Não deve. Só que é da natureza. O demônio da perversidade. O impulso irresistível de fazer merda.

Silas soltou uma gargalhada.

— Vai se foder, sua louca.

— Você não matou a Angela, Silas.

— Eu estava lá. Vi aquele corpinho magrinho. Incrível que tenham cabido cinco facadas naquele espaço tão pequeno — Silas gargalhou.

— Você já disse essas bobagens antes. Não acredito. Quem a matou?

Ele a encarou em silêncio, com um sorriso diabólico no rosto.

— Você já gastou todas as suas perguntas.

— Você está protegendo alguém. Quem? O seu amigo, o Hermes Callegari? Eu sei que são amigos, Silas. Fala. Por que continua a protegê-lo?

Ele permitiu que você continuasse aqui, apodrecendo. Não merece a sua lealdade.

Silas se levantou bruscamente, fazendo a mesa se arrastar em direção a Zara e Donato com violência. A câmera que gravava a conversa caiu ao chão. Os olhos estavam crispados. As algemas continham seus movimentos, impedindo que as mãos apertadas em conchas os atingissem. Os agentes imediatamente se postaram ao seu lado, segurando-o pelos braços.

— Você não sabe do que está falando. Cala a sua boca, vagabunda. Já estou cansado de vocês. — Os agentes o escoltavam em direção à porta de saída.

— Uma última pergunta, Silas: além das meninas, naquele dia, tinha mais alguém por lá? Um rapaz? Eric Schiavo?

Ele se virou para trás, reabrindo seu sorriso putrefato:

— Quem? Aquele que se mijou todo? De que importa... Os mortos não falam.

O carro de Donato tinha ficado estacionado no sol e estava fervendo por dentro. Zara sentiu o suor inundá-la antes que o ar-condicionado tivesse tempo suficiente para começar a fazer efeito. Sentiu as coxas assarem no estofamento de couro. Os fios do cabelo solto grudavam na pele.

A conversa com Silas não tinha saído como ela esperava. O que poderia haver de tão forte entre ele e Hermes para explicar que ele insistisse em manter aquela farsa por tantos anos? Ela não conseguia compreender a razão de tanta lealdade. Silas estava apodrecendo ali há 25 anos enquanto Hermes levava uma vida de imperador.

— Ele não matou a Angela, Donato. Está protegendo o Hermes. Por quê? O que será que rola entre eles? Um sujeito como o Silas não teria motivos para ter medo do Hermes, né?

— Deixa pra lá, Zara. Nós tentamos. O cara não quis falar.

— Você viu como ele falou do Eric Schiavo? Da urina? Donato, precisamos achar os pais dele. Esse garoto viu alguma coisa naquela noite. Não é possível que ele tenha morrido sem contar algo assim para alguém.

— Se os pais sabem de alguma coisa e não falaram naquela época, não é agora que vão falar. Eu bem que tentei. Insisti muito. Esperava conseguir falar com o Eric depois que ele completasse 18 anos e não precisasse mais da autorização dos pais dele, mas não deu tempo.

— É tudo muito estranho. Não entendo essa lealdade ao Hermes. Ele não fez nada para impedir que Silas fosse preso, e ele sabe disso. O Andreaza disse que avisou pro Hermes que o Silas seria preso e ele lavou as mãos.

— Andreaza... bem lembrado, coloca aí o resto da gravação. Quero saber o que mais aquele filho da puta falou.

O silêncio dominou o carro, cortado apenas pela voz de Andreaza impregnada de tabaco ecoando nas caixas de som. Ao final, Donato estava furioso.

— Cara de pau. Aquele filho da puta está com as fotografias do Hermes com o Silas até hoje. Ele me fez de palhaço pra todos na delegacia, como se eu fosse um louco obcecado, imaginando coisas.

— Ele me disse que vai me entregar tudo.

— Não, Zara — Donato falou, decidido —, vamos atrás dele agora mesmo. Não quero esperar mais um minuto sequer para limpar meu nome. Além disso, precisamos entregar ao delegado essas provas que o Andreaza disse que ligam o Hermes ao assassinato do Jorge Augusto.

Donato acelerou em direção à casa do Andreaza. Ao se aproximarem, notaram um tumulto: pessoas aglomeradas, duas viaturas, uma da Polícia Militar e outra da Civil. Zara estremeceu. Donato disparou:

— Essa confusão é na casa do Andreaza.

A polícia passava um cordão de isolamento para afastar a aglomeração defronte ao imóvel.

— Fique aqui — disse Donato. — Vou lá falar com o Miranda. É um investigador que eu conheço. Vou ver o que está acontecendo e já volto.

Zara observou a movimentação do local, enquanto Donato conversava com um homem alto, forte, de cabelos castanhos ondulados, com camiseta preta escrito "Polícia Civil", calça jeans, coldre e arma na cintura. Deveria ser o tal Miranda. Do lado de fora, uma mulher de uns sessenta anos era consolada por dois rapazes altos como Andreaza. Pareciam muito abalados. Zara olhava os minutos passando no relógio. Donato não retornava. Ele foi até a mulher e ficaram abraçados por um longo tempo. Ela chorava e dizia algo para Donato com as mãos em súplica. Quando tinha decidido descer e ir se juntar a eles, percebeu que Donato se despedia daquelas pessoas e caminhava em direção do carro. Ela aguardou. Ele fez sinal para que ela abrisse o vidro e se agachou pelo lado de fora para ficar na altura da janela:

— Você não vai acreditar: Andreaza sumiu. Ninguém sabe onde ele está. Já procuraram em tudo que é lado. Ele tinha combinado de passar na casa da ex e não apareceu. Henrique, o filho dele, veio procurar o pai aqui e encontrou a casa revirada. O armário está sem a maioria das roupas dele e sumiram também as malas.

— Ué, então é simples. Ele já fugiu. Ele disse que faria isso.

— A família insiste que ele não iria embora sem antes passar na casa da ex-mulher. Disseram também que a casa está muito revirada para quem só fez as malas. Realmente, o Andreaza era meio neurótico com organização. Não acho que faria bagunça pra isso, e tem mais: tem uma poça de sangue na garagem. A família falou das dívidas. Por isso, o delegado resolveu acionar a perícia.

— Meu Deus, Donato. Você acha que devo me apresentar à polícia e contar o que sei? Mostrar a gravação de ontem?

— Sim, sem dúvidas.

A rapidez da resposta deixou Zara insegura.

— E se o Andreaza aparecer? Não é melhor esperar um pouco mais pra ter certeza? Ele disse que ia me procurar pra entregar as provas. Se eu falar com a polícia agora e ele só estiver escondido, não vai entregar esse material para mim.

Donato ficou calado por alguns instantes.

— Certo. Precisamos ter esse material em mãos, ter uma estratégia. Não vamos nos precipitar. — Donato entrou no carro. — Tudo bem se passarmos na minha casa antes de te levar pra pegar o seu carro? Agora sou eu que preciso fazer malas. Vou passar o final de semana na casa da minha filha na Praia do Gago. Eles vão viajar e me pediram para ficar lá cuidando dos cachorros.

— Claro. Não tenho tanta pressa assim para cair na estrada. Só quero ir hoje porque estou ansiosa pra baixar essa entrevista do Andreaza no computador e contar pra a Bia tudo o que está acontecendo. Nós tivemos uma discussão por causa da sua entrevista. Vai ao ar amanhã. Não quero despejar nela tudo o que descobrimos por mensagem. Preciso conversar com ela pessoalmente, com calma, pra ela não se assustar.

Donato deixou escapar um lamento frustrado:

— Não acredito, estávamos tão perto. Tão perto!

CAPÍTULO 17

SEXTA-FEIRA À NOITE

Passava das nove da noite quando Zara concluiu o *checkout* no hotel. Não via a hora de chegar em casa em segurança, encontrar Bia, fazer as pazes e contar a ela tudo o que havia descoberto nos últimos dias. Enquanto aguardava o manobrista trazer seu carro, notou um veículo sedan escuro, estacionado do outro lado da rua.

Não era algo que chamaria sua atenção em outra situação, mas depois dos acontecimentos dos últimos dias, algo lhe dizia que deveria ficar atenta. Enquanto assumia o banco do motorista, Zara percebeu que o veículo escuro dera partida.

Ela desceu a rampa devagar e ganhou a rua. Checou pelo retrovisor e percebeu que o veículo havia retornado no final da rua e vinha logo atrás, em sua direção. *Vamos dar uma voltinha para ver o que acontece.* Zara saiu da rota que a levaria à saída da cidade, percorrendo caminhos aleatórios. O carro continuava a acompanhá-la, ora mais próximo, ora um pouco mais distante, mas sempre visível pelo retrovisor. Os vidros eram muito escuros, e ela não conseguia ver os ocupantes. *Onde será que eu acho um posto da Polícia Militar por aqui?* A delegacia ficava um pouco distante dali. Olhou no painel e viu que o combustível estava na reserva. Precisava parar num posto de gasolina para abastecer.

O posto estava movimentado. Havia pessoas no pátio do lado de fora da loja de conveniência, sentadas em mesas de plástico vermelhas, bebendo e jogando conversa fora. Olhou ao redor e não mais avistou o veículo escuro. Poderia ter sido uma encanação boba da sua cabeça. *Preciso me acalmar.* Os nervos estavam à flor da pele.

Deixou o posto e trafegou por diversos quarteirões, atenta. Quando pensou estar livre, faltando poucas ruas para que estivesse na saída da cidade, notou que o veículo estava novamente na sua cola.

Era a hora de finalmente testar a potência do motor V8, 4x4, bi turbo, tão aclamado num *blábláblá* interminável pelo vendedor da concessionária. Restava torcer para que os seiscentos cavalos daquela máquina estivessem dispostos a galopar.

Acelerou para ganhar distância e o veículo sedan escuro fez o mesmo. Dentro da cidade, era algo complicado de fazer. Por melhor que fosse o motor, não estava sendo fácil ganhar distância. Zara ultrapassou um sinal vermelho e o veículo escuro fez o mesmo, quase colidindo com outros dois carros que vinham na perpendicular.

Tão logo avistou o início da rodovia, Zara acelerou o máximo que pôde, tentando não perder o controle do carro. Viu pelo retrovisor que o veículo escuro fez o mesmo. Nas curvas fechadas, ela o perdia de vista.

Suas pernas começaram a tremer involuntariamente nos pedais. *Ah, não. Não me deixem na mão agora.* Os órgãos internos poderiam saltar pela sua garganta seca a qualquer momento. Braços e pernas tremiam desordenadamente, como se cada um de seus membros fosse uma unidade autônoma e não partes de um mesmo corpo.

Ela conhecia cada centímetro daquela estrada. Precisava se concentrar e tentar se lembrar de algum ponto em que pudesse virar para despistar. Havia estradas de terra pelo lado esquerdo da pista, à encosta da serra, e ela tentava se lembrar de qual seria a mais adequada para que virasse e saísse daquela rota. Tinha que ser rápida para que o perseguidor não tivesse visão do seu carro fazendo a conversão.

Em uma sequência de curvas mais acentuadas, ela percebeu que ele havia diminuído a distância entre eles e quase a alcançava, mas ela conseguiu abrir distância quando, num trecho de reta mais longo, o motor mais potente de seu carro permitiu que Zara ganhasse vantagem e se distanciasse.

Ela lembrou que, em um ponto de dispersão pouco à frente, havia um trailer de frutas que, para quem subia no sentido da capital, ficava ao lado esquerdo, bloqueando a visão da entrada de uma estrada de terra bem estreita.

Olhou pelo retrovisor e viu que ainda estava com vantagem. A distância que ganhara impedia que o veículo escuro tivesse visão dela naquele momento. Nenhum carro vinha em sentido contrário. Ela avistou o trailer verde, olhou novamente pelo retrovisor e não viu sinal do veículo atrás. Apagou as luzes dos faróis do seu carro e fez uma manobra rápida de conversão para a esquerda, pegando a estrada de terra. Os pneus derraparam. Ela segurou firme no volante, fazendo força para se manter no controle. Sem a luz do farol dianteiro, Zara não enxergou o barranco do lado direito da estrada de terra e colidiu raspando com a lateral do veículo. Bateu novamente, desta vez, numa árvore, destruindo o farol dianteiro direito. Não havia acostamento. Bateu com a cabeça no volante. A porcaria do *airbag* não abriu. Sua boca cortou por dentro, o gosto de sangue se espalhou.

Um pouco zonza, tocou seu rosto, depois a boca. Sua mão ficou encharcada de sangue. Ela tentou se limpar, mas acabou espalhando sangue pelo volante e painel. Permaneceu ali no escuro por vários minutos, esperando para ter certeza de que ninguém a havia seguido. Ainda era impossível saber se quem dirigia o veículo escuro tinha percebido sua manobra. Olhou no relógio: 21h45.

Não que ela já não estivesse preocupada antes, mas agora tudo se tornava *real*. Definitivamente, alguém queria matá-la.

O Dogs Corner era um lugar escuro e barulhento. Um grande salão que cheirava a madeira encharcada de cerveja. O chão em losangos branco e preto estava grudento, cheio de riscos e encardido na parte mais clara.

Havia ali muitas pessoas da sua idade, mas Mauricio não se encaixava naquele lugar. Não era o seu tipo de ambiente. Soltou o botão da camisa e dobrou as mangas. Nem assim seria fácil se misturar àquelas camisetas pretas com estampas coloridas de caveiras e capas de discos de bandas de rock de que ele nunca ouvira falar.

Na parede ao fundo do salão, uma banda se apresentava num palco elevado. As pessoas se aglomeravam em frente ao palco para assistir ao show. Do lado esquerdo do salão, um extenso balcão com várias torneiras de chopps de diversos tipos na frente de estantes cobertas de garrafas de bebidas variadas. Do lado direito, o salão era contornado por espaços em que o piso ficava um degrau elevado.

Mauricio imaginou que aqueles espaços só poderiam ser camarotes, pois estavam separados do centro do salão não só pela elevação do piso, mas também por cordas. Neles havia grupos de pessoas rodeando pequenas mesas, usando pulseiras coloridas, de material vagabundo, no pulso.

Amadeu cutucou seu ombro:

— Olha ali naquele camarote, Corvo. Não é a mulher que estamos procurando?

Corvo. Ser visto como um mau presságio era algo que Mauricio achava que lhe dava poder. Ele se voltou para o espaço que Amadeu apontava e reconheceu a mulher do perfil do Instagram: Bia Rabello.

Agora sim. Ela o levaria até Zara ou a traria até ele. Mauricio ainda estava furioso. Não entendia como tinha perdido o carro da jornalista de vista. Afinal, o carro dela era uma máquina potente, mas era uma mulher no volante. Como era possível? Precisava se manter focado. Ainda não havia esgotado as possibilidades de cumprir aquela missão e não descansaria enquanto não o fizesse.

Seu sangue fervia se lembrando de Andreaza com um sorriso sarcástico, dizendo que a jornalista já sabia de tudo e que ele havia entregado provas a ela. Andreaza devia ter achado que aquela postura daria alguma dignidade à sua morte. *Idiota. Não existe dignidade na morte. Todos morrem igual.*

Depois de ter sido despistado por Zara, Maurício mandara uma mensagem para o porteiro do prédio dela:

M

E aí, cara, faz um favor pra mim.

Wesley não demorou a responder:

W

Fala, Corvo, blz? Manda.

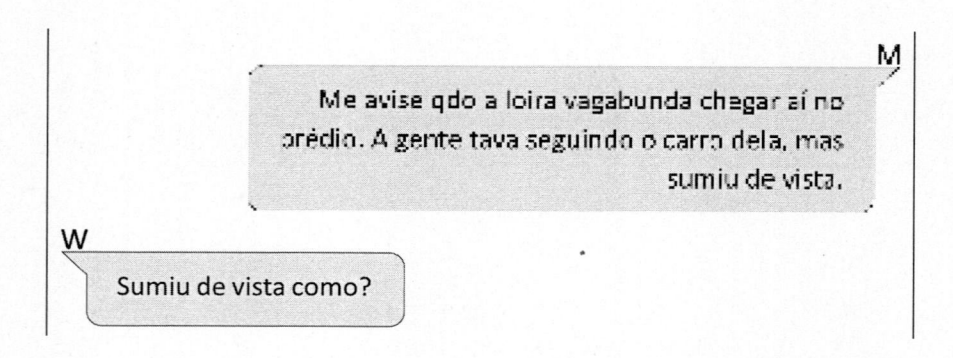

Maurício não queria estender a conversa, mas estava incomodado que a mulher o tivesse passado a perna. Respondeu lacônico:

Quase uma hora depois, Mauricio chegava à capital e Wesley não tinha mandado nenhuma mensagem.

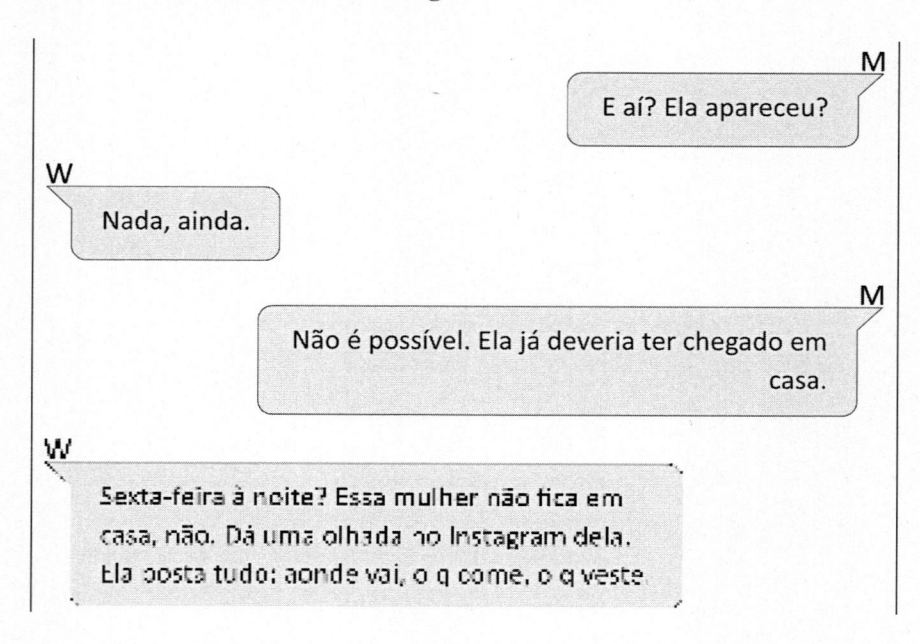

Mauricio estacionou o carro para procurar melhor.

> **M**
>
> Nada no Instagram. Sem atualizações.

> **W**
>
> Procura no Instagram da melhor amiga, é aberto: Bia Rabello.

Mauricio não teve dificuldades para encontrar a página. Gostou do que viu. A mulher era gata e pelos stories viu que ela estava numa balada com outras duas meninas.

> **M**
>
> Achei: stories marcando o pub Dogs Corner.

> **W**
>
> Tenta lá. As duas são grudadas. Se ela aparecer por aqui, aviso.

> **M**
>
> Temos que encontrar essa vaca e pegar tuco: celular, tablet, computador, pendrives. Ela tá com documentos importantes.

> **W**
>
> Fim de jogo?

> **M**
>
> Fim. Eliminar a puta. Cortesia e honras do @PlasticHeart22.

> **W**
>
> Nada dela por aqui. Cola nessa Bia que vai dar certo. As duas vivem juntas.

Agora precisava encontrar uma forma de se aproximar da tal de Bia Rabello. Deu sorte. Ela tinha acabado de sair do camarote e ia em direção ao banheiro.

Maurício fez um sinal para que os dois panacas o acompanhassem. Decidiu abordá-la na saída com alguma conversa fiada. Pelos passos incertos e desequilibrados que ela dava rumo ao banheiro, ele logo imaginou que a garrafa na mesa do camarote já havia feito metade do trabalho por ele.

Restava torcer para que Zara resolvesse aparecer, do contrário, teria que arrumar uma forma de fazer Bia Rabello dizer onde ela estava.

Escolheu seu melhor sorriso e usou. Então viu que funcionou: ela sorriu de volta.

Zara consultava o relógio a todo momento para não perder a noção do tempo. Estava trancada no carro havia bastante tempo e pensava se já não estaria seguro o suficiente para sair do esconderijo. *Mas e aí?* Iria para casa ou voltaria para Salga Odorenga? Temia que seu perseguidor tivesse desconfiado do que ela havia feito e estivesse parado em algum ponto mais à frente da rodovia, esperando que ela passasse rumo à capital.

Não se sentia segura para acionar a polícia. Nem todos os policiais são "Donatos". E se houvesse um "Andreaza" infiltrado a serviço do Hermes?

O carro estava danificado, mas se a distância fosse curta, talvez conseguisse chegar com ele até a casa de Donato.

Resolveu continuar ali enquanto pensava melhor no que fazer. Sentia-se relativamente segura, embora estivesse muito claro para ela que Hermes colocara o seu plano em ação.

Refletia sobre as palavras do Andreaza pensando que se aquele carro a tivesse alcançado, e ela tivesse sido morta, quão fácil seria atribuir isso a um *stalker* fanático... Que idiota tinha sido ao registrar aqueles boletins de ocorrência. Inadvertidamente havia contribuído para criar o suspeito perfeito, aquele que nunca seria identificado, e possibilitaria que Hermes se safasse da sua morte, mesmo com tudo o que ela estava veiculando no podcast sobre ele. Uma ironia que justo ela se transformasse em mais um *cold case* para engrossar as estatísticas.

Ela precisava expor Hermes, mas reconhecia que, dessa vez, Bia tinha razão. Precisava de provas.

O arquivo da gravação com Andreaza era um bom começo, mas tinha ficado muito pesado. Precisava ser descarregado num computador. Ainda assim, ele não seria suficiente. As provas que Andreaza disse ter eram mais importantes do que nunca. Apenas na posse delas Zara poderia denunciar Hermes assim que tivesse oportunidade. Dar publicidade a tudo aquilo era a única forma de garantir sua segurança.

Então, num lampejo, Zara se lembrou da primeira entrevista com Andreaza. Na ocasião, ele contara que a ex-mulher o fizera desocupar sua casa de tudo relacionado a trabalho, então guardara aquele acervo num galpão de um sítio de sua propriedade. Talvez as provas estivessem lá. Logo ao amanhecer, contataria Donato e perguntaria sobre o sítio.

Abriu o Instagram para matar o tempo e uma foto da Bia foi a primeira a aparecer no *feed*. Sentia falta dela e lamentava a briga estúpida que tinham tido na manhã do dia anterior. Mal podia esperar para contar tudo para ela.

Abriu sua caixa de mensagens, mas não havia nenhuma da Bia. Conhecia bem a amiga, sabia que ela ainda estava zangada, remoendo a decisão de Zara de colocar ao ar no dia seguinte a entrevista do Donato. Se aquela entrevista já havia esquentado os ânimos àquele ponto, não queria nem pensar no que Bia diria quando ouvisse a última gravação com Andreaza. Não adiantava telefonar ou mandar mensagem. Apenas uma conversa olho no olho resolveria as coisas.

Nos *stories* do Instagram, Bia aparecia se divertindo no *Dogs* com a Bruna e algumas outras meninas. Queria tanto estar lá com elas bebendo Jack Daniels, dançando, se divertindo… Zara olhou no relógio: 23h44. Resolveu mandar uma mensagem para a amiga. Prepará-la para fortes emoções. Pediu para que ela a encontrasse no Laos no dia seguinte.

Passados cerca de quinze minutos, seu celular apitou. Era a Bia respondendo:

> Oi, linda! Onde vc tá? Estou no Pub Dogs Corner. Vem pra cá.

Zara estranhou toda aquela amabilidade depois da briga feia que tinham tido. Não era do feitio da Bia superar uma discussão daquelas tão fácil assim, costumava ser mais rancorosa. *E desde quando o Dogs virou "Pub Dogs Corner"?* Bia estava estranha, mas se a sorte estava do seu lado, não iria questionar. Respondeu:

> Hoje não dá, amiga, mas já fica preparada. Seu queixo vai cair... e o melhor: provas... desta vez eu tenho provas. Do jeito que vc gosta.

Um exagerozinho básico para dar uma valorizada. Zara tinha apenas a entrevista do Andreaza, mas já estava se imaginando em poder dos documentos prometidos, o que, para ela, era quase a mesma coisa que tê-los em suas mãos.

Já estava preparada para que no próximo *plin* viessem questionamentos, descrença, uma mensagem raivosa, uma bronca, mil recomendações e pedidos de cautela. Já podia até adivinhar o que ela diria. Então, o apito com a resposta da Bia veio:

> Que tudoooooo. Não quero esperar amanhã. Manda sua localização que eu vou te encontrar agora.

Alguma coisa estava errada naquela resposta. Não parecia a Bia. Ainda mais depois da briga feia que tinham tido. O normal seria ela estar hostil, amarga, soltando os cachorros. Normal seria dizer à Zara que ela não tinha juízo, que era uma irresponsável, que iriam morrer. Já não bastava a entrevista do Donato, o que Zara estava arrumando? Zara esperava qualquer resposta da Bia, menos "que tudooooooo". Alguma coisa estava muito errada.

Antes de responder novamente, Zara decidiu dar mais uma olhada no Instagram. Entrou desta vez nos *stories* da Bruna, que tinha perfil fechado ao público e apenas os amigos conseguiam visualizar.

O celular começou a tremer em suas mãos.

Ao fundo de um dos vídeos, Bia trocava beijos ardentes com um homem alto, de cabelos dourados, ondulados. Vestido como se tivesse saído de uma corretora de investimentos direto para lá. Em outro, enquanto Bruna cantava para a câmera, ao fundo, era possível ver o mesmo homem de rosto colado com a Bia, fazendo uma selfie.

Filho duma puta. Era o Maurício Cunha, advogado dos Callegari.

Ela precisava pensar rápido. Digitou a resposta que achou mais adequada para ser lida pelo babaca do Maurício:

> Amiga, não dá, cheguei tarde de Salga e vou dormir no boy hj. Só vou pra casa de manhã. Esquece o Laos. Vamos almoçar juntas. Aparece lá em casa. Faço seu prato preferido.

Se fosse mesmo a Bia, ela iria saber que não existia um *boy* e que seria impossível Zara cozinhar, já que não sabia nem fritar um ovo. A resposta:

> Humm. Combinado.

Meu Deus. Aquele maldito estava se passando pela Bia e conversando com ela. A amiga estava em risco; ela precisava pensar, pensar! Bia nunca tinha visto Maurício pessoalmente. No dia em que foi se encontrar com Virginia e Hermes no escritório do advogado, Bia não tinha ido junto. Não seria capaz de saber quem ele era. Bia parecia um pouco alterada nos *stories*. Como aquilo poderia ter acontecido? Ela não bebia daquele jeito, nem beijava desconhecidos na balada. Devia estar muito brava com a última discussão e agindo como se quisesse provar algo para Zara e para si mesma.

Zara resolveu ligar para Bruna. Antes de discar, tirou a identificação do número do seu celular, temendo que ao ver seu nome na tela, Bruna fizesse algum escândalo e chamasse a atenção dele. Era torcer para que ela atendesse um número não identificado. Por sorte, atendeu.

A música estava alta e Bruna não conseguia ouvi-la a princípio. Zara percebeu que ela se deslocava para um lugar menos barulhento. Assim que viu que era possível, vomitou ao telefone:

— Bru, não tenho tempo para explicar agora, mas vi pelos *stories* do Instagram que a Bia tá com um cara que eu conheço; ele é super problema.

— *Ai, Zara, nem me fale. É gato, mas muito idiota. Está com outros dois amigos esquisitos aqui. Não adianta que nem eu nem as meninas queremos ficar com eles. Esse sujeito já chegou chegando, mirou a Bia e atacou. Ela está muito bêbada. Ficou dizendo que você zoa ela por nunca beijar desconhecidos. Esse cara apareceu, mal conversaram, começaram a se beijar. Não sei o que deu nela hoje. Mas você tem que ver que folgado: tá beijando a Bia, mas pergunta toda hora se tem outras amigas para chegar.*

— Bruna, faça um favor para mim. Dá uma desculpa, fala que a Bia está muito bêbada e precisa ir embora. Ela não pode sair daí com esse cara de jeito nenhum: ele é encrenca da grossa, minha amiga.

— *Saquei. Para você ter uma ideia, ele já foi se apoderando do celular dela. Tiraram fotos, mas depois vi que ele estava apagando as fotos que tinham acabado de tirar, parecia até que estava mexendo nas mensagens dela. Pode deixar que vou tirar a Bia de lá agora mesmo e levar pra casa. Eu não estava querendo me meter, mas já estou de olho faz tempo.*

— Valeu, Bruna! Não fala para a Bia que eu liguei; não quero que ela fique preocupada à toa. Depois converso com ela pessoalmente. Aliás, não diga pra ninguém, por favor. Amanhã conversamos melhor. Muito obrigada mesmo, amiga.

— *Pode deixar. Vou levar a Bia pra casa e só saio de lá quando ela estiver de pijama, roncando na cama.*

Quase quatro da manhã, a bateria do celular estava perto do fim e Zara não encontrava o carregador. De sorte, ainda podia contar com o *Unabomber* na mala.

Antes de acabar a bateria, falou novamente com a Bruna que garantiu que havia deixado Bia dormindo tranquilamente em casa.

Zara concluiu que era Mauricio e os dois amigos que a seguiam no veículo escuro. Provavelmente, não tinham visto a manobra na estrada e acharam que ela seguira viagem para a capital.

Aqueles caras *stalkeavam* suas redes havia um bom tempo; não era difícil saber que a Bia era sua amiga. Também não teria sido difícil descobrir onde ela estava naquela noite, já que o perfil da Bia era aberto e ela havia postado vídeos nos *stories*, marcando o nome do *pub*.

Aqueles acontecimentos mudavam tudo. Ela não poderia mais encontrar a Bia na capital no dia seguinte, não seria seguro. Só poderia ir embora de Salga com as provas do Andreaza em seu poder.

A bateria do celular acabou e Zara o colocou debaixo do banco. Foi quando viu a moeda que tinha usado para lançar a sorte antes de decidir se encontrar com Andreaza. Não havia conferido o resultado e agora o via: coroa. Não era supersticiosa, mas interpretou aquilo como um sinal de que, apesar de tudo, tinha feito a coisa certa.

Havia muito a ser feito nas próximas horas. Hermes pagaria caro. Pegou o *Unabomber* na mala e ligou para a única pessoa que poderia ajudá-la naquele momento.

CAPÍTULO 18

Corvo

> Cara, vc não vai acreditar. A vaca mandou mensagem pra a amiga aqui. Tá tão bêbada que consegui pegar o celular e responder a puta como se fosse ela.
>
> 00:20

Wesley

> Kkkkkk
>
> 00:23

Corvo

> Mano, a biscate não vai aparecer aqui no *pub*. Vai dormir na casa de algum trouxa.
>
> 00:28

Wesley

> Putz, não acredito.
>
> 00:29

Corvo

Mas convidou a amiga para almoçar na casa dela, então deve chegar aí de manhã.

00:30

Wesley

Mano, fica ligado.

00:31

Corvo

A gata ficou muito louca, uma amiga levou embora. Melhor; não ia dar pra aproveitar nada, mesmo. Cara, vc precisa dar um jeito de colocar a gente pra dentro. Preciso estar no apartamento da Zara assim que ela chegar amanhã.

00:12

Wesley

Meu turno termina às 06h. Vcs precisam vir antes disso. Consigo dar um jeito de vcs entrarem pela garagem, mas o prédio é cheio de câmeras e não tenho acesso ao sistema para impedir a gravação, então vcs precisam cobrir a cara.

01:27

Corvo

Damos um jeito de desligar a energia do prédio e detonar o gerador: aí não tem câmera.

01:18

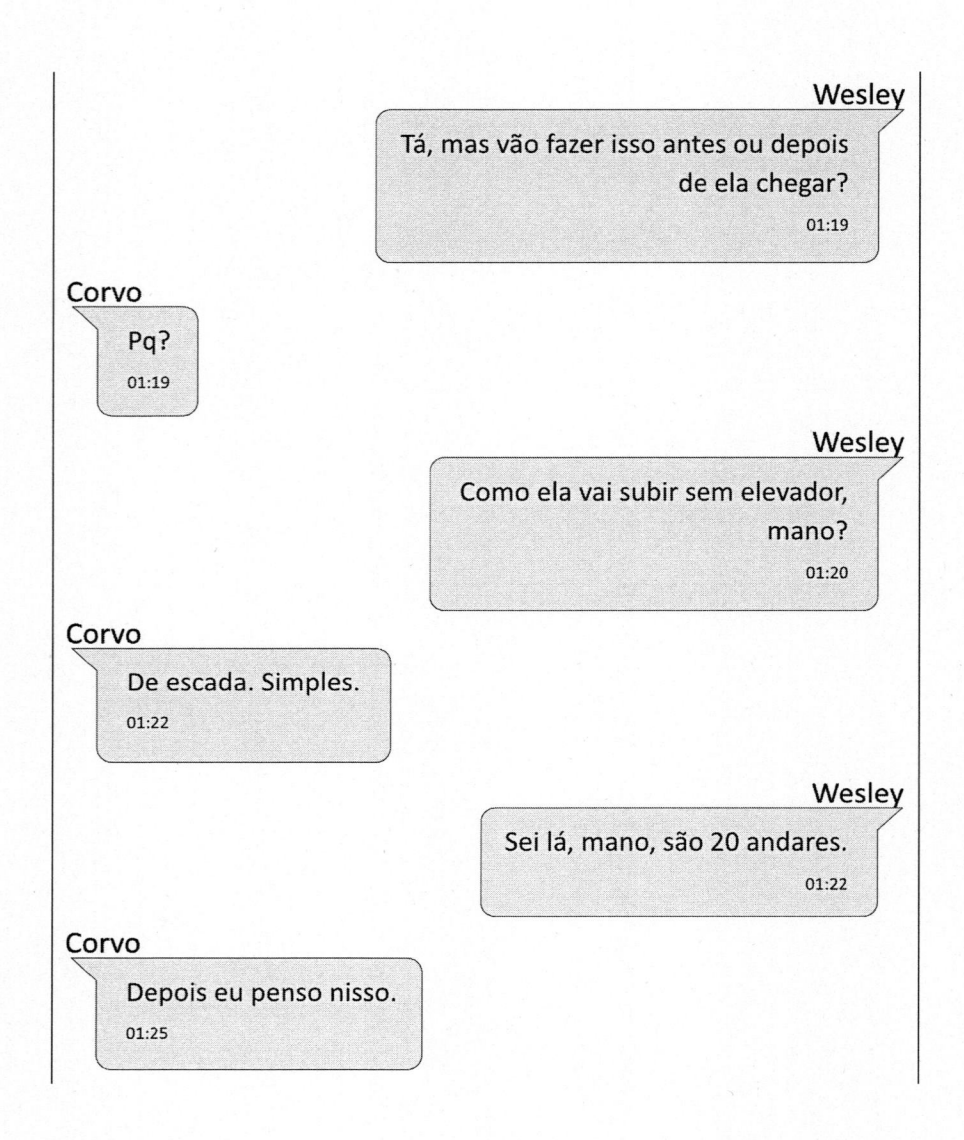

Wesley
Tá, mas vão fazer isso antes ou depois de ela chegar?
01:19

Corvo
Pq?
01:19

Wesley
Como ela vai subir sem elevador, mano?
01:20

Corvo
De escada. Simples.
01:22

Wesley
Sei lá, mano, são 20 andares.
01:22

Corvo
Depois eu penso nisso.
01:25

Wesley já lera e relera aquela janela de mensagens diversas vezes. Algo lhe dizia que aquilo não daria certo. Nas mensagens seguintes, Corvo dissera que depois de vasculharem o apartamento, montariam ali uma cena para simular que ele havia sido invadido pelo @PlasticHeart22.

Naquele momento, Wesley se deu conta de que o fim de tudo estava próximo. Meses antes, ele e seu parceiro na biqueira, Amadeu, tinham recebido uma proposta de saírem da Praia do Gago e se mudarem para a capital por uns meses, com a promessa de que ganhariam uma grana de forma mais fácil e rápida do que vendendo papelotes de cocaína e trouxinhas de maconha a cinco reais.

Seus contratantes os instalaram numa casa num bairro afastado. Em seguida, ele foi colocado para trabalhar como porteiro, enquanto o amigo deveria ficar o tempo todo no computador, acompanhando as redes sociais de uma jornalista que morava na cobertura do prédio em que ele passara a trabalhar.

Toda semana, eles recebiam instruções do que deveriam fazer. Dentre elas, deveriam ir montando aos poucos na casa, ambientes que dessem a impressão de que ali vivia um maluco fanático, que estaria obcecado pela jornalista. Deveriam espalhar fotografias dela nas paredes e montar uma espécie de altar com objetos que Wesley ficou incumbido de retirar do apartamento dela. Tudo montado para a polícia encontrar o lugar no momento oportuno. Quando isso acontecesse, o plano era eles estarem longe. Na Bolívia.

Aquela maluquice dava muita preguiça e o fato é que, passados três meses, ele e o Amadeu ainda não tinham começado a montar nada na casa. Todo o tempo livre que tinham, eles passavam jogando *videogame*. Estava tudo empilhado num canto: fotografias, peças de roupa e objetos retirados da casa. Eles achavam que teriam tempo o suficiente para fazer isso, quando fosse a hora. Agora, Wesley estava furioso com Corvo. Concluir as coisas daquele jeito não era o que tinham combinado. O acordo era que ele seria avisado com antecedência de quando pretendiam dar fim à jornalista, para que ele pudesse tirar seus objetos pessoais da casa, apagar seus rastros, pedir demissão no emprego e sumir para outro estado por uns tempos.

Além do mais, aquela ideia de cortar a energia do prédio era estúpida. Só iria complicar as coisas. O engomadinho do Corvo se achava muito esperto, mas não passava de um amador.

O Amadeu estava com ele e sabia que a casa não estava pronta para ser encontrada pela polícia. Ele que se virasse, afinal, era tão culpado quanto ele por não terem feito o combinado. Aquele não podia ser o dia de dar fim à jornalista. Não podia. Ele tinha que fazer algo para impedir. Enquanto pensava em formas de fazê-lo, reconheceu Corvo e Amadeu passando em frente à portaria do prédio num carro escuro.

Seja o que tiver que ser.

Donato orientou Zara e ela conseguiu esconder o carro atrás de um barranco. Uma solução temporária até que resolvesse algumas pendências e pudesse acionar o seguro. Zara se apressou tanto a colocar as malas no porta-malas do carro de Donato, que só quando já estava dentro dele se deu conta de que havia esquecido seu celular debaixo do banco. Teria que se virar com o *Unabomber* por enquanto.

Donato a convidou para passar o final de semana com ele na casa da filha. No trajeto até lá, ela contou a ele tudo o que havia acontecido na noite anterior: a perseguição, o acidente, Mauricio beijando sua amiga. Contou, ainda, sobre a ideia de procurar as provas que Andreaza mencionara num sítio de sua propriedade.

— Você sabe onde fica esse sítio, Donato?

— Sim, sei onde é. Tomara que esteja certa. Na segunda-feira, contamos isso ao delegado, doutor Gustavo. Ele provavelmente fará um pedido de mandado de busca e apreensão.

Zara deu um grito tão alto que Donato chegou a puxar o volante bruscamente para o lado:

— Não, Donato, não podemos perder tempo esperando mandado de busca, não! Temos que ir lá hoje mesmo, vai que alguém encontra essas provas antes de nós.

Donato parou o carro no acostamento e puxou o freio de mão. Virou-se para Zara, encarando-a com seriedade:

— Zara, temos que fazer as coisas dentro da lei. Se não forem apreendidos de forma legítima pela polícia, esses documentos podem vir a ser questionados e não vão poder servir como provas em um processo criminal contra o Hermes. Não é assim que as coisas funcionam.

— Donato, é muito tempo! Não dá para arriscar. Temos que ver se essas coisas estão mesmo lá. Se não estiverem, precisamos pensar onde mais podem estar. Andreaza garantiu que os documentos existem.

— Você provavelmente nunca ouviu falar em teoria dos frutos da árvore envenenada. Pesquise. Advogados de defesa fazem mágica com isso.

— O único veneno que eu conheço no momento é o que está correndo nas minhas veias e que vai acabar me matando a não ser que eu acabe com a raça do Hermes antes.

A chegada à casa da filha de Donato interrompeu a conversa. Zara nunca tinha estado na Praia do Gago. A paisagem era bastante parecida com a de Salga Odorenga, embora sem as mansões suntuosas que caracterizavam o distrito vizinho.

Ela estava exausta e dormiu profundamente. Acordou por volta das três da tarde com os cachorros dos netos do Donato pulando na cama onde ela dormia.

Passado o susto inicial, pensou no quanto deveria ser bom viver assim: perto da praia, numa casa espaçosa e iluminada, com o cheiro do mar invadindo os cômodos, esbarrando nos latidos dos cães e gargalhadas das crianças. Um homem bom com quem fazer amor ao fim do dia, depois de colocar os filhos para dormir… Era uma vida boa, mas não uma vida para ela. Talvez em outra vida. Na atual, ela não tinha tempo a perder. Olhou no relógio novamente e se lembrou de que, àquela altura, o episódio com a entrevista de Donato já estava no ar.

Pegou o *Unabomber* e deu uma olhada na repercussão daquele episódio nas redes sociais. Estava fervendo. Não tivera tempo de fazer postagens específicas para divulgação. Ainda assim, os seguidores haviam se encarregado de repercutir os principais trechos da entrevista. Sucesso!

Hermes deveria estar puto da vida. Pensou consigo o quanto aquilo não era nada comparado à conversa que tivera com Andreaza. Aquilo, sim, seria bombástico. Mais do que nunca, precisava colocar as mãos nos documentos. Tinham que estar no sítio. Se os encontrasse, já começaria a trabalhar no roteiro do próximo episódio.

Depois da perseguição do dia anterior, seria melhor que ela continuasse desaparecida por enquanto. Bia estava em segurança. Não iria entrar em contato e preocupá-la à toa. Precisavam conversar pessoalmente, mas a conversa teria que esperar, Zara não voltaria para a capital sem os documentos. Teria que ser habilidosa para convencer Donato, nas poucas horas que tinham antes do sábado acabar, a levá-la ao sítio.

Na cozinha, Donato havia preparado um prato para que ela almoçasse. Ela não estava acostumada com ninguém fazendo coisas assim para ela e se comoveu com o gesto.

— Donny… — Ela caprichou no tom de voz manhoso. Donato ergueu as sobrancelhas para que os olhos saíssem das lentes dos óculos e a encarou. — Sei que quer fazer as coisas do jeito certo, mandado de busca e o escambau, mas não sabemos se esses documentos estão realmente no sítio. Apenas me lembrei do Andreaza comentando que tinha documentos da sua época de investigador lá.

Donato se levantou e começou a colocar louças na pia.

— Diga logo o que se passa por essa cabecinha. — Ele abriu a torneira e começou a lavar os pratos.

— Vamos lá dar uma olhada, vai. Só pra ver se estão lá mesmo. Se estiverem, deixamos tudo como está e você avisa pro delegado pedir o mandado de busca.

— Sei não, Zara. Podemos colocar tudo a perder. Tem duas investigações em aberto, uma da morte do Jorge e agora essa do desaparecimento do Mario. O ideal é que a polícia encontre tudo como está.

Ela insistiu:

— Não será pior se o delegado for lá e não encontrar nada? Já pensou? Além do vexame, isso alertaria o Hermes sobre as provas. Ele poderia encontrá-las em outro lugar antes da polícia. Fala a verdade, quantas vezes você já viu esses cumprimentos de mandado de busca darem em nada?

Donato ficou em silêncio e desligou a torneira. Enxugou as mãos num pano de pia.

— Tá bom. Vamos dar um pulo lá, mas só para ver se as provas existem. Deixamos tudo como estiver.

Zara soltou um gritinho e se pendurou no pescoço de Donato, beijando-o seguidas vezes na bochecha

O sítio não ficava longe. Logo na entrada, através do portão, dava para ver uma casa deteriorada que Donato afirmou ser a do caseiro. A casa principal ficava pouco mais à frente e tinha uma aparência mais bem cuidada. Um pouco mais distante, à esquerda, era possível avistar o que deveria ser o galpão.

— E aí, Donato? Entramos sem falar nada ou conversamos com o caseiro? — Zara ergueu o dedo indicador. — Voto em entrar sem falar nada.

Donato a encarou balançando a cabeça.

— Zara… sempre escolhendo os caminhos tortos… vamos falar com o homem, menina.

Batiam palmas no portão, mas o caseiro não aparecia.

— Josué, ô Josué! Atenda, homem.

Nada do Josué aparecer. Donato mexeu nas correntes do portão e percebeu que o cadeado estava aberto. Zara tomou a iniciativa. Desenrolou a corrente, abriu o portão e entrou. Ela sabia que, no fundo, era o que Donato queria que ela fizesse, mas nunca iria sugerir.

Antes de irem ao galpão, passaram pela casa do caseiro. A varanda estava cheia de objetos pelo chão: peças de carro, ferramentas, quinquilharias. Perto do tanque, uma churrasqueira com carvão ainda em brasa. O lugar tinha odor de cerveja derramada e carne apodrecendo. Pela porta escancarada dava para ver a pia, cheia de louças, roupas espalhadas em cima dos móveis, bitucas de cigarro apagadas nas latas de cerveja. Pelo chão grudento, havia pingos de sangue escorrido das carnes, pratos e copos sujos, talheres engordurados.

Entraram desviando das tranqueiras pelo chão. O caseiro Josué estava desmaiado no sofá encardido. Certamente bêbado. Donato o chacoalhou e o homem balbuciou palavras incompreensíveis.

— O cara não tem a menor condição — Zara falou. — Vamos logo ao depósito.

Ao lado da porta, havia um quadro pregado na parede, com vários ganchos e molhos de chave pendurados. Embaixo do quadro, encostada na parede, havia uma espingarda. *Duvido que ele tenha autorização para portar uma arma dessas.* Zara ignorou a arma e apontou o quadro para Donato.

— Vamos levar essas chaves pro caso do depósito estar trancado.

Ele assentiu com a cabeça.

O depósito ficava a cerca de cem metros da casa do caseiro. O caminho estava um pouco enlameado e Zara lamentou a sandália de salto caríssima que calçava. Precisavam otimizar o tempo, anoiteceria em menos de uma hora. No terceiro molho de chaves que experimentaram, encontraram a que abria o cadeado.

O galpão estava bastante empoeirado, mas não desorganizado. Cheirava a madeira e metal enferrujado. Encontraram um interruptor ao lado da porta e o acionaram. A iluminação era fraca, mas se não escurecesse rápido, com a iluminação externa que vinha das janelas embaçadas, talvez tivessem luz o suficiente.

Havia vários livros e algumas caixas empilhadas numa estante. Todas etiquetadas. A parede do lado direito era contornada por armários verticais com gavetas-arquivo. Eles passaram a abrir gavetas e caixas. Em cada uma delas, diversas pastas. Andreaza guardava muita papelada de inquéritos policiais dos quais participara como investigador. Havia também anotações pessoais e observações.

A cada pedaço do passado que caía em suas mãos, Donato tinha ataques nostálgicos que o remetia a histórias antigas. Zara estava aflita e não queria que perdessem tempo.

— Foco, *Donny*, foco — ela pediu enquanto empurrava uma pilha de caixas já conferidas.

— Você está certa. — Donato devolveu papéis a uma gaveta, olhou ao redor e colocou as mãos na cintura. — Olha, acho que estamos perdendo tempo abrindo caixas e gavetas. — Zara parou o que estava fazendo para encará-lo. Ele continuou: — Conhecendo o Andreaza, não acho que ele deixaria esses documentos nos lugares óbvios. Precisamos procurar esconderijos.

Zara já havia notado que em um determinado ponto do assoalho de madeira os saltos de sua sandália fizeram um barulho diferente, um som oco, mas não falara nada porque pensou que um fundo falso no chão seria algo muito cinematográfico e pouco realista. O comentário de Donato mudava um pouco as coisas. Ela se moveu pelo galpão, procurando pisar no ponto que identificara antes.

— Aqui, Donato, escuta o barulho. Parece oco nesta parte.

Donato se agachou e passou as mãos pelas tábuas do assoalho. Depois de correr os dedos pelas junções, conseguiu erguer uma parte das tábuas, grudadas uma na outra, formando uma espécie de tampo. Haviam encontrado um fundo falso, uma fenda dentro do qual era possível ver uma grande caixa de metal, parecida com uma caixa de ferramentas. Eles se ajoelharam ao lado do buraco e puxaram a caixa. Ela continha diversas pastas que armazenavam recortes de jornal, cópias de páginas de inquéritos policiais, depoimentos, documentos, minifitas cassete típicas dos anos 90, além de diversas fotografias. Havia também *pendrives*.

— Olha só, Donato, as velharias são do caso do maníaco, mas esses *pendrives* devem ter as gravações e documentos que o Andreaza falou que estão relacionados ao caso do Jorge Augusto.

Donato assentiu. Eles se sentaram ao chão e começaram a manusear o material. Tudo muito organizado, etiquetado e identificado. Donato tirou papéis de um grande envelope amarelo e resmungou:

— Olha isso aqui: as fotos que apreendemos na casa do Silas. Eu sempre soube que existiam. Veja em quantas delas o Hermes aparece ao lado dele. Andreaza, seu filho duma puta...

A revolta de Donato era tão visível, que ela pensou: *agora ele vai querer ver sangue*. Zara se surpreendeu quando Donato se levantou, bateu as mãos uma na outra para tirar a poeira e reincorporou o *senhor certinho*:

— Pronto. Agora deixamos tudo no mesmo lugar em que encontramos e o delegado poderá apreender essas coisas quando vier cumprir o mandado de busca.

Zara arregalou os olhos e se virou imediatamente para ele:

— Donato, pelo amor de Deus. Você não vai fazer isso. Não podemos correr o risco de deixar isso aqui desvigiado até segunda-feira. Alguém pode encontrar esse material.

Donato pegou o que estava nas mãos dela e devolveu à caixa.

— Zara, foi isso o que combinamos; aliás, foi sugestão sua — ele continuou a guardar os objetos na caixa. — Já te falei, advogados de defesa fazem mágica. Não custa nada alegarem alguma nulidade que torne impossível a utilização desse material como prova contra o Hermes. Já vi acontecer antes.

— Você não sabe, Donato. Pode ser que tudo isso possa ser considerado legítimo, mesmo que sejamos nós a entregar esse material para a polícia.

Donato balançou a cabeça.

— Pode dar certo? Sim, mas também pode dar tudo errado. É um risco muito grande tirar essas evidências daqui fora das vias lícitas.

Para ela, aquilo tudo era uma baboseira sem sentido, mas não adiantaria discutir com Donato naquele momento. Zara precisava pensar numa forma de ter aquele material antes da polícia. Depois de apreendido, ela levaria semanas, talvez meses para conseguir acesso a tudo.

No entanto, com Donato ali, seria impossível. Ele era um aliado importante, que ela não queria perder, mas teria que driblá-lo para pôr as mãos naquele material.

De volta à residência do caseiro, o inútil continuava desmaiado.

— Devolva os molhos de chave no gancho, Zara.

Ela fez como Donato pediu, no entanto, sem que ele percebesse, separou a chave do cadeado do galpão e a colocou no bolso de trás da calça. *Nunca se sabe.* A polícia não iria precisar dela mesmo, com aqueles alicates enormes que usavam.

CAPÍTULO 19

Enquanto Donato preparava o jantar, Zara se sentou na sala, na companhia dos cachorros, para assistir à televisão. As imagens passavam sem que ela as absorvesse, a cabeça distante, pensando numa forma de voltar ao galpão do Andreaza. Não voltaria para a capital para encontrar a Bia sem aqueles documentos. *Provas. Ela quer provas.*

Abriu o celular e deu mais uma passeada pelas redes sociais. Não estava no clima de fazer nenhuma postagem, nem achava conveniente. Ficou apenas acompanhando a repercussão que o novo episódio tinha provocado. Centenas de comentários de seguidores abismados, lançando especulações, teorias, cumprimentando-as pela coragem.

Ela continuou a correr os dedos pela tela e teve o ímpeto de responder a alguns comentários, como costumava fazer, mas se conteve. O melhor naquele momento era ficar quieta, sem interagir com os seguidores. Depois de tudo o que descobrira sobre o *stalker*, era melhor não arriscar. Sabia que rastreamentos e hackeamentos clandestinos não eram tão simples, mas era impossível saber qual tecnologia poderia ter sido colocada à disposição daqueles caras que Hermes contratara. Zara não era nenhuma sumidade em computação. E se houvesse uma forma de localizá-la através de um comentário ou uma postagem qualquer? Por enquanto, manteria suas redes sem atualizações.

Lembrou-se de Virginia e de como ela deveria estar confusa naquele momento, com a repercussão do podcast, as coisas fervendo e Hermes sendo apontado publicamente como suspeito dos assassinatos da Angela e do Jorge Augusto. Se o tio dela não tivesse tentado matá-la na noite anterior, Zara mandaria uma mensagem. Queria muito falar com Virginia, saber como ela estava se sentindo, ver se as coisas mudariam entre elas. Havia poucas esperanças de que aquela amizade pudesse sobreviver aos últimos acontecimentos. A entrevista com Donato, a conversa com Andreaza, aquele beijo interrompido… ela se afeiçoara tanto a Virginia, queria tanto que as coisas fossem diferentes…

Durante o noticiário das 21h, uma imagem urbana correu pela tela da TV no tempo de uma piscada de Zara entre a tela do celular e a da televisão, mas não passou tão rápido que não tivesse dado tempo de despertar sua atenção. Seus olhos captaram algo familiar, ela sentiu um arrepio desconfortável se manifestar em seu corpo.

Zara se levantou, deu alguns passos à frente e se agachou em frente ao televisor, aguardando para ver se a câmera retornava ao quadro anterior. A tela exibia o rosto de uma repórter, microfone em mãos, os lábios se mexendo em meio a um semblante grave e consternado. Atrás dela, a imagem aparecia levemente desfocada. O volume estava tão baixo que era quase inaudível e vinha abafado pelo barulho de louças e panelas que Donato manuseava na cozinha, enquanto preparava o jantar.

A câmera saiu do rosto da repórter e se moveu lentamente para a esquerda. Zara reconheceu a entrada do seu prédio na capital. Aumentou o volume. A mulher dizia que um homem havia caído do vigésimo andar e um outro havia sido baleado dentro do apartamento de cobertura. Seu corpo reagiu à notícia. Começou a tremer. Ela mal podia acreditar.

— Donato! Donato, corre aqui! — Zara gritou. Sua cabeça girava.

Já tomada pelo desespero, reconheceu nas imagens seguintes Bia sendo colocada numa ambulância. Continuou a gritar por Donato. Chorava e soluçava. Ele entrou na sala às pressas, de avental, enxugando as mãos num pano de prato:

— Meu Deus, Zara. O que foi?

— Donato, olha, na televisão. Foi no meu apartamento. Essa moça na ambulância é minha amiga, a Bia. Lembra dela?

Ele voltou os olhos para a tela do aparelho. A repórter dizia que a proprietária do apartamento estava desaparecida e uma fotografia de

Zara sorrindo, retirada de suas redes sociais, era exibida. Nos minutos seguintes, a reportagem mostrava moradores do prédio e o porteiro dando declarações sobre o ocorrido.

Zara se jogou no sofá e se curvou sobre os próprios joelhos, cobrindo o rosto com as mãos. Donato se sentou ao seu lado e pousou as mãos nas costas dela.

— Calma, Zara.

— Não dá para me acalmar. Eu causei tudo isso. É tudo minha culpa. — Zara passava as mãos pelos cabelos, esfregava o rosto e tentava enxugar as lágrimas com as costas das mãos. — Eu vi o Maurício com a Bia nesta madrugada e nem telefonei para ela. Fui covarde. Fiquei com medo de ela reagir mal ao que estou fazendo. Não queria ninguém me dizendo para desistir, e eu sei que é o que ela falaria.

— Se acalma. Vou tentar descobrir o que está acontecendo. Enquanto isso, o jantar está pronto. Seria bom você comer um pouco.

Ela encarou Donato com os olhos encharcados.

— Você acha que eu vou conseguir comer com tudo isso acontecendo? Não dá. Eu preciso ir pra capital agora mesmo ver como está a Bia. — Num salto, Zara se colocou de pé e se virou com a mão estendida para Donato. — Me empresta o seu carro, por favor. Estou sem, lembra?

Donato se levantou e a segurou pelos braços com suavidade.

— Não, Zara. Não vou deixar você sair daqui nesse estado, dirigindo por aquela estrada perigosa, depois do que tentaram fazer com você ontem. É melhor que você fique aqui, em segurança. Eu vou lá no hospital ver o que está acontecendo. Não saia em hipótese alguma.

Algumas horas mais tarde, o *Unabomber* apitou com a chegada de uma mensagem de Donato:

> Zara, estou aqui no Santo Hilário. Tumulto grande de repórteres, cinegrafistas e policiais. Vou dar uma circulada para procurar informações.

Enquanto aguardava, ansiosa, Zara se lembrou dos documentos que estavam no galpão. Sentia-se impotente e vulnerável. Não poderia continuar ali, sem fazer nada. Hermes havia declarado guerra. Era preciso contra-atacar, mas se quisesse lutar em condições de igualdade, sua única chance seria usar as armas que sabia manejar.

Donato tinha certa razão, aqueles documentos poderiam ser provas importantes contra o Hermes, mas Zara não era policial, era uma jornalista. Sua arma era a informação. Ela precisava divulgar tudo aquilo, espalhar as merdas do Hermes em todo lugar. A polícia e os promotores que se virassem para fazer o trabalho deles e produzirem as provas necessárias para condená-lo por seus crimes. Ela precisava do material do Andreaza para fazer o seu trabalho e não estava mais disposta a esperar um minuto sequer. *Donato que me desculpe, mas não vou deixar aqueles documentos dando mole no galpão.*

Ela esperou pacientemente pelo início da madrugada, quando haveria menor movimento nas ruas. Escolheu uma mochila bem grande no quarto de um dos netos do Donato para resgatar o material. Calçou tênis confortáveis, lembrando-se do lamaçal que havia no caminho até o galpão.

Encontrou uma lanterna num armário da garagem, onde também havia duas bicicletas. Testou a lanterna e ela funcionou. Pegou a bicicleta que pareceu mais segura. Notou que fora de casa soprava um vento frio e retornou para buscar uma jaqueta. Em seguida, colocou-se a caminho do sítio. Era perigoso, arriscado, mas era necessário.

Ao chegar, escondeu a bicicleta atrás de uma moita, perto do muro, do lado de fora. O portão de madeira desta vez estava trancado com corrente e cadeado, diferente de quando tinham ido à tarde. Decerto, o caseiro tinha acordado e trancara o portão antes de se deitar novamente. O único jeito seria pular o portão, e foi o que ela fez.

Estava tudo escuro e silencioso. As luzes na casa do caseiro estavam apagadas. Achou melhor não se aproximar muito e ir direto ao galpão. Tinha sido uma boa ideia levar a chave do cadeado consigo. Abriu a porta do depósito com cuidado para não fazer muito barulho, mesmo assim, as dobradiças do portão rangeram, e ela se encolheu para passar na menor fresta. Qualquer barulho, por menor que fosse, parecia ganhar eco no silêncio da noite.

Ela esperou estar dentro do galpão para acender a lanterna. Estava tudo como ela e Donato haviam deixado horas antes. Por onde a luz da lanterna passava, era possível ver poeira e insetos flutuando. O cheiro de madeira e papelão úmido parecia ainda mais forte. Ela colocou a lanterna na boca, se ajoelhou e ergueu o tampo falso no chão. No mesmo instante, o *Unabomber* vibrou. Zara deu um pulo de susto, derrubou a lanterna e levou a mão instintivamente ao peito. Retirou o celular da mochila e viu o nome de Donato brilhando no visor. Ela atendeu com um *alô* quase mudo e ouviu Donato responder do outro lado da linha:

— *Zara, boas e más notícias. A boa: sua amiga passou por exames, está bem e fora de perigo. Receberá alta pela manhã. A má: o rapaz que foi baleado no seu apartamento era um vizinho seu chamado Fernando, mas ele não resistiu.*

Naquele silêncio, a voz dele parecia soar num megafone. Zara falou o mais baixo possível.

— Meu Deus! Não acredito...

— *Por que você está sussurrando?*

Ela esperou um pouco antes de responder. Tentava equilibrar o celular no ombro, enquanto retirava os documentos do buraco em que estavam escondidos no chão e os colocava na mochila.

— Donny, você vai me matar.

— *Ah, não, Zara... não me diga que foi ao galpão do Andreaza?*

— Sim, estou aqui. — Ela continuava a preencher a mochila com o material do buraco.

— *Sua maluca, você vai colocar tudo a perder.*

— Não vou, não. Confia em mim. Hermes declarou guerra a mim, mas atingiu os meus amigos. Ele vai ter o que merece. Vou colocar um fim nessa farsa que ele montou, de grande empresário de sucesso, benemérito, intocável. Isso já custou muitas vidas. Vou pegar tudo isso, colocar no meu podcast, nas minhas redes sociais, em todos os lugares... pelo menos, todos saberão quem é o Hermes e do que ele é capaz.

Donato ficou em silêncio do outro lado da linha por alguns instantes.

— *Tudo bem, Zara, você venceu. Pegue logo tudo o que tem aí, mas faça o seguinte: ao sair, não volte para casa, pois o caminho é muito escuro, deserto e perigoso; pegue a estrada para o lado esquerdo, é mais iluminado. Vá até a entrada de Salga e me espere no posto de gasolina que tem lá. Eu aviso quando estiver a caminho.*

— Estou com pouca bateria no celular.

— *Então anota meu número num papel e, se acabar a bateria do seu celular, dê um jeito de me ligar de outro telefone.*

— Combinado.

Zara terminou de colocar o conteúdo da caixa na mochila e saiu do depósito. Resolveu não perder tempo trancando o cadeado do galpão e já se encaminhava para a saída, quando ouviu um barulho de passos amassando folhas atrás de si.

— Tá perdida, moça?

Ela virou o rosto por cima do ombro e encarou a sombra do caseiro rasgando a escuridão. Ela o iluminou com a lanterna. Ele estava descabelado, amarrotado, cara de quem tinha acabado de acordar. Ele colocou as mãos na frente do rosto, quando a luz da lanterna o cegou momentaneamente. Mesmo à distância, ela sentiu que ele exalava forte hálito etílico. Ele a encarava como um predador.

Num movimento rápido e cheio de adrenalina, Zara apagou a lanterna, atirou-a no caseiro e correu em direção ao portão. Não viu se o atingiu, mas sentiu que ele corria em seu encalço. Ela percebeu que não conseguiria escalar o portão sem que ele a alcançasse, então correu em outra direção.

— Volta aqui, sua vagabunda. O que você pegou?

O homem gritava e, pelo barulho de seus passos, dava para ver que ele tropeçava e derrapava nas folhas e pedriscos. Ela precisava aproveitar o desequilíbrio dele para ganhar vantagem, mas sentia o corpo todo tremer. A adrenalina em ebulição em suas veias. O peso da mochila nas suas costas não permitia que tivesse mais agilidade. Correu rumo à casa principal. O coração disparado, parecia que rasgaria o peito.

Ela sentiu um tranco quando ele agarrou a mochila. Zara soltou os braços e o objeto se desprendeu de suas costas. Sem o peso, ela conseguiu correr mais rápido. Ao olhar para trás, viu o homem jogar a mochila no chão e correr atrás dela.

A respiração estava dolorida, faltava, mas ela não podia desistir. *Vou procurar alguma coisa que sirva como arma no meio da bagunça da varanda dele.* Correu na direção da casa. O fôlego cada vez mais curto, quase faltando. O ar frio da madrugada queimava em seus pulmões.

Há poucos passos da varanda do caseiro, ele a alcançou e a agarrou por trás, puxando-a pela jaqueta. Seus pés tentavam levar seu corpo para frente, mas o homem a puxava com força no sentido contrário. Zara temia tropeçar nos objetos espalhados. Seus olhos percorriam o amontoado de roupas, utensílios e quinquilharias espalhadas na varanda, não identificava nada que pudesse ser útil. Os espetos de churrasco estavam distantes demais.

O homem continuava a puxá-la pela jaqueta. Zara torceu os braços para trás para se desvencilhar da peça. Quando as mangas finalmente passaram pelos seus punhos, o homem caiu. Zara acelerou o passo na direção oposta, rumo à casa principal para tentar recuperar a mochila.

— Sua vadia, o que você quer aqui?

O caseiro se levantou e correu atrás dela. Na metade do caminho, ele a alcançou e se lançou sobre ela. Caíram no chão de terra batida. Zara se viu de costas para o chão com o homem sobre ela, tentando conter seus braços. Ele usava toda a sua força para tentar prendê-los acima da cabeça dela.

Ele se sentou sobre a barriga dela, segurando-a pelos braços. Zara se debateu, sentindo a mão calejada desferir um tapa no seu rosto com tanta força que ela sentiu o gosto de sangue invadir sua boca. Outro tapa. Ele a agarrou pelos cabelos, nas têmporas. Bateu sua cabeça contra o solo. O primeiro impacto a fez ver estrelas. Não fosse o fedor nauseabundo que ele exalava, não poderia imaginar que aquele homem, com aquela força, era o mesmo que ela vira praticamente em coma alcoólico poucas horas antes.

Zara girou o corpo, derrubando o homem. Fechou o punho e desferiu um soco no nariz dele, que levou as mãos no rosto, urrando de dor. Zara conseguiu se desvencilhar e ficar em pé, logo desferindo chutes no abdômen do caseiro. Zara agarrou a mochila e correu enquanto ele se contorcia de dor.

Correu em direção ao portão, jogou a mochila por cima das grades, escalou-o como um lince e pulou. O impacto com o solo a fez gemer de dor. O homem ouviu o barulho e saiu gritando de dentro da casa:

— Ei, sua vagabunda.

O portão trancado o deteve. Zara ouviu o barulho do chacoalhar frustrado e raivoso das correntes, quando ele se deparou com o portão trancado. Por sorte, não estava com a chave do cadeado. Ela o olhou com desdém e seguiu mancando em direção ao local em que escondera a bicicleta. Pegou a mochila jogada no chão, colocou nas costas e pedalou em direção ao posto da entrada da cidade.

— Meu Deus, Zara! O que aconteceu?

Donato a encarava com os olhos arregalados, enquanto Zara tomava assento no banco do passageiro. Ela ainda não tinha parado para pensar em como estava sua aparência até se deparar com a expressão de pavor no rosto do ex-policial. Zara abaixou o quebra-sol e se olhou no espelho. Estava imunda, com hematomas no rosto e um corte na boca.

— Tive um probleminha com o caseiro — ela respondeu molhando o dedo na língua e esfregando saliva na mancha de terra na lateral do seu rosto.

Donato balançou a cabeça e acelerou o carro.

— Eu sabia que isso não daria certo. Isso ainda vai acabar mal. Melhor procurarmos a polícia ainda hoje.

— De jeito nenhum, Donato — ela respondeu com convicção, erguendo o quebra-sol. — Assim que acionarmos a polícia, terei que entregar todo esse material a eles. Não vou fazer isso antes de ter cópias de tudo. Eu quero acabar com o Hermes. Não vou correr o risco de outro policial sujo, tipo o Andreaza, sumir com algum documento importante. Não estaríamos nessa situação se ele não tivesse sumido com as fotos do Hermes naquela época e você sabe que eu tenho razão.

Donato balançou a cabeça novamente, mas ficou em silêncio e seguiu caminho em direção à Praia do Gago.

CAPÍTULO 20

Zara dormiu o domingo inteiro. Quando acordou, por volta das seis da tarde, viu-se sozinha. Donato deixara um bilhete: tinha ido ao posto de gasolina e ao supermercado buscar algo para o jantar. A pilha de documentos do Andreaza estava ali, esperando para ser explorada.

Ela começou tentando entender seu método de catalogação. Havia índices para tudo. Andreaza era muito organizado. Todas as fotografias tinham números no verso e estavam relacionadas numa lista em que, à frente do número correspondente, Andreza descrevia o que retratavam. Isso facilitava o entendimento, principalmente de quem eram as pessoas nas fotos, já que a maioria era desconhecida para ela.

A parte dos documentos também era numerada e relacionada numa lista onde se especificava de quais inquéritos policiais as cópias haviam sido extraídas e a que se referiam: depoimentos, laudos de exames periciais, relatórios de investigação. Havia uma pasta com documentos que ela imaginou serem referentes às investigações encomendadas por Jorge Augusto.

Havia um total de cinco minifitas cassete e duas fitas de VHS. Todas estavam numeradas e relacionadas numa lista, com exceção de uma. Na listagem, constava, no número 2, uma fita de VHS com a legenda

"VIRGINIA — 21/12/1995". No entanto, não havia entre as fitas nenhuma com essa etiqueta.

Quando Donato chegou em casa, passava das oito da noite.

— Dormiu bem? — Donato se inclinou sobre ela e deu um beijo no alto de sua cabeça. — Desculpa a demora. Você não vai acreditar: esbarrei com um homem e uma mulher da capital, procurando por uma amiga desaparecida na cidade. Resolvi seguir os dois. — Donato colocou as sacolas em cima da pia e começou a guardar os itens na geladeira e nos armários. — Estou achando que são seus amigos. Espero que sejam. O homem se chama Arthur. Tirei uma foto de longe com meu celular.

Donato deixou as sacolas de lado e pegou o celular no bolso. Ampliou ao máximo uma fotografia. Zara se inclinou sobre o aparelho e o pegou nas mãos.

— São meus amigos. A mulher é a Bia, a que você foi ver no hospital. Não acredito.

Donato voltou a esvaziar as sacolas de compra.

— Fui abastecer naquele mesmo posto de hoje de manhã. Eles estavam na loja de conveniência. Cruzei com eles saindo quando entrei. Fui no caixa pagar e tive que esperar um pouco porque a funcionária conversava ao telefone com o patrão, dizendo que um casal tinha pedido para ver as imagens da câmera de segurança para checar se uma amiga desaparecida tinha passado por lá. Somei dois mais dois. Ela disse para o patrão que o homem se chamava Arthur. Paguei rapidamente e tentei alcançá-los. Como eles estavam em velocidade baixa, não demorou para que eu topasse com eles na avenida principal. Segui os dois por alguns quarteirões, até o restaurante Estocolmo. Quando desceram do carro, bati a foto.

Zara contorcia as mãos.

— E agora, o que eu faço?

— Você é quem sabe. — Donato coçou a nuca. — Pode telefonar para eles e marcar um encontro.

Zara levou o copo d´água aos lábios e bebeu um gole generoso.

— Sei não. Preciso pensar. A Bia acabou de ser atacada. Eles acham que eu estou desaparecida. Devem estar em contato com a polícia. Eu não queria que descobrissem onde estou até copiar todos esses documentos. Tenho certeza de que, assim que a polícia me encontrar, vou ter que entregar tudo para eles e de nada vai ter adiantado ser espancada e quase morta pelo caseiro.

Donato deu uma olhada nos documentos espalhados pela mesa e pegou alguns.

— Vai levar um tempo para copiar tudo isso aí.

— Sim, eu sei. Não quero que meus amigos se preocupem comigo, mas eu conheço a Bia. Se eu falar com ela, certeza de que ela vai tentar me convencer a isso. Desculpe, Donato, eu sei que você é dos bons, mas eu não confio na polícia, em todo lugar tem uma maçã podre, veja tudo o que o Andreaza fez pelo Hermes.

Donato torceu a boca e soltou uma respiração pesada.

— Você não se sente mal de deixar seus amigos sem notícias? Vieram até aqui para te procurar. Devem estar desesperados.

— Eles podem ficar bravos no início, mas vão entender depois.

— Você que sabe... — Donato parecia resignado. — O negócio é o seguinte, se não quer ser encontrada, precisa deixar o celular desligado. A única forma que consigo imaginar para terem encontrado seu rastro no posto de gasolina é o GPS do seu celular. Eles sabiam até o horário que você passou por lá.

Zara arregalou os olhos.

— Verdade, nem tava me lembrando do *Unabomber*. É o celular que usamos para o podcast, não seria difícil a Bia pegar a senha da conta. Eu cheguei tão exausta que deixei carregando, fui dormir, mas até agora continua desligado.

— Deve ter sido isso. Outra coisa: não vai demorar para a polícia descobrir que estamos juntos. A placa do meu carro deve ter sido filmada pelas câmeras do posto. A gente não pode continuar aqui. Depois que virem que eu não estou em casa, esse vai ser o primeiro lugar que vão me procurar.

— Alguma sugestão?

— Conheço uma pessoa que pode ajudar. Arruma suas coisas. Temos que ir.

Antes de deixar a casa, Donato deixou um bilhete para a filha na cabeceira da cama, dizendo ter ido embora mais cedo porque fora convidado para uma pescaria. Ficaria com o celular desligado, mas na terça-feira daria notícias.

— Vai colar, Donato? — Zara perguntou.

— Vai, sim. Costumo ir a pescarias em alto-mar e ficar sem sinal de celular. Minha filha volta amanhã de manhã. Os cachorros vão ficar bem. Deixei água e ração suficientes. Tomara que dê tempo de terminarmos as cópias antes que venham procurara gente aqui.

Colocaram as malas no porta-malas, mas Zara manteve a mochila com os documentos de Andreaza junto de si no banco de passageiro. Donato achou engraçado como ela se recusava a desgrudar do material.

Poucas ruas depois, Donato percebeu que estavam sendo seguidos. Sem desgrudar os olhos do retrovisor, virou-se para Zara.

— Como era o carro que perseguiu você na sexta-feira à noite?

Zara se virou para trás, olhando por cima do ombro.

— Puta que pariu! Era esse mesmo. E agora?

Donato não queria que Zara perdesse o controle.

— Vamos tentar despistar. Tira minha arma do porta-luvas e entrega aqui para mim.

Donato segurou as mãos com firmeza no volante e acelerou. Pelo retrovisor, viu o carro fazendo o mesmo. Zara entregou a arma e ele a posicionou no colo.

Iniciou-se uma perseguição pelas ruas da Praia do Gago, até que chegassem à estrada. Donato pegou a alça de acesso sentido Salga Odorenga.

Ele se lembrou de *flashes* de sua vida de policial, das vezes em que estivera em perseguições por aquelas ruas. Havia uma diferença, porém: ele costumava ser quem perseguia, não o perseguido. A maioria das perseguições a bandidos em fuga havia sido bem-sucedida, resultando em suspeitos abordados e presos, mas em algumas delas, ele e seus colegas haviam sido despistados. É certo que na vida se aprende mais com os erros do que com os acertos, e todas essas experiências frustradas haviam ensinado a Donato lições que ele não pensou que a essa altura da vida seriam úteis.

— Não tem jeito, vamos ter que abandonar o carro e nos embrenhar na mata a pé. Você confia em mim, Zara?

— Claro! — O tom de voz dela era de convicção.

Ele acelerou.

— Vou tentar ganhar distância. Não tenho um motor tão potente quanto o seu, mas sei como deixar esses idiotas comendo poeira. Agarra a mochila. Fica preparada. Assim que eu parar o carro, a gente desce, e você me segue sempre pela esquerda. As malas vão ter que ficar pra trás.

Ela balançou a cabeça, concordando.

— Pode deixar.

Zara passou as alças da mochila pelos braços e a prendeu firme na frente do corpo. Soltou a trava do cinto de segurança, fazendo com que o apito do alarme do cinto desafivelado começasse a soar incessantemente.

Donato acelerou até avistar um barranco atrás do qual havia uma área descampada e mata fechada ao fundo. Reduziu a velocidade apenas o suficiente para que o veículo não capotasse, avançou com o carro e saiu da pista, invadindo o terreno aos solavancos. Agarrou firme na direção para não perder o controle. Freou apenas quando se viu na parte de trás do barranco.

Eles abriram as portas, desceram do carro e correram mata adentro. Donato, de arma em punho, sentia o peso da idade limitar a velocidade de seus passos, mas encheu o peito de fôlego e prosseguiu. Ouvia o arfar ansioso de Zara correndo ao seu lado em silêncio.

Já haviam ganhado certa distância quando ouviram os barulhos do motor e dos freios do perseguidor. Donato imaginou que parariam próximo ao Corolla abandonado. Com sorte, perderiam um tempo por ali.

Precisavam avançar na mata. Não poderiam parar. Conforme se embrenhavam, eram açoitados pela vegetação e pelos insetos.

— Vamos, Zara — sussurrou —, temos um longo caminho mata adentro. Eu conheço isso aqui como ninguém. Confie em mim. Eles não vão nos alcançar.

Ela pregou nele os olhos assustados, mas confiantes.

— O que vamos fazer agora, Donny?

— Vamos seguir com o plano. Só vamos levar um pouco mais de tempo para chegar ao nosso destino.

Maurício desceu do carro, furioso. Estava farto de missões frustradas. Não tinha conseguido abordar Zara na estrada na sexta-feira à noite. A incursão ao apartamento dela no sábado tinha sido um fiasco: terminara com Mauricio jogando Wesley do vigésimo andar e Amadeu matando a tiros um vizinho qualquer. Também vasculhara tudo, mas não tinha encontrado nada no apartamento da Bia Rabello.

Agora, depois de passar horas procurando por Zara em Salga Odorenga, quando finalmente a encontraram, tinham novamente perdido o seu rastro.

Mauricio encarou o Corolla abandonado, ainda com o motor ligado e com as portas escancaradas. Frustrado, chutou a lataria, causando um amassado na porta, mas também uma dor lancinante no pé. Talvez tivesse quebrado algum osso, mas a raiva que sentia era muito maior que a dor.

Mauricio percorreu os olhos por toda a área no entorno, sem a menor ideia de para onde os dois teriam fugido. Não poderiam ter ido muito longe. Afinal, era um velho caquético e uma burguesinha nojenta.

Maldita hora que concordara em entregar o volante ao Amadeu!

— Caralho, seus inúteis! Vocês não servem pra nada mesmo!

— Calma, Corvo. Eles não podem ter ido longe. Vamos atrás deles.

Mauricio olhou novamente ao redor. Não havia nenhum indicativo da direção que tinham tomado, se haviam se embrenhado na mata, ou retornado para a pista, seguindo a pé.

— Que calma? Tá maluco? A vadia passou a gente pra trás de novo.

Amadeu entrou no Corolla, desligou o motor e abriu o porta-malas. Em seguida, gritou para Mauricio e Edson:

— Vejam! As malas deles ficaram aqui.

Os olhos de Mauricio brilharam. Havia uma esperança de que, na fuga, tivessem abandonado as provas. Aquilo era mais urgente que encontrá-los. Donato e Zara não poderiam fugir para sempre e uma hora acertariam as contas.

Mauricio se adiantou a retirar as malas do porta-malas. Jogou-as ao chão e abriu. Passou a revirá-las com ansiedade.

— Nada! Nada! Não tem porra nenhuma que preste aqui — seus gritos ecoavam no silêncio na noite.

Sentia-se derrotado. Estava cansado de tudo, principalmente daqueles dois inúteis que em nada ajudavam e só atrapalhavam.

— Edson, Amadeu — ele chamou. — Levem esse carro pra estrada velha, taquem fogo e abandonem lá. Eu vou voltar para a cidade.

Os homens imediatamente obedeceram e entraram no Corolla de Donato. Amadeu assumiu o volante e Edson entrou no lado do passageiro.

Mauricio caminhou alguns passos, mancando em direção ao veículo em que haviam vindo, mas parou. Fez um sinal para que Amadeu aguardasse. Retornou, aproximou-se da janela do Corolla e bateu no vidro. Amadeu, que assumira o volante, baixou o vidro.

— O que manda, chefe?

Maurício respondeu com dois tiros certeiros nas cabeças de cada um.

Era tarde quando Donato tocou a campainha da casa assobradada de janelas de madeira que ficava no final de uma rua sem saída. Ele temia que a dona da casa já estivesse dormindo e não escutasse. Ficou aliviado quando ouviu o movimento no interior e viu a luz da sala acender. O rosto de Katia apareceu pela fresta na porta.

— Meu Deus, Donato! O que aconteceu? Por que você está sujo e machucado assim? — A mulher escancarou a porta, puxando as pontas do roupão para esconder a camisola.

— Boa noite, Katia. Preciso de ajuda, e você foi a primeira pessoa que me ocorreu.

— Claro — disse ela estendendo os braços e os fechando ao redor dele num abraço apertado.

Donato apontou para Zara:

— Katia, essa é Zara. Ela é jornalista e está investigando o caso do maníaco de Salga Odorenga para um podcast. Zara, essa é a amiga de quem te falei. Trabalhamos juntos na Polícia Civil. Ela era escrivã de polícia, mas está aposentada, como eu.

Donato viu nos olhos de Katia uma expressão de reconhecimento.

— Ah, então é ela a jornalista que está movimentando as coisas por aqui. — Katia deu um passo para trás e os olhou de cima embaixo. — Meu Deus! Vocês estão péssimos. Precisam de um banho urgentemente. — Ela sinalizou para que eles entrassem e fechou a porta. — Vou pegar toalhas, roupas minhas pra Zara. Acho que vão servir. Deve ter algo do meu filho por aqui que você possa usar, Donato. Enquanto se arrumam, preparo alguma coisa pra vocês comerem. Quero saber de tudo com detalhes.

Enquanto jantavam, Donato explicou a Katia todos os últimos acontecimentos: a morte do Jorge Augusto, a conversa de Zara com Andreaza e seu desaparecimento misterioso, o plano do Hermes para simular que Zara tinha um *stalker*, o carro que a perseguiu na sexta-feira à noite, os documentos que pegaram no sítio do Andreaza, os eventos ocorridos no apartamento da jornalista na capital e, por fim, a perseguição. Katia escutava a tudo, com muita atenção.

— Agora estamos com todos esses documentos que retiramos do galpão do Andreaza e precisamos fazer cópias de tudo isso antes de irmos à delegacia — encerrou Donato.

Kátia tinha o semblante grave, o olhar perdido num ponto.

— O problema é que meu computador é pré-histórico e não tenho máquina de scanner aqui em casa. Acho que consigo todos os equipamentos de que precisam, mas só amanhã. Posso pegar emprestado com meu filho. Quanto às fitas, conheço um rapaz de confiança que poderia converter o conteúdo para arquivos digitais. Se quiserem, deixo isso com ele logo cedo e vejo quanto tempo ele levaria para devolver.

— Eu sabia que poderia contar com você, Katia.

O celular de Katia apitou e eles viram o seu semblante se transformar diante da tela.

— Meu Deus, Donato, você viu as últimas notícias do nosso grupo de policiais civis no WhatsApp?

— Não. Estou com o celular desligado pra evitar que seja rastreado.

Katia passou o aparelho para Donato. Ele colocou os óculos e encarou a tela.

— O que está acontecendo? — Zara perguntou.

Tão logo percebeu do que se tratava, Donato afastou o aparelho e retirou os óculos. Passou as mãos trêmulas pelos cabelos. Tapou a boca para calar o grito de espanto.

— O que foi, gente? — Zara insistiu.

— Andreaza está morto.

CAPÍTULO 21

SEGUNDA-FEIRA

Bia estava em choque. A notícia de que o carro de Zara havia sido encontrado, acidentado e com sangue já tinha sido suficiente para abalar seus nervos. Saber logo em seguida que o carro de Donato havia sido encontrado com dois corpos carbonizados era muito mais do que podia suportar. Ela sentia as esperanças abandonarem seu corpo, como se escorressem para o chão.

Bia tinha visto as imagens, Zara entrou no carro. O carro era de Donato e, agora, dois corpos carbonizados haviam sido encontrados nele. Que outra explicação poderia haver? Zara só podia estar morta.

Catarina os aconselhara a irem para o hotel, prometendo que daria notícias, mas Bia se recusava e tanto ela quanto Arthur continuaram na Delegacia de Polícia, plantados, aguardando notícias. Catarina passava de tempos em tempos, pedindo um pouco mais de paciência. Dizia que estavam checando algumas coisas, mas não dava muitas explicações.

O movimento frenético de pessoas que entravam e saíam provocava em Bia uma sensação de deslocamento, como se assistisse de fora a uma cena de filme. Alternava momentos de choro e desolação.

Cada vez que a porta da delegacia se abria, ela via aumentar a multidão de repórteres e cinegrafistas na calçada do lado de fora. Ao abrir, a porta fazia um barulho alto, como estacas de madeira se chocando, e as dobradiças rangiam. Era enlouquecedor. Precisavam fazer alguma coisa com aquilo. Passar um óleo nas ferragens. Ela já não suportava mais aquele ruído.

Mais uma vez a porta se abriu, e Bia viu o doutor Modesto entrar acompanhado do investigador Lázaro.

Assim que a reconheceu sentada no saguão, o delegado parou e dirigiu a ela um olhar desconcertado. Bia se levantou em fúria, com os punhos fechados e se lançou em direção a ele, golpeando-o no peito sucessivas vezes. Bia sentia o peito dele absorver o impacto dos seus punhos sem recuar, apenas tentando segurá-la pelos braços, sem imprimir muita força.

— Está feliz agora? Está satisfeito? Descobriu finalmente quem era o *stalker*, mas de que isso adiantou? — Bia continuava a socá-lo no peito, mas começava a perder a força. — Ela está morta, sabia? Eu falei! Eu te falei que ela estava aqui.

Enquanto a encarava, o olhar do delegado era de consternação. Arthur tentou retirá-la de cima do homem. Deveria estar pensando na infinidade de artigos do Código Penal em que ela poderia ser enquadrada naquele momento. Ele a puxou de volta para o banco do saguão. O delegado ficou distante por alguns instantes, mas foi até eles e sussurrou:

— Eu sinto muito, Beatriz. Estava tentando fazer o melhor. Sinto não ter te escutado, mas ainda há tempo de encontrarmos a Zara.

Ela ergueu os olhos e bradou:

— Não está sabendo, seu merda? Encontraram dois corpos carbonizados no Corolla em que vimos ela entrar naquele vídeo do posto. — Ela desatou a chorar. — Meu Deus! Eu pedi mil vezes pra vocês pegarem aquele vídeo. Eu implorei! O senhor não me escutou. Ela está morta, e a culpa também é sua!

Ele se sentou ao lado dela. Ela recuou com o corpo para o lado oposto. O tom de voz dele continuava baixo:

— Sei que falhei com você, mas nem tudo está perdido. Estou sabendo dos corpos carbonizados. No caminho para cá, fiquei a par de tudo. O carro realmente é do investigador aposentado, mas os dois cadáveres encontrados são do sexo masculino. São dois homens jovens. Ainda não sabemos quem são, mas não são a Zara, nem o Donato Antunes.

Bia continuava a chorar, e seu peito explodia de ódio pelo delegado, mas saber daquela informação fez o ritmo da sua respiração desacelerar aos poucos. Ela tentou conter os soluços.

— Beatriz... — ele disse.

— ... eu não entendo, doutor Modesto — ela o interrompeu —, quando o senhor foi falar comigo no hospital, disse que queria minha ajuda. Só que não deu a menor importância pro que eu disse, só porque não se afinava com a linha de investigação que o senhor queria seguir. Colocou essa história de *stalker* na cabeça e não quis ver mais nada.

Sentado ao lado dela, o delegado se curvou sobre os cotovelos apoiados nos joelhos. Ele soltou um suspiro e entrelaçou as mãos por entre as mechas dos cabelos grisalhos.

— Sinto muito. Sei que você tem todos os motivos para não acreditar em mim, mas eu te garanto que não desisti de encontrar a Zara. Temos novas informações e, desta vez, não vou esconder nada de você. Só preciso trocar uma ideia com o meu colega, o Gustavo, mas, assim que possível, chamo vocês dois para colocá-los a par das últimas descobertas.

Bia não respondeu. O delegado se levantou e ela o acompanhou com o olhar até sua silhueta desaparecer no fundo do corredor.

Cerca de meia hora depois, Catarina apareceu e gesticulou para que Bia e Arthur a acompanhassem à sala do delegado.

Doutor Gustavo devia ter cerca de quarenta anos, mas sua fisionomia tinha o cansaço de muitos anos mais. Ele estava sentado atrás de uma grande mesa de madeira e na ponta direita da sala estavam Modesto e o investigador Lázaro. Bia e Arthur se sentaram de frente para doutor Gustavo. O homem tinha uma voz pausada, firme, como a de um locutor de programa de rádio.

— Quero que saibam que estamos empenhados. Vamos encontrar sua amiga. Nossos recursos materiais e humanos são escassos. Estamos defasados tecnologicamente e o nosso efetivo policial é pequeno, mas não nos falta vontade e agora podemos contar com o apoio do Modesto e o aparelhamento que eles têm na capital.

Bia revirou os olhos. Sua vontade era a de soltar uma alta gargalhada. Só podia ser piada que para o delegado de Salga Odorenga o doutor Modesto fosse o grande trunfo para resolverem aquele caso. Preferiu continuar em silêncio e ouviu Arthur perguntar:

— Vocês descobriram alguma coisa?

Doutor Gustavo foi o primeiro a responder:

— Encontramos um celular debaixo do banco do carro da Zara. Acabei de saber que o juiz autorizou que tivéssemos acesso ao conteúdo do aparelho, mas não temos técnicos especializados aqui. Eu tenho que enviar para perícia na capital. Para ganharmos tempo e ter acesso mais rápido, pelo menos às informações que podemos extrair dele, pensei se, por acaso, Maria Beatriz não saberia o código de desbloqueio de tela. Às vezes amigos próximos acabam presenciando essa cena tantas vezes que memorizam as senhas um dos outros.

Beatriz não se entusiasmou. Estava desiludida. Piscou demoradamente e respondeu lacônica:

— Sei a senha, sim.

— Ótimo! — O delegado Gustavo fez sinal para que um dos investigadores fosse buscar o aparelho. Enquanto isso, doutor Modesto tomou a palavra:

— Como vocês já sabem, descobrimos que o porteiro Wesley era o *stalker*. O celular dele foi apreendido no apartamento dela. Embora o laudo definitivo ainda vá levar um bom tempo para ser finalizado, já temos algumas informações preliminares que nos foram passadas pelos peritos para auxiliar nas investigações. Wesley vinha trocando mensagens havia meses com um indivíduo a quem se referia apenas pelo apelido de "Corvo". Pelas conversas, percebemos que Corvo contratou Wesley a mando de alguém que não pudemos identificar.

— Não estou entendendo, doutor Modesto — Bia interrompeu. — O senhor disse que o Wesley foi *contratado?* Como assim? Ele não era o *stalker?*

— As mensagens trocadas com esse indivíduo Corvo confirmaram as nossas suspeitas de que, na verdade, não se tratava de um caso de perseguição genuína. Wesley foi contratado para simular ser um *stalker*. As mensagens revelam conversas detalhadas combinando o que deveria ser feito, desde a criação dos perfis falsos e postagens ameaçadoras nas redes sociais até às invasões ao apartamento. Wesley entrou diversas vezes no apartamento da Zara durante o período em que trabalhou no prédio.

— Que loucura! — disse Arthur.

— Qual o objetivo disso? — perguntou Bia.

— Acreditamos que alguém que quisesse matar a Zara tenha criado essa situação para desviar o foco das investigações.

Bia arregalou os olhos e cobriu a boca com as mãos.

— Meu Deus!

— Ainda não sabemos quem é Corvo e para quem trabalha. Estamos apurando, no entanto, conseguimos as imagens das câmeras do apartamento da Zara. Descobrimos que os invasores entraram no apartamento antes das seis horas da manhã de sábado, provavelmente com a ajuda do porteiro Wesley. Ficaram lá o dia inteiro. Ao final do seu turno, Wesley não foi embora, continuou no prédio e aparece em algumas das imagens gravadas no apartamento. Quero que me digam se reconhecem alguém.

Modesto abriu a tela de seu celular e exibiu as imagens. Três homens andavam pelos diversos cômodos do apartamento. Um deles chamou a atenção da Bia.

— Esse rapaz aqui, alto, de cabelos castanho claro. Tem como ampliar a imagem?

O delegado ampliou a imagem o quanto pôde. Bia tinha a impressão de que o conhecia, mas quanto mais forçava para tentar lembrar, mais a lembrança a escapava.

— Não adianta, não consigo me lembrar.

— Sem problemas, Beatriz. E você, Arthur, reconhece algum deles?

Arthur se inclinou para ver as imagens de perto e balançou a cabeça negativamente.

O investigador de polícia Miranda retornou com o celular da Zara. Explicou que o aparelho estava em modo avião para preservar as informações do momento em que havia sido desligado.

Antes de digitar a senha, Beatriz contemplou o aparelho em suas mãos por breves instantes, sem acreditar que ele estivesse ali e não em poder da amiga. Era um péssimo sinal: ela nunca se separava dele.

— Posso abrir o aplicativo de mensagens? — Bia perguntou ao delegado.

— Claro, Beatriz. Por favor.

Bia identificou as janelas de mensagens que ela havia trocado com a Zara e, logo à vista, mensagens trocadas com Bruna, uma amiga em comum.

Com espanto, deparou-se com todo um diálogo durante a madrugada de sábado que simplesmente não estava registrado em seu aparelho. Suas mãos tremiam. Não entendia o que estava acontecendo.

— Gente, tem algo muito estranho aqui: mensagens entre mim e a Zara que simplesmente não aconteceram.

Colocou o aparelho na mesa para que todos vissem, enquanto abria o seu próprio celular.

— No meu celular, a última mensagem que a Zara me enviou foi às 23h45 de sexta, quando eu estava com minhas amigas no *pub*. No entanto, vejam o celular dela. — Bia colocou os dois aparelhos lado a lado e todos se reuniram em torno da mesa para ver. — Essa conversa sobre provas, encontro, almoço. Não escrevi essas mensagens. Não consigo entender. Por que estão no celular dela e não no meu?

— É possível que alguém tenha usado o seu telefone sem o seu conhecimento? — doutor Gustavo perguntou.

— Não consigo imaginar como. — Bia esfregava a testa. — Eu saí na sexta à noite com as minhas amigas, bebi, mas… não sei como… — Bia se deteve e um *flash* do seu rosto colado ao de alguém que segurava seu celular para uma selfie passou pela sua mente.

— De que provas ela está falando? — o delegado Gustavo perguntou.

— Não tenho certeza, doutor, mas imagino que seja sobre o caso criminal que estamos investigando para o nosso podcast de *true crime*. — Bia lançou um olhar furioso ao delegado Modesto. — O senhor se importa se eu der uma olhada no que a Zara conversou com Bruna? É uma amiga nossa com quem eu estava na sexta.

Ele concordou e Bia voltou a encarar a tela do aparelho, para logo em seguida, exibir a conversa aos demais:

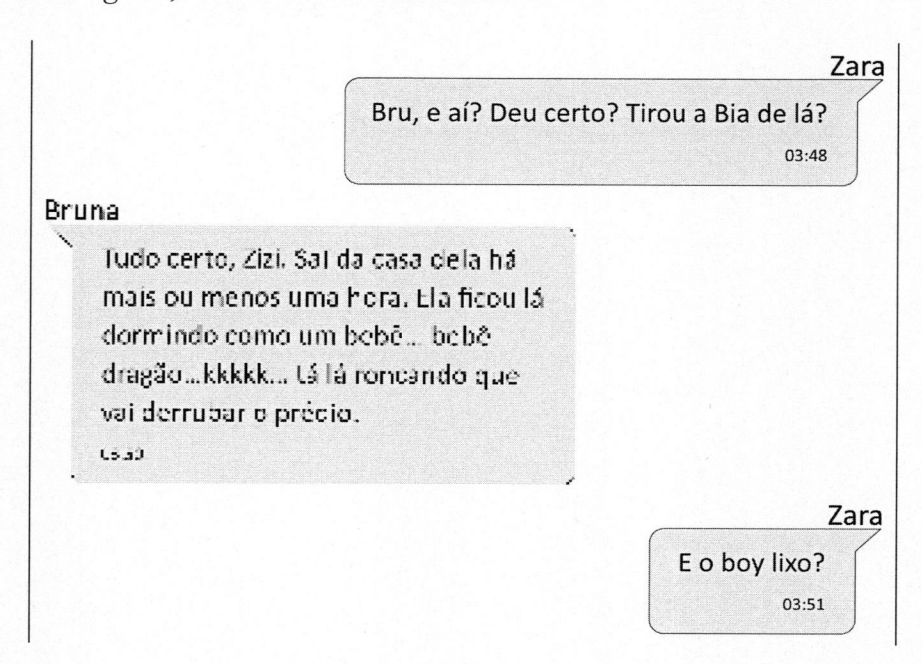

Bruna

Nem tchum... falei q tinha q levar a Bia embora pq ela tava mto bêbada. Ele nem ligou. Acho q já tinha cansado dela. Folgado. Tava c o celular dela na mão. Foi aquilo q te falei, ficou mexendo e apagando as fotos q tinha tirado com ela. Fuçou até nas mensagens dela. Maluco.

Zara

Valeu, Bruzinha... o cara é furada mesmo. Ainda bem q vc tava lá.

03:53

Bruna

Tô morrendo de sono, Z... amanhã a gente se fala. Boa noite. Bjs.

03:54

Zara

Boa noite, miga... até amanhã.

04:03

Era a última conversa no celular da Zara, e coincidia com o horário em que ela aparecia online pela última vez: 04h04 de sábado.

Bia sentiu o rosto esquentar de vergonha. Junto à queimação, vieram os *flashes* daquela noite de beijos e amassos, entre goles de Jack Daniels, com um sujeito qualquer.

— Bom, está explicado como alguém conversou com a Zara se utilizando no meu telefone celular.

— Quem era esse homem? — O delegado Gustavo perguntou.

Bia baixou os olhos envergonhada.

— Eu não o conhecia e não me lembro. Preciso falar com a Bruna para entender o que aconteceu. Posso ligar para ela rapidinho?

O delegado Gustavo assentiu. Bruna atendeu gritando:

— *Bia, estou há dois dias te ligando e você não me atende. Mandei um milhão de mensagens, onde você está?*

— Desculpa, Bruna, aconteceu tanta coisa; são muitas mensagens, não estou respondendo ninguém.

— *Estou morrendo de preocupação. Fiquei sabendo pela TV da confusão e você não me atende. Tudo isso depois daquele lance super esquisito na sexta-feira.*

— Pois é…, é por isso que estou te ligando: não me lembro de nada da sexta à noite. O que aconteceu?

— *Você estava muito louca, amiga. Você se lembra pelo menos do cara que beijou?*

Bia evitou encarar os presentes.

— Tenho uns *flashes*, nada além disso.

— *Então, você estava bebendo muito rápido e estava muito puta com a Zara. Ficava reclamando de ela dizer que você era muito certinha, não se arriscava, não pegava estranhos na balada. Chegaram esses três caras e um deles já foi grudando em você.*

— Você se lembra do nome dele?

— *Ah, ele disse, mas não me lembro. Era gato. A princípio, a gente não viu nada demais, normal, mas aí ele começou a ficar estranho, ficava toda hora perguntando se outras amigas nossas iam chegar e tal. Pra piorar, ele nem te conhecia e ficava mexendo no seu celular. Vocês tiraram umas selfies, depois vi que ele estava mexendo na sua galeria de fotos e apagando…, mas o pior foi o cara fuçando nas suas mensagens. Eu já estava quase interferindo, mas meu celular tocou e era a Zara.*

— A Zara te ligou quando estávamos no *Dogs*?

— *Sim, ela viu nos meus stories que você estava beijando um conhecido dela. Disse que o cara era péssimo. Pediu para eu ir lá te salvar. Resgatei você do esquisitão e fomos embora.*

— Bru, já se passaram mais de 24 horas e os *stories* desapareceram. Manda esses vídeos pra mim?

— *Pode deixar, mando sim. Amiga, você está bem? O que está acontecendo?*

— Não vou conseguir conversar direito com você agora, estou na delegacia. Estamos procurando a Zara. Me manda os vídeos.

— *Tá bom, vou mandar. Pelo amor de Deus, toma cuidado e, quando puder, manda notícias.*

O celular apitou. Mensagens da Bruna. Bia abriu os vídeos com ansiedade. Estava lá, fácil e para todos verem. O homem com quem ficara no *pub* era o mesmo que aparecia nas imagens gravadas no apartamento da Zara.

Catarina, então, mostrou a tela de seu celular para os presentes:

— Vejam, doutores: essas imagens são das câmeras da loja de eletrônicos em que a Zara esteve com Andreaza na quinta-feira. Foi a vendedora da loja que me mandou. Esses dois homens que aparecem aqui foram lá no final do dia perguntar pelo Andreaza e por uma moça que só poderia ser a Zara. Parecem ser os mesmos que estiveram no *pub* com a Bia na sexta e no apartamento da Zara no sábado.

Não havia dúvidas: o mesmo homem. Aquilo era o que faltava para que tivessem certeza de que o desaparecimento da Zara estava ligado de alguma forma à conversa dela com Andreaza na quinta-feira à tarde.

O celular do doutor Modesto começou a apitar freneticamente. Ele se desculpou e colocou o celular no silencioso. Em seguida, virou-se para os demais:

— Acabei de receber novas informações sobre o celular do porteiro que confirmam tudo o que acabamos de descobrir. Recebi as últimas mensagens que Wesley trocou com Corvo na noite de sexta-feira e na madrugada de sábado. Ele descobriu pelo Instagram onde você estava, Beatriz, e por isso foi até lá, acreditando que talvez Zara pudesse aparecer. Depois que a sua amiga te levou embora, ele pede pra Wesley dar um jeito de colocar ele e os demais para dentro do prédio. As mensagens seguintes são deles discutindo sobre desligar ou não a energia elétrica. Aparentemente, Wesley não achava que isso fosse uma boa ideia.

Doutor Gustavo comentou:

— Realmente, uma ideia estúpida.

— Essa divergência sobre cortar a energia do prédio foi apenas o início de uma série de desentendimentos entre eles. Muitas trocas de ofensas e xingamentos nas mensagens seguintes. Wesley demonstra temer que o plano não dê certo e ele seja descoberto. Isso explica por que nas imagens das câmeras do apartamento da Zara, Wesley entra em luta corporal com esse homem que acreditamos ser o Corvo. Foi nesse momento que o homem acabou derrubando Wesley da cobertura.

Quando não ignorava o olhar do doutor Modesto, Bia lançava chamas furiosas em sua direção. Tudo poderia ser tão diferente se ele tivesse dado ouvidos a ela.

Era o fim da reunião. Bia e Arthur saíram da sala acompanhados por Catarina.

— Fiquem tranquilos, vamos sair em campo para descobrir quem é o cara das imagens, o tal de Corvo. É questão de tempo.

— Vão divulgar na imprensa? — Bia perguntou.

— Por enquanto, não. Talvez amanhã de manhã. O delegado quer evitar que ele fuja antes de descobrirmos quem é. — Catarina colocou a mão no ombro da Bia. — Escuta, está tarde. Vocês dois já zanzaram o dia inteiro. Precisam descansar. Vão para o hotel. A gente assume daqui pra frente.

Arthur engrossou o coro:

— Catarina está certa, Bia. Vamos para o hotel.

Bia estava esgotada, mas preocupada com o tempo passando sem notícias da Zara. Esfregou o rosto, passou as mãos pelos cabelos, tentava decidir entre o cansaço e a preocupação. Por fim, virou-se para Catarina:

— Tá certo. Só mais uma coisa antes de sairmos: e o caseiro, Catarina? O que ele disse?

Catarina bateu com a mão na testa.

— Nossa! Com tudo o que aconteceu, até esqueci de comentar. Ele reconheceu uma foto da Zara. Disse que na madrugada do domingo ouviu barulho no galpão e se deparou com ela saindo de lá, com uma mochila nas costas. Ele imaginou que ela tivesse pegado alguma coisa do patrão. Admitiu que entrou em luta corporal com ela e por isso a jaqueta estava lá, mas disse só fez isso porque é seu trabalho proteger a propriedade. Apertamos bastante, mas ele não sabe onde ela está. Garantiu que ela saiu de lá, pulando o portão. Como ela aparece nas imagens da câmera do posto às seis da manhã, sabemos que ele não está mentindo.

Bia sentiu as costas gelarem. Tentava absorver o que significava aquela nova informação. Lembrou-se das imagens dela no posto com uma grande mochila nas costas. *Então, Zara retirou coisas do galpão.*

— Obrigada, Catarina. Se tiver notícias, por favor, entre em contato.

— Fique tranquila. Agora vão. Vocês precisam descansar.

Zara passou o dia silenciosa e reflexiva. Ela sentia as palavras presas, coçando na garganta. Trancá-las talvez fosse a única forma de evitar os assuntos desagradáveis que a impediam de ficar confortável com a sua decisão de somente procurar a polícia depois de ter cópias de todo o material retirado do galpão.

No final da manhã, Katia chegou em casa com todos os equipamentos que eles iriam precisar para copiar os documentos e com as gravações das fitas já convertidas para o formato digital. O trabalho de copiar, organizar e analisar a documentação levou a tarde inteira, mas, no começo da noite, estava perto de acabar.

Katia era o único elo que Zara e Donato tinham naquele momento com o mundo exterior. Por meio dela, acompanhavam as mensagens que circulavam no grupo de WhatsApp que reunia membros da Polícia Civil, aposentados e da ativa.

— Vocês não acreditam a loucura que está esse grupo de WhatsApp hoje. Só se fala no desaparecimento de vocês: à tarde, encontraram o carro da Zara. Ficaram todos alarmados porque havia sangue no volante e nos bancos.

Zara deu de ombros.

— Eu machuquei a boca na batida. Nada demais.

— Pois é, mas encontrar sangue é sempre preocupante. Pra piorar, encontraram o seu carro, Donato. Carbonizado, com dois cadáveres dentro.

Donato e Zara se entreolharam assustados.

— Meu Deus! Quem são? — Donato falou.

— Ainda não sabem — Katia esclareceu. — Dois homens. Estão tentando identificá-los. Antes de serem queimados, foram baleados na cabeça.

— E os meus amigos? A Bia e o Arthur?

— Fique tranquila — disse Katia —, pelo que estou vendo aqui no grupo, seus amigos estão protegidos, passaram o dia na delegacia e agora seguiram pro hotel.

Zara soltou o peso do corpo na cadeira junto com a respiração.

— Ainda bem que os malucos dos meus amigos estão em segurança. Eu não me perdoaria se algo acontecesse com eles.

Donato a tranquilizou:

— Hermes é perigoso, mas não é doido. Ele não vai fazer nada a seus amigos sabendo que estão com policiais o tempo inteiro. Já adiamos até agora. Podemos esperar até que todos os documentos estejam copiados antes entrar em contato, seus amigos estão seguros.

Não agradava a Zara a ideia de deixar os amigos preocupados, mas ela ainda não podia aparecer. Tinha motivos para não confiar na polícia. Pessoas como Hermes têm aliados infiltrados em todos os lugares. Ela já tinha feito muitos sacrifícios, correra muitos riscos para que àquela altura tudo fosse em vão. Precisava apenas ter um pouco mais de paciência. Um pouco mais de perseverança. Precisava confiar que os laços de amizade que a ligavam a Bia e Arthur eram fortes o suficiente para que eles pudessem entender suas razões. *Falta pouco... apenas mais um pouco.*

— Ah! — Katia continuou — Prenderam o caseiro do sítio do Andreaza.

— O Josué? — Donato estranhou. — Será que ele tem algo a ver com a morte do Mario?

— Não — respondeu Katia —, parece que foram lá no sítio por causa do mapa do celular da Zara e viram que ele tinha uma espingarda sem registro. Fizeram flagrante por causa da arma.

Zara se lembrou do confronto com o caseiro.

— Aquele traste merece mesmo estar preso. Olha o que ele fez na minha cara. — Fez uma careta apontando os hematomas no rosto e soltou a respiração. — Mudando de assunto, Donato, dá uma olhada nisso. — Zara pegou uma caderneta de cima de uma pilha e a abriu. — Dia 7 de agosto de 1998: Marina Romano. 14h. É a mãe da Angela, não?

— Sim. — Ele se aproximou.

— A anotação está riscada, e ao lado está escrito: CANCELADA.

— Verdade. — Ele franziu os olhos. — Que estranho. Quase três anos depois da morte de Angela.

— Você imagina que assunto poderia haver entre Marina e o Andreaza anos depois da morte da Angela?

Donato pegou a caderneta e a analisou.

— Não faço ideia.

— Bom, pensei que poderíamos ir amanhã de manhã nos apresentar na delegacia, mas acho que teremos que adiar nossos planos.

Donato virou-se para ela com olhar de indignação.

— Ah, não, Zara. Seus amigos, a minha filha, devem estar todos desesperados. Precisamos aparecer. Dizer a todos que estamos bem. O plano era esperar só para fazer as cópias de tudo.

— Nós faremos isso, Donny, mas tem algumas coisas que preciso fazer antes. Vai ser bem rápido. De lá, a gente já segue direto para a delegacia. Prometo.

— Por que, Zara?

— Depois que as coisas vierem à tona, tudo vai ser diferente. Essa conversa com o Andreaza, a morte dele, os documentos... vai ser bombástico. Não sei se vou conseguir falar com os pais do Eric Schiavo, mesmo que descubra onde eles estão, mas preciso tentar falar com a Marina Romano e falar de novo com a Isadora. Ela sabe mais coisas do que me contou.

— Você pode falar com elas depois de irmos à delegacia.

— Não dá. As pessoas vão ficar com medo de falar comigo. — Zara se virou para Katia. — Você não pode procurar a filha do Donato e explicar tudo para ela? Avisar que estamos bem e que amanhã à tarde vamos procurar a polícia? Com a Bia e o Arthur eu me entendo depois.

Katia olhou no relógio.

— Posso, claro.

Donato coçou a cabeça e a nuca. Expirou com força e respondeu:

— Está certo. Obrigado por fazer isso, Katia. — Donato se virou para Zara. — Amanhã iremos às casas da Marina e da Isadora, mas depois disso seguiremos direto para a delegacia, ok?

Zara sorriu e assentiu.

Bia podia ler nos olhos de Arthur o que se passava em sua mente, enquanto ele a observava pedir mais uma garrafa de vinho ao garçom, mas ela não dava a mínima para o que ele estava pensando. Quanto mais entorpecida ficava, maior era sua sensação de revolta. *Maldita mente aguçada. Desvendou tudo.*

Estava tarde. O restaurante do hotel já estava quase vazio, mas ela ainda não queria subir para o quarto. Queria continuar bebendo até ficar anestesiada. Da dor e da raiva.

— Você mal tocou na comida. Não acha que já bebemos demais, Bia? — O tom de voz dele soou condescendente, e Bia se irritou.

— Não precisa me acompanhar, se não quiser. Pode parar. Não vou colocar uma arma na sua cabeça e te obrigar a beber. — Ela levou a taça aos lábios e deu uma golada generosa. — Mas você ainda vai ter que pagar a conta.

— Só estou preocupado com você.

Bia franziu o cenho.

— Preocupado? Você? Comigo? — fez uma pausa para gargalhar. — Se eu não te conhecesse, Arthur...

— Que tom é esse, Beatriz?

Ela deu de ombros e bebeu o último gole na taça de vinho que estava em suas mãos. Encarou Arthur que ainda a observava. Balançou os ombros, enquanto movia os lábios, repetindo a última frase dele com uma careta de deboche, mas sem emitir qualquer som.

O garçom chegou com outra garrafa. Ela acariciou o braço do rapaz, enquanto ele enchia a sua taça. Subiu o olhar para encará-lo e falou:

— Aposto que você seria uma companhia muito mais agradável para essa garrafa do que ele. — Apontou com o queixo na direção de Arthur. O garçom baixou os olhos constrangido. Bia virou o rosto e encarou Arthur desafiadoramente.

— Para com isso, Bia — Arthur falou com firmeza.

O garçom se afastou rapidamente. Bia sentia seu sangue em ebulição. Não conseguia desmanchar do rosto o sorriso irônico e raivoso que nele se instalara.

— O que foi, hein, Arthur?

— Eu que te pergunto. Por que, de uma hora para outra, você ficou agressiva assim?

— Não estou agressiva.

— Está sim.

— Nem pergunte, se você não quer saber de verdade. — Bia desviou o olhar e ficou a encarar a taça em suas mãos.

— Quero saber. Fala.

Ela balançou o corpo e apoiou os cotovelos na mesa, mantendo a taça entre as mãos no rumo dos lábios.

— Eu cheguei a uma conclusão. — Levou a taça aos lábios e bebeu. — Eu sou uma idiota. Uma trouxa. Eu mereço que todos me façam de boba porque eu sou uma imbecil.

— Do que você está falando?

— Você não vê? Só existem duas possibilidades. — Bia se deteve e tomou outro gole de vinho da taça. — A primeira é a que ninguém quer dizer em voz alta, mas eu vou falar: a Zara estar morta. Mor-ta.

— Não diz isso. Você não acredita nisso.

Ela tirou os olhos da taça e o encarou fixamente.

— A Zara pode estar morta, sim — Bia fez outra pausa e seus olhos se encheram de raiva, a boca contorcida, o maxilar apertado —, mas se ela não estiver, Arthur…. se ela não estiver…— Colocou a taça na mesa e torceu as mãos. — Se ela estiver viva, uma parte de mim vai preferir que ela estivesse morta, entende?

— O que é isso? Por que você está falando assim? — Arthur jogou o corpo para trás, esticando-se na cadeira.

— Você não sacou o que está acontecendo aqui? Lembra da mensagem que a Zara me mandou? Sobre ter provas? E a conversa do caseiro com a Catarina? A Zara foi no galpão do Andreaza, retirou documentos de lá e não quer aparecer para não ter que entregar o que pegou pra polícia.

Arthur arregalou os olhos. Bia percebeu que ele não havia cogitado aquela possibilidade.

— De onde você tirou essa ideia?

— Fala a verdade, você acha tão impossível assim? Se ela não estiver morta, Arthur, mais uma vez a Zara dá mostras de que não tem consideração por mim. Eu poderia ter morrido no apartamento dela. O Fernando morreu. Não vou incluir o porteiro na lista de vítimas inocentes porque aquele era um filho da puta, mas eu estou aqui me consumindo em preocupação desde sábado, sem poupar esforços para tentar encontrá-la, e ela não dá a mínima. Nem uma ligação. Nem uma mensagem para dizer que está bem. Pombos. Sinal de fumaça. Nada. Tudo com o que ela se importa é com o podcast. Com essa porcaria dessa história do maníaco. Provar que estava certa.

Arthur se serviu de mais vinho. Bia esperava que ele dissesse algo, mas logo viu que o que dissera acabara com os seus argumentos. Ela continuou:

— Isso é bom, sabe? É bom pra eu aprender a deixar de ser trouxa. De alimentar expectativas sobre as pessoas. Achar que vão agir igual a mim.

— Bia, a Zara está viva, sim, mas tenho certeza de que existe uma explicação para tudo. Você está cansada, magoada, mas você a conhece. Sabe que ela não é assim.

— O que poderia justificar que ela não se desse ao trabalho sequer de mandar um recado para dizer que está bem?

— A Zara é atrapalhada, impulsiva, não pede desculpas, não diz "eu te amo", não fala sobre sentimentos, não atende as ligações, não responde mensagens, mas ela sempre dá um jeito de fazer com que você saiba que é importante para ela. Ela pega estrada pra comprar uma torta de chocolate que você gosta e só é vendida numa cidade a cem quilômetros de distância, move céus e terras para encontrar um vinil raro da sua banda preferida, a primeira edição do seu livro favorito... — ele se deteve e respirou fundo — segura a mão da sua mãe para ela não morrer sozinha...

Bia engoliu seco. As palavras de Arthur cortaram o seu peito numa laceração dolorosa. Ela tentou conter as lágrimas que queriam escorrer, passando o guardanapo no rosto. Um longo silêncio se seguiu até que ela disparasse:

— Por que você foi embora, hein?

— O quê? — Ele franziu as sobrancelhas.

— Por quê? Eu não entendo... parecia que você me amava. Parecia...

— Bia... — Ele estendeu a mão na mesa tentando alcançar a dela.

— Esquece... — Ela puxou a mão e a balançou no ar. — Não dou a mínima. Preciso aprender que o problema sou eu. É comigo. Sou eu que sempre me engano com os sentimentos das pessoas.

Arthur se levantou e puxou a cadeira em que Bia estava sentada.

— Vamos subir. Chega por hoje.

Bia obedeceu, mas passou a mão na garrafa para levá-la consigo.

Bia evitou encarar Arthur durante os longos minutos que o elevador levou para percorrer os dez andares. A porta se abriu no estrondo característico. Bia foi a primeira a sair. Enquanto percorria o corredor até o quarto, ela bebia no gargalo da garrafa. Para afrontá-lo. Abriu a porta do seu quarto e já se virou para fechar, mas Arthur colocou o braço na frente e a impediu.

Ela aguardou em suspenso o que ele faria a seguir. Ele retirou a garrafa das mãos dela. Avançou dois passos para o interior do quarto, obrigando-a a fazer o mesmo em passos para trás.

— Não convidei você para entrar — ela falou.

Ele continuava a avançar lentamente em sua direção até que parou e colocou a garrafa em cima do balcão.

— Então me manda embora. — Ele deu mais um passo. Ela ficou em silêncio. Arthur fechou a porta. — Me manda embora, Bia.

As palavras fugiam. Os batimentos cardíacos aceleraram. Arthur a puxou pela cintura e as suas línguas se reencontraram num beijo repleto de raiva, mágoas e desejo reprimido.

— Isso não é boa ideia — Bia sussurrou.

— É uma péssima ideia — ele respondeu, mas não desgrudou os lábios dos dela. Continuou a pressionar o corpo contra o dela, até prensá-la contra a parede. — Você vai me mandar embora?

Ela passou os braços pelo pescoço dele. Os beijos eram profundos, apressados, urgentes. A respiração acelerada. As mãos dele percorriam o corpo dela, enquanto seus quadris se esfregavam.

— Como você é gostosa.

As peças de roupa caíram ao chão uma a uma numa coreografia não ensaiada. Bia sentia o corpo reagir a cada toque firme das mãos dele, explorando-a..., enquanto os dedos a penetravam devagar.

Ele a levantou, fazendo com que as pernas dela o enlaçassem pela cintura. Ela não ofereceu qualquer resistência quando ele a carregou para a cama. Estava entregue. Num giro, o corpo dele pesava sobre o dela. Estava quente. Rígido. Ele mergulhava a cabeça na curva de seu pescoço e a beijava, mordia e lambia por todo o corpo. As mãos dela o agarraram pelas costas, percorrendo o desenho dos seus músculos enrijecidos. Ela se deteve nos braços fortes, tateando as veias saltadas. Gemiam e se contorciam como se seus corpos fossem se fundir um ao outro.

E então, ele estava dentro dela, como estivera muitas vezes antes. Ainda assim, era como se fosse a primeira vez... como se tudo o que acontecera no passado fosse parte de uma outra vida em que tivessem sido outras pessoas. Ele a penetrava em estocadas profundas e ritmadas que aos poucos se tornaram mais vigorosas. Seus corpos lambuzados pelos suores misturados, enfim, explodiram em contrações, num orgasmo profundo e entorpecedor.

Nada no mundo poderia se comparar àquela sensação: breves segundos em que o tempo e o espaço deixavam de existir, como se estivessem suspensos em gravidade zero. Ela sentiu uma descarga elétrica percorrer seu corpo. O som desapareceu e deu lugar a um zunido agudo, abafado, entupido, como se todo o mundo ao redor tivesse congelado... a Terra e os planetas parado de girar...

... e, então, tudo fez sentido. Ela finalmente sabia o que fazer...

... o tempo voltou a correr, confuso e barulhento.

CAPÍTULO 22

TERÇA-FEIRA

Bia deu uma última olhada em Arthur antes de fechar a porta e sair do quarto. Ele dormia profundamente e nem percebera ela se levantar e se arrumar. Quando acordasse, ainda levaria um tempo para descobrir que ela havia pegado o ticket do estacionamento de sua carteira e saído com o seu carro sem avisar.

Ela viu sua imagem refletida no espelho do elevador e quase não a reconheceu. Seus olhos pareciam mais escuros, decididos. Agradou-se com a imagem dos cabelos soltos, esvoaçando em cachos selvagens. Rebeldes daquele jeito, ela os odiaria em qualquer outro dia, mas não naquele.

A noite anterior tinha tido o poder de colocar as coisas em perspectiva. Ela conseguia agora discernir claramente o que queria do que *achava* que queria, as coisas que importavam das que ela *achava* que importavam. Percebeu que esteve enganada, por muito tempo, sobre muitas coisas, mas, principalmente, sobre si mesma: sobre sua disposição de enfrentar os obstáculos, sobre sua coragem e ousadia, sobre a diferença entre *querer* e *precisar* de alguém ao seu lado.

Não precisava do doutor Modesto, da Catarina, do Arthur. Ela se sentia outra naquela manhã. As coisas estavam mais claras. Tudo fazia sentido. Zara estava viva. Viva e bem. Bem escondida…, mas não por muito tempo.

Não estava mais com raiva, mas se sentia afrontada. Ela não iria esperar passivamente o momento que Zara resolvesse aparecer. Estava farta de Zara dando as cartas. Estava na hora de tomar as rédeas da situação.

Contrariando todos os seus instintos e crenças, enfrentando todos os seus medos, Bia saíra da capital em busca da amiga, e não retornaria para casa sem encontrá-la, nem que fosse apenas para enfiar o dedo na cara dela e dizer umas verdades.

Bia e Arthur haviam gastado boa parte do tempo em Salga Odorenga tentando refazer os passos da Zara, acreditando que isso ajudaria a encontrá-la, mas e se o caminho que fosse levar até ela não fosse esse? E se fosse outro? E se para montar esse quebra-cabeças fosse necessário ir aonde ela não esteve? Procurar os pontos escuros, aqueles que não ficaram registrados no mapa da linha do tempo do Google? Talvez nesses locais ela encontrasse respostas.

Bia fez uma lista mental com os tópicos que intrigavam a amiga: se não foi Silas, quem matou Angela? Eric Schiavo presenciou o crime? Onde estava a família dele? O que aconteceu na festa de quinze anos da Virginia? Quem foi o *ghostwriter* que ajudou a escrever o livro de Virginia?

Talvez não desse em nada, mas ela agora tinha uma ideia de por onde começar.

— Nem sei como te agradecer por ter concordado em encontrar comigo assim, de última hora, Isadora. — Bia levava a xícara de café aos lábios, sorrindo para a mulher. — Talvez você ache estranho, mas eu vim te procurar porque, na verdade, estou tentando encontrar a Zara. Você deve ter visto que ela está desaparecida e eu sei que ela pretendia falar com você de novo.

Meses haviam se passado desde que Bia estivera naquela sala aconchegante, sentada naquele sofá cheio de almofadas cobertas com pelos de gatos. Cinco deles se espalhavam pelo ambiente, preguiçosamente deitados. Eram claramente os donos da casa. Isadora sorriu e despejou café do bule na própria xícara.

— Não deixe de provar esses pãezinhos, estão uma delícia — enquanto falava, Isadora empurrou a travessa em direção à Bia. — Lamento te dizer, mas sua amiga já esteve aqui hoje. Por pouco não se encontram.

Bia contraiu a boca e colocou a xícara na mesa.

— Jura? — Bia não escondeu o desapontamento e, num gesto mecânico, pegou um dos pães de queijo e levou à boca. *Não acredito que ela continua um passo na minha frente.*

— Ela chegou aqui bem cedo com o Donato Antunes. Queria me fazer umas perguntas. Achava que eu sabia de mais coisas do que havia contado.

— E sabia? — Bia mastigava os pãezinhos com olhos ansiosos.

— Digamos que eu concordei em contar algumas coisinhas que não tinha mencionado antes, desde que fosse sem gravar.

— Você se importa de repetir o que conversaram? Talvez me ajude a descobrir qual será o próximo passo dela.

— Ela queria saber sobre o Eric, sobre o livro da Virginia, sobre a festa de quinze anos...

— Eu imaginei. Vamos começar pelo Eric Schiavo. Você sabe onde os pais dele estão?

Isadora baixou os olhos e pegou a xícara novamente nas mãos.

— Eles não querem ser encontrados — Isadora tomou um gole do café —, mas eu sei onde eles estão.

Bia arregalou os olhos e se curvou à frente. Encarou Isadora.

— E você deu o endereço deles para a Zara?

— Sim. Eles moram na Praia do Gago. Voltaram para a região, mas não quiseram morar em Salga.

— Você sabe por que eles foram embora?

Isadora soltou o ar num suspiro longo.

— Eu e o Eric éramos muito amigos. Eu queria ser mais que amiga, queria ser namorada dele, mas... ele gostava da Virginia. Era como naquele poema do Drummond, sabe? *João que amava Teresa, que amava Raimundo...* — Isadora contemplou a xícara em suas mãos. — Na minha cabeça adolescente, eu achava que teria mais chances se a mãe dele gostasse de mim, então eu acabei me aproximando dela. A Maria Helena é uma mulher maravilhosa. Depois que o Eric morreu, ela não queria ficar por aqui, perto de tudo o que a lembrava do filho. Hermes deu dinheiro para eles se mudarem e recomeçarem a vida do zero em outro lugar. Ninguém viu nada demais nisso, um gesto maravilhoso, vindo de um homem bom e generoso, mas hoje em dia eu penso diferente, acho bem estranho.

— E como você soube que eles estavam de volta?

— Maria Helena me procurou. Disse que eu era uma lembrança doce que ela guardara daquela época e, desde então, voltamos a nos falar frequentemente e nos encontramos algumas vezes.

— Você acha possível que Eric tenha visto algo na noite do crime?

— Depois do podcast, eu comecei a me perguntar isso, sabe? Mas eu nunca tive coragem de tocar nesse assunto com a Maria Helena. Se ele viu alguma coisa e comentou com alguém, foi com os pais. Se não, levou o que sabia pro túmulo.

— A Zara disse se iria na casa deles depois de sair daqui?

— Tive a impressão de que tinha outro lugar que eles queriam ir, mas não me disseram onde. Vou te passar o endereço dos Schiavo. Quem sabe vocês se encontram lá?

— Você disse que a Zara também queria saber sobre o primeiro livro da Virginia.

— Sim. Ela me perguntou se eu sabia se alguém tinha escrito ou ajudado a Virginia a escrever o livro autobiográfico dela.

— Isso. Um *ghostwriter*. Houve um?

Isadora colocou a xícara na mesinha.

— Olha, eu expliquei pra Zara, não posso falar muito sobre isso. Claro que não fui eu que escrevi, mas você sabe que esses contratos são sigilosos, e a pessoa que prestou esse serviço era próxima a mim.

Bia esticou as costas e tentou controlar a ansiedade.

— O que você falou para a Zara?

— Que essa pessoa existiu e ficou impressionada com coisas que descobriu durante esse trabalho. — Isadora baixou o tom de voz, embora estivessem sozinhas. — Havia um contrato de confidencialidade, com multa, mas não era disso que ela tinha medo. Essa pessoa tinha medo de que fizessem mal a ela ou a alguém de sua família, afinal, segundo ela, não seria a primeira vez que alguém morreria por ouvir histórias contadas pela Virginia em confidência.

— Você soube quais seriam essas histórias?

— Muito pouco. Parece que a Virginia passou por uma experiência muito traumática quando tinha entre catorze e quinze anos, teria feito um aborto. Eu não soube disso na época e me surpreendi quando essa informação caiu no meu colo muitos anos depois.

— Ela foi estuprada?

— Não sei. Chegou ao meu conhecimento dessa forma que estou dizendo. — Isadora pegou o bule de café e reabasteceu a própria xícara. — Mas é fato que a Virginia nunca teve filhos, nunca pareceu interessada no assunto. Como se soubesse que era algo que não poderia acontecer na sua vida. Talvez o procedimento tenha tido complicações e ela tenha ficado com sequelas.

— E a festa de quinze anos? — Bia relembrou.

— Alguma coisa estranha aconteceu, sim. Virginia desapareceu da festa e o tio dela também. Eu só soube que houve alguma confusão nos fundos do salão, numa espécie de almoxarifado do clube. Eles foram embora sem se despedir dos convidados, mas ninguém deu muita importância. Já estava bem tarde mesmo. Eu pensei que ela pudesse ter se machucado ou rasgado o vestido, algo assim. Só que depois disso, ela sumiu da cidade. Era início de férias e ninguém viu a Virginia por três meses. Ficamos todos preocupados, mas quando ela reapareceu, soubemos que tinha ido passear nos Estados Unidos, tinha ido para a Disney, New York… ficamos com bastante raiva, pensamos que algo ruim tinha acontecido com a Virginia, e ela só estava se divertindo no exterior sem dar satisfações a ninguém.

— Esse aborto, se aconteceu realmente, poderia ter sido nessa época?

— Faria sentido. Eu nunca fiz essa ligação porque o lance do aborto eu só fiquei sabendo muitos anos depois, quando já nem me lembrava da festa e da viagem.

— Você sabe de quem poderia ser esse bebê?

— Não faço ideia. Todas tínhamos paquerinhas naquela idade, mas éramos muito jovens. É o que falei, *a Teresa, que amava Raimundo, que amava Maria…* não acho que a Virginia tivesse relacionamento com algum garoto em nível tão íntimo assim. Eu achava até que talvez ela não gostasse tanto assim de garotos, mas acabou se casando depois.

Bia estreitou os olhos ao se lembrar daquela parte da primeira entrevista.

— Eu me lembro de você ter insinuado algo assim quando conversamos daquela vez. Você acha que ela gostava da Angela de um jeito diferente?

— Já pensei isso algumas vezes, mas não sei te dizer. Tinha algo estranho na relação dela com a Angela. Não sei se era um amor profundo ou uma inveja profunda, mas não parecia muito saudável.

— Acha possível que o Hermes tenha abusado sexualmente da Virginia?

— Não sei. Não sei mesmo. Só sei que há uma relação muito disfuncional entre eles. O Hermes domina a vida da Virginia. É como se ela não tivesse vontade própria.

— Outra coisa: quando conversamos daquela vez, você parecia duvidar que a Virginia não se lembrasse da noite da morte da Angela.

— Sim. A pessoa que a ajudou a escrever o livro também tinha dúvidas a esse respeito. Ela achava que Virginia se lembrava de tudo e fingia não se lembrar.

— Essa pessoa te disse isso?

— Digamos que não com palavras ditas diretamente a mim, mas eu soube que essa era a sua opinião. — Isadora se serviu de mais uma xícara de café.

— Nesse caso, a Virginia teria incriminado o Silas Ruger sabendo que ele era inocente.

— Pois é...

— Por que você acha que ela faria isso? — Bia perguntou.

— Para proteger alguém, talvez?

— Proteger o Hermes?

— É possível.

— Você sabe se o *ghostwriter* tinha uma opinião sobre isso?

Isadora inspirou o ar e expirou com força.

— Se tinha, eu não cheguei a saber. Essa pessoa tinha muito medo. Enquanto a Virginia estava internada, a psiquiatra que a atendia foi morta durante um assalto, mas essa pessoa, a *ghostwriter*, como vocês gostam de chamar, achou tudo muito suspeito.

Bia colocou a xícara na mesa e bateu as mãos nos joelhos.

— Está certo, Isadora, você me ajudou bastante. — Bia se levantou — Já tomei muito do seu tempo, e preciso me apressar se quiser alcançar a Zara.

— Imagina, espero que possa ter sido útil em alguma coisa. — Isadora também se levantou e girou o corpo na direção do corredor dos quartos. — Vou lá dentro anotar o endereço dos Schiavo pra você e já volto.

Bia se encaminhou até a porta e aguardou. No aparador que havia ao lado da entrada, reparou diversos porta-retratos expostos. Algumas fotografias eram antigas e nela aparecia de uma mulher muito elegante, bastante parecida com Isadora. Em algumas delas, a mulher aparecia em frente a um quadro negro, falando para alunos sentados em carteiras. Em outras, recebia prêmios. Por fim, Bia viu uma em que a mulher se encontrava sentada numa mesa, com caneta em mãos, um livro aberto em sua frente e uma pilha de livros ao lado. Ela sorria para a câmera. Bia ouviu os passos de Isadora retornando.

— Quem é? — Bia apontou para uma das fotografias.

Isadora a encarou e esboçou um leve sorriso no canto dos lábios.

— Minha mãe. — Isadora se esticou e girou os ombros para trás. — Ela foi professora de literatura a vida inteira, mas também uma escritora muito talentosa. Ganhou diversos prêmios.

Bia arregalou os olhos e então se lembrou de Isadora falando da ligação de Virginia com sua mãe na primeira entrevista. Encarou Isadora com uma expressão de assombro.

— Ela faleceu?

— Sim. Há alguns anos — Isadora continuou. — Ficaram as fotografias, as lembranças, suas obras e os seus diários, onde ela registrava alguns de seus pensamentos mais secretos.

Bia sorriu, deu-lhe um abraço e trocaram um olhar cúmplice.

— Tchau, Isadora, mais uma vez, obrigada.

Ao deixar a casa de Isadora, Zara tinha duas opções, dirigir-se à Praia do Gago para tentar encontrar os pais de Eric Schiavo, ou encontrar-se com Marina Romano. Avaliando suas chances, optou por dar prioridade ao que parecia mais promissor.

Marina Romano ainda morava na mesma casa em que vivia na época da morte da filha, mas agora vivia sozinha. O marido falecera havia três anos, e Marina se dedicava a realizar trabalhos sociais voluntários na cidade junto a comunidades carentes.

A decoração da casa era diferente do que Zara imaginava. Pensou que encontraria um santuário em memória à Angela, os móveis preservados tal como eram nos anos 90, mas se enganou. A decoração era moderna e revelava que a casa também tinha passado por reformas ao longo dos anos. Encontrou apenas um porta-retratos de Angela ao lado dos pais ornamentando uma estante.

Marina entrou na sala em passos apressados. Era uma senhora elegante, cabelos impecáveis, maquiagem leve.

— Desculpem a demora, eu precisava atender essa ligação. — Marina retornou e se sentou à frente de seus visitantes.

— Imagina, Marina. Viemos sem avisar com antecedência.

— Desculpe, Zara, mas há meses eu disse para a sua produtora, a Beatriz, que não tinha interesse em conceder entrevista. Não mudei de opinião.

— Eu sei. Não é por isso que estou aqui. Queria apenas tirar uma dúvida. Marina permaneceu em silêncio e Zara puxou o fôlego para explicar.

— Recentemente, tive acesso a documentos que pertenciam ao investigador de polícia Mario Andreaza. A maioria da época da morte da Angela.

— Assassinato — Marina corrigiu.

— Sim, desculpe. Assassinato. — Zara ficou constrangida. — Dentre esses documentos, havia uma caderneta de anotações e, nela, uma entrada marcando um encontro com você três anos após o *assassinato* da Angela. — Dessa vez, ela pensou antes de falar. — Essa anotação estava riscada, dizendo que foi cancelada.

Ela baixou os olhos e ficou brevemente em silêncio, antes de responder:

— Sim, eu sei do que se trata.

— Então… não queria te incomodar, mas fiquei intrigada com isso. Queria muito saber sobre o que você e o Andreaza iriam conversar nesse encontro e porque ele não ocorreu.

Marina inspirou fundo antes de responder:

— Olha, por motivos óbvios eu não estou acompanhando o seu programa e não quero participar de nada, mas os amigos me contam uma coisa ou outra. Imagino a que você pretende chegar. Encontrei algo que pode ser relevante. Aguardem um momento que eu já volto.

Quando retornou, Marina trazia uma espécie de livro ou agenda em suas mãos. Ela se sentou ao lado de Zara com o objeto no colo. Ela o olhava com tristeza e o acariciava como se fosse um ser vivo.

— Depois da morte de minha filha, fiquei anos mantendo o quarto dela como ela deixou, sem ter coragem de mexer em suas coisas. Parecia uma invasão de sua privacidade, a violação de algo sagrado. Muitos anos depois, com a saudade me consumindo, encontrei este diário. Comecei a folheá-lo despretensiosamente, mas a saudade falou mais alto e devorei o que está escrito nestas páginas. Eu ri, chorei… A cada página lida, era como se ela mesma estivesse contando tudo para mim.

As lágrimas brotavam em seus olhos. Marina as enxugou e continuou:

— As anotações me fizeram relembrar muito da Angela, mas também me revelaram coisas sobre minha filha que eu desconhecia. Hermes Callegari a estava assediando. Ela descreve, aqui, tudo o que ele fez, todas as vezes em que a tocou sem seu consentimento ou disse coisas perturbadoras. Ela relata o pavor e o nojo que sentia, mas, ao mesmo tempo, o medo de se afastar e magoar a Virginia. Fiquei muito revoltada e meu primeiro instinto foi procurar o Mario. Ele tinha sido muito importante para nós na época em que descobriram quem era o assassino, então foi a primeira pessoa em quem pensei em procurar.

— Por que desistiu de contar a ele o que descobriu?

— Meu marido foi contra. Ele achava que não conseguiríamos provar que aquilo era verdade e apenas iríamos expor a memória de nossa filha ao julgamento moral das pessoas. Foi muito difícil para mim. Lendo o diário da Angela, era perceptível que, com o passar do tempo, Hermes foi ficando mais ousado. A última anotação que ela fez sobre ele foi na semana que a mataram. Ela conta que ele estava bêbado, começou a abraçá-la e, diante da recusa, ficou agressivo. Enfim, uma clara tentativa de estupro. Ele chegou a rasgar a roupa dela. Uma menina de 17 anos! — Marina balançou a cabeça de um lado para outro. — No entanto, ela não parou de frequentar a casa dele. Ela voltou lá depois disso por causa da Virginia. Inclusive, na noite em que foi morta, Angela ia dormir lá. Meu marido acreditava que tudo isso levantaria uma série de questionamentos a respeito da Angela que causariam exposição desnecessária. Vocês sabem como funcionam essas coisas: a vítima acaba sempre sendo culpada. No fim, acabei convencida pelo meu marido e desisti de me encontrar com Mario.

— Marina, sei que é pedir demais, você não me conhece, mas gostaria que me desse um voto de confiança e me permitisse levar esse diário comigo para tirar cópias. Prometo que o devolvo intacto amanhã. Só precisaria reunir isso que você está me dizendo a outras coisas que apurei para fechar uma teoria que me parece bastante plausível.

Marina tinha no olhar uma expressão de mágoa:

— Consigo imaginar do que você desconfia e não sei como não pensamos nessa possibilidade antes. Todos esses anos eu acreditei piamente que esse caso tinha ficado resolvido. Mesmo depois de encontrar o diário, nunca achei que poderia haver alguma relação entre essa tentativa de estupro e o assassinato da minha filha. Agora, não tenho tanta certeza.

Marina olhou o diário em suas mãos. Acariciou a capa como se acariciasse a própria filha. Em seguida, estendeu em direção à Zara, que o tomou nas mãos.

— Muito obrigada pela confiança. Eu sei que descobrir o que realmente aconteceu não vai trazer a Angela de volta, nem mudar o fato de que Silas mereceu cada dia em que esteve naquela prisão, mas, como jornalista, acredito que toda verdade merece ser conhecida.

Marina esticou as costas, bateu as mãos no colo e se levantou:

— Faça o que tiver que ser feito.

Bia conferiu o endereço anotado no papel em suas mãos e olhou a casa amarela com o número 33, na frente da qual havia estacionado. Só poderia ser aquela a casa dos Schiavo.

Isadora dissera ter ouvido Zara e Donato comentarem que tinham outro lugar para ir naquela manhã, mas Bia tinha esperanças de encontrá-los ali.

A casa era bem cuidada, pintura nova, flores no jardim, mas tinha uma beleza triste, solitária. Do lado de fora, parecia ainda mais silenciosa. Bia caminhou devagar até o portão. Seu coração batia acelerado. Os pelos eriçavam. Tocou a campainha e logo em seguida ouviu barulho de passos vindos do interior da casa.

Uma mulher de um pouco mais de sessenta anos abriu a porta apenas o suficiente para que seu rosto aparecesse pela fresta.

— Pois não? — Ela encarava Bia de cenho franzido.

— Boa tarde, desculpe incomodar, meu nome é Maria Beatriz Rabello, eu procuro por Maria Helena e André Schiavo.

A mulher abriu a porta e caminhou até próximo ao portão, enxugando as mãos num pano de prato.

— Maria Helena sou eu. Meu marido não está. — Ela encarou Bia com os olhos apertados, como se a analisasse. — Se você for jornalista, pode voltar por onde veio. Não tenho nada para falar com você.

— Por favor, Maria Helena, quem me deu seu endereço foi Isadora Cardoso. Se quiser, pode conversar com ela. Não vim aqui para incomodar, mas eu preciso muito falar com você.

Maria Helena hesitou por alguns instantes. Sem nada dizer, entrou em casa e fechou a porta. Longos minutos se passaram. Bia já pensava em retornar para o carro quando ouviu um barulho e viu que Maria Helena voltava com um molho de chaves na mão. Ela abriu o portão com um semblante contrariado, mas fez sinal para Bia entrar.

— Vamos procurar os Schiavo, Donato. O que custa?

— Custa que já estamos há um bom tempo com o carro da Katia. Você tenta falar com eles depois. Já passamos na Isadora, na Marina e agora precisamos voltar para a casa da Katia, pegar os documentos e levar para o delegado.

Zara virou os olhos e bufou. Já tinha conseguido o máximo que poderia da boa vontade de Donato e teve que se conformar. No banco do passageiro, começou a folhear as páginas do diário.

Angela havia registrado com canetas coloridas fragmentos do dia a dia de uma adolescente comum crescendo numa cidade pequena nos anos 90: os seus pensamentos mais íntimos, sonhos, expectativas, dúvidas, planos, aborrecimentos. Nelas, também estavam colados os recibos dos momentos vividos: embalagens de chocolate, adesivos, ingressos de cinema. Pequenas amostras do que mais gostava: letras de música, poemas, trechos de livros. Era como uma máquina do tempo bem na palma das mãos. Um *scrapbook*.

Tantos sonhos abreviados pela lâmina de uma faca empunhada por alguém cuja vida valia bem menos do que a dela.

Ela encontrou algumas das passagens mencionadas por Marina, em que Angela falava sobre as investidas de Hermes. Uma delas lembrava a cena que Isadora dissera ter visto. Ela o chamava de Hannibal Lecter. Quanta ingenuidade. Apesar do apelido, não era difícil reconhecer de quem se tratava.

A anotação que mais deixou Zara intrigada, mencionava Virginia.

Hoje dormi na V. Acordei de madrugada para beber água. Hanni me agarrou na cozinha. Estava bêbado. Queria que subisse com ele para o seu quarto.

Perguntou do que eu tinha medo. Respondi que não tinha medo, apenas não queria. Ele disse que se fosse medo de engravidar, que eu não me preocupasse. Ele conhecia uma clínica. Eram profissionais. Ele já tinha resolvido um problema desses para V. anos atrás. Eu entendi tudo. Coitada da minha amiga, ela nunca me contou. Agora sei o que a faz sofrer em silêncio. Pobre V. Te amo, V. Conta comigo, V. Confia em mim.

Lendo aquelas passagens e se lembrando da conversa com Isadora, Zara tinha cada vez mais certeza de algo ter acontecido na época da festa de quinze anos de Virginia. Será que Hermes abusara da sobrinha? Será que ela tinha engravidado? Será que ela teve mesmo que se submeter a um aborto?

Zara procurava um registro em particular: o da suposta tentativa de estupro, ocorrida nos dias que antecederam a morte de Angela. Não demorou para encontrar o que procurava. A leitura daquele relato trouxe à Zara a certeza de que a morte de Angela estava diretamente relacionada ao que tinha acontecido naquele dia.

Hannibal Lecter passou de todos os limites. Não suporto mais. Quero me matar ou então matar aquele monstro. Rasgou minha roupa. Enfiou aquela língua nojenta na minha boca. Fedendo a uísque. Foi mais longe dessa vez. Ontem foi noite da pizza. Fui embora com a roupa rasgada, sem me despedir da V. Ela está chateada. Como posso fazer as pazes com ela sem contar o que aconteceu? Ela nunca entenderia. Talvez eu deva procurar a polícia. Contar pros meus pais, pra V. Tenho medo de perder o Marcinho se ele souber. De ele não entender que eu não quero nada com HL. Que eu não provoquei. Que é ele que me obriga. E se ele não acreditar? E se ficar com nojo de mim?

Cada palavra daquele relato fazia crescer a revolta no peito da Zara. A certeza de que algo havia levado Hermes a matar Angela naquela noite.

Ficou inquieta no banco do passageiro. Abrindo e fechando as páginas do diário. Vendo sua inquietação, Donato indagou:

— O que está acontecendo, Zara?

— Donato — ela mordia o nó do dedo indicador —, o Hermes abusou mesmo da Angela. Várias vezes — ela fez uma pausa. Os olhos crispados de raiva. — Quer saber? Chega. Preciso contar pra Virginia. Tanto sofrimento, tudo o que ela passou. Tantos anos vivendo uma mentira. Ela não merece isso, é uma pessoa boa. Merece saber da verdade. Está vivendo sob o mesmo teto com o assassino da melhor amiga. Ela bloqueou essa lembrança, mas talvez o diário da Angela faça com que ela se lembre.

— Calma, Zara. É o tio dela, é a única família que ela tem, ele a criou. Você precisa ter cuidado quando for conversar com ela. Não faça isso sem refletir bem nas palavras que vai usar.

Cheia de ódio, Zara nem ouvia o que Donato dizia, as palavras de Angela ecoavam em sua mente. Era como se ela as ouvisse serem ditas pela boca da menina. Zara remoía pensamentos sombrios. As formas disponíveis de fazer Hermes pagar pelo que fizera.

Na casa de Katia, enquanto Donato reunia o material de Andreaza, Zara avaliava suas opções. Abriu a mochila e se deparou com o *Unabomber*. Ela havia recarregado a bateria, mas o mantivera desligado para evitar que fosse rastreado.

— Não vou esperar nem mais um minuto para falar com a Virginia. Ela precisa saber quem é o tio dela.

— Zara, não vá conversar com ela de cabeça quente. Pelo telefone, meu Deus. Pensa um pouco! Essa conversa tem que ser pessoalmente.

Zara ignorou. Ao seu ouvido, escutava apenas o barulho do celular chamando.

Demorou cinco toques para que a ligação fosse atendida. Zara percebeu que Virginia atendera no viva-voz. Ao lado, Donato estava visivelmente contrariado, a expressão de quem desaprovava o que ela estava fazendo, mas Zara sabia que ele não iria se intrometer. Virginia sequer falou alô:

— *Zara? Meu Deus, onde você está? Estão te procurando por toda parte há dias. Você está bem?*

— Estou bem… não consigo explicar direito agora, mas precisamos nos encontrar. Tenho que te contar algumas coisas que descobri.

— *Onde você está?*

— Não importa, eu vou te encontrar. Onde você está?

— *Eu estou em casa, mas pode ser mais tarde? Umas sete e meia?*

— Não, Virginia, tem que ser agora. Preciso que você saiba de algumas coisas por mim e não pela polícia ou pela imprensa.

— *Zara, agora não posso. Eu e meu tio temos uma reunião no hotel com investidores estrangeiros. Inclusive, atendi no viva-voz porque estou atrasada e ainda não terminei de me arrumar.*

A mera menção a Hermes fez o sangue de Zara ferver. Ela fugiu do olhar reprovador de Donato, dando-lhe as costas e continuou:

— Seu tio está aí com você agora?

— *Não, estou no meu quarto. Por quê?*

— É justamente sobre ele que precisamos conversar.

— *Podemos nos encontrar depois da minha reunião.*

— Ele não é quem você pensa. Seu tio é um assassino.

— *Você não pode levar a sério as coisas que o Donato disse. Meu tio não é assassino.*

— Não tenho muito tempo, logo as coisas que descobri a respeito dele estarão em todo lugar, a Polícia vai saber. Tenho provas de tudo o que estou falando. Quero te mostrar. Por favor, vamos nos encontrar agora.

— *Eu já disse que agora é impossível, mas garanto que meu tio não matou ninguém. Isso não tem cabimento.*

— Ele matou a Angela, e agora planeja me matar.

— *Que loucura, Zara…*

— O Andreaza me contou tudo. Hermes contratou uns caras há meses para simularem que tem um *stalker* me perseguindo para quando ele me matar pensarem que foi algum fã maluco.

Virginia ficou em silêncio. Zara ouvia a sua respiração entrecortada soprando do outro lado da linha. Deveria estar pensando no que responder diante daquela revelação. Talvez agora concordasse em encontrá-la.

— *Isso não é verdade. Não sei o que o Andreaza falou, mas meu tio não faria isso.*

Zara se sentia frustrada. Teria que jogar mais pesado para convencer Virginia. Queria que ela soubesse de tudo antes da polícia. Não tinha muito tempo. Donato queria que fossem imediatamente à Delegacia de Polícia com o material, ela não poderia esperar mais:

— Foi seu tio quem mandou matar o seu marido.

O silêncio desta vez foi mais longo. Ela chegou a pensar que Virginia se renderia. Seu coração estava acelerado, aguardando o que ela responderia.

— *Para com isso. Meu tio nunca faria nada contra o Jorge.*

Qual o problema dessa mulher? Negação tem limites. Zara começava a ficar irritada com aquilo. Queria provar que tinha razão. Sentiu Donato se aproximar e tocá-la no ombro. Ainda com o celular em mãos, voltou os olhos para Donato. Ele gesticulava para que ela desistisse daquilo, desligasse, mas ela não desistiria tão fácil. Virou as costas novamente para Donato, mudou de cômodo e voltou-se para a ligação:

— Como eu disse, tenho provas. Andreaza tinha diversos documentos guardados. Estou com tudo. Hermes mandou matar o seu marido. Tem gravação dos assassinos contando como foi. E tem muito mais: também estou com o diário da Angela.

— *Diário da Angela?*

— Sim. Vou entregar para a polícia o diário da Angela e os documentos do Andreaza, mas antes quero mostrar para você.

— *O que o diário da Angela tem a ver?*

— Entendo que não acredite em mim, você não me conhece tão bem, mas você conhecia muito bem a Angela. Sei que vai acreditar nela. Leia o diário.

Zara sabia que a ansiedade a fazia soar como uma maluca. Não ajudava que estivesse com as emoções à flor da pele, mas, para piorar, a resistência de Virginia em escutá-la a desafiava a cada vez mais querer provar que falava a verdade.

Mesmo sabendo que não deveria fazer aquilo por telefone, que já tinha falado mais do que deveria, que o certo seria desligar aquela ligação e seguir para a delegacia para se apresentar e entregar os documentos, acabou num ímpeto vomitando tudo o que estava entalado:

— Virginia, esta não é a forma como eu gostaria de contar, mas você não está facilitando as coisas e precisa saber da verdade: Hermes tentou estuprar a Angela. Ela conta isso no diário dela. Tenho certeza de que quando você ler, vai se lembrar dos detalhes, coisas que só você poderia saber. Era noite da pizza. Ele rasgou a roupa dela. Ela saiu da sua casa sem nem se despedir de você. Faça uma forcinha e se lembrará disso. Depois, você ligou pra ela, tirando satisfações por ela ter ido embora sem falar nada. Você não entendia por que ela tinha ido de repente. Vocês discutiram, mas fizeram as pazes debaixo da goiabeira.

A respiração de Virginia do outro lado da rua ficava mais ofegante. Dava para perceber que ela andava em círculos pelo cômodo em que se encontrava. Como Virginia permanecia em silêncio, Zara pensou que desta vez ela começava a ouvir e se sentiu estimulada a continuar:

— Ele queria transar com ela a qualquer custo, Virginia. Ele é tão baixo, tão nojento, que, para tentar convencê-la, disse que se a razão da recusa fosse medo de engravidar, ela não precisava se preocupar, que ele resolveria o problema. Como já tinha feito antes... com você.

— *O quê? O que você está dizendo?* — Virginia gritou do outro lado da linha.

— Isso que você ouviu. Ele disse para ela que você fez um aborto. Ele te obrigou a fazer um aborto, Virginia?

Um longo silêncio se seguiu àquela pergunta. Então Virginia sussurrou do outro lado da linha, parecia falar mais para si mesma do que para responder à Zara:

— *Isso não é possível, não pode ser...*

Virginia começou a chorar. Zara sabia que agora tudo faria sentido para ela. Do outro lado da linha, ouviu o barulho de uma porta se abrindo com força.

— *O que está acontecendo, Virginia? Por que ainda não está pronta? Por que está chorando? Com quem está falando?* — A voz de Hermes trovejava ao fundo.

O choro de Virginia ficou mais estridente. Os ruídos dos saltos de seus sapatos batendo no assoalho de madeira indicavam que Virginia havia saído do quarto sem responder ao tio e descia as escadas. A voz de Hermes era ouvida ao fundo e insistia em perguntar o que estava acontecendo:

— *Volta aqui, Virginia. Vamos conversar. O que te deixou nesse estado?*

Zara imaginou que naquele momento deveriam estar no térreo da casa. Zara ouviu um som de impacto que a fez concluir que o celular havia caído ao chão. A ligação, porém, não caiu, e ela continuou a escutar a discussão que se seguiu entre eles:

— *Você é inacreditável* — Virginia gritava —, *você mandou matar o Jorge? Você jurou que não tinha nada a ver com a morte dele.*

— *Vamos conversar, minha filha.*

— *Você tentou estuprar a Angela?*

— *Com quem você estava falando?*

— *Não interessa. É verdade?*

— *Claro que não. Que loucura.*

Zara permaneceu muda, ouvindo a discussão. Ao seu lado, Donato movia os lábios mudos, perguntando o que estava acontecendo. As palavras de Virginia e Hermes eram entrecortadas por ruídos de passos e abrir e fechar de portas.

— *Nunca imaginei que você pudesse fazer algo assim comigo. Você contou pra Angela sobre o aborto, tio Hermes. Sobre o aborto. Era o nosso segredo! Como você pôde fazer isso?* — Virginia chorava e gritava a plenos pulmões.

— *Quem era ao telefone?*

— *Fala a verdade! Confessa, tio. Você tentou comer a Angela dias antes daquela noite. Na noite da pizza, você deixou a gente beber vinho, e ela foi embora sem me falar nada. Fiquei chateada com ela, sem entender o que tinha acontecido. Foi nessa noite, né? Você falou para ela da minha gravidez? Do bebê que você me obrigou a tirar?*

— *Não tentei comer ninguém, menina. Deixa de bobagem.*

— *Fala a verdade.*

Virginia gritava, chorava e parecia se movimentar pelo cômodo, pelo barulho de passos e móveis se arrastando.

— *Isso não tem o menor cabimento, Virginia. Quem falou um absurdo desses?*

Hermes gritava com energia. Virginia gritou com toda força de seus pulmões:

— *Para de mentir! A Angela escreveu tudo num diário.*

— *É aquela jornalista, não? É ela quem está envenenando você contra mim.*

— *Ah, tio Hermes… Como eu fui uma idiota.*

— *Você está louca, Virginia.*

— *Eu não sou louca!!!*

Eles gritavam alto um com o outro e Zara começou a ficar assustada.

— *É isso, vou ter que te internar… não vejo alternativa a não ser te internar de novo. Você está descontrolada.*

— *Não vou voltar para aquele lugar. Eu quero saber a verdade, tio Hermes* — Virginia gritou.

— *Se controla, você está fora de si. Vou falar com o doutor Meneghetti. Vou providenciar agora mesmo sua internação, minha filha. É pro seu próprio bem.*

— *Eu não sou sua filha!*

— *O que está acontecendo aqui?* — Zara identificava uma terceira voz na conversa. Uma voz masculina. Ouviu um barulho de porta batendo.

— *Sai daqui!* — Virginia gritou.

— *Mauricio, meu filho, a Virginia surtou.*

— *Cala a boca! Eu não estou louca.*

Os gritos, ruídos de móveis se arrastando e madeira batendo se intensificaram. Virginia continuava a chorar e, de repente, em meios aos gritos e amontoado de vozes, ouviu-se um estampido. Em seguida outro, e mais outro. Sem dúvidas, três disparos de arma de fogo.

Horrorizada, Zara não conteve o grito de pavor que denunciou sua presença do outro lado da linha, ouvindo tudo pelo viva-voz. Imediatamente após seu grito, o celular da Virginia foi desligado. Donato correu até ela:

— O que aconteceu? — Zara arregalou os olhos, a boca escancarada numa expressão de assombro. Não conseguiu responder e Donato insistiu: — Fala, menina.

Zara tremia com o celular em mãos. O que tinha feito? Por que não escutara o Donato? As palavras não queriam sair, mas ela as forçou como num empurrão:

— Não tenho certeza. Desligou.

— Chega, Zara, agora nós vamos à delegacia.

Seria possível que Hermes ou Mauricio tivessem atirado em Virginia? O peso do arrependimento fazia com que Zara sentisse como se ela mesma tivesse acionado o gatilho. O silêncio que se fez depois dos tiros. Foram poucos segundos entre os disparos e o fim da ligação, mas ela não ouviu mais a voz de Virginia. Será que tinha sido atingida? Será que estava machucada? Ou morta?

Enquanto Donato foi para o quarto, Zara avistou a chave do carro de Katia em cima do aparador. Não pensou duas vezes. Passou a mão na chave, entrou rapidamente no carro e saiu. A última coisa que viu foi a imagem de Donato correndo pelo meio da rua, através do retrovisor.

Não deveria ter ligado para Virginia. Estava tão óbvio que não era o momento, nem o lugar. Não conseguiu resistir ao impulso de fazer justamente o que sabia que não devia. Ponto para o Demônio da Perversidade.

Bia se sentou no banco do motorista e, com a chave do carro de Arthur em mãos, procurava um lugar para inseri-la. Por um momento, havia se esquecido de que bastava apertar o botão de partida do veículo. Estava nervosa, confusa. Sua cabeça girava. Chocada com o que Maria Helena acabara de lhe contar. As palavras da mulher, saídas em meio a lágrimas e soluços dolorosos, ainda ecoavam em sua mente. Ela ainda não conseguia dimensionar a repercussão que aquelas revelações provocariam quando viessem a conhecimento público.

Sobre algumas coisas, Bia e Zara tinham razão: Eric confidenciara à mãe o que acontecera naquela noite, transformando-a na depositária de um segredo que ela mantivera trancado em seu peito por tempo demais.

Sobre outras, não poderiam estar mais erradas…, mas agora ela sabia toda a verdade.

Ela precisava encontrar a Zara. Era urgente. Deu partida no veículo. O barulho do motor quase abafou o sinal sonoro que vinha de sua bolsa. Seu coração acelerou. Era o sinal que havia programado para tocar quando o *Unabomber* fosse ligado. Imediatamente, discou para o número, mas o som de toque seco indicava que o celular estava em outra ligação. *Atende, atende, atende…*

Bia teve a ideia de abrir o mapa da linha do tempo para ver onde o celular estava. Verificou o endereço e se colocou a caminho imediatamente. Bia estava na Praia do Gago e o endereço que aparecia no mapa do *Unabomber* ficava em Salga Odorenga. Continuou insistindo na ligação, que só foi atendida depois de quase dez minutos.

— Zara? Zara?

Do outro lado da linha, nenhuma resposta.

— Zara, é você? Precisamos conversar. É urgente.

Ela identificou barulho de rua, choro e soluços do outro lado da linha. Quem atendera a ligação parecia estar em um carro em movimento.

— Zara, caralho. Fala se é você.

Uma respiração ofegante pôde ser ouvida por alguns segundos, antes que a resposta finalmente rompesse o silêncio:

— *Não posso falar agora, Bia. Depois te explico tudo. Tchau.*

Era ela. Era a Zara. Mas desligou. *Puta que pariu.*

Bia conferiu o mapa do Google. O celular estava em movimento. Bia ainda estava um pouco longe de Salga Odorenga, mas decidiu ir ao encontro do sinal.

Conforme observava a movimentação do aparelho pelo mapa, seu coração apertava ainda mais. *Não, ela não pode estar indo para lá. Não pode. Não pode.*

Todas as tentativas de ligar estavam sendo inúteis. Zara não atendia. *Atende essa merda de telefone, sua maluca. Você está em perigo!*

CAPÍTULO 23

Zara parou o carro de Katia na rua de trás da casa de Virginia, um quarteirão antes. O muro que circundava o terreno era todo revestido de plantas trepadeiras. Ela se lembrou de que Eric havia pulado o muro para sair da casa naquela noite, não seria difícil escalar, mas certamente em 1995 não havia a cerca elétrica que agora existia ali.

A casa ocupava quase todo o quarteirão. Zara procurava descobrir formas de entrar, sabendo que não adiantaria tocar a campainha. Não seria gentilmente convidada a passar pela porta de entrada. Deu duas voltas por fora da casa. Até que viu uma mulher saindo apressadamente pela porta dos fundos do terreno e correu para alcançá-la. A mulher se assustou quando Zara a chamou e colocou a mão no seu ombro. Ela deu um pulo e levou a mão ao peito.

— Desculpe, minha senhora. Vi que saiu daquela casa.

A mulher começou a chorar.

— Sim. Eu trabalho lá. Os patrões enlouqueceram. Estavam gritando um com o outro. Chegou o afilhado do meu patrão. Eu tava na lavanderia, ouvi tiros. Fiquei escondida. Tem gente andando pela casa, fazendo barulho, mas eu não tive coragem de ir ver. Assim que deu, eu fugi. Deixei tudo lá, minha bolsa, meu celular. Alguém precisa chamar a polícia.

Zara descera apressada e deixara o *Unabomber* no carro. Estava longe.

— Você abre a porta para eu entrar?

A mulher balançava a cabeça com os olhos assustados.

— Eu não vou voltar lá, não. Toma aqui a chave. Eu vou dar um jeito de ligar pra polícia.

As mãos da mulher tremiam tanto que as chaves caíram quando ela tentou entregá-las para Zara. Zara agachou para pegar e, assim que ergueu os olhos, viu que a mulher já estava vários passos na frente, quase alcançando o fim da rua. *Tomara que ela faça o que disse e ligue pra polícia.*

Zara não perdeu mais tempo e correu para a casa. Ela nunca tinha entrado ali e não fazia ideia de como era a disposição dos cômodos. A porta dos fundos, por onde entrou, dava num grande gramado. Na parte externa era possível ver a piscina e, atrás dela, uma espécie de edícula envidraçada, que parecia ser um salão de festas. Do lado direito, uma quadra de tênis e vestiários. O sobrado branco suntuoso ficava no meio do terreno.

Zara não sabia o que encontraria ao entrar. Não deveria estar ali. Deveria ter ficado onde estava, deveria ter ligado para a polícia, mas o demônio da perversidade vinha marcando pontos mais do que nunca ultimamente. Zara não podia se dar ao luxo de fazer a coisa certa, porque estava sempre muito ocupada escolhendo os caminhos errados.

O andar externo da casa era rodeado por uma varanda e separado por grandes portas de vidro de correr. A primeira que Zara experimentou estava fechada, mas a segunda porta abriu com facilidade, e ela se viu dentro de uma enorme sala de estar. Todo o assoalho era de madeira, e ela resolveu tirar os sapatos para que seus passos não fizessem barulho.

Do lado esquerdo, ela viu uma escada e imaginou Hermes descendo lentamente, arma em punho, satisfeito pela oportunidade de ele próprio sujar suas mãos com o sangue da sua vítima. Sem *stalkers*, sem intermediários. Apenas ele e ela, como em um duelo.

Ela ouviu barulhos vindos de um cômodo do lado direito e se virou na direção do som. Foi quando viu uma grande mancha de sangue escorrendo por debaixo da porta. Não conseguiu conter um grito de assombro e tão logo o fez, levou as mãos à boca, para tentar se calar. Aquele sangue todo... coitada da Virginia. Ela avistou um aparador com um telefone sem fio um pouco mais à frente, do seu lado esquerdo. Ficou dividida entre telefonar para a polícia e abrir a porta para ver o que havia do outro lado. Hermes deveria estar ali. Ou Mauricio. Fosse quem fosse, ela podia ouvi-lo; àquela altura, talvez tivesse percebido que ela entrara na casa.

Zara correu para o telefone e discou para o serviço de emergência da Polícia Militar.

— *Polícia Militar, emergência.*

— Vocês precisam mandar uma viatura. É urgente. — Sua voz era um sussurro nervoso. — Tiros. Eu ouvi tiros e deve ter alguém machucado. Tem sangue.

— *Calma, senhora, tente se manter em um lugar seguro enquanto eu despacho uma viatura. Me diga o endereço, por favor.*

— Rua Braga Coutinho… espere um pouco… — Ela apertava os dedos contra a testa. — Rua Gaspar Coutinho… não sei… casa dos Callegari.

E agora? Ela não se recordava do endereço de Virginia. Ela tinha anotado no *Unabomber* e tinha ficado no carro.

— *Desculpa, senhora, sua voz está baixa. Poderia repetir, por favor?*

Ela ia repetir que falava da casa dos Callegari, quando ouviu um estampido. Era um tiro. Zara, que tremia, com o susto derrubou o telefone. Os batimentos do coração aceleraram. Ouviu passos vindos do fundo da casa. Desistiu de acionar a polícia e resolveu se esconder.

Não deveria estar lá, seria melhor ir embora, mas agora estava longe da porta por onde havia entrado e numa casa gigantesca cuja planta desconhecia. Resolveu ir na direção contrária à dos ruídos de passos e, enquanto corria por uma das salas, ouviu outro disparo, desta vez em sua direção, atingir o piano que estava ao seu lado.

— Ah, é você, sua puta?

Zara se virou na direção da voz e seus olhos arregalaram em espanto.

— Virginia?

O sinal do *Unabomber* no mapa levou Bia até um carro estacionado. Não tinha vivalma por perto e o carro estava trancado. Bia olhou em volta. Ela se lembrou do dia em que Virginia as levou por um tour pela cidade. Sabia que a casa ficava naquela região. Zara só poderia ter ido para lá.

Ela correu na direção em que achava que ficava a casa e se deparou com o grande muro que a cercava. Agora tinha certeza, estava no lugar certo. Colocou-se em frente ao portão e tocou a campainha. Não ouviu o som e não teve certeza se a campainha havia tocado.

A casa contornava as esquinas, e de um dos lados ficava o portão da garagem. Caminhou até lá e viu que havia vários carros, inclusive o conversível que Virginia utilizara para buscá-las.

Sentia-se numa encruzilhada. Não sabia o que fazer. Permaneceu contornando a área por alguns minutos até que ouviu um estampido. O som parecia vir de dentro da casa. Seu coração quase pulou pela boca. Ela correu até a entrada e tocou novamente a campainha. Diversas vezes. Não ouvia nada. Talvez a campainha estivesse quebrada ou desativada.

Enquanto contornava a casa pelo lado de fora, minutos depois, ouviu outro estampido. Desta vez ela tinha certeza, só podiam ser sons de tiro. Pegou o celular no bolso de trás da calça e discou para a Polícia Militar. Ela teve que caminhar até o lado oposto para encontrar a placa com o nome da rua. Passou o endereço. A atendente disse que mandaria uma viatura para averiguar.

Os minutos passavam. Bia não podia esperar. Talvez Zara não soubesse, mas ela estava em perigo. Um grande perigo. Ela precisava dar um jeito de entrar.

Virginia mantinha a arma apontada em direção à Zara. Ela sentia o coração bater tão acelerado que poderia explodir dentro de seu peito, sem que fosse atingido por um projétil. Tentando assimilar o que aquilo significava, Zara tropeçou nos próprios pés descalços e caiu. Seus olhos se cruzaram com os de Virginia por alguns segundos e ela se assustou com a expressão de ódio estampada no rosto dela.

Zara reuniu forças, correu e se escondeu atrás da parede da sala de jantar. Pegou uma das cadeiras da mesa e, quando Virginia passou pelo vão da porta, Zara lançou a cadeira nela com toda a força. O impacto fez Virginia cair e soltar um grito de dor.

— O que está acontecendo? — Zara perguntou — Você enlouqueceu? Por que atirou em mim?

Os olhos de Virginia estavam vermelhos, injetados, como se deles emanassem chamas de ódio. Ela continuava a segurar a arma.

— Você acabou com minha vida, sua vadia. Você fodeu tudo.

Zara não conseguia compreender. Correu para o outro cômodo e se colocou atrás de outra parede. Virginia se levantou e fez menção de ir em sua direção, mas se deteve com o olhar furioso. A respiração estava ofegante. Ela estava suada, a roupa amarrotada, os cabelos desalinhados. Jamais Zara imaginara se deparar com Virginia naquele estado. A camisa de seda estava encharcada de suor e sangue.

— Pelo amor de Deus, Virginia, vamos conversar. Por que está agindo assim? Juro que não entendo. Pensei que fôssemos amigas.

Virginia tombou a cabeça para trás. Seu sorriso era indecifrável, algo entre o debochado e o enlouquecido. Espiando de trás da parede divisória, Zara não conseguia despregar os olhos da arma.

— Amigas? Você não é minha amiga. Não é, entendeu? Eu odeio você.

— Isso não faz sentido. Por quê?

— Estava tudo bem até você aparecer mexendo no que não era da sua conta, ressuscitando os mortos, criando desavenças, trazendo o caos. Você é tóxica. Só pensa em si mesma, nos próprios interesses e não se importa com o que causa à vida das pessoas. Meu tio tinha toda a razão. Desde o início, ele me avisou pra ficar longe de você.

— Vamos conversar. Quero entender.

Virginia se sentou no sofá, mantendo as costas eretas e o olhar fixo na parede atrás da qual Zara se escondia.

— Você não entende porque não enxerga um palmo na frente do seu nariz.

— Se me der uma chance...

— Para você fazer o quê? — Virginia interrompeu. — Dizer que é minha amiga? Tentar me seduzir? Tentar me levar pra cama para arrancar informações para o seu podcast? *Humpf...* — ela bufou —... como se eu fosse alguma idiota. Já saquei sua tática. Você fez a mesma coisa com o Marcinho.

Zara estremeceu. Do que ela estava falando? Será que ela sabia dos beijos trocados com Marcio Veleda? Como?

— Eu sou sua amiga — Zara respondeu.

— Não, não é... — Virginia baixou a cabeça e a colocou entre as mãos. Caiu num choro copioso, cortado por soluços sentidos. A maquiagem borrada, os cabelos desgrenhados... estava longe da imagem plástica impecável que a caracterizava.

Zara espiou e viu que, enquanto chorava, Virginia mantinha a arma em seu colo. Ela decidiu se aproximar aos poucos, tentando controlar os movimentos para que Virginia não se assustasse, mantendo uma distância segura para o caso de alguma reação inesperada.

— Virginia, eu realmente não consigo entender. Diga o que fiz e me dê a chance de me explicar.

— O que você fez, Zara? — Virginia ergueu os olhos em direção a ela. — Como se minha vida já não fosse fodida o suficiente, você apareceu e piorou tudo. Eu até que tava bem. Todo o sofrimento com a morte do Jorge, eu estava superando, começando a me sentir melhor. Você chegou como um trator, me fazendo reviver a morte da Angela, as coisas que meu tio me fez. Pra quê? Eu já tinha perdoado. Ele se arrependeu, há muito tempo tinha se arrependido... Ele se redimiu. Ele me amava.

— Amava? — Zara se lembrou dos tiros ouvidos ao telefone, da mancha de sangue que escorria por baixo da porta e das manchas na roupa de Virginia. — O que você fez?

Ela não respondeu.

— Cadê o seu tio? O Maurício?

Virginia respondeu sem levantar os olhos, num fio de voz:

— No escritório.

Zara compreendeu que ela é quem tinha atirado contra o Hermes.

— Vamos chamar uma ambulância.

Virginia caiu num choro sentido.

— Não adianta. É tarde demais.

Zara se aproximou, deslizando para mais perto dela pela almofada do sofá.

— Olha pra mim, Virginia. Você disse que perdoou seu tio, que ele estava arrependido. Você sabia que ele tinha matado a Angela? Você sabia esse tempo todo?

Virginia ergueu os olhos:

— Do que está falando? Meu tio não matou a Angela.

Zara ficou desconcertada. Não era o que esperava ouvir.

— Desculpa... então, não entendi... Você disse que ele se arrependeu.

— Se arrependeu do mal que fez pra mim... do aborto que me obrigou a fazer nos Estados Unidos... — Virginia se deteve — olha, não quero falar sobre isso. Você se acha tão esperta. Como você é burra! Meu tio não matou a Angela.

Num estalo, tudo fez sentido. Zara reviu em *flashes* os momentos em que Virginia empunhara a pistola automática na mão esquerda, a forma como manejava os talheres no jantar, como segurava o telefone celular preso ao ouvido esquerdo... Virginia, assim como Hermes, era canhota.

Lembrou-se das suas suspeitas iniciais; da fala do Armando, presenciada pelo Alex Malta, "Quero ver onde vão arrumar outro *serial killer* desta vez".

Deixou-se envolver por Virginia Callegari, deixou-se trair pelos sentimentos, ignorou seus instintos. Um suspiro profundo escapou-lhe ao peito.

— Foi você... você matou a Angela...

Virginia se desmanchou em soluços dolorosos, um choro desesperado, confirmando com a cabeça que Zara estava certa.

— Eu a amava de verdade. Ela era minha melhor amiga, mas, naquela noite, vê-la nos braços do Marcinho Veleda, tão feliz e realizada, como se estivesse vivendo um sonho, foi como uma punhalada no meu coração. Nós bebemos, não estávamos acostumadas. Toda vez que Eric tentava me beijar, eu tinha vontade de dar um soco na cara dele. Queria esmurrar o Marcinho também. Angela e Marcinho não imaginavam a tortura que era ficar assistindo aos dois juntos.

Aquelas palavras confirmavam a suspeita de Zara de que Virginia amava Angela de uma forma que extrapolava a amizade.

— Você nunca falou pra ela sobre como se sentia?

Virginia fez que não com a cabeça e continuou:

— Meu tio chegou e foi aquela correria. Eric pulou o muro, trancamos o Marcinho na despensa. Meu tio passou, nos deu boa noite e subiu pro quarto. Angela e eu ficamos ao lado da piscina, esperando que o tempo passasse um pouco e meu tio ferrasse no sono, pra soltar o Marcinho. Não sei o que me deu, estava muito sufocada, embriagada. Passado o susto da chegada do meu tio, estávamos até rindo de tudo. Aí eu fiquei pensando nos dois se beijando. No quanto se esfregavam no sofá. Na minha frente. Parecia que queriam que eu visse. Eu queria entender por que não era eu quem estava naquele sofá. Num impulso, eu a beijei. Eu queria saber como era. Estava curiosa. Eu precisava entender. Ela me empurrou. Começamos a discutir.

O choro de Virginia ficou mais intenso. As lágrimas escorriam, volumosas. Zara chegou um pouco mais perto e repousou a mão nas suas costas, encarando a arma que ela trazia no colo. Virginia recuperou o fôlego e continuou:

— Eu não sabia de nada. Ela nunca me contou que o meu tio a assediava. Então, ela começou a esbravejar que eu e meu tio éramos dois pervertidos. Que sabia que eu não era santa. Sabia do aborto. Ela foi tão cruel! Ela não sabia do que estava falando. Eu queria aquele bebê. Era uma ferida aberta. Eu não sabia como ela tinha descoberto aquilo. Era o meu segredo. Imaginei que ela tivesse lido o meu diário. Fiquei furiosa por ela estar falando daquela forma do que era a maior mágoa da minha vida. Pra piorar, tinha mexido escondido nas minhas coisas. Traído minha confiança. Leu meus segredos e ainda estava se esfregando no Marcinho na minha cara. A raiva foi aumentando, a confusão.

Virginia chorava descontroladamente, o choro mais dolorido que Zara tinha visto.

— Foi tudo tão rápido. Comecei a me afastar em direção à cozinha, com as mãos nos ouvidos, implorando pra que ela se calasse, mas ela não parava de falar. Eu me sentia traída. Tanto ódio. Muito ódio. A partir daquele momento, só me lembro de *flashes*: a faca na minha mão, muito sangue, a Angela gritando. Meu peito doendo, dilacerado, os gritos do tio Hermes perguntando o que estava acontecendo, o olhar vidrado e sem vida da Angela... Em seguida, meu tio ao telefone, aquele homem asqueroso, a camiseta.

O choro de Virginia não cessava. Ela fez nova pausa antes de continuar o relato:

— Meu tio queria tirar o corpo da Angela de lá. Chamou aquele homem pra isso.

— Quem? O Silas?

Virginia fez com a cabeça que sim.

— Eles iam dizer que ela tinha ido embora e não tinha dormido em casa. Lembrei do Marcinho trancado na despensa. Contei sobre ele e o Eric. O homem disse ter cruzado com um rapaz assustado no caminho, que parecia ter mijado nas calças. Meu tio ficou furioso. Eles perceberam que não ia dar certo tirar a Angela dali. Gritei, gritei e, de repente, não saía mais nenhum som. Estava presa dentro de mim mesma, sem conseguir falar ou me mexer.

Virginia se calou com o olhar perdido, e longos minutos se seguiram com elas em absoluto silêncio.

— Então você sempre soube? — Zara perguntou.

Virginia respirou fundo e disse:

— Há anos eu evitava pensar nisso, mas na quinta-feira, depois do nosso jantar, Andreaza me aguardava aqui na porta da garagem. Ele me entregou uma velha fita de videocassete. A gravação era de uma das minhas sessões de terapia na clínica. Eu contava para a psiquiatra que eu havia matado a Angela. Uma lembrança nebulosa se solidificou. Naquela clínica, eles me entupiam de medicação. Eu me recordei de que a médica tinha sido morta num assalto. Na mesma hora fui acordar meu tio e o questionei a respeito da fita. Ele disse que a médica o chamou na clínica pra contar que havia surgido algo estranho durante uma das minhas sessões de terapia. Ela ainda não sabia se era uma lembrança ou delírio, mas quis avisar pra ele que trabalharia aquele assunto nas nossas próximas sessões. Ao final, meu tio admitiu ter pedido pro Andreaza recuperar a fita.

— Mas, Virginia, eu não entendo, você falou da camiseta para a polícia. Foi você quem colocou o Silas na cena do crime.

— Eu estava confusa. O Silas esteve lá. Eu me lembrava da camiseta. Não tinha certeza de quais dos meus pensamentos eram lembranças e quais eram sonhos, pesadelos. Eu queria acreditar que era inocente e que precisava descobrir quem era o assassino dela. Estava muito pesado. As pessoas diziam que tinha sido o Marcinho… Eu não queria aceitar que tinha matado a Angela, minha melhor amiga…

— Calma. Respira — Zara pediu.

— Meu Deus! Eu sou um monstro! Uma assassina! Matei a Angela, meu tio Hermes… nunca vou me perdoar.

— Virginia, não lamente a morte dele. Aquele homem só te fez mal. *Ele* era um monstro. Eu te disse que há meses ele contratou uns caras pra simularem uma perseguição a mim. Assim, quando ele me matasse, minha morte seria atribuída a um falso *stalker*. Ele pretendia me matar, Virginia.

— Não, Zara… você está errada. Meu tio não fez isso…

— Sim, Virginia … veja o que ele fez. Abusou de você, te engravidou e depois obrigou a fazer um aborto.

— Não… não… —Virginia cobria os ouvidos para não ouvir. Seu choro foi ficando cada vez mais descontrolado. — Não é nada disso… cala a boca.

Zara ouviu o barulho vindo do jardim da casa e ergueu os olhos em direção à varanda. Seu corpo imediatamente reagiu, como se atingido por um choque elétrico. Bia atravessava o gramado, vindo em sua direção. Ela havia deixado a porta dos fundos aberta, e a amiga devia ter entrado pelo mesmo lugar.

Fora de si, Virginia repetia frases desconexas e sem sentido. Zara tentou sinalizar para que Bia não entrasse, mas ela continuou a avançar pelo jardim. Virginia se levantou com a arma em punho, gemia e andava de um lado para o outro.

Zara alternava o olhar entre Virginia e Bia. Virginia percebeu que Bia se aproximava e apontou a arma na direção dela. Zara investiu contra ela, tentando desarmá-la. As duas se atracaram no chão. A arma caiu de lado e deslizou pelo chão. Virginia conseguiu ficar por cima dela, desferindo tapas, puxões de cabelo. Zara girou o corpo e as duas rolaram atracadas pelo chão. Zara tentava se desvencilhar, mas Virginia parecia tomada por uma força descomunal.

— Eu não teria matado meu tio se não fosse por você — ela gritou.

Tentando se defender dos golpes, Zara teve um vislumbre dos pés de Bia adentrando a sala. Bia se lançou sobre as costas da Virginia e começou a puxá-la, tentando tirá-la de cima de Zara. Ao longe era possível ouvir sirenes de viaturas se aproximando.

— Para com isso, Virginia. A polícia está chegando. Chega! — Bia falava com energia.

Virginia chorava e se debatia, cuspindo xingamentos. Enfim, Bia conseguiu agarrá-la pelas costas e arrastá-la para outro canto da sala. Do lado de fora, policiais gritavam para que abrissem a porta, senão iriam arrombar.

Dava para ver que Bia usava de toda sua força para conter Virginia, enquanto ela se debatia. Zara se levantou e alcançou a arma.

— Chega, Virginia. Eu não quero atirar em você.

Virginia parou de se debater, relaxou o corpo, e Bia a soltou. Os policiais continuavam a gritar do lado de fora.

Zara gritou para eles:

— Estamos aqui. Não precisa arrombar. Vamos abrir. — Virando-se para Virginia. — Vai lá, faz a coisa certa. Abre a porta para a polícia.

Ofegante, Virginia se levantou e foi até o interfone. Acionou um botão e o barulho do portão eletrônico abrindo pôde ser ouvido do lado de dentro. Dois policiais militares entraram e ela apontou a porta do escritório, aquela com sangue escorrendo pelo vão. Quando eles abriram, os corpos de Hermes e Mauricio estavam caídos em meio a poças de sangue. Mortos.

Zara sentiu os braços de Bia envolvê-la num abraço apertado. O corpo da amiga tremendo em meio a soluços. O rosto dela mergulhado na curva do seu pescoço, molhando sua roupa de lágrimas. Ficaram assim por longos minutos, até os policiais se aproximarem, orientando-as a permanecer do lado de fora da casa, pois precisariam isolar o local até a chegada dos peritos.

Do lado de fora, no jardim, elas acompanhavam o movimentar frenético de carros e viaturas chegando. Policiais entrando. Uma pequena aglomeração começou a se formar do lado de fora do portão. Vizinhos, curiosos e as primeiras equipes de reportagem.

Elas ficaram alguns segundos em silêncio e Zara sentiu o peito apertar.

— Bia, preciso te contar uma coisa — ela sussurrou para que apenas a amiga pudesse ouvir, — a Virginia não matou só o Hermes e o Mauricio hoje. Ela acabou de confessar pra mim que foi ela quem matou a Angela.

Bia expirou com força.

— Sim, eu sei... antes de vir para cá, eu falei com a Maria Helena Schiavo. O Eric viu tudo e contou pra ela antes de morrer. Ela disse que o filho era apaixonado pela Virginia e que não queria prejudicá-la. Depois que ele morreu, ela não teve coragem de ir contra o último desejo do filho em vida, que era o de proteger a Virginia. Por isso ela guardou o segredo.

— Talvez a verdade tivesse vindo à tona antes se Eric não tivesse morrido. O que ele sentia pela Virginia era uma paixão adolescente. Uma hora ia passar. Acho que o peso desse segredo foi maior do que ele podia suportar e foi o que fez com que ele tirasse a própria vida.

Bia torceu a boca para o canto e falou entredentes:

— Se é que não tiraram a vida dele...

Zara ficou em silêncio. Aquela talvez fosse uma pergunta que nunca seria respondida.

Não demorou para que a casa fosse tomada por viaturas, policiais e peritos. Uma multidão de repórteres e curiosos se aglomerava do lado de fora. Uma policial com colete e camiseta da Polícia Civil abria espaço no meio da multidão aglomerada na porta da casa e, atrás dela, Zara reconheceu Arthur. Ele veio ao seu encontro. Ela se jogou nos braços dele e se abraçaram longamente.

— Sua maluca, quase mata a gente do coração.

— Não tive escolha. Depois eu explico tudo com calma. Vocês vão entender.

A policial cumprimentou Zara e se apresentou como Catarina. Arthur se virou para Bia:

— E você, mocinha, não pense que vai escapar. Vamos ter uma conversa muito séria depois. Você me larga sozinho no quarto, some com o meu carro, não atende minhas ligações, nem responde minhas mensagens.

Zara assistiu à cena com curiosidade. Bia abriu um sorriso e o abraçou.

Eles puderam ouvir parte da conversa de Virginia com os policiais. Ela respondia de forma lacônica às indagações, mas confessou ter usado uma arma que Mauricio trazia em sua cintura para atirar contra ele e contra o tio.

A multidão em frente se agitou, um conjunto de vozes sobrepostas, olhares atentos, voltados para a porta da casa. Virginia saía algemada e escoltada por policiais. Ao passar por eles, ela encarou Zara com os olhos apertados. Os lábios pressionados, escondidos numa linha fina. Era possível ver estampado no seu rosto ódio e ressentimento.

Zara sentiu o peito apertado. Aquele olhar cheio de rancor a feriu porque não queria que Virginia a odiasse. Nunca seria capaz retribuir esse sentimento... nunca odiaria Virginia.

Lamentava que as coisas tivessem acabado assim. Ainda via Virginia como uma vítima das circunstâncias, alguém de quem muito foi tirado na vida e que teve que encontrar formas de sobreviver. Perder os pais, ir morar com o tio abusador, engravidar dele, ser obrigada a fazer um aborto... os traumas ditaram suas atitudes, e por mais que pensasse que as coisas poderiam ter sido diferentes, Zara não julgava Virginia pelas más escolhas. Alex Malta tinha razão. A culpa era do impulso autodestrutivo causador da vontade irresistível de fazer merda. Mas uma vez, o maldito demônio da perversidade levando a humanidade à ruína.

CAPÍTULO 24

PLENÁRIO DO JÚRI DE FORTE ESPALMADO
UM ANO E QUATRO MESES DEPOIS

Virginia permaneceu presa na ala feminina de presos provisórios do Presídio de Planície Costeira, por quase dezesseis meses, enquanto aguardava julgamento. Seu rosto aparecia diariamente nas páginas de notícias. Seu nome podia ser lido em todo lugar. Programas de televisão se dedicaram a contar e recontar sua história trágica desde a infância. Postagens sobre ela nas redes sociais se transformavam em celeiros de milhares de comentários em questão de minutos. Os fóruns de discussão na internet se dedicavam a esmiuçar o caso em todos os seus aspectos. Verdades se perdiam em meio a especulações e *fake news*.

Toda a espera terminaria após três dias intensos de apresentação de provas, leituras de peças e oitivas de testemunhas, entre conhecidos, policiais, peritos, especialistas em balística e psiquiatria.

Antes de se reunirem na sala secreta, os jurados haviam acompanhado debates acalorados entre acusação e defesa. O promotor insistindo na condenação de Virginia pelas mortes de Mauricio Cunha e Hermes Callegari. A defesa sustentando que Virginia tinha um histórico de problemas psiquiátricos e, na data dos fatos, estava completamente fora de si, sem consciência de seus atos, depois de ter sido confrontada com um passado doloroso de abusos sexuais, uma gravidez indesejada e um aborto não consentido, quando tinha apenas quinze anos de idade. A defesa alegava que um surto psicótico havia feito Virginia vivenciar novamente aquele trauma e impedido que ela entendesse a ilicitude de suas ações.

Como o *Unabomber* estava grampeado pela Polícia Civil, toda a conversa entre Zara e Virginia, assim como a discussão que ela tivera com o tio momentos antes de disparar contra ele e Mauricio, havia sido gravada no sistema Guardião da Polícia Civil e foi reproduzida em Plenário pela defesa de Virginia.

Em seu interrogatório, Virginia falou pouco e em nenhum momento confirmou abusos sexuais por parte do tio. Ela confirmou, no entanto, ter ficado grávida perto do aniversário de quinze anos e ter se submetido a um aborto nos Estados Unidos. O procedimento a teria incapacitado de ter filhos de forma natural, algo que ela relatou de forma muito emocionada.

Foi o suficiente para que seu advogado traçasse todo um cenário que colocava Hermes como um abusador que havia encontrado seu destino. Virginia parecia visivelmente incomodada com a estratégia de sua defesa e protestou algumas vezes. Zara pensava o quanto toda aquela lealdade a Hermes era incompreensível. Mesmo com todo o mal que ele fizera, e arriscando amargar vários anos de prisão, Virginia insistia em poupar o tio.

Os jurados foram orientados pelo juiz a desconsiderar as intervenções da ré e foram informados quanto à possibilidade de advogados fazerem uma defesa técnica de sua cliente, mesmo contrariando a sua versão para os fatos, desde que aquilo se revelasse o melhor aos seus interesses.

A morte de Angela não foi o foco do julgamento. Zara não revelou a descoberta que fizera sobre Virginia ser a assassina da amiga, nem no depoimento prestado como testemunha de acusação, nem nos episódios finais do seu podcast. Embora nunca tenham afirmado, para a opinião pública ficou subentendido que Hermes era o responsável por tudo. Aproveitando que não foi diretamente perguntada a respeito, nem pelo promotor, nem pela defesa, Zara não se esforçou para trazer o assunto à tona. Desejava que Virginia tivesse chance de um julgamento justo, sem que o passado influenciasse o julgamento de suas ações no presente.

A única pessoa para quem contou o que havia descoberto foi para Marina Romano. Ela pediu a Zara que enterrasse o assunto. Nada traria sua filha de volta e nenhuma diferença faria se o público soubesse da verdade. Apenas prolongaria as conversas, as fofocas, os rumores, e ela não via a hora que tudo aquilo tivesse um fim.

Bia concordou em omitirem a informação. Embora seus papéis como jornalistas fossem divulgar a verdade, àquela altura, revelar que Virginia era a assassina de Angela traria só mais sofrimento aos familiares dos envolvidos e nenhuma repercussão jurídica. Virginia era menor de idade na época e, mesmo que não fosse, o crime já estava prescrito. Silas fizera sua escolha ao confessar um crime que não havia cometido e merecia cada dia passado na prisão.

Zara encerrou a temporada do podcast exibindo as gravações que comprovavam que Hermes havia mandado matar Jorge Augusto, contando sobre a trama do falso *stalker* e as mortes de Maurício e Hermes.

A favor de Virginia estava, ainda, toda a trama de perseguição à Zara que havia sido engendrada por Mauricio Cunha. A contratação dos *stalkers*, a invasão ao apartamento, a morte do porteiro e do vizinho. A defesa de Virginia afirmava que Mauricio agira a mando de Hermes, transformando os dois em vítimas nada simpáticas.

Os exames de balística confirmaram que a arma que Virginia usou para atirar em Mauricio e Hermes pertencia ao advogado e foi a mesma utilizada para efetuar os disparos que mataram Fernando e os dois homens cujos corpos carbonizados foram encontrados no carro de Donato Antunes.

Para quem acompanhou o julgamento, o veredicto não deveria ser uma surpresa, ainda assim, houve comoção geral e um amontoado de vozes tão logo foram lidas as últimas palavras da sentença. Imediatamente, ouviu-se o barulho de fogos de artifício explodindo do lado de fora do prédio do fórum e os sons de dezenas de pessoas aplaudindo e comemorando.

Todos os presentes haviam acompanhado de pé, enquanto o juiz fazia a leitura da sentença:

— Submetidos a julgamento os autos em que figuram como acusada Virginia Helena Callegari pela prática de dois homicídios duplamente qualificados consumados, em concurso material de crimes, que tiveram como vítimas Hermes Callegari e Mauricio Cunha. Em resposta às duas séries de quesitos, por maioria de votos, os jurados responderam positivamente, quando indagados se desejavam a absolvição da ré. Em obediência a este respeitável veredicto, julgo improcedente a presente ação penal e absolvo Virginia Helena Callegari das imputações contidas na denúncia. Expeça-se alvará de soltura clausulado. Sentença publicada neste plenário do júri às 21h03 do dia 14 de fevereiro de 2021.

Virginia abraçou o advogado e foi retirada do plenário pelos agentes penitenciários que a escoltavam. Antes de sair, lançou um último olhar para a plateia, depositando-o mais demoradamente em Zara. Virginia sorria e foi com aquela imagem vitoriosa que ela deixou o salão do júri naquela noite.

— O que você achou? — Bia perguntou à Zara.

— Sinceramente, não sei. Acho que ela teve um julgamento justo. Sem que outros assuntos como a morte da Angela interferissem na decisão dos jurados. Se o veredicto foi correto ou não, são outros quinhentos.

Bia sorriu e bateu no ombro de Zara.

— Você sabe o que eu penso. Eu não acredito em uma única palavra do que essa mulher fala. Devia apodrecer na prisão.

— Lá vem você de novo com suas teorias conspiratórias. — Zara sorriu e virou os olhos.

— Você não acredita, né? Um dia você vai me dar razão. Ninguém tira da minha cabeça que ela matou a Angela porque quis, sabia muito bem o que estava fazendo. Se fingiu de doida, passou uns tempos na clínica para baixar a poeira e, quando saiu de lá, convenientemente se lembrou da camiseta do Silas quando leu o inquérito da Soraia e o implicou de propósito, sabendo que ele era inocente. Ele já era um psicopata assassino mesmo, que diferença faria?

— Por que ela faria isso? Ninguém desconfiava dela. O único de quem as pessoas desconfiavam era o Marcinho Veleda, mas o Andreaza garantiu que ele nunca foi um suspeito que a polícia considerasse de verdade, e a Virginia nem era tão amiga dele para querer protegê-lo.

— Eu não sei, Zara. Ela só tinha dezessete anos. É uma psicopata menti-rosa, mas não uma *gênia* do crime. Talvez ela quisesse apenas se assegurar de que realmente não sobraria para ela, ainda que não beneficiasse diretamente alguém. Talvez quisesse proteger o tio, afinal, o Donato desconfiava dele.

— Você nunca gostou da Virginia, Bia. Sempre teve implicância com ela.

— Não é nada disso. É que quando eu penso nessa história toda, em tudo o que vivemos nos últimos anos e o que acompanhamos durante esse julgamento, vejo que tem muita coisa que ainda não faz sentido.

— O que, por exemplo?

— Tem uma coisa que o Arthur me disse que nunca saiu da minha cabeça. Logo que chegamos em Salga Odorenga para te procurar, ele disse que não imaginava que o Hermes poderia estar armando algo contra você com tudo o que estava rolando no podcast. Seria óbvio demais e Hermes não era burro. Qualquer coisa que acontecesse com você, faria dele o primeiro suspeito, então, por que ele agiria assim?

— E você acha que foi a Virginia? — Zara gargalhou.

— Não ria. Não é engraçado. Essa mulher é muito mais perigosa do que você pensa. Eu não acho que a morte do Mauricio tenha sido aleatória. Eu acho que a Virginia quis matá-lo. Vai ver foi ela que encomendou a contratação do *stalker*.

Zara gargalhava ironizando as conclusões de Bia enquanto saíam do fórum e caminhavam em direção ao estacionamento.

— Você está doida, Bia. O Andreaza me disse que o traficante contou para ele que conhecia os caras que o Hermes contratou para fingir que me perseguiam. Hermes tinha muitas conexões com o mundo do crime e com o tráfico de drogas.

— Veja bem, o Andreaza nunca disse que o Hermes contratou esses caras. Eu já ouvi aquela gravação mil vezes. Ele disse apenas que soube que eles foram contratados. Você mesma me contou que o Mauricio era apaixonado pela Virginia. Deve ter feito tudo o que ela mandou.

— Você acha mesmo que a Virginia mandou o Mauricio contratar os *stalkers*?

— Por que não? Se o motivo de o Hermes querer te matar era pra que você não descobrisse que ele era o assassino, a partir do momento que descobrimos que ele não é o assassino, para quem sobra o interesse em querer te matar? Hã?

— Você é engraçada, Bia.

Elas entraram no carro. Zara deu partida e se virou para a amiga:

— Só falta dizer que Virginia matou o Jorge Augusto.

— Concordo que a morte do Jorge Augusto foi obra do Hermes, mas não me provoca que eu encontro um motivo para culpar a Virginia rapidinho.

Elas gargalharam.

— Vamos mudar de assunto — Zara piscou. — E o Arthur?

Bia baixou os olhos e deixou cair os ombros.

— Nós nos encontramos algumas vezes. Uma parte de mim vai amar esse cara pra sempre, mas não somos mais as mesmas pessoas. E se teve algo bom em tudo o que aconteceu, foi eu ter tido a oportunidade de me libertar de um sentimento de rejeição, rancor e mágoa que só prejudicava a mim mesma. Eu mereço mais do que o Arthur pode me oferecer, Zara, e não tenho mais medo de ir atrás disso. Não tenho mais medo de querer e de buscar o que é o melhor para mim. Você estava errada em muitas coisas, mas não em tudo. Eu precisava mesmo de um chacoalhão. Como você disse, precisava de algo caindo na minha cabeça pra eu ter coragem de me mexer.

— Que bom, minha amiga. Você vai conquistar tudo, porque você é incrível.

Zara percebeu o olhar perdido da amiga, acompanhando a paisagem que se desmanchava na janela do carro, enquanto cruzavam a rodovia que as levaria de volta à capital.

— Sabe, Bia, quando começamos essa jornada, eu acreditava que a demora na investigação dos crimes contribuía de forma decisiva para que nunca fossem solucionados e os criminosos ficassem impunes. As duas temporadas do *Periculum* me mostraram que eu estava errada. Apenas a passagem do tempo foi capaz de trazer o amadurecimento e o distanciamento necessários para que a verdade viesse à tona.

Bia a encarou por alguns instantes.

— Será? Será que a verdade veio mesmo à tona?

CAPÍTULO 25

CAPITAL
DOIS ANOS DEPOIS

O Laos continuava no mesmo lugar. O número 37 da Rua das Paineiras no bairro do Jardim Portenho. A fachada ganhara pintura nova, um amarelo-claro com jardineiras de flores vermelhas. O letreiro também recebera um novo layout com letras grandes, mas tudo o mais continuava no mesmo estilo *art déco*.

Do lado de dentro, as mesas estavam mais espaçadas, com no máximo quatro cadeiras ao redor de cada uma delas. Todas elas traziam um vaso e um vidro de álcool em gel ao centro. O papel de parede de formas geométricas em verde, preto e dourado continuava rasgado na altura da cafeteira no balcão, mas os cardápios de papel *couché* haviam se transformado em *QR Codes* colados sobre as mesas, e garçons e garçonetes mascarados se revezavam no atendimento aos clientes.

Só no Laos os cheiros de café, canela, chocolate e pão de queijo se misturavam com tanta harmonia. Zara não queria nem imaginar como seriam suas tardes de sábado dali pra frente se o Laos não tivesse sobrevivido à pandemia. Era um milagre que ainda estivesse de pé.

Outro milagre era Zara ter chegado no horário e antes da Bia. Ela estava morrendo de saudades da amiga. Após meses de isolamento, elas valorizavam esses encontros como nunca.

Mal havia sentado à mesa, Bia disparou:

— Tenho uma fofoca para contar. — As covinhas das bochechas ainda mais acentuadas. Ela não conseguia parar de sorrir.

— Eu também! — Zara revelou.

— Quem conta primeiro? Par. — Bia fechou as mãos esperando que Zara se colocasse em posição.

Lançaram as mãos à frente: 2 e 3 dedos. Ímpar. Zara ganhou.

— Silas Ruger será colocado em liberdade amanhã — Zara disparou, sem fazer questão de criar suspense.

— Nãaaaoooo! — Bia escondeu a boca escancarada com as mãos.

— Não acredito! Que perigo! Um sujeito desses nunca poderia ser colocado em liberdade.

— Pois é… nossa legislação. Perguntei pro Henrique como funciona e ele me explicou.

Zara começara a sair com Henrique Andreaza meio por acaso. Depois da prisão de Virginia, eles se encontraram algumas vezes na Delegacia de Salga Odorenga e no Fórum de Forte Espalmado. Ela, procurando informações sobre os inquéritos e processos relacionados à Virginia, e ele, às voltas com as investigações da morte do pai. Ficara decepcionado de saber que o responsável pelo assassinato, Mauricio Cunha, estava morto e nunca pagaria pelo crime.

Zara e Henrique começaram a se seguir nas redes sociais, trocaram mensagens e combinaram de se encontrar. A química foi instantânea e, desde então, estavam inseparáveis.

— Então me explica como isso é possível porque eu não entendo. — Bia apontou a câmera do celular para o código colado na mesa para abrir o cardápio no celular.

— O Henrique disse que Silas já cumpriu o lapso temporal que precisava pra ter direito ao regime aberto. Ou seja, ainda não terminou de cumprir a pena, mas pode fazer isso em liberdade, supostamente, mediante o cumprimento de algumas condições. Parece que a pandemia deu uma acelerada nisso.

— Nossa, Zara… isso é muito assustador. Não acredito que sujeitos como Silas se regenerem. — Bia se virou para o garçom e fez um gesto para que ele se aproximasse da mesa. — Traz um expresso pra mim, por favor? E uma torta holandesa.

— Pra mim também — e se virando para Bia: — Bom… é aguardar o que virá por aí. Agora conta a sua novidade. Conta logo! — Zara implorou.

Bia bateu palmas animada.

— Prepara… Você vai cair dura. Adivinha quem vai se casar?

Zara ficou em silêncio. Não conseguia pensar em ninguém.

— Você? — Zara perguntou numa expressão de estranhamento.

Bia respondeu com uma careta enquanto revirava os olhos.

— Claro que não, sua boba.

Abriu a tela do celular e o entregou a Zara, então ela viu. Era a publicação de uma página do Instagram que funcionava como uma espécie de coluna social/página de fofocas de subcelebridades.

A publicação consistia em uma montagem de duas fotos lado a lado do mesmo casal, num meme cafona de internet que dizia "Começo de um sonho" e "Deu tudo certo".

A primeira foto, a do "começo do sonho", tinha sido tirada em 1994, num baile de debutante. Os dois apareciam bem jovens, adolescentes, e a menina era a aniversariante. Estavam parados numa pose de valsa. As mãos unidas do casal seguravam juntas uma vela acesa.

Na segunda, tirada em 2021, o casalzinho da foto anterior, agora mais maduro, posava em frente a um bolo, numa festa de noivado. O texto da publicação dizia que se casariam em algumas semanas numa festa para sessenta familiares e amigos íntimos no salão do Country Clube de Salga Odorenga.

Zara não conseguia acreditar no que seus olhos viam. Ela reconheceu os noivos: Virginia Callegari e Marcio Veleda.

Virginia dormiu a vida inteira em travesseiros de plumas e lençóis macios, mas os tempos de prisão, dormindo em superfícies tão duras quanto o chão, sem qualquer conforto ou privacidade, haviam deixado marcas indeléveis em seu corpo. Tanto que mesmo agora, dormindo novamente em colchões macios, cobertos por lençóis de algodão egípcio de 1000 fios, ela era incapaz de acordar sem dores pelo corpo. Reflexos das chagas que trazia na alma.

Levantou-se, foi ao banheiro e lavou o rosto. Ao retornar para o quarto, uma fresta de luminosidade que escapava das cortinas permitiu que ela tivesse visão do corpo do homem estirado nu em sua cama. Dormia profundamente.

Fizeram amor a noite inteira, em diversas posições. Ela ainda tinha a sensação física que ficara em todos os orifícios por onde ele a penetrara e a lembrança do que fizeram provocava espasmos e contrações involuntárias por todo o seu corpo. Como ela sonhara em viver tudo aquilo.

Era quase inacreditável que ele estivesse finalmente ali, depois de tantos anos sofrendo em segredo por aquele amor não correspondido. O amor que a transformara em vítima e em assassina. O amor que a trancafiara por meses numa clínica psiquiátrica e por quase um ano e meio numa prisão estadual.

Após a morte de Angela, os primeiros dias na clínica não ficaram gravados na memória de Virginia. Ela não saberia dizer quanto tempo se passou até que, em sua mente, as coisas deixassem de ser apenas névoas e confusão. O período ficou como borrões escuros. A sensação era como a de perambular pelo mundo dos sonhos, incapaz de distinguir o que era ou não realidade, esperando apenas não entrar em novos pesadelos.

Recordava-se de as coisas terem começado a ficar mais claras quando se deu conta de que receberia visitas pela primeira vez. Alguns dias antes, os médicos substituíram a medicação, que até então era intravenosa, pela oral. Foi aí que Virginia começou a experimentar períodos alternados de maior lucidez.

A primeira visita do tio, porém, era a lembrança mais viva que ficara daquele período. Colocaram-na sentada no jardim para esperá-lo. Era uma manhã ensolarada. Ao vê-lo se aproximar com um buquê nas mãos, Virginia desabou em lágrimas. Ficaram abraçados em silêncio por longos minutos. Ela não queria desgrudar dele. Era a primeira vez que se sentia um pouco mais segura desde que começara a tomar consciência do que havia ocorrido.

Ao tentar pronunciar as primeiras palavras ao tio, ela se deu conta de que não falava palavra alguma havia tempos. A garganta arranhou, como se os músculos estivessem destreinados. Tossiu para desobstruí-la e, então, gaguejou:

— Você ainda vai ser capaz de me amar, tio Hermes?

Ele respondeu sem qualquer hesitação ou dúvida:

— Do que você está falando, Virginia? Não há nada nesse mundo que me faria deixar de te amar, minha filha. Você é a minha razão de viver.

— Eu sou um monstro — ela recomeçava o choro dolorido —, fiz uma coisa horrível.

Hermes a interrompeu energicamente:

— Nunca mais repita isso. Não diga mais nada, Virginia. Preste bastante atenção no que eu vou te falar. Olhe para mim, minha filha. — Ele pegou o rosto de Virginia pelo queixo, puxou-o para perto do seu e a encarou. — Você não fez nada. Você sofreu um grande trauma. Está confusa, entendeu?

— Não, tio Hermes. Eu me lembro de tudo...

— Preste muita atenção, Virginia. Um homem entrou em casa. Tentou estuprá-las. Vocês gritaram. Eu acordei. Ele pegou uma faca na cozinha e esfaqueou a Angela. Quando cheguei no jardim, ele já tinha pulado o muro. Tentamos socorrê-la. Foi isso o que aconteceu.

Virginia parou por um instante tentando assimilar as palavras do tio.

— Tio Hermes...

— Nem mais uma palavra... foi o que aconteceu.

Trocaram um olhar de entendimento. Virginia confiava no tio. Se ele havia dito aquilo era porque sabia o que estava fazendo. Aos poucos, permitiu que a culpa começasse a ir embora, abrindo espaço para a sensação de esperança que aquela história trazia. Talvez houvesse uma chance de recomeçar.

— Eu quero ir para casa, tio Hermes. Não quero mais ficar aqui nesse lugar.

— Minha filha, preciso que você seja forte. Eu vou vir te ver todos os dias de visita, mas você precisa ficar aqui por um tempo. Até as coisas se acalmarem. Até a poeira baixar. Você não pode esmorecer, Virginia. Vai dar tudo certo, mas preciso que confie em mim. Você confia em mim?

Ela fez que sim com a cabeça. Havia compreendido o que o tio queria dizer.

Participar das sessões de terapia após ter sido medicada fazia com que dissesse coisas que não pretendia. Percebeu que não poderia ficar dopada o tempo todo. Os medicamentos confundiam a sua mente e ela precisava estar alerta o maior tempo possível, com os pensamentos em ordem, para não cometer atos falhos.

Começou a pensar em formas de não tomar a medicação. Ficou apreensiva na primeira vez que tentou. Tinha medo de ser pega e os médicos voltarem a ministrar as drogas por via venosa.

Quando viu que as enfermeiras não estavam tão preocupadas em conferir e acompanhar todo o processo de ingestão dos medicamentos para se assegurarem de que ela havia de fato engolido, passou a esconidê-los dentro do bojo do seu sutiã. Não teve dificuldades para fingir que estava medicada, afinal, o simples fato de estar naquele lugar tirava dela qualquer disposição de agir normalmente.

Alguns dias depois, sozinha no jardim, ouviu uma voz chamando seu nome de dentro de uma moita:

— Virginia… — a voz sussurrava, — Vivi.

Ela olhou ao redor para ver se alguém a observava e então se aproximou da moita.

— Meu Deus! O que você está fazendo aqui? — Era Eric Schiavo.

— Eu precisava te ver, Vivi… faz semanas que não durmo. Precisamos conversar…

— Seu louco, se te pegam aqui, eu vou ter problemas. Como você entrou?

— Tem uma abertura na cerca nos fundos. É uma falha coberta por arbustos. Faz dias que estou observando. Vi que te trazem aqui todos os dias nesse horário. Vim me esgueirando pelas moitas para te encontrar.

— Não quero conversar, Eric. Você precisa ir embora.

— Nós precisamos conversar, Vivi… a polícia quer que eu preste um depoimento… estão insistindo, pressionando — Eric começou a chorar.

Virginia sentiu o coração acelerar. Eric não estava na casa quando tudo aconteceu. Ele pulou o muro. Ela viu. Ele foi embora antes.

— Do que você está falando, Eric?

Ele a encarou com o rosto molhado de lágrimas. Tinha o olhar mais triste que ela tinha visto em toda sua vida.

— Eu vi tudo, Vivi… eu vi o que aconteceu e não consigo apagar da minha mente. O Marcinho ficou lá. Eu voltei pra ajudar. Aí eu vi. Pelo muro.

Então, ela compreendeu. Todo o alívio que chegou a sentir quando ouviu o plano do tio estava indo embora para dar lugar ao medo. Quando se deparou pela primeira vez com a realidade do que havia feito, chegou a pensar que estava tudo perdido, que não teria como escapar e que teria de arcar com as consequências da morte de Angela, sua melhor amiga. Não temia passar alguns meses num reformatório para menores infratores. Estar naquela clínica era ainda pior que uma medida socioeducativa. O que Virginia temia era que Marcinho Veleda a odiasse. Porque ela o amava. Desde sempre. Não seria capaz de continuar a viver se ele a desprezasse por ser uma assassina.

O que dava forças a Virginia para que atravessasse os dias naquele inferno era a fantasia de que, ao sair, ela e Marcinho poderiam se consolar. Chorar a perda comum e, quem sabe, ele voltaria a enxergá-la com outros olhos... os mesmos de dois anos antes, quando estavam tão apaixonados que ela decidira entregar a ele sua virgindade, poucas semanas antes da sua festa de quinze anos...

Não era para Marcinho ter se interessado pela Angela. Aquilo tinha sido um acidente no percurso. Até então, Marcinho só tinha olhos para Virginia. Mandava bilhetinhos, esperava por ela na saída da escola para acompanhá-la até em casa. Ela ainda se lembrava do primeiro beijo, do primeiro amasso. Era o segredo deles.

Depois dos primeiros encontros escondidos, ela deu um jeito de ele entrar na casa dela depois da aula. Enquanto o tio trabalhava, passavam as tardes juntos em seu quarto, ouvindo música e conversando. Beijos, amassos, esfregação. Hormônios a mil. Não conseguiam mais aguentar o tesão e, um dia, ela não quis mais resistir e deixou que tudo acontecesse. Até o final.

Na escola, os colegas começavam a desconfiar que eles estivessem tendo um "rolinho", mas Virginia temia que a história chegasse ao conhecimento do tio, e ele desse um jeito de aumentar a vigilância sobre ela. Se isso acontecesse, dificilmente ela conseguiria se encontrar com Marcinho. Eles tinham que disfarçar. Ninguém poderia saber.

Até que chegou o dia da sua festa de quinze anos. Seu tio não economizara para garantir que aquela fosse a festa do ano. Virginia escolhera Marcinho Veleda para ser seu príncipe e dançar a valsa com ela. A noite seria mágica.

No entanto, as coisas não saíram como planejado. Quase no fim da festa, Virginia e Marcinho não aguentaram e foram transar escondidos no almoxarifado do Country Clube. Hermes os flagrou. Ficou furioso. Esbravejou com Marcinho e o escorraçou da festa. Levou Virginia embora e a deixou de castigo. Tudo aconteceu longe dos olhos dos convidados e ninguém ficou sabendo.

Ela não podia sair de casa, nem falar com ninguém. Então, o pior aconteceu. Durante o período de isolamento, Virginia descobriu que estava grávida. O tio ficou furioso e a levou para os Estados Unidos para que fizesse um aborto.

Ela pensou que fosse morrer de tristeza.

Quando as aulas recomeçaram, Virginia estava liberada para sair do castigo. No entanto, teve a desagradável surpresa de saber que Marcinho não tinha esperado por ela e estava de paquera justamente com a sua melhor amiga, Angela.

Virginia lamentava a cadeia de desencontros que os tinha levado até ali. Lamentava ainda mais o que teria que fazer a seguir. Não era para Eric ter visto o que aconteceu. Ele era um garoto bacana. Não tinha culpa de Virginia não conseguir se interessar por ele. Ela também não tinha. Não podia evitar. Seu coração tinha dono; pertencia a Marcio Veleda.

— Escuta, Eric. Não vamos conseguir conversar aqui. Hoje à noite vou tentar escapar pela fenda da cerca. Vamos nos encontrar na Pedra do Mirante, na Praia do Gago. Você consegue estar lá por volta da meia-noite?

Os olhos do rapaz, encharcados de lágrimas, brilharam.

— Consigo, sim.

Virginia quis dar a ele um incentivo para manter a boca fechada até lá. Olhou dos lados, agachou-se perto da moita e deu um longo beijo de língua no rapaz, apoiando sua mão esquerda entre a coxa e a virilha dele e acariciando-o com os dedos. Imediatamente o pênis dele endureceu. Virginia ficou satisfeita.

— Não diga pra ninguém aonde vai, nem que vamos nos encontrar.

— Pode deixar.

Ela fez menção de se afastar, mas ele a puxou pelo braço e a beijou novamente. Parecia sedento. Virginia esperava que o estímulo fosse o suficiente para que ele tivesse serenidade para aguardar pelo encontro mais tarde. Ela se afastou e Eric foi embora.

Durante o dia, repassou mentalmente por diversas vezes os detalhes de seu plano. A bicicleta do zelador ficava sempre estacionada do lado de fora do prédio da clínica. Para sair, ela passaria pela fenda que Eric mencionara. Esperaria todos se recolherem e apagarem as luzes para sair. Sua colega de quarto dificilmente notaria depois que a dose cavalar de remédios que ela já tomava fosse incrementada com uma pequena contribuição dos comprimidos que Virginia colecionava.

Vestiu um moletom com capuz para esconder os cabelos e deixou o lugar com certa facilidade. Antes de seguir para o local marcado, pedalou até a sua casa. Pulou o muro. Passou pelos fundos e entrou pela porta da cozinha que ela sabia dificilmente ser trancada. Torcia para que o tio não acordasse, para não ter que contar a ele o seu plano. Não queria ninguém tentando demovê-la da ideia. Ela já estava decidida. Sabia o que tinha que fazer. Pegou uma sacola, duas toalhas, salgadinhos e duas garrafas de vinho. Conferiu os comprimidos que tinha no bolso, amassou-os até se transformarem em pó. Em seguida, colocou a substância num saquinho e o colocou no bolso da blusa de moletom.

No local marcado, Eric já a esperava. A noite estava linda. Era lua cheia. A Pedra do Mirante ficava uns dez metros acima da arrebentação. Eric estava de costas, sentado próximo da borda. Abraçava os joelhos e contemplava as ondas do mar arrebentando morro abaixo, chocando-se às pedras. Era literalmente a beira de um precipício.

Ao perceber a chegada de Virginia, Eric abriu um sorriso.

— Que bom que veio, Vivi. Fiquei com medo de que não aparecesse.

— Oi, Eric… — ela respondeu.

Virginia se curvou e o cumprimentou com um beijo na bochecha. Em seguida, começou a retirar da sacola as coisas que trouxera. Estendeu as toalhas sobre a pedra e chamou Eric para se sentar ao seu lado.

— Eu trouxe vinho e uns salgadinhos, mas vamos ter que beber em copos descartáveis.

Ela os serviu, aproveitando para colocar no copo de Eric a primeira dose do pó dos comprimidos que amassara. Pretendia colocar aos poucos. Mais ou menos, dependeria do rumo que a conversa tomasse.

— Você disse que queria conversar, Eric. Eu vim aqui para isso.

Ele baixou os olhos com tristeza.

— Eu sei o que eu vi, mas não entendo. Vocês eram melhores amigas. O que aconteceu? Por que você a matou?

Virginia não esperava que ele fosse tão direto ao assunto assim, mas já tinha pensado numa história para contar. Era algo que ela fazia bem: inventar histórias.

— Eric, o que eu vou te contar agora é um segredo. É o meu maior segredo. Um trauma muito grande que eu vivi. Você tem que jurar que não vai contar pra ninguém. Você jura?

Os olhos do rapaz se arregalaram, ele tomou um gole generoso do vinho e balançou a cabeça concordando.

— Juro.

— Antes de mais nada, eu quero que você saiba que eu gosto de você, Eric. De verdade. Eu sempre quis dar uma chance pra nós dois.

O rapaz deu um suspiro profundo.

— Eu queria muito acreditar nisso, Vivi, mas a verdade é que você demonstra o contrário. No dia em que tudo aconteceu, por exemplo, eu tentei me aproximar, você não deixava. Tentei te beijar várias vezes, você fugia.

Virginia baixou o rosto e se esforçava para tentar fazer com que algumas lágrimas brotassem, mas ainda não tinha conseguido.

— Eu sei que é difícil acreditar, Eric, mas parte disso é por causa desse meu segredo. Eu quero me aproximar de você. Ficar com você, te beijar, mas tem algo que aconteceu no meu passado e que me traumatizou muito. Isso impede que eu me solte.

O rapaz a encarava com os olhos arregalados, assustados.

— Você se lembra da minha festa de quinze anos?

— Claro! Quem não se lembra? Nunca teve festa igual em Salga. Fiquei com muita inveja do Marcinho por você ter escolhido ele para dançar a valsa com você.

Virginia sorriu levemente, mas tentou manter o semblante grave.

— Você lembra que eu sumi por uns tempos depois daquela festa?

— Lembro, sim. Seu tio te levou para a Disney, né?

— Não, Eric. Eu não fui para a Disney. Eu fui para os Estados Unidos, sim, mas foi por outra razão — ela fez uma pausa e sentiu começarem a cair lágrimas verdadeiras. Não precisava fingir. Aquele assunto realmente causava a ela grande sofrimento.

— Fala, Vivi. O que aconteceu? — Eric esvaziou o copo e, antes de continuar, Virginia tornou a servir o seu copo de vinho e, disfarçadamente, de outra dose de pó de psicotrópicos.

— Meu tio me levou lá pra fazer um aborto. Eu estava grávida.

— Grávida? — Eric se engasgou com a palavra e começou a tossir.

— Sim… eu fui… — ela hesitou por um instante, antes de cuspir a mentira — estuprada.

Eric arregalou os olhos e escancarou a boca.

— Quem foi o filho da puta que fez isso com você?

— Não importa.

Enquanto ela falava, Eric esfregava os olhos e passava as mãos pelos cabelos. Sua expressão era de raiva e espanto.

— Era alguém conhecido?

— Sim.

Droga. Ele era insistente. Virginia já tinha pensado no que fazer se isso acontecesse. O tio tinha uma fama péssima. Sempre a teve como filha, mas vivia mexendo com garotas da sua idade. Ela sabia. Todos sabiam. Ninguém é perfeito e aquela era a fraqueza do tio.

Virginia se sentia levemente culpada por insinuar, injustamente, que o tio Hermes fosse culpado, mas fazer Eric suspeitar dele, sem que ela o acusasse diretamente, era a única forma que ela via de deixá-lo constrangido de insistir em perguntar.

— Alguém muito próximo de você?

Ela balançou a cabeça, fazendo que sim. Ela nunca admitiria, ele teria que se contentar com a suspeita. Afinal, seria razoável que ela mantivesse a identidade do "autor do crime" em segredo naquelas condições. Sem mais perguntas. Bastava apenas que ele acreditasse que ela havia engravidado por causa de um estupro.

— Quem foi, Vivi? Eu mato esse sujeito, me diz quem foi…

— Isso não interessa, Eric. O que importa é que apenas uma pessoa sabia disso. A Angela. Eu não contei pra mais ninguém, só pra ela.

— Mas o que isso tem a ver com o que você fez, Vivi?

Agora vinha a parte da história que Virginia tinha bolado para tentar justificar seu crime, e ela esperava que Eric acreditasse.

O segredo de uma mentira convincente é salpicá-la com fragmentos da verdade. Nenhuma mentira convence se não houver nela elementos verídicos o suficiente para fazer daquela uma história crível, possível. A mentira completa não engana porque desafia a lógica, a não ser que o interlocutor seja um verdadeiro idiota. Virginia sabia que Eric não era idiota. Ela misturou partes reais de uma história verdadeiramente triste e acrescentou a ela elementos que transformavam o seu ato em algo justificável, mas que não eram verdadeiros.

Virginia tentou se conectar com o tom de voz mais dramático que conhecia, atenta para que soasse convincente:

— Naquela noite todos bebemos. Ficamos muito alterados, lembra? Depois que você pulou o muro, fomos tentar esconder o Marcinho na despensa. Ele estava muito mais bêbado que todos nós e tropeçava muito, eu tive que segurá-lo. Ele se pendurou em mim. A Angela ficou louca de ciúmes. Não sei o que deu nela. Ela achou que eu tinha dado em cima dele ou ele em cima de mim, não sei. Ela começou a me ameaçar. Dizia que eu era uma vagabunda e que ia contar pra todo mundo o que tinha acontecido. Que eu tinha engravidado e abortado. Que eu era uma pervertida. Dizia que eu e meu tio éramos dois pervertidos. Eu também estava bêbada, não sei o que me deu. Comecei a xingá-la. Ela pegou a faca do balcão da cozinha e veio em minha direção. Voltamos para o jardim, ao lado da piscina. Eu tirei a faca da mão dela e quando dei por mim, já tinha cravado na barriga dela. Mais de uma vez. Eu não sei como algo assim pôde acontecer. Eu não entendo.

Virginia se esforçou para parecer que chorava. Só que, então, aconteceu o que ela não esperava:

— Foi ele, não?

Virginia ergueu os olhos tentando compreender o que Eric dizia:

— O quê? Ele quem? — Ela imaginou que ele perguntaria sobre o tio. Ele deveria ter ouvido Angela gritando que ela e o tio eram pervertidos. Isso tinha acontecido de verdade. Faria sentido.

— Foi o Marcinho. Quem te estuprou. Ele era o pai do bebê que você abortou, não era? Eu vou matar aquele filho da puta.

Por aquilo Virginia não esperava. Em vez de se concentrar em Angela, em entender o que ela havia feito para levar Virginia a fazer o que fez, Eric focou apenas na parte da história que imaginou que envolvesse Marcinho. Não era essa a intenção de Virginia.

— Não. De onde você tirou isso?

— Não tenta protegê-lo, Virginia. Eu sei que vocês tiveram um rolinho naquela época. Só pode ter sido ele. O que foi? Você disse que não queria ir além e ele te forçou?

— Você está entendendo tudo errado, Eric.

— Fique tranquila, Vivi. Eu entendo que isso tenha sido um trauma pra você. Não sou mulher, mas consigo imaginar o que você passou. Eu tô do seu lado. Vai dar tudo certo. Sei que o que aconteceu com a Angela foi uma fatalidade, mas o Marcinho tem que pagar pelo que fez.

Seu plano dera errado. Ele não captara a insinuação de quem ela queria que ele pensasse ser o estuprador, e Virginia não tinha coragem de mentir tão descaradamente assim e acusar o tio. Também não tinha como negar que fosse o Marcinho, sem acusar outra pessoa.

Agora não havia mais escolha. Ela tinha que agir rápido. Subiu no colo dele e suas pernas o envolveram pela cintura. Quando ele a beijou, ela não o impediu e deixou suas línguas se entrelaçarem. Sentiu o pênis dele endurecer no meio de suas pernas. Em meio aos beijos, ela sussurrava:

— Não quero mais falar sobre isso. Quero esquecer tudo isso, Eric. Eu quero você. Vem.

Virginia se deitou de costas na toalha estendida, desabotoou a calça, baixou o zíper e a retirou, ficando apenas de calcinha. Puxou Eric pela camiseta, para que ele se deitasse sobre ela. Ele imediatamente reagiu, esfregando seu corpo no dela, beijando-a com volúpia.

Virginia continuou a oferecer vinho para que Eric bebesse enquanto se beijavam. Ele começava a apresentar sinais de embriaguez. A fala enrolada e confusa.

— Não quero te forçar a nada, Vivi, mas eu te quero demais. Quero entrar em você... Você me deixa doido... Eu te amo...

Ela fechou os olhos com força e pensou em Marcinho. Por ele, ela suportaria. Ela aguentaria tudo.

As primeiras estocadas foram firmes. No começo, ele parecia muito excitado. Virginia esperava que ele terminasse logo. Se começasse a demorar muito, ela tentaria acelerar o processo, mas ele foi ficando mais lento, os braços não conseguiam mais se manter apoiados nos cotovelos. O corpo dele pesava mais sobre o dela. Virginia sentiu o pênis dele amolecer, e ele apagou. O ronco suave que veio a seguir foi a prova cabal de que ele adormecera.

Então, ela tomou uma decisão e nunca se arrependeu dela.

Vestiu-se, arrumou as coisas e, em seguida, puxou Eric pelas pernas em direção ao despenhadeiro. Ele não acordou por nenhum instante sequer, nem quando sua pele era esfolada ao ser arrastada pela pedra do mirante. Ele parecia pesar o dobro do que ela imaginava, mas ela estava determinada. Quando chegou na borda do precipício, ela percebeu que não teria mais como puxá-lo e teria que contornar e empurrá-lo pelo outro lado. Do contrário, correria o risco de cair junto com ele.

Virginia se impressionou com a própria coragem de assistir até o fim, sem fechar os olhos por um segundo sequer, o corpo de Eric cair, batendo nas pedras, antes de finalmente mergulhar no mar. Ela precisava ter certeza.

Sentiu uma paz libertadora. Agora, sim. Tudo daria certo.

Meses depois, ao ter alta da clínica, Virginia viu seus sonhos de se reconectar com Marcinho Veleda irem por água abaixo. Ele estava arredio, hostil, traumatizado. Na cidade inteira, corria o boato de que ele havia matado Angela. Era um rumor totalmente despropositado. A polícia sequer cogitava aquilo como possível. No entanto, a maldade das pessoas não dava a mínima para a lógica.

Além dele, apenas ela e o tio estavam na casa. Para livrar Marcinho, um dos dois teria que ser responsabilizado.

Se ela confessasse, colocaria a perder todas as chances com ele. Marcio jamais a aceitaria sabendo que ela havia matado Angela. Por outro lado, nunca permitiria que o tio fosse acusado por um crime que ela cometera. A solução era acompanhar de perto o trabalho da polícia e tentar encontrar uma forma de salvar o Marcinho.

Ficou surpresa ao saber que alguns policiais suspeitavam que Angela tivesse sido morta por um maníaco que andava matando mulheres na cidade. Encontrar a descrição da camiseta com a capa do disco do Motörhead nas declarações de uma das vítimas do maníaco havia sido providencial. Era a mesma camiseta que o capanga do tio usava na noite em que foi chamado para ir até a casa e sumir com o corpo de Angela.

Ao relacionar a morte da Angela à série de assassinatos cometidos pelo maníaco de Salga Odorenga, Virginia conseguiu, sim, seu objetivo de inocentar Marcinho, porém, mais uma vez, assistiu a suas ilusões serem destroçadas. Livre das suspeitas, Marcio decidiu se mudar do país, e à Virginia restou apenas recolher os cacos e tentar trilhar outro caminho para si.

Levou uma vida satisfatoriamente feliz até Marcio voltar para Salga Odorenga, reacendendo o sentimento que ela julgava esquecido. Não facilitava o fato de ele ter se tornado amigo de seu marido e ficarem se esbarrando o tempo todo por aí. Ela viu que ainda o amava. Loucamente. Era uma obsessão.

Virginia sofreu muito com a morte de Jorge, mas, com o tempo, passou a ver vantagens na liberdade conquistada. Marcio ainda era um homem desimpedido. Sem mulher ou filhos. Ela começou a frequentar o restaurante dele na tentativa de se reaproximar. Aí, o podcast aconteceu. E a vagabunda da jornalista teve a audácia de se insinuar para ele.

Virginia a seguiu. Ficou no carro esperando e viu quando Zara e Marcinho se beijaram na porta do restaurante. Ela chegou a pensar que poderiam ser amigas, mas Zara não passava de outra traidora... como Angela. Nada mais natural que tivesse o mesmo fim. O tio tinha razão. Não deveria ter se aproximado daquela mulher. Como se não bastasse, ela estava difamando o tio, tentando responsabilizá-lo pela morte da Angela. Ela queria aquela mulher morta, mas precisava fazer as coisas com cuidado. Tinha que criar uma situação que livrasse o tio Hermes das suspeitas. Não suportaria que o tio pagasse por isso. A ideia do *stalker* parecia perfeita, mas Mauricio era um idiota bajulador e incompetente. Não conseguiu colocar o plano genial dela em prática.

Enquanto esteve presa aguardando julgamento, Virginia se convenceu de que precisava esquecer a paixão por Marcio Veleda. Aquele sentimento só trouxera dor e destruição. Nunca fora um amor correspondido na mesma medida. Ela não era mais criança e já correra muitos riscos por causa de um sentimento que só existia dentro dela.

Ao sair da prisão, Virginia se viu pela primeira vez em meio a uma crise financeira sem precedentes. Era o tio quem administrava seus negócios e, enquanto esteve presa, teve que confiar a administração a terceiros. Para piorar, todo o setor hoteleiro se viu drasticamente atingido pela pandemia da covid-19.

Foi quando ela não tinha mais esperanças, quando já havia desistido, quando não mais arquitetava planos para conquistá-lo, que conseguiu o que sempre buscara sem sucesso. Virginia acabou encontrando apoio em quem também estava passando pelo mesmo drama: Marcio Veleda.

O restaurante dele ficou fechado por meses, impedido de receber clientes por causa da pandemia, e ele havia encontrado formas de se reinventar e reequilibrar as contas. Sua expertise foi fundamental para que Virginia conseguisse encontrar uma saída e iniciar um plano de reestruturação das empresas. Se ela soubesse antes que as coisas acabariam daquela forma, teria deixado de cometer muitos erros, mas como poderia saber?

Marcio começava a se espreguiçar, e ela o observava em pé, ao lado da cama. Ele esfregou os olhos e a encarou sorrindo por alguns instantes.

— Dormiu bem, amor? — ela perguntou.

Ele abriu ainda mais o sorriso.

— Meu Deus, como você é gostosa... — Marcio puxou Virginia pelo braço. — Vem cá. Eu te amo, Vivi...

CAPÍTULO 26

BUFFET ROYAL SALGA

Virginia caminhava devagar porque queria que a imagem de Marcio Veleda esperando por ela no altar se fixasse o máximo possível em sua mente, para ela nunca ter dúvidas de ter sido real. Ele estava visivelmente emocionado, e seu sorriso era o de alguém que explodia de felicidade. Ele finalmente a amava. Não seria difícil, depois de tudo que passou, confundir aquele momento com um sonho.

Enquanto passava, ela percebia os olhares de encantamento nos rostos que estavam voltados em sua direção. Pela primeira vez na sua vida, acreditou que estivesse realmente linda. Sentia-se assim. Ainda que não pudesse ver, conseguia imaginar os convidados sorrindo por trás das máscaras que eram obrigados a usar.

Um olhar em particular captou sua atenção por mais tempo naqueles breves segundos que faltavam para finalmente estar ao lado de seu noivo: reconheceu a mulher sentada no auditório assistindo à sua cerimônia de casamento. Ela estava ao lado de Henrique Andreaza. *Que audácia!*

Zara não havia sido convidada. O que estava fazendo ali? Tentara convencer Marcio a não convidar Henrique quando soube dos boatos de que ele estava saindo com a jornalista, mas Marcio fincou o pé. Disse que não deixaria de convidar aquele que era não só o seu advogado, mas um de seus melhores amigos.

Como lamentava não ter eliminado aquela mulher. Não deveria ter adiado tanto os seus planos por causa do tio Hermes. Era ele que não queria medidas drásticas e achava que era possível resolver o problema com ameaças de processos e prejuízos profissionais. Virginia se aproximou de Zara o suficiente para ter certeza de que não seria bem assim. Virginia queria Zara morta. Os anos amoleceram o tio e tinham tirado dele a capacidade de enxergar a alma das pessoas. Zara era destemida.

Saber que aquela mulher estava no auditório impediu que Virginia desfrutasse de sua cerimônia como imaginara, mas ela não permitiria que o mesmo acontecesse com a sua festa. Ficou observando a jornalista à distância e quando viu que ela se dirigia para o banheiro, foi atrás.

Zara saiu da cabine e não demonstrou qualquer reação quando viu Virginia plantada ao lado da porta, esperando que ela saísse. Parece até que imaginava que Virginia fosse fazer isso.

— Oi, Virginia. — Zara forçou um sorriso enquanto abria a torneira. — Não é a primeira vez que você larga um homem do lado de fora para vir se encontrar comigo no banheiro.

— Não estou com paciência para gracinhas, sua puta. O que você veio fazer aqui?

— Calma. É que sou muito curiosa, e ficar com perguntas sem respostas é algo que me atormenta. Eu já nem me lembrava da sua existência, mas desde que soube da notícia do seu casamento, muitas dúvidas surgiram.

— Não tenho satisfações pra te dar. E pra que eu falaria? Só pra você poder colocar naquele lixo de podcast?

Zara tirou duas folhas de papel do toalheiro e se virou para Virginia enquanto enxugava as mãos.

— Falando sério, Virginia. Sem jogos, sem mentiras. Não estou gravando, não estou anotando, e nada do que você me disser aqui será divulgado. Totalmente *off the record*. Eu já encerrei essa história no podcast. Já estou em outra. Só que eu preciso saber. Eu quero entender. Prometo que nada do que disser sairá daqui.

Virginia pensou por alguns instantes, tentando avaliar as vantagens e desvantagens daquela proposta.

— O que você quer saber? — ela indagou.

— Seu tio abusou de você?

Virginia respirou fundo. Já tinha feito de tudo para tentar se livrar daquela mulher, a não ser responder de forma sincera às suas perguntas.

Quem sabe dar a ela o que queria, funcionasse. Virginia estava cansada de fugir, de contornar, tapar buracos. Ela queria esquecer tudo e focar no futuro ao lado de Marcio.

— Claro que não. Eu falei mil vezes. Ele me amava muito. Ele sempre me protegeu.

— Então por que o matou?

Virginia se apoiou na pia e suspirou.

— Fiquei fora de mim. Não aguentei saber que tinha sido ele que contou meu segredo pra a Angela. Quando ela falou sobre a minha gravidez, sobre o aborto, eu pensei que ela tivesse lido o meu diário. A primeira coisa que fiz ao sair da clínica foi queimar aquela porcaria. Saber por você que tinha sido o meu tio quem tinha contado a ela, apenas para convencê-la a ir pra a cama com ele, me enfureceu. Foi como uma traição, e eu não soube lidar com aquilo. Errei e agora vou ter que conviver com esse arrependimento pro resto da minha vida.

— Ele não era o pai do bebê que você abortou?

Virginia jogou a cabeça para trás e riu.

— Não, claro que não. Que ideia! Como eu disse no meu julgamento, meu tio nunca abusou de mim. Só que ninguém quis acreditar. Eu engravidei, sim. Do Marcinho. Não foi estupro. Eu o amava. Meu tio nos pegou juntos na minha festa de quinze anos. Depois, descobriu minha gravidez e me obrigou a fazer um aborto. Anos mais tarde, ele se arrependeu. Viu o quanto isso me fez sofrer, me pediu perdão.

— Marcinho era o pai do seu bebê?

Virginia balançou a cabeça afirmativamente.

— E o Mauricio?

— O Mauricio era um puxa-saco inútil. Não sabia se agradava a mim ou ao meu tio e ficava fazendo jogo duplo. Eu dei a ele uma missão muito simples, mas ele não conseguiu cumprir. Naquele dia, eu tava de saco cheio dele e ele apareceu na hora errada.

— Qual foi a missão?

Um sorriso irônico se formou nos lábios de Virginia.

— Queria que ele desse um jeito de eliminar uma pessoa que estava me incomodando, então tive uma ideia genial para isso. Eu pensei em tudo. Ele não precisava quebrar cabeça com nada. Bastava seguir minhas instruções e ser o intermediário. Nem isso ele conseguiu.

Zara encarou Virginia por longos instantes. Virginia via a expressão de choque que se formava no rosto da jornalista.

— O falso *stalker*...

Virginia sorriu.

— Não se preocupe, abandonei essa ideia. Eu te falei várias vezes que você estava enganada. Que meu tio não tinha contratado pessoas para te matar.

Zara baixou os olhos e se apoiou na pia. Parecia abalada.

— Mas e a Angela? Você não estava apaixonada por ela? Tudo aquilo que você me disse sobre não ter suportado vê-la nos braços do Marcio, não era verdade?

— Eu nunca disse que era apaixonada pela Angela. Você chegou sozinha a essa conclusão.

— Você disse que a amava.

— Sim. Como se ama um amigo. Você não diz que ama os seus?

— Você me disse que a beijou e que ela te rejeitou.

— Tente se lembrar bem do que eu falei. Eu disse que a beijei porque estava curiosa. Eles ficaram se pegando na minha frente. Eu queria entender por que Marcinho queria a Angela. O que ela tinha? Por que ele preferia Angela a mim? Essa dúvida me atormentava. Eu estava curiosa e bêbada. Não sabia o que estava fazendo. Não era apaixonada pela Angela. Eu era louca pelo Marcinho. Sempre fui. Também fiquei curiosa depois de ver vocês se beijando na porta do restaurante. Nunca entendi por que ele não me queria.

— Você é louca... Isso tudo é muito maluco. — Zara balançava a cabeça de um lado para o outro. — Tudo o que eu queria era descobrir a verdade. Não entendo como pude estar tão enganada.

— Não se sinta mal, Zara. Você não fez diferente do que faz todo mundo. As pessoas pensam que buscam a verdade, mas não. O que as pessoas querem é *estarem certas*. Pensam que buscam a verdade quando buscam apenas algo que reforce as suas próprias convicções. A verdade sempre esteve ali, bem à vista. No entanto, todos passavam por ela e a ignoravam. Você, Donato, todos os que tentaram investigar essa história, montaram teorias e, a partir delas, passaram a buscar elementos que as validasse. Por isso não conseguiram enxergar o todo. E nesse caso, a verdade não era tão interessante ou escandalosa quanto as suposições. Abuso sexual, incesto, um amor homossexual. No fim, quer algo mais clichê do que uma mulher capaz de tudo para conquistar seu primeiro amor?

Pela primeira vez, Virginia via que Zara estava desconcertada, mas também tinha uma última pergunta para fazer à jornalista:

— Antes de te escorraçar daqui, também tenho uma pergunta, Zara. Por que não revelou no seu podcast que eu confessei para você que havia matado a Angela? Por que preferiu deixar essa dúvida no ar, permitindo que seu público continuasse a especular que meu tio fosse o assassino?

Zara respirou fundo antes de responder:

— Não achava justo que aquela confissão interferisse no seu julgamento, porque, de certa forma, eu realmente acreditava que Hermes era o assassino, ainda que indiretamente. Eu acreditava que você não teria matado a Angela se não fosse pelo que ele havia feito de mal a você antes.

Virginia estreitou os olhos e inclinou o rosto.

— Será mesmo? Ou será que no fundo você só queria que o seu público continuasse a achar que a sua teoria é a que estava certa?

Zara pensou um pouco antes de responder.

— Bom, obviamente, você e eu sabemos que eu estava errada. E o Marcinho? Ele sabe?

— Não sei. Ele nunca me perguntou. Provavelmente, não quer saber da verdade. Por quê? Você pretende contar a ele?

— Não... esse caso é página virada pra mim. Estou focada no documentário que estou produzindo e pretendo nunca mais falar sobre você ou sobre o caso do maníaco de Salga Odorenga.

— Ok. Então ficamos por aqui. Vou voltar pra a minha festa. Só não te dou um beijinho de tchau por causa da covid. Ah, e, também, porque agora sou uma mulher casada. Até nunca mais, Zara.

Marcio já havia procurado por ela em todos os lugares e simplesmente não conseguia encontrá-la. Estava cansado e queria ir embora. Quase todos os convidados já tinham ido. Os garçons desmontavam as mesas, a banda guardava os instrumentos.

Quem fazia questão daquela festa era a Virginia, Marcio estava mais interessado mesmo era na lua-de-mel. Só que estava tarde e ele não era mais um menino. Queria ir embora comemorar do seu jeito antes que ficasse derrubado demais.

Conforme os convidados foram diminuindo, sem que ela aparecesse para se despedir, ele começou a se preocupar de verdade.

Depois de percorrer, talvez pela décima vez, todos os cantos possíveis daquele clube, Marcio avistou um véu branco jogado no chão do estacionamento. A visão o fez estremecer. Correu até ele. Olhou em volta. Nada ao redor. Pegou o véu em suas mãos. Poucos passos à frente, havia um adolescente sentado, vigiando os carros.

— Ei, garoto — Marcio correu em direção ao menino e exibindo a ele o véu, perguntou —, você viu como isso veio parar aqui?

— Vi sim — o garoto respondeu. — Caiu da cabeça da noiva quando ela entrou no carro.

— Da noiva? Você a viu saindo?

— Vi sim. Estava completamente apagada. Desmaiada. Devia estar bêbada. O *senhorzinho* teve até que carregar a noiva nas costas para conseguir colocar ela no carro.

EPÍLOGO

SANTUÁRIO

Silas Ruger tinha quase se esquecido do cheiro da rua depois de tantos anos trancado numa penitenciária, mas agora poderia respirar fundo em qualquer lugar e relembrar todos os odores de que não mais se lembrava. Inclusive os daquele lugar.

O juiz concordou que ele terminasse de cumprir a parcela de pena que restava em regime aberto fora de Salga Odorenga. O defensor público avisou que já tinha feito um pedido para transferir o processo de execução para a capital, mas Silas não tinha nenhuma intenção de se mudar para lá. Seu destino ainda era desconhecido até de si mesmo.

Antes de partir, porém, ele precisava estar uma última vez ali no seu santuário. Precisava encerrar um ciclo, do contrário, não poderia recomeçar. Todas as coisas precisam ter seu começo, seu meio e seu fim.

Percorrendo o olhar por aquele local sagrado, ele via que quase todas as coisas permaneciam iguais. As correntes, as correias, as lâminas... ele passou alguns dias limpando tudo, areando, amolando, afiando... queria que as coisas ficassem exatamente como eram antes.

Incrível como a maioria das pessoas se contenta em fazer seus trabalhos pela metade. Em todos aqueles anos, a polícia jamais fora capaz de encontrar aquele lugar.

Silas não era assim. Apenas a morte o impediria de terminar algo que houvesse começado. Ele sempre ia até o fim. Em tudo.

Ter passado quase trinta anos preso por causa daquela vadia não era algo que o incomodava. Ele aceitara sua sina. Estava em paz com a percepção de que, desde que seu filho estivesse bem, qualquer sacrifício seu seria válido.

Só que ela havia mudado tudo, ela tirara a vida dele. E aquele garoto era a única coisa bela que ele tinha feito na vida... o seu rastro de humanidade.

Silas percebeu que ela começava a recuperar a consciência e achou a cena engraçada. Como a vagabunda estava bonita naqueles panos brancos. A cintura comprimida por um corselete apertado, fazendo os seios quase pularem para fora num decote convidativo. Ele se sentia convidado.

Ela se debateu com desespero quando acordou, tentando soltar as mãos e os pés presos por correias de couro apertadas e correntes. Ver a expressão de pavor naquele belo rosto e imaginar todas as coisas deliciosas que faria a seguir provocava nele sensações indescritíveis.

Diversas mulheres já haviam estado exatamente naquela posição, mas nenhuma delas estivera vestida de noiva. Achou uma ironia, justo ele, que nunca desejara se casar na vida, ser quem desfrutaria agora dos prazeres de uma lua-de-mel. Aquela ideia o excitou muito mais do que esperava.

Talvez aquele fosse o sinal dos novos tempos, novas experiências e novos rituais... talvez ela fosse apenas a primeira de muitas outras noivas...

Nos anos 90, as mulheres queriam ser modelo e manequim. Agora os tempos eram outros, e havia uma infinidade delas sonhando com ensaios fotográficos que saciassem o fetiche de se verem vestidas de branco: *pre wedding, pos wedding, boudoir, trash the dress*... para um fotógrafo talentoso como ele, aquilo abria uma gama infinita de possibilidades...

Enfim, ele somente teria certeza ao final daquela experiência, mas, como sempre, não tinha a menor pressa de terminar.

Aproximou-se dela e acariciou os seus cabelos. Ela tentava gritar, inutilmente, por trás da mordaça apertada. Os olhos arregalados pareciam saltar.

— Como vai, noivinha? Preparada? Podemos começar?

Click.

O CASO DO M
SALGA O

ANA NAHAS

NÍACO DE

ORENGA

AVEC